証言 零戦 大空で戦った最後のサムライたち

神立尚紀

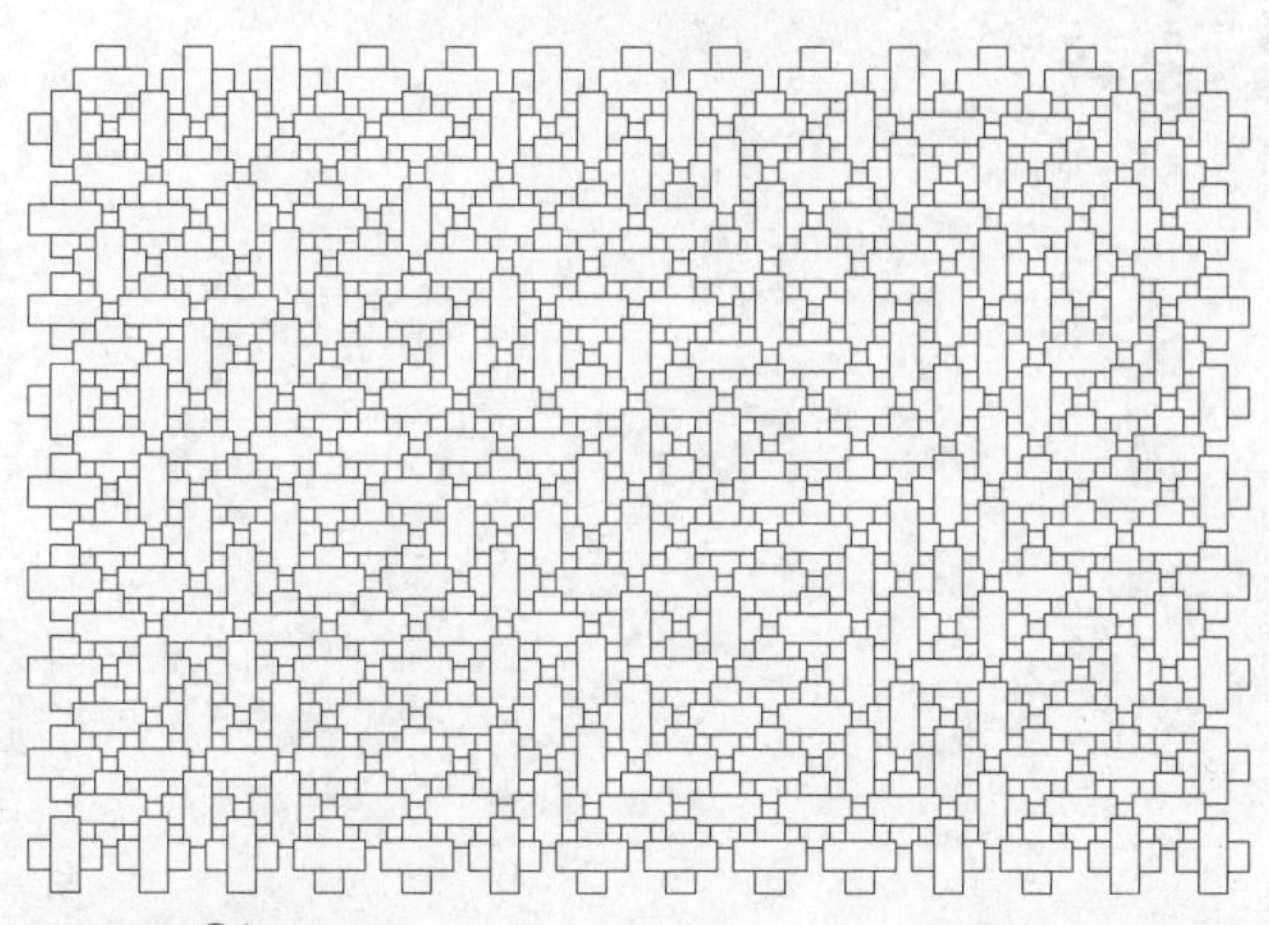

講談社+α文庫
プラスアルファ

証言　零戦
大空で戦った最後のサムライたち

目次

まえがき

　大東亜戦争（太平洋戦争）の全期間を通して日本海軍の主力戦闘機だった零式艦上戦闘機、略称「零戦」は、戦後七十二年を経たいまもなお、日本を代表する航空機としてその名を知られ、多くの人に愛され続けている。平成二十八（二〇一六）年、日本人所有の復元された零戦がアメリカ人パイロットの操縦で日本の空を飛び、さらに今年（平成二十九年）六月には、戦後初めて日本人が操縦する復元零戦が日本の空を飛ぶなど、零戦はもはや「戦争の象徴」を超え、新たな関心の的になりつつあるようにも感ぜられる。

　今年はまた、昭和十二（一九三七）年五月、零戦の原型である「十二試艦上戦闘機」の計画要求書案が、海軍から三菱、中島両社に示されて八十年の節目の年でもある。両社が計画要求書案を検討中に支那事変（日中戦争）がはじまり、さらに要望が追加されて、当時の技術水準では不可能とも思える高度な計画要求になった。

　昭和十二年十月、正式に示された「計画要求書」に書かれた十二試艦戦の要求性能のおもな部分を抜粋すると、「最高速力　高度四千メートルにて二百七十ノット（時速約五百キロ）以上」「上昇力　三千メートルまで三分三十秒以内」「航続力　正規状態（全性能が発揮できる状態）三千メートル公称馬力で一・二時間乃至一・五時間過荷重状態（燃料等を満載した状態）で巡航六時間以上」「空戦性能　九六式二号艦戦一型に劣らぬこと」「機銃　二十ミリ固定機銃二挺、七・七ミリ固定機銃二挺」などとなっていて、これらは世界各国の最新の戦闘機と比べても最高水準のものだった。

従来の九六式艦上戦闘機の武装は七・七ミリ固定機銃が二挺のみ。だが、その軽快な旋回性能には定評がある。十二試艦戦では、その九六戦と同等の空戦性能を維持しながら、さらなるスピードと、戦闘機では世界初となる二十ミリ機銃二挺を加えた重武装、さらに九六戦の約二倍におよぶ航続力を実現せよと言うのである。旋回性能と高速性能だけをとっても、翼面荷重（主翼の一平方メートルあたりの機体重量）を小さくすれば小回りは利かせられるが、スピードを速くするには翼面荷重が大きい方が有利になるなど、相反する要素が含まれていて、これらすべてを同時に満足させることはきわめて困難なことであったのだ。

この過酷な要求性能に中島は試作を辞退、堀越二郎技師を主務者とする三菱の技術陣が総力を挙げ、創意工夫を凝らして設計し、海軍の要求を超える高性能を実現したのが、十二試艦上戦闘機、のちの零戦である。

七十七年前の昭和十五（一九四〇）年七月、中国大陸上空に姿を見せた十二試艦戦は、ほどなく海軍に制式採用され、零式艦上戦闘機と名づけられた。同年九月十三日、重慶(じゅうけい)上空で、十三機の零戦が中華民国空軍のソ連製戦闘機約三十機と空戦、一機も失うことなく二十七機を撃墜（日本側記録）したのを皮切りに、翌昭和十六（一九四一）年十二月八日、日本がアメリカ、イギリスをはじめとする連合国と戦端を開くと、航空先進国と自他ともに認めていた米英軍機を相手に、つねに一方的ともいえる勝利をおさめ続けた。零戦は、空中で立ち向かってくるあらゆる敵機を叩き墜とし、「ゼロファイター」の名は、神秘的な響きさえもって、連合軍パイロットの恐怖のまととなった。これは、機体性能そのものの優秀さはもとより、少数精鋭主義で鍛え上げられた搭乗員の技倆(ぎりょう)の賜物(たまもの)でもあった。

しかし、いまからちょうど七十五年前の昭和十七（一九四二）年六月五日、ミッドウェー海戦で日本海軍が大敗を喫し、同年八月、米軍が、日本軍が飛行場を建設中のガダルカナル島に上陸、島の争奪をめぐって激戦が繰り広げられると、零戦はしだいに苦しい戦いを強いられるようになる。昭和十八（一九四三）年二月、ガダルカナル島失陥後は、押し寄せる敵を前線で防ぎとめようとするほぼ防戦一方の戦いとなり、次々と繰り出される敵新型機の前に、歴戦の搭乗員もその多くが戦死してゆく。これまでの少数精鋭主義が仇となり、人的消耗は技倆未熟の搭乗員で補わざるをえず、それが戦力の実質的な低下をさらに招く悪循環に陥った。大戦末期、もはや零戦は、尋常な手段では敵の戦闘機に太刀打ちすることさえ難しくなり、昭和十九（一九四四）年十月になると、ついに爆弾を搭載した零戦を、搭乗員もろとも敵艦に体当たりさせる特攻隊が編成される。昭和二十（一九四五）年八月十五日、終戦を伝える天皇の玉音が放送され、ついに日本は敗れたが、刀折れ矢尽きてなお、日本海軍の主力戦闘機として最後まで戦い続けたのが零戦だった。

　その生産機数は、『三菱飛行機歴史』によれば一万四百二十三機と推定され、これは二位の陸軍一式戦闘機「隼」の約五千七百機の二倍近く、日本で生産された飛行機としていまだ破られることのない最多記録である。終戦時に残存していた零戦は千百五十七機、搭乗員は約三千七百名。だがその大半は、なおも訓練を要する若い搭乗員で、「歴戦の」と枕詞のつくようなベテランは、ごくわずかしか残っていなかった。戦争の全期間を通じて、戦死あるいは殉職した海軍戦闘機搭乗員は四千三百三十名を数える。絶対数はともかく、これは、実戦に投入された搭乗員の八割に迫る、すさまじいばかりの消耗率だった。そして、九死に一生を得て生き残った者たちにも、敗戦で価値観の一変した戦後の世の中での新たな戦いが待ち受けていた。

縁あって、私が元零戦搭乗員のインタビュー取材を始めたのは、戦後五十年を経た平成七（一九九五）年のこと。それから二十二年の間に、五百名を超える元搭乗員、海軍関係者および遺族と会い、貴重な談話と一次資料の提供を受けた。

本書は、前著『証言 零戦 生存率二割の戦場を生き抜いた男たち』の続編であり、激動の時代を生き抜いたゼロファイターたちの戦中戦後の姿を通じ、いまもなお日本人の心のなかに生き続ける「零戦」の実像を浮かび上がらせようと、取材を続けた成果をまとめた集大成でもある。

登場する零戦搭乗員は七名。開戦劈頭（へきとう）、連合軍戦闘機を圧倒し、「無敵零戦」神話の立て役者の一人となった黒澤丈夫（くろさわたけお）さん。黒澤さんはまた、戦後、郷里の群馬県上野（うえの）村村長として昭和六十（一九八五）年、村内の御巣鷹山（おすたかやま）に墜落した日航ジャンボ機の救難活動にあたったことでも知られる。重慶上空の零戦初空戦に参加した岩井勉（いわいつとむ）さん。海軍戦闘機隊にこの人ありと知られた名パイロットながら、米軍捕虜となって生涯そのことを背負って生きた中島三教（なかしまみつのり）さん。真珠湾攻撃、ミッドウェー海戦に参加、戦後は日本人初のジャンボジェット（ボーイング747）機長となった藤田怡與藏（ふじたいよぞう）さん。零戦の強敵グラマンF6Fと初めて戦った宮崎勇（みやざきいさむ）さん。激戦地ラバウル、ソロモンで一年以上にわたって戦い、戦後も多くのパイロットを育てた大原亮治（おおはらりょうじ）さん。

そして、学窓から海軍に身を投じ、大戦末期の絶望的な戦局のなかで戦った土方敏夫さん。土方さんは戦後、成蹊学園中・高校教頭となり、安倍晋三総理の師でもある。

このなかで平成二十九（二〇一七）年現在、存命なのは大原亮治さん一人だが、それぞれの方が、私にとって、長時間のインタビューに応えていただき、零戦を語る上では忘れることのできない、思い出深い人たちである。

一人一人、個性も、歩んだ道も異なるが、共通するのは、ただ空を飛びたい、飛行機を操縦したいという一心で搭乗員を志したということ。大空に憧れ、それゆえに戦闘機乗りとなった搭乗員たちは何を思い、何のために戦ったのか。彼らにとって零戦とは何だったのか。それは、戦後世代がイメージしている零戦と同じものなのか。

零戦を駆って戦った当事者が語りおろした生の声から、現代を生きる若い世代が彼らの真情に触れ、かつて日本にこんな若者たちが確かにいたことを知ってもらいたい——これが、私が零戦搭乗員の取材を始めて以来、変わることのないささやかな一念である。

アッツ
キスカ
ダッチハーバー
樺太
千島列島
択捉
北海道
日本
東京
太平洋
小笠原諸島
ミッドウェー
硫黄島
ハワイ諸島
パールハーバー
オアフ
ウェーク(米)
マリアナ諸島
サイパン
グアム(米)
ヤップ
マーシャル諸島
マキン
タラワ
ギルバート諸島
カロリン諸島
トラック
ニュー
ブリテン
ラバウル
ニューギニア
サモア諸島
ソロモン諸島
パプア
ポートモレスビー
ガダルカナル
サンタ・クルーズ
トンガ諸島
ケアンズ
フィジー諸島
ヌーメア
クインズランド
ブリスベン
ニュー・サウスウェールズ

アムール河
満州国
モンゴル
ハルビン
新京
北京
朝鮮
日本海
京城
黄河
中国
宜昌
漢口
南京
長崎
成都
上海
鹿児島
重慶
揚子江
ネパール
ガンジス河
インパール
昆明
琉球諸島
カルカッタ
広東
台南
台湾
香港(英)
高雄
ハノイ
ビルマ
ボンベイ
海南島
ラングーン
タイ
ルソン
マニラ
バンコク
フィリピン
仏領インドシナ
サイゴン
レイテ
南シナ海
トリンコマリ
ミンダナオ
コロンボ
ダバオ
セイロン
コタバル
サラワク
シンガポール
ボルネオ
セレベス
バタヴィア
蘭領東インド諸島
フローレス
ジャワ
インド洋
チモール
ダーウィン
零戦が活動した地域
東はハワイ・パールハーバー。
西はセイロン(現スリランカ)。
北はアラスカ・ダッチハーバー。
南はオーストラリア北部沿岸
という広大な地域に及んだ。
ノーザン・
テリトリー
ウェスタン・
オーストラリア

「零戦」の読み方について

この戦闘機は、昭和十五（一九四〇）年に制式採用され、この年、神武紀元二六〇〇年の末尾の〇をとって「零式艦上戦闘機」と名づけられた。略する場合には、「零戦」となる。一方、当時、「零戦」と戦った連合軍パイロットたちは、「ゼロファイター」あるいは「ゼロ」と呼んでいた。では、実際に操縦していた搭乗員たちはなんと呼んでいたのか。飛行隊長も務めた歴戦の搭乗員・日高盛康さんは、「戦中はやっぱりレイセンでした。ただ、戦後はゼロセンと呼ぶ方が自然になった」と記憶しており、また、終戦直前まで米軍機邀撃戦に従事した土方敏夫さんによれば、所属する「戦闘三〇三飛行隊では、当時もゼロセンと呼んでいた」とのことで、搭乗員たちの間でも呼び方は混在していた。そこで本書では、タイトルは、戦後、一般的になった呼び方「ゼロせん」を、本文中は、正式名称に由来する「れいせん」を採用した。

第一章

黒澤丈夫（くろさわたけお）

「無敵零戦」神話をつくった名村長

昭和16年、元山空分隊長時代。漢口基地で、九六戦をバックに

海軍兵学校の教育目標は「科学者たる武人を養成するにあり」

昭和六十（一九八五）年の夏、大学四年生だった私は、ひょんなことから『天国にいちばん近い島』などのベストセラーで知られた作家・森村桂（もりむらかつら）さんが軽井沢に開いたばかりのティールームを、ひと夏手伝うことになった。ゼミ合宿で軽井沢に行ったさい、恩師の写真家・三木淳（みきじゅん）先生から引き合わされ、喫茶店でのアルバイト経験を買われて森村さんにスカウトされたのだ。

流行作家だった森村さんのティールーム「アリスの丘」には、歌舞伎俳優の中村吉右衛門さんをはじめ、各界の著名人がそれこそ綺羅星（きらほし）のごとく、毎日のように顔を出していた。八月十二日、森村さんが、

「あさって九ちゃんが来てくれるのよ」

と言う。はじめはピンとこなかった。

「坂本九ちゃん。友達なの。大阪に仕事で行くから、帰ったら軽井沢に直行してくれるって。だから粗相（そそう）のないように、ちゃんとお出迎えしてね。写真も撮るのよ」

と、森村さんは嬉しそうだった。

ところが──。その晩、羽田空港を離陸し大阪に向かった日本航空一二三便ボーイング747SR（ジャンボ機）が消息を絶ったと報じられ、五百二十四名の乗客・乗員名簿に坂本九さんの名前があるという。夜遅く、ニュースを見た森村さんが、夏とはいえシンと冷える空気のなかで呆然と立ち尽くす姿に、かける言葉もなかった。夜霧が出ることの多い軽井沢ではめずらしいほどの美しい星空。ちょうどペルセウス座流星群の極大日で、流星が星の雨が降るように流れていたのを思い出す。

翌八月十三日になって、墜落地点が軽井沢からそう遠くない群馬県多野郡上野村の御巣鷹山であることが判明すると、空陸より現地入りした報道陣によるリアルタイムの報道合戦が展開されたが、そのなかで、現場となった上野村村長の事故への対応のあざやかさ、救難指揮の見事さが話題を呼ぶようになっていた。

村長の名は黒澤丈夫。大東亜戦争（太平洋戦争）中は海軍戦闘機隊を代表する指揮官の一人として開戦劈頭のフィリピン、蘭印（現・インドネシア）航空戦で連合軍戦闘機を圧倒、「無敵零戦」神話の立て役者となるなど、おもに南西方面（インドネシア〜西部ニューギニア）を転戦。日本軍が優勢であった緒戦期のみならず戦争末期にいたるまで、精鋭部隊を率いて出色の戦果を挙げ続けた人である。

──だが、日航機事故当時の私は、こんな人が村長を務めているのかと驚くばかりで、のちに取材を通じて黒澤村長に何度も会い、その人生航跡を本に書くのみならず、公私ともに浅からぬ縁がつながることになるとは想像もしていなかった。

それから十年あまりが経った平成八（一九九六）年の春、週刊誌の専属カメラマンの仕事の傍ら零戦搭乗員の戦中・戦後をテーマに取材を始めていた私は、「零戦搭乗員会」代表世話人（会長）・志賀淑雄さんの紹介を得て、東京・永田町の全国町村会館に黒澤丈夫さんを訪ねた。「全国町村会」は、全国の町村長の連合組織で、地方自治法に基づき、町村の振興・発展を目的とした政策の調査や研究、内閣・国会に対する要望、政府審議会等への参加などの活動を行う、地方自治の要である。黒澤さんは、平成七（一九九五）年八月より、この団体の会長をつとめていた。

事前に電話で知ったところによると、黒澤さんは週に二度、秘書の運転する公用車で、上野村から車で約三時間、百七十キロ離れた永田町に通っているという。

ちょうど平成七年、「市町村の合併の特例に関する法律」の改正が行われ、のちに「平成の大合併」と呼ばれる市町村合併が政府主導で強力に推進されようとしていた時期である。市町村合併は、行財政の効率化や住民生活の利便性向上、自治体の権限拡大、大型事業の実現などのメリットが謳われたいっぽう、合併によって歴史ある町村が消えるばかりか、市庁舎から遠くなる地域が取り残され、顧みられなくなるなどのデメリットが見込まれる。このときから半年後に行われた第四十一回衆議院議員総選挙では、自由民主党、新進党、民主党の主要政党三党がいずれも市町村合併の推進を政権公約に掲げることになるのだが、全国町村会は、町村合併に「大反対」の立場をとっていて、なかでも黒澤さんは反対派の急先鋒であった。

約束の時間は午後三時。全国の町村長が集っての会議が行われ、それが終わるのが三時なのだという。時間ちょうどに会議室から出てきた黒澤さんの表情は硬かった。おそらく、町村合併の政府方針に対していかにモノ申すか、いまのいままで白熱した議論が闘わされていたのであろう。ガッチリした体躯から湯気が出ているような厳しい雰囲気に、私は圧倒された。黒澤さんは当時八十二歳。威厳と、年齢を感じさせないエネルギーのみなぎる人だった。

「お忙しいところ申し訳ございません。私は、零戦搭乗員の戦中・戦後の人生を通して、激動の昭和史を浮かび上がらせようと思い、取材を始めました。黒澤さんにはぜひ、大戦劈頭の御活躍と、戦後の村長としての御活躍、そしてそれらに共通するバックボーンをお聞かせいただきたいと思います」

黒澤さんの表情は変わらない。現在進行形の町村合併という一大事を前に、昔のことなど振り返る気持ちにはならなかったのかもしれない。そこで私は、少し話題を変えてみた。

「実は、黒澤さんが第三航空隊でフィリピン空襲に参加されていた頃ご一緒だった、海軍兵学校の二期後輩の宮野善治郎大尉という人は、私の母校・大阪府立八尾高校の大先輩で、ご遺族の方ともお会いしました。お姉様が八十八歳で大阪にご健在です」

すると驚いたことに、黒澤さんの表情が見る間に柔らかくなり、

「そうか、あなた、宮野君の後輩か。彼はいい男だったよ」

と、相好をくずした。私の出した「宮野善治郎」という名が、よほど懐かしかったのだろう、つい先ほどまでの厳しい表情とは打って変わった、目元のやさしいくだけた笑顔が印象的だった。

「彼は三空を出た後も、ラバウルで大活躍してね。聯合艦隊司令長官から軍刀が授与されることになったのに、それを待たずして戦死したんです。まったく、惜しい男だった。――そうだ、私は今日は九段会館に泊まることになっているんだが、夕食を摂りながら話しますか」

初対面で思いもかけず、黒塗りの公用車に便乗し、九段会館地下の天ぷら屋でご馳走になりながら、黒澤さんの人生を語ってもらうことになった。

「戦争はね、私の人生の一部でしかない。しかし、人間・黒澤丈夫を作ってくれたのは海軍です。われわれは、大和民族の歴史のなかでもっとも大変な、激動の時代を生きてきた世代。それが歳とって隠居して、黙ったまま死んでいっていいのか。最後まで、自分が体験しつつ学んだことを次世代の人に語り継ぎ、教えとして残すのが私たちの使命だと思いますよ」

黒澤丈夫さんは大正二（一九一三）年十二月二十三日、群馬県の最西南端に位置する多野郡上野村乙父に、父・和造さん、母・ヤス子さんの長男として生まれた。生家は農家で、また、黒澤さんが生まれた頃までは酒造業も営んでいた。上野村は、江戸時代には徳川幕府の直轄領・山中領上郷と呼ばれていた土地で、南は埼玉県秩父、西は長野県南佐久に隣接する。御荷鉾・荒船連山や三国連山など千〜二千メートル級の山々に囲まれ、険しい山野が村の総面積百八十一・八六平方キロの九十パーセントを占める、典型的な峡谷型の山村である。集落は、村のやや北寄りを東西に流れる利根川水系の神流川に沿った谷あいに点在しているが、昭和初期に「日本のチベット」と呼ばれていたというほど、交通不便な山奥の僻地だった。

「父は私の誕生を非常に喜び、さっそく役場に出生届を出しに行ったんですが、名前を準備してなくて、とっさの思いつきで丈夫に育つようにと『丈夫』と書いて『たけお』と名づけることにしたそうです」

父・和造さんは、高等教育は受けていないが、私塾に学んで漢書に通じ、黒澤さんはこの父から『論語』を教わったという。和造さんはのちに上野村村長も務める。

「当時は教育も生活も、いまでは考えられないほど地域差が激しく、上野村は、活字というと学校の教科書でしか読む機会のないような村でした。しかし、四季は変化に富んで美しく、周囲には広い遊びの天地が広がっている。私はこの自然に囲まれた土地で、遊びたい放題の自然児として育ちました」

和造さんは一時、一旗揚げようと東京に出て、黒澤さんも小学校二年生から東京の小学校に通うが、都会の水になじめなかったのか、結局、小学校四年生の夏休みにまた上野村に舞い戻る。関東大震災が起き、東京が廃墟と化したのはその直後、大正十二（一九二三）年九月一日のことだった。

「小学校六年生になると、父は私を富岡中学校に進学させると言い出した。富岡は、製糸場があって群馬県のなかでは先進的なところです。上野村の我が家から富岡までは、十五キロ歩いて峠をいくつか越えたところからバスに乗り、十五分揺られて下仁田に出て、そこから汽車に乗り換えます。受験科目は国語、算術、地理、歴史、作文で、それがどれも難しく、算術と作文以外は満足な答案が書けなかった。それでもう駄目かと思ったんですが、成績順に貼り出される合格者のビリに近いところに自分の名前を見つけたときは嬉しかったですね」

大正十五（一九二六）年四月、富岡中学校に入学、校庭の隅に建てられていた寄宿舎に入る。わずか三十数キロ離れた富岡に出ただけでも、見るもの聞くもの食べるものすべてがめずらしく、上野村とはまったく異なる文明社会に驚くばかりだったという。一年生一学期の成績は、百四名中九十四番。勉強についてゆけず、山中育ちを同級生にからかわれたり、蔑まれたりすることもしばしばだった。

「夏休みに家に帰って父に通知表を見せたら、父は青筋たてて怒りましてね。自分でも悔しくて、このときから心底やる気を起こしたように思います」

寄宿舎の先輩に勉強のコツを教えてもらい、猛然と勉強に励んだところ成績も伸び、上の学校への進学を目指すようになる。四年生のとき、将来は医者になろうと松本高等学校を受験するが失敗。五年生になった頃、「海軍兵学校を受けてみる者はおらんか」との教師の呼びかけに興味を持ち、海軍軍人になろうと決心した。一年の浪人生活ののち、昭和七（一九三二）年四月、広島県江田島の海軍兵学校に六十三期生として入校。黒澤さんの軍人としてのキャリアはここから始まる。

「入校式を控えて三月末、江田島に渡り、指定された生徒の倶楽部（兵学校生徒が休日を過ごす民家）に入ると、ひょっこり現れた見知らぬ海軍士官に、『黒澤か、早く着いたなあ』と声をかけられ、驚きました。この人は私たちのクラスの指導官になる人で、事前に写真を見て全員の顔と名前を覚えておられたんですね。兵学校の指導官というのは偉いものだなあ、と、そこでまず度肝を抜かれました。

入校式では、校長の松下元（はじめ）少将が訓示で、兵学校教育の目標について『科学者たる武人を養成するにあり』と明言されたのが印象的でした。海軍兵科将校は、単なる文武の人ではなく、科学の知識を備え、その粋（すい）を集めた兵器を合理的に活用できなければならない、ということです。精神偏重ではなく、科学に根拠をおいた教育が主であったことはぜひ知ってもらいたいですね」

海軍兵学校では、出身期によってそれぞれ独特の個性がある。原則として最上級生（第四学年）が最下級生の日常生活を指導することになっているから、入校時の最上級生の気風を受け継ぐことが多い。黒澤さんたち六十三期は、最上級生の六十期が比較的おとなしく紳士的なクラスだったため、物静かな常識人が多かったという。

「私はここで、人格を練り、人生観を深めることができたと思います。日清・日露の戦いでの諸先輩の勇敢な行動を毎日のように聞かされて、自分もかくありたいとは思うものの、命を捨てる行為がそう簡単に、迷いなく実行できるものではない。生命とはそもそも何かなど、苦悶しながら日々考えました。それで自分なりに得た結論は、私は父母の、個体としては限りある命を永遠につなげていこうとする生物の本能にしたがって生まれた。これは論理を超えた生物誕生の哲理だということです。

この哲理から生まれた私が、死を恐れるのは自然なこと。ただ今後、国家の大事に際しては個体保存の本能よりも種族保存の本能がまさるよう、死の恐怖を克服しなければならない。海軍ではまさにそのための修練を積むべきである、と。クラスメートにも模範とすべき者が大勢いました。議論をして自分の誤りに気づいたとき、素直に非を認めることのできる心を持つことの大切さを、私は兵学校で学びました」

練習航海で寄港したアメリカ各地で国力の差を思い知らされる

昭和十一(一九三六)年三月十九日、六十三期生は海軍兵学校を卒業、少尉候補生として海上での新たなる訓練がはじまった。兵学校の卒業席次は「ハンモックナンバー」とよばれ、卒業後も行く先々でこれがついてまわる。黒澤さんのハンモックナンバーは、百二十四名中八十四番だった。将来の進路希望の調査に対しては、「飛行学生」と書いて提出した。

「私は兵学校で怠けたわけですよ。合格したときの成績は官報に載るからわかるけど、そんなに悪くなかった。ところが、卒業したときには下位の方になってしまっていた。それで自ら省みて、自分という人間は、怠けられる環境では怠けてしまう。サボれない環境に身を置くには、一瞬の不注意が死に直結する飛行機がいちばんだろうと思ったんです。それからは徹頭徹尾、飛行機志望でした」

だが、海軍士官が飛行機乗りになるには、順序がある。まず練習航海、艦隊勤務で潮ッ気を存分に吸い込み、海軍士官としても船乗りとしても一人前になった上で、適性のある者が選ばれて飛行学生となることを命ぜられるのだ。

「われわれは練習艦『浅間』『磐手』に分乗し――私の乗艦は『磐手』でしたが――朝鮮の仁川から大連、旅順、上海、佐世保、伊勢湾と巡航して艦の生活に慣れ、六月九日、遠洋航海に出発しました。行き先はアメリカです。横須賀を出港してシアトル、サンフランシスコ、ロサンゼルス。それからパナマ運河を通ってキューバ経由、ボルチモア、ワシントン、ニューヨークとまわり、ボストンやフィラデルフィアにも足を延ばして、帰りはメキシコのマンザニオ、ハワイのホノルル、さらにヤルート、トラック、サイパンに寄港しながら、約半年がかりで横須賀に帰ります。

アメリカの印象は、まず、国力の差にギャフンでしたね。フォードの自動車工場なんか見学に行くと、マスプロとかいって車がポンポンできてくる。一分に一台できると聞かされて驚きました。サンフランシスコでは完成間近の金門橋を見て、よくあんな巨大な橋が架けられるな、と驚いたし、街を歩けば日本にないようなものばかり。在留邦人が喜んで接待してくれるんだが、密航で渡って製材屋をやってるような人が自家用車を持っていたりして、われわれよりもずっと裕福に見える。

ニューヨークへ行くと、摩天楼、自動車の流れ、ブロードウェイ、ウォール街の盛況など、目を瞠(みは)るばかりでした。アナポリスの海軍兵学校にも行きましたが、私たちと同じ立場で海軍の将来を担う生徒たちには親近感を覚えましたね。

こっちは向こう意気だけは強いから、アメリカ海軍何するものぞ、なんて強がってはいましたが、国内外のギャップというか、資源、工業力、経済力など全ての面で次元のちがう豊かさを、いやというほど思い知らされましたよ。

遠洋航海に行ったのは、ちょうど二・二六事件のあった年ですが、陸軍の叛乱(はんらん)将校みたいな、なにも知らない馬鹿が政治を牛耳ろうとするとダメだね。陸軍なんて、明治の小銃を昭和になってもまだ使ってたんですから。その点、海軍の方が外国を見ているだけに、国力の差を客観的に見ていました」

――ちょうどここまで語ってもらったところで、天ぷら屋の看板の時間になった。

「じゃあ、今日はこれで。また会いましょう。上野村まで来てもらってもかまわない。役場に電話して、秘書にスケジュールを聞いてください」

初対面の厳しい雰囲気とは打って変わって、もっと話していたいような口調だった。

黒澤さんと二度めに会ったのは、その数週間後のこと。場所は全国町村会館だった。前回とちがい、黒澤さんは前日に全国町村会の会合を済ませていて、九段会館で一泊した翌日の昼から上野村に帰るまでの三時間、という約束で時間を空けて待っていてくれた。公人だから、無駄にできる時間はない。さっそく、話の続きを始める。

「海軍では、遠洋航海から帰ったら、一年ぐらいは艦隊勤務に就くのが習わしでした。最初の任地は、重巡洋艦『摩耶』です。配置は、運用士兼上甲板士官でした。運用士というのは、注排水などダメージコントロールの仕事。甲板士官は、上甲板と中甲板、下甲板とに分かれ、艦内の軍紀風紀をつかさどる役目で、『総員起こし』の前から消灯の後まで、裸足で艦内を駆けずり回るんです。八名乗り組んだクラスメートのなかから私がこの役に選ばれたのは、兵学校の二期先輩で中甲板士官の染谷秀雄中尉が、私に目をかけて推薦してくれたからでした。

それで私は、染谷中尉と一緒に、『摩耶』の士気を高めるべく、『海軍体操』の考案者でその普及につとめていた堀内豊秋少佐を横須賀鎮守府に訪ね、指導を受けたりもしました。約五年後、大東亜戦争開戦からまもない昭和十七（一九四二）年一月十一日、それぞれ進級した堀内中佐が司令、染谷大尉が副官をつとめる横須賀鎮守府第一特別陸戦隊が、セレベス島メナドに落下傘降下するのを、零戦隊を指揮して私が護衛することになるんですから、縁とは不思議なものですね」

「摩耶」勤務中の昭和十二（一九三七）年四月一日付で海軍少尉に任官。六月には第八駆逐隊に転勤し、駆逐艦「天霧」航海士、次いで「夕霧」航海士兼通信士を務める。

昭和十二年七月七日、中国・北京郊外の盧溝橋で日中両軍が衝突、支那事変（日中戦争）がはじまると、海軍の駆逐艦には、大陸に派遣される陸軍部隊を乗せた輸送船を護衛する任務が課せられた。さらに八月十三日、戦火が上海に飛び火したのを受け、駆逐艦に移乗させた陸軍部隊による敵前上陸作戦が行われた。

「陸軍第三師団を乗せて揚子江を少し遡って、上海北部沿岸の呉淞鎮に陸軍部隊を上陸させました。これが私の初陣でしたが、頭上を飛ぶ弾丸の音を聞いたぐらいで、これが戦争だという実感は湧かなかった。その後、旅順を拠点に沿岸警備にあたっているところへ、飛行学生の辞令が電報で届いたんです」

　辞令は昭和十二年十月一日付である。黒澤さんは「夕霧」が旅順に入港したさいに引き継ぎを済ませ、霞ケ浦海軍航空隊に第二十九期飛行学生として赴任した。

「広い飛行場での訓練は厳しく、また楽しくもありました。そりゃあ、空を飛ぶのは爽快です。初歩練習機、中間練習機で一通りの操縦技術を習得し、翌昭和十三（一九三八）年五月に卒業すると、こんどは実用機の訓練です。私はどうしても戦闘機に乗りたかったんですが、希望通り戦闘機専修に選ばれて、クラスの四名とともに大分県佐伯海軍航空隊（地名は「さいき」だが隊名は「さえき」と読む）に転勤しました」

　佐伯空では、複葉の九五式艦上戦闘機で、もっぱら空戦、射撃、急降下爆撃などの訓練を受けた。なかでも、曳的機が曳く長さ五メートルの吹き流しを標的にした射撃訓練はなかなか命中弾が得られず、苦労したという。半年間の訓練を終えたとき、黒澤さんに対する教官の講評は、〈何ごとにも取りつきは悪いが、一度技を身につけるとそれを確実なものにする能力をもつ〉というものだった。事実、射撃訓練の仕上げに行われた競技会では三十発のうち二十七発を吹き流しに命中させている。秋になると大村海軍航空隊に転じ、低翼単葉の新鋭機・九六式艦上戦闘機の慣熟訓練を受ける。そして昭和十三年十一月、飛行学生同期の岡崎兼武中尉、岡嶋清熊中尉とともに第十二航空隊に転勤を命ぜられ、中国大陸の漢口基地に赴任した。

「しかし、私が漢口に着任した頃は、こと戦闘機の空戦に関する限りは小休止の状態でした。というのは、中国空軍の主力はさらに奥地の重慶に退き、航続距離のみじかい九六戦ではそこまで飛んで帰ることはできなかったんです。飛行隊長は小園安名少佐でした。着任早々、小園さんが私たちを呼んで、『お前たちは地上では中尉かもしれんが、空に上がれば三等兵と一緒だ。戦争のことは何もわからないんだから、今日は俺の列機につけ』と、小園少佐の二番機に岡嶋、三番機に私がついて、三十キロ爆弾二発を積んで、宜昌の陸戦協力に出撃したのが、私の戦闘機での初陣でした。

以後、十ヵ月ほど戦地にいましたが、戦闘機同士の空戦はなく、もっぱら基地の上空哨戒に終始しました。重慶、成都へ出撃する陸攻隊にとっては、敵戦闘機の邀撃から身を守るすべがなく、受難の時期でしたね」

昭和十四（一九三九）年九月、黒澤さんは内地に転勤、霞ケ浦海軍航空隊教官として後輩の飛行学生の教育にあたることになった。

「霞ケ浦空の飛行隊長は、名指揮官と謳われた陸攻の入佐俊家少佐、分隊長がのちに人間爆弾『桜花』の神雷部隊指揮官として戦死する野中五郎大尉、そんな錚々たる人にまじって教官勤務をスタートしたんですが、ここで私は大きな失敗をしてしまいました。昭和十四（一九三九）年の十一月二十二日、海兵六十五期の学生が操縦する九三式中間練習機（九三中練）の後席で指導していて見張りを怠り、着陸直前にやり直しを命じた直後、低高度で別の一機と接触して墜落、二人とも骨折し三ヵ月も休んだんです。学生の永野善久中尉は左腕を骨折し、入院治療が長引いたので、結局、二期あとの飛行学生に編入されました。彼はのちに一式陸攻で戦死するんですが、ほんとうに悪いことをした。事故直後は自分の搭乗員としての資質に疑問を感じ、墜落の衝撃で右眼が動かなくなって物が二つに見えたときには、これで終わりかと落胆したものです。幸い、体は徐々に回復し、翌昭和十五（一九四〇）年二月から教官配置に復帰できましたが、この時期はもっとも恥ずかしく、また意気消沈した時代でした」

開戦の日のフィリピン攻撃は、片道八百キロ超。常識を超える長距離進攻だった

　昭和十五（一九四〇）年十一月、新たに編成された元山海軍航空隊分隊長となり、翌昭和十六（一九四一）年四月にはふたたび漢口に進出。すでに零戦が制式採用さ

れ、第十二航空隊の零戦が漢口基地を拠点に重慶、成都の中国空軍戦闘機を相手に一方的な勝利をおさめていたが、元山空に配備された戦闘機はもはや旧式となった九六戦で、黒澤さんの任務は基地の上空哨戒だった。

「元山空には戦闘機二個分隊、十八機の九六戦がいましたが、もう一人の戦闘機分隊長だった周防元成大尉が、横須賀の航空技術廠飛行実験部員（テストパイロット）として転出してしまい、分隊長が私だけ、なりたての大尉（昭和十五年十二月、大尉進級）の身で実質的に飛行隊を指揮し、漢口基地の上空哨戒の全責任を負うことになりました。漢口が猛暑の夏に入った頃、血便が出て、体調に異変を感じた。これがアミーバ赤痢で、私はこの病気にのちのちまで悩まされることになります」

八月に入ってようやく、元山空にも零戦が配備されることになったが、その機種転換中、黒澤さん以下元山空戦闘機隊員たちに、鹿児島県の鹿屋基地で編成中の第三航空隊（三空）への転勤命令が届いた。

三空は、昭和十六年四月十日、陸上攻撃機の航空隊として新設され、九月一日付で戦闘機隊に改編された、日本海軍初の戦闘機専門部隊である。本拠を台湾の高雄基地に置き、台南海軍航空隊とともに第二十三航空戦隊を編成していた。

第三航空隊の司令は生粋の戦闘機乗りの亀井凱夫大佐、副長兼飛行長・柴田武雄中佐。飛行隊長兼分隊長・横山保大尉、戦闘機分隊長は先任順に黒澤丈夫大尉、向井一郎大尉、稲野菊一大尉、蓮尾隆市大尉、宮野善治郎大尉、それに偵察分隊長・鈴木鐵太郎大尉という陣容であった。

　分隊長は原則として、作戦の際にはそのまま中隊長として空中指揮をとる。当時、海軍航空隊では一個小隊三機を戦闘の最小単位とし、三個小隊九機で一個中隊という編成が標準になっていた。三空は、戦闘機六個中隊（零戦・定数五十四機、補用十八機）、偵察機一個中隊（九八式陸上偵察機・定数九機）を擁する強力な航空隊となった。隊員たちも、多くは支那事変での歴戦の搭乗員で占められていた。

「編成替えはいかに急いでも時間がかかる。各方面から集まってくる隊員をまとめて、新しい戦闘機隊を編成し、機材を分配、整備して訓練を開始したのは九月中旬のこと。上層部ではすでに我が隊の用途が決められていて、われわれには、航空母艦『龍驤』と『春日丸』で着艦訓練をせよ、との命が下りてきました」

　何のための訓練か、搭乗員には知らされないまま、基地航空部隊なのに母艦発着艦の訓練が始められた。

　高速で疾走する空母の飛行甲板に着艦するのは難しい。しかも、「龍驤」「春日丸」（のち「大鷹」と改名）ともに、日本海軍が保有する航空母艦の中でもとびきり小さな艦であった。未経験者にいきなりの着艦は無理なので、まずは鹿屋基地での定着訓練（飛行場の決まった位置にピタリと接地できるようにする訓練）が課せられた。それができてはじめて、実際の母艦に着艦する。

着艦訓練が終わると、三空は台湾の高雄基地に移動した。高雄基地は、千二百メートル滑走路一本に千メートル滑走路三本を持つ、当時としては大きな飛行場であった。

「この頃になると、三空の立場や任務が、私たち分隊長クラスにまでだんだん知らされるようになりました。三空は台南空とともに、開戦劈頭、陸攻隊を護衛して、フィリピンにある米航空戦力を壊滅させるのだというんです」

そんななか、最初に問題とされたのが、航空母艦からの発進である。フィリピンの米軍機は主にルソン島南部に配置されていて、台南、高雄の日本海軍基地からの距離は四百五十浬（カイリ）（約八百三十三キロ）。これは、単座戦闘機の進出距離としては、世界に例のない長大な距離であった。そこで、三空、台南空の上級司令部である第十一航空艦隊（十一航艦）では、「龍驤」「瑞鳳（ずいほう）」「春日丸」の三隻の小型空母を使用し、フィリピン近海から零戦を発艦させる計画を立てた。

十月上旬、鹿屋基地で図上演習が行われたが、演習の規約で零戦の行動半径は三百六十浬と設定されていた。支那事変で、すでに片道四百浬を超える奥地攻撃の実績があったにもかかわらず、司令部ではなお、零戦の航続力について懐疑的だったのだ。漢口の日本軍基地から重慶、成都へ攻撃をかけるときには、宜昌の中継基地を燃料補給に使うことができたのに対し、台湾〜フィリピン間は海ばかりである。司令部の危惧（きぐ）もやむを得ないことだったのかもしれない。だが、この空母使用に対し、黒澤さんたち現場指揮官が異議を申し立てた。黒澤さんは語る。

「いままでの長距離進攻の経験上、台南、高雄からなら、マニラに進撃しても、十五分間空戦を行って余裕をもって帰投できる。母艦から発艦するといっても、予定されている三隻の小型空母から全機が同時に発艦することは不可能で、先発の中隊は後発の中隊が格納庫から出され、準備を整えて発艦して集合するまで空中で長く待つことになり、その間、燃料を無駄に多量に消費する。さらには、母艦が敵潜水艦等の攻撃を受ける危険もあるし、陸攻隊との連携もとりにくい。これらを考慮して、われわれ三空戦闘機隊は、高雄から発進して攻撃させてくれるよう強く要望しました」

　三空からの要望に対して、十一航艦側からは、

「作戦計画は、聯合（れんごう）艦隊司令部とともに十分に検討、立案したものである。基地から直接進撃可能というなら、その根拠を示せ」

と言ってきた。そこで、三空飛行長・柴田中佐の提案で始まったのが零戦の燃費試験である。

燃料消費量は、搭乗員の操縦方法や技倆によっても違ってくるが、保有機全力での出撃が前提だから、限られた名人だけがよい結果を残しても意味がない。そこで三空では、若年の搭乗員にももっとも効率よく巡航飛行するためのプロペラの回転数、ガソリンと空気の混合比をなるべく薄くするための空気調節、飛行高度、速力などを教え込み、増槽（落下タンク）に百リットルの燃料を積んで離陸させ、飛行高度四千メートル、計器速度二百ノット（時速三百七十キロ）、プロペラ回転数千八百で一時間、増槽の燃料で飛行させ、巡航時の一時間の燃料消費量を正確に求めた。黒澤さんの航空記録には十月二十一日、二十九日に、燃費試験を行った記録が残っている。台南空でも、同様の試験を行った。結果は、どの機体、搭乗員でも、燃料消費を毎時九十リットル以下に抑えて、片道五百浬の長距離進攻が可能だとの結論に達した。

燃費について明確なデータが出せたことは、搭乗員にとっても大きな自信になったし、十一航艦が空母使用を取りやめる根拠にもなった。これによって、三隻の空母を、ほかの戦場でより有効に使えるという副産物も生じた。

十一月末になると、いよいよ開戦は必至との気運が高まってきた。偵察機がフィリピンの米軍基地を高高度からカメラに収め、情報分析の結果が届けられると同時に、ルソン島の模型が届いて、空から見た敵地の様子を搭乗員たちに覚え込ませた。

十二月七日午後、総員集合がかけられ、亀井司令より隊員たちに、明八日、アメリカ、イギリス、オランダと開戦することが知らされた。

「三空は台南空とともに、比島方面の敵航空兵力撃滅戦の主力となる。飛行機隊は夜間発進して中攻隊を掩護しつつ、敵のクラーク基地周辺の攻撃に出撃する」

飛行隊長・横山大尉からは、出撃参加搭乗員に、これまでに行ってきた厳しい訓練の成果は、明日の第一撃で存分に発揮すべきであること、今夜は十分に休養をとり、入浴後、なるべく早く就寝するようにということが伝えられた。

夜になって、台南基地から、天候偵察のため、陸攻四機が二派に分かれて発進した。しかし、日本側偵察機の動きを察知した米軍は、八日午前零時十五分、マニラの司令部からイバ、クラークの両基地に対し、全機十五分待機（命令があれば十五分で出撃できる状態）を下令したことが、高雄通信隊の通信傍受により明らかになった。同時に、米軍は日本側天候偵察機の使用電波を妨害し始め、午前一時には、偵察機を邀撃するため、米陸軍の戦闘機六機が発進したとの無線通話が傍受された。

「その夜、私は先任分隊長として出発前の飛行機の整備点検を監督するため、翌朝二時の起床を予定して早めに床に入りましたが、強敵との死闘を思うとなかなか眠れない。早く眠らねば、早く眠らねば、と思うが、心が昂ぶって眠れず、己の修養不足を嘆きながら浅い眠りに落ちていきました」

黒澤さんが予定通り、午前二時に起床して外に出てみると、基地は一面の濃霧に包まれていた。「これでは離陸は無理だ」、心配しながら飛行場に行くと、整備員はすでに作業にかかり、エンジンの試運転の爆音が轟々と響いていた。しばらくすると、司令や副長、ほかの分隊長たちも指揮所に集まってきた。各方面に問い合わせると、台南も高雄も濃霧で、すぐには晴れそうにないという。

明るくなってからの出撃では、白昼、敵の待ち構えるなかへ突入することになり、苦戦は免れまい。それどころか、台湾が敵の大型爆撃機ボーイングB－17による先制爆撃を受ける懸念もある。じりじりとした空気が流れるが、霧は一向に晴れる気配はない。時間ばかりが過ぎ、やがて夜明けを迎えた。

「そこへ、ラジオが開戦を伝え、行進曲『軍艦』とともに機動部隊のハワイ空襲の大戦果を派手に伝えるニュースが流れた。『やったな』という思いと、『一番槍を越されてしまった』という悔しさが、霧のなかの搭乗員の胸に交錯しました。

九時近くになってようやく、司令部より、『霧は十時近くには晴れる見込み。各隊は離陸可能となったら発進して、予定の攻撃を実行せよ』との命令がくだりました」

十時過ぎ、霧が切れ、青空が見え始めた。太陽はすでに高く上っていた。格納庫前に出撃参加搭乗員が整列、司令から出撃が命じられると、零戦隊は十時半過ぎから順次、編隊で離陸を開始した。指揮所の信号ポールには、日露戦争の日本海海戦における大勝にちなんで、「皇国ノ興廃此ノ一戦ニ在リ、各員一層奮励努力セヨ」を意味するZ旗一旒が掲げられている。戦闘機隊が発進を完了したのは十時五十五分。上昇して低い雲の層を抜けると、それまでの霧がうそのように、上空は快晴であった。各小隊、中隊が所定の隊形に編隊を組み終わると、指揮官・横山大尉は、高度を四千メートルの巡航高度にまで上げ、高雄空と鹿屋空の一式陸攻五十三機をはるか右に見ながら、ルソン島に向けて一路、南進をはじめた。五十機を超える戦闘機の大編隊での進撃は、日本海軍ではかつて例のないことであった。まさに威風堂々。

「私は、この祖国の興亡を賭けた大戦争において、零戦に搭乗している己の冥利を思って、そっと感激の涙をぬぐいました」

と、黒澤さん。開戦時点での黒澤さんの飛行時間は、千百八十九時間三十五分と記録されている。

日本海軍の戦爆連合の大編隊が、イバ、クラークの敵飛行場上空に殺到したのは、午後一時半過ぎのことである。

ここに、日本側にとっては奇跡的ともいえる僥倖があった。海軍航空隊の攻撃に先立って、午前十時半、陸軍重爆撃機隊がルソン島北部のバギオ、ツゲガラオの米軍拠点を爆撃しているが、そのために空中避退していた米軍のボーイングB-17爆撃機三十五機が、台湾爆撃にそなえて全機、クラークに着陸したばかりのタイミングだったのである。米戦闘機隊は、三個飛行隊（一個飛行隊十八機）が日本機を邀撃するため、十二時四十分までに離陸、その他、一個飛行隊はクラーク、別の一個飛行隊はデルカルメン飛行場で地上待機していた。

「空の要塞」と呼ばれるB-17が集結しているクラーク基地上空に、台南空の零戦三十四機と五十三機の陸攻隊が到達したとき、上空に敵戦闘機の姿はなく、米側が警戒していたにもかかわらず、その虚を衝いた形で攻撃は奇襲になった。

黒澤さんら、三空と台南空の一部からなる零戦五十一機は、一時三十五分に陸攻隊と合同し、一時四十分、イバ飛行場上空に到達した。ここでは数機の敵戦闘機が待ち構えていたが、零戦隊がその一機を撃墜すると、残る敵機は逃げ散っていった。その直後、一式陸攻五十三機がイバ飛行場に爆弾の雨を降らせている。

爆撃が終わり、陸攻隊が帰途につくと、零戦隊は一部を上空制圧に残し、敵飛行場に対して地上銃撃を繰り返した。零戦の二十ミリ機銃は、地上にある敵機を撃破するにも絶大な威力を発揮し、敵機は次々と炎を上げた。黒澤さんの回想——。

「私は、バンク(翼を振る)の合図で編隊を解き、クラークで爆撃を免れた大型機に向かって降下して銃撃を加えました。すると、敵は待ってましたと言わんばかりに、対空砲火を撃ち上げてきた。まるで、赤いアイスキャンデーが、私に向かって飛んでくるようでした。一撃めで、一瞬、ガーンと衝撃が響いて、敵弾が命中。機を引き上げて、恐る恐る機体を見ると、急所は外れたらしく、燃料漏れもない。そこで二度めの銃撃に入りましたが、また一発やられた。三度めの銃撃の途中で二十ミリ機銃弾がなくなり、そこでも一発食らいました」

味方機がクラーク飛行場を銃撃している間、その掩護のため上空に残った零戦隊は、数回にわたって敵戦闘機カーチスP-40と遭遇、空戦に入った。零戦は敵機に反撃の機会をまったく与えないまま、計五機を撃墜。まさに一方的な空戦だった。

世界の最強国と思われていたアメリカ軍の戦闘機が、このとき、空戦に参加した搭乗員が意外に思うほどに弱かった。黒澤さんは続ける。

「地上銃撃を終えて、高度をとろうと上昇しているところへ、高度四千メートル付近で、一目で敵機とわかるP-40が向かってきました。こっちは上昇中だから、スピードは落ちています。私はもう泡食いましてねえ。プロペラピッチを最低に、自動車でいえばローギアにして、エンジンをふかして加速しようとするんですが、とても間に合わない。敵はまたたく間に私に近づいてきて、格闘戦に入ろうとした。仕方がないから、私もそれに応じて空戦に入った。そしたらやってみますとね、零戦のほうが格闘戦の性能がずっといいわけですよ。たちまちにして敵機の後ろについたんですが、撃とうとしたら敵は急降下、こっちはもともとスピードが落ちてしまっているから、追いつくことができずに逃げられてしまいました。

アメリカと戦争をやると聞かされたときは、遠洋航海で国力の一端をこの目で見てきただけに、あのアメリカとやるのかと不安でした。十二月八日は、おそらく三空の搭乗員の三分の二は戦死するだろうと思って出撃したんですが、まさかP－40あたりがあんなに性能が悪いとは思わなかったですね。帰ったら、みんなの意気は大変なものだった。敵があんなものなら世話はないって」

P－40は、十二・七ミリ機銃六挺（ちょう）をもつ、米陸軍の新鋭戦闘機であったが、機体強度と降下時の加速、急降下速度は零戦よりすぐれていたものの、上昇力と旋回性能では格段に劣っていた。ましてや旧式のP－35など、零戦の敵にはなりえなかった。

ルソン島上空を制圧すること四十分。午後二時二十五分、中隊ごとに分かれていた三空零戦隊はふたたび集合し、堂々の編隊を組んで、五時十分までに高雄基地に帰着した。搭乗員が整列し、横山大尉から戦果が報告されると、基地は沸き立った。

この日、零戦隊と陸攻隊はフィリピンの米航空兵力の約半分を壊滅させ、クラークおよびイバの両主要基地の基地機能を失わせた。零戦隊の損害は、未帰還七機、搭乗員の戦死七名。

「われわれ戦闘機隊員には、さらに大きな戦果がありました。それは、敵搭乗員の技倆と敵機の性能を大方知り得たことで、このことがその後の戦闘に対して自信と勇気を与えた効果は計り知れません」

と、黒澤さんは言う。

――三時間の約束が、時計を見るともう五時間が経過していた。全国町村会館の窓の外はすっかり暮色に包まれている。黒澤さんは、

「じゃあ、今日はこれで。次回はぜひ、上野村にいらっしゃい。日航機事故の慰霊の園にも案内しますよ」

と言って立ち上がった。

わずか六十機足らずの零戦隊が、広大な東南アジアの制空権を握っていた

三度めのインタビューは、黒澤さんの言葉に甘えて、上野村に行くことにした。秘書の今井氏を通じて指定されたのは六月の日曜日。朝九時、村役場で待つ、という。

上野村への交通手段はもちろん自動車である。東京・練馬から関越自動車道に入り、上信越自動車道の藤岡インターで降りて、あとはひたすら下道を走る。山間の村だから、そこへ行くまでの道路は曲がりくねっていて、信号などほとんどない代わり、車のすれ違いが困難なほど道幅が狭い箇所もある。地図を頼りに車を走らせながら、私は、この道を通って週に二度、東京に出て全国町村会を取り仕切っている黒澤さんのエネルギーを改めて実感した。

指定された時間より一時間早く、休日で人気のない上野村役場に着き、当直の人に来意を告げると、黒澤さんはすでに村長室にいて執務中だという。邪魔をしては悪いと思い、役場の周囲を見て回った。青い空に樹々（きぎ）の緑がまぶしく、小鳥のさえずりのほかには物音ひとつ聴こえない。こんな大自然のなかで太古の昔から人の営みが続き、この村から零戦隊を代表する指揮官が出たのかと思うと、不思議な気がした。

「海軍五分前」という言葉がある。何ごとも五分前には準備をととのえ、定時きっかりに行動を起こせるようにとの心構えを説いたもので、「五分前の精神」ともいう。海軍軍人だった人にはその習慣がしみついていて、会うときにも遅刻は厳禁である。私は九時五分前にふたたび役場に入り、村長室をノックした。

「やあ、遠かっただろ？」

黒澤さんは満面に笑みを浮かべ、迎えてくれた。

「あなた、これ知ってる？」

指差した先には、

〈一、至誠に悖るなかりしか
一、言行に恥ずるなかりしか
一、気力に缺くるなかりしか
一、努力に憾みなかりしか
一、不精に亘るなかりしか〉

と墨痕あざやかに記された色紙が額に入れて飾られていた。黒澤さん自身の筆による「五省」である。

「五省」とは、海軍兵学校の訓育に使われたスローガンで、黒澤さんたち六十三期生が入校した直後の昭和七（一九三二）年四月二十四日、軍人勅諭下賜五十年記念日にあたって、当時の海軍兵学校教頭・三川軍一大佐が起案、校長・松下元少将が裁可して教育の場に登場した。以後終戦まで、兵学校の気風を端的に表す教えとして、海軍士官のあいだに受け継がれた。

「兵学校生徒の頃、私たちは毎晩、就寝前にこの五省を各自で唱え、全員目を閉じ、今日一日の自分の姿を反省するのが日課の締めくくりでした。私は戦後もずっと、この教えを戒めにしてるんですよ」

そう前置きして黒澤さんは、正確に前回の続きから戦中の体験を語り始めた。

「昭和十六（一九四一）年十二月八日、フィリピンへの第一撃で敵航空兵力を半減させたわけですが、作戦を効果的に遂行するには、敵に立ち直りの暇を与えてはならない。ルソン島米軍基地への空襲は、翌九日も行う予定でしたが、この日も台湾は濃霧に覆われ、晴れるのが遅い時間になったために、攻撃は見送られました。

十二月十日、三空、台南空はふたたび可動全機をもって、マニラ方面の敵航空兵力撃滅のため出撃しました。三空は零戦三十四機に、誘導機として九八陸偵三機。台南空は、零戦三十九機と陸偵一機と記録されています」

横山大尉の指揮する三空零戦隊は、午後一時四十分、マニラ上空に進入。空中に敵機の姿を認めなかったので、ただちにニコルス、ニールソン両基地への地上銃撃に入った。敵の防禦砲火は、前回にも増して熾烈なものであった。そこへ一時四十五分、米戦闘機約四十機が現れ、たちまち激しい空戦が繰り広げられた。日米初の、大部隊同士の空中戦闘である。敵機の多くはカーチスP－40で、なかには旧式のボーイングP－26の姿も認められた。

空戦ではふつう、高度の高い方が有利に戦える。だが、低高度の不利な状況からの反撃になったにもかかわらず、零戦隊の強さは米戦闘機の比ではなかった。飛行機の性能もさることながら、搭乗員の練度も、すでに支那事変の戦火をくぐり抜けてきた歴戦の搭乗員を擁する日本側のほうがはるかに勝っていた。敵機は果敢に戦いを挑んできたが、返り討ちに遭い次々と撃墜されていく。

敵機の姿が空中からあらかた消えると、零戦隊は引き続き、地上銃撃を行った。前回の攻撃で、航続力に自信を持った零戦隊は、弾丸の続く限り攻撃の手をゆるめず、戦闘時間は一時間以上に達した。

激戦で零戦隊は散り散りになり、めいめいに帰途についた。途中天候が悪化し、横山大尉以下四機が不時着、一機は行方不明になっている。

「この日の報告を集計すると、三空戦闘機隊の戦果は、撃墜四十六機、地上撃破三十四機に達しました。戦闘機隊としては空前の大戦果です。台南空の戦果と合わせれば、十二月八日、十日の二度の攻撃で、フィリピンの米軍の大部分を壊滅させたものと判断されました」

さらに一日おいて、十二月十二日、三度めのフィリピン空襲が行われた。

「十日の不時着で横山大尉が負傷したため、この日、三空戦闘機隊の零戦二十五機、誘導偵察機一機の指揮は私がとりました。

マニラ周辺は雲が低い、視界のきかない天候で、そのため攻撃は手応えに欠けましたが、もはや反撃してくる敵機もほとんどなかった。われわれが地上銃撃している間に、上空支援にまわっていた蓮尾大尉の中隊が敵戦闘機八機と遭遇、その全機を撃墜したぐらいです。損失はなし。全機連れて帰るというのは、やはり嬉しいですね。

翌十三日は、私は非番でしたが、クラスメートの向井大尉以下、零戦十八機と陸偵一機が出撃、クラーク、デルカルメン基地で、前日撃ちもらした敵機二十一機を地上銃撃で撃破しています」

十三日の攻撃後、陸偵隊がマニラ周辺の飛行場をくまなく偵察した結果、残存米軍機は約二十機にすぎないことが確認された。開戦以来、フィリピンで撃墜破したと報告された敵機は約三百機。これは、開戦前に予測されていた敵機の総数を上回っている。日本側の損失は、戦闘によるものが陸攻一機、零戦十二機。戦闘以外の事故、不時着などによるものは陸攻七機、零戦五機。総計二十五機を失ったが、不時着機の搭乗員の大半は救助されている。

十四日も、三空の零戦九機が、陸攻隊を掩護してマニラ攻撃に出撃、十五日にも、黒澤さんが率いる零戦十五機がデルカルメン、ニコルス両飛行場を攻撃、地上銃撃で敵機四機を炎上させたが、米航空部隊はすでに抵抗する能力を失っていた。

「次に進出したのは、フィリピン南部・ミンダナオ島のダバオ基地でした。ダバオは開戦後まもなく日本軍が占領していましたが、広いミンダナオ島には、ほかにも敵の基地が残っていて、制空権の確保が急務だったんです。しかし、ダバオ基地は狭い上に地面の状態が悪く、一式陸攻が離着陸できるだろうかと心配するほどでした。

このダバオ進出以降、三空はセレベス島（現・スラウェシ島）の東岸沿いに、台南空はホロ島からボルネオ島の東岸沿いに、いずれも上陸部隊を掩護しつつ、別行動で南下することになりました。基地はたいてい田舎の小さな飛行場で、困難な離着陸を強いられましたね」

開戦初頭には、可動全機での全力出撃を繰り返した零戦隊だが、年が明け、昭和十七（一九四二）年になると、少数機で神出鬼没、敵機のいそうなところにはどこへでも出かけていき、まさに虱潰(しらみつぶ)しに敵を殲滅(せんめつ)していくという戦法に切り換えるようになった。わずか二個航空隊、実勢六十機足らずの零戦が、広大な東南アジアの制空権を、完全に掌握していた。少兵力で広大な戦線を支え続ける危うさに誰も気がつかないほど、この頃の零戦は強かったのだ。

「破竹の快進撃に、誰の顔も明るかったですね。年が明けるとさっそく、次に予定されていたセレベス島メナド攻略作戦の詳細が伝えられ、三空は輸送船団の上空直衛と、落下傘部隊を掩護する任務に就くことになりました。これは、近く予定されているボルネオ島のタラカン石油基地の占領に先立って、タラカンに睨(にら)みをきかせる位置にあり、オランダ軍の拠点のあるメナドを占領しようとするものでした」

一月十一日、日本初の空挺作戦となるメナド攻略が実施される。落下傘部隊は、横須賀鎮守府第一特別陸戦隊（横一特）、司令は、黒澤さんが重巡「摩耶」乗組のとき、海軍体操の指導を受けた堀内豊秋中佐、副官は、やはり「摩耶」で中甲板士官だった染谷秀雄大尉である。三空戦闘機隊がのべ二十六機で上空哨戒をするなか、二十七機の輸送機から、三百三十四名の陸戦隊が、標高七百メートル付近の高地にあるランゴアン飛行場に落下傘降下した。黒澤さんの回想――。

「落下傘部隊が搭乗する輸送機の編隊は、ちょうど私が三機を率いて哨戒中に東北方面から進入してきました。このとき、味方水上偵察機との同士討ちがあって、輸送機一機が撃墜されてしまった。なんてことだと思いましたね。暗い思いに沈んでいると、眼下では落下傘降下がはじまって、陸戦行動が開始されたように見えた。降下は成功と思われたので、所定の哨戒時間が終わると帰途につき、ダバオ湾付近で強いスコールを突っ切って基地に帰投し状況を報告しました。電波通信が発達したいまにして思うと、落下傘部隊からトランシーバーで連絡して、どこの敵を攻撃しろ、などと命じてくれたら敵の銃火を少なくできただろうにと残念ですが、当時の戦闘機電話は故障が多く、性能も悪くて陸上部隊との連絡は不可能でした」

落下傘部隊は、敵の地上砲火による戦死者を出しながらも飛行場を制圧、これに呼応して佐世保鎮守府聯合特別陸戦隊の千八百名がメナド北西海岸に上陸する。翌十二日にも、落下傘部隊第二陣の七十四名が輸送機十八機で降下し、その日の午後には飛行場、メナド市街地をともに占領した。同じ日、ボルネオ島のタラカン石油基地も日本軍の手に落ちた。落下傘部隊の戦死者は三十二名、負傷者三十二名だった。

「戦死者のなかに、『摩耶』で一緒だった先輩の染谷大尉がいることを知って、愕然(がくぜん)としました。染谷大尉は私に、『メナドではいい宿舎を用意しておいてやるからなあ』と言い置いて笑顔で出撃していったんですが、降下の途中で顎(あご)の辺りを撃たれて聴覚をなくしたらしく、敵前で、隊員とは別に落下傘で降ろされた銃器の梱包を取りに行こうと立ち上がったところを、集中砲火を浴びて戦死したそうです」

三空零戦隊は一月十四日から十九日にかけて順次、メナド基地に進出した。ここでは、アンボン、ケンダリー(セレベス島)への上陸作戦の支援がおもな任務となったが、敵戦闘機による反撃はほとんどなく、時おり、敵大型機による小規模な空襲を受けたり、飛行艇に遭遇する程度であった。いきおい、空戦よりも地上銃撃の機会の方が多くなるが、一月二十一日には、ケンダリー飛行場攻撃に出撃した森田勝三飛曹機が地上銃撃中に主翼に被弾、左主翼の日の丸中央部付近から先を吹き飛ばされたが、片翼の愛機を巧みに操縦し、三時間飛んでメナドに帰還するという出来事があった。

「森田君は前年十月に飛行練習生を卒業、十一月に三空に配属されたばかりで、まだ十九歳の若者でした。ちぎれた主翼も痛々しい乗機、X-107号機を見たときは驚きましたよ。彼も必死だったんでしょう、『よく帰ってきたな』と声をかけたら、『はい、ありがとうございます』と涙ぐんでいました。かわいい少年でした」

上陸作戦は順調に進み、亀井司令以下の三空本隊は占領したケンダリー基地に、柴田飛行長率いる派遣隊がアンボン基地に、それぞれ進出した。ケンダリーの飛行場は広大で、搭乗員たちは皆、ひさびさに安心して離着陸できる飛行場にめぐり会った思いがした。

南方攻略作戦の最終的な目的は、蘭印を攻略し、すみやかに石油資源を獲得することだった。フィリピンとマレー半島の攻略は順調に進んだが、まだこれからジャワ島の攻略、占領という大仕事が残っていたのである。

この頃、いよいよ窮地に追い込まれた連合軍が戦力を結集して、海からも空からも反撃を強めてきた。敵は、ジャワ島東部北側のスラバヤ周辺の三つの飛行場に、P－40、P－36など、百機近い戦闘機を集結させている。第十一航空艦隊司令部は、零戦隊をもって一挙にスラバヤ周辺の敵航空兵力を撃滅することを決めた。

二月三日、三空の零戦二十七機は、スラバヤ上空で敵戦闘機の大編隊と激突、大規模な空戦を展開し、敵戦闘機三十五機（うち不確実二機）、飛行艇四機を撃墜。さらに地上、水上への銃撃で二十一機を炎上させた。

「この日私は、ベテランの赤松貞明（さだあき）飛曹長に、危ないところを助けられました。私が、例によって水上の飛行艇を銃撃して上昇中、スピードが落ちているところにP－40が向かってきた。撃たれる寸前に、クイックロール（急横転）を二回うつと、敵機は勢い余って前へつんのめっていったんですが、こっちもクイックロールを二回もやると極端にスピードが落ちて、フラフラな状態になりました。そこへ赤松機が駆けつけて、そいつを墜としてくれたんです。

しかし、うかつに銃撃に入っちゃいけないということを痛感しましたね。はじめの頃は、わりあい簡単に地上銃撃を命ぜられましたし、われわれも、空中に敵がいなければこん畜生！　と銃撃に入っていきましたが、敵もだんだんそれに備えるようになってきたし、そのための被害も出ましたからね」

三空の損失は、山谷初政二飛曹、昇地正一三飛曹、森田勝三飛曹の零戦三機と、陸偵一機であった。

「この日のスラバヤ空襲では、敵は零戦隊がどこから飛来したのかわからず、南方から空母で来襲したものと錯覚したというほど完全な奇襲でした。大きな戦果を挙げることができましたが、ここで失った搭乗員はほんとうに惜しかった。山谷二飛曹、昇地三飛曹は歴戦のホープだったし、森田三飛曹はつい二週間前、奇跡の片翼帰還を成し遂げたばかりだったんですが」

ソロモンでの激戦期にアミーバ赤痢再発。「病気が私を生かしてくれた」

その後も零戦隊は、スラバヤ方面基地攻撃、船団上空哨戒、バリ島泊地上空哨戒などで休む間もない出撃を続けた。

二月十五日、英国の東洋支配の要であったシンガポールが陥落。同日、黒澤さんの分隊は、占領後間もないセレベス島マカッサル基地に分派され、バリ島攻略部隊の上空哨戒や掩護にあたる。バリ島もほどなく、日本軍の手に落ちた。

周囲をことごとく占領され、あるいは占領されようとしているなか、ジャワ島の敵は、なおも戦力を立て直しては抵抗を続けた。二月十九日にも、台南空の零戦二十三機がスラバヤ上空で敵戦闘機P-40三十機と空戦、十七機撃墜(うち三機不確実)の戦果を報告している。二十日、日本軍がバリ島デンパサルを占領すると、黒澤さんは自らの分隊を率いてただちにデンパサル飛行場へ移動、そこを拠点としてスラバヤ、ジョグジャカルタなどへの攻撃に従事した。

二月二十三日から三月八日にかけ、三空は、さらに日本軍が占領したチモール島クーパン基地に駒を進める。オーストラリア本土が攻撃可能圏内に入るクーパンは、第一段作戦の最終の進出基地だった。

開戦に先立つ昭和十六(一九四一)年九月、山本五十六聯合艦隊司令長官統監のもと、戦争のシミュレーションとして海軍大学校で行われた「海大図演」(図上演習)

では、ここまでに零戦百六十パーセント、陸攻四十パーセントの損耗が予想され、人員、機材の補充が必要と見込まれていたが、いざ蓋を開けてみれば、三空は、わずか八パーセントの損失で第一段作戦を乗り切ることができた。

蘭印攻略部隊を空から掩護してきた三空の任務は、一応クーパンで終結したが、そこに進出してみると、オーストラリア北部のダーウィン方面から、時おり、少数の爆撃機による奇襲攻撃があって、人員や機材に被害が出ることがあった。

クーパンから東南東の方角にあるダーウィンまでの距離は、概ね四百五十浬。台湾からフィリピンまでの進出距離とほぼ同じである。ダーウィンの南にはブロックスクリーク、その西にウィンダムの敵基地が、また、クーパンから南西方向に飛べばブルームの水陸両用航空基地がある。三空戦闘機隊は、これらオーストラリア本土の基地にも繰り返し空襲をかけ、その都度、大きな戦果を挙げた。

「三月三日、宮野善治郎大尉が九機を指揮してブルームを空襲、ここから豪州本土攻撃が始まるんですが、開戦以来ここまでの三空の戦果は、撃墜約百五十機にのぼっていました。対して、我が搭乗員の戦死者は十一名。敵の戦意は旺盛で、けっして侮ったものではなかったが、相手にならなかった。零戦がいちばん強かったのはこの時期だったでしょう。しかし、あまりにも零戦が強かったために大きな問題が見落とされていた。というのはね、同じ方面で戦った台南空とともに、機材も搭乗員も補充がほとんどないんですよ。敵は豪州本土を経由してどんどん補充され、墜としても墜としても機数が増えてくるのに、こちらは目減りしてゆく一方でした。

そんななか、第一段作戦終了ということで大幅な人事異動が行われ、飛行隊長・横山大尉以下、私以外の分隊長が全員、転出することになりました。交代者の着任は遅れがちで、四月中旬、横山大尉の後任の飛行隊長として相生高秀大尉が着任するまで、五個分隊の零戦隊で分隊長が私しかいないという状況になったんです」

黒澤さんは、オーストラリア攻撃のさいはチモール島クーパン基地に進出、指揮官として出撃し、作戦の合間にはセレベス島ケンダリー基地に戻って空戦や射撃訓練の指導をするという激務の日々を送ることを余儀なくされた。

「この頃になると私は、戦闘機単独で戦果を挙げることよりも、爆撃隊と合同しての総合的な戦果を求めるようになりました。それは、スラバヤ航空戦あたりから敵戦闘機の戦い方に変化を感じるようになり、特にチームワークを重視しているように見えたことと、私自身の安易な地上銃撃が、いつも上空から敵機に襲われ不利な状況に立たされたことへの反省からでした。しかも、これから補充されてくる搭乗員は実戦経験のない者が多い。だから私は、単機での深追いや地上銃撃を戒め、つとめて二機以上が連携して行動するよう、方針を改めたんです。
この戦法の変化は、味方陸攻隊の損害を減らし、爆撃精度を高めるとともに、陸攻隊を攻撃するのに夢中になっている敵戦闘機を容易に撃墜できる利点があったと思います。私自身、ダーウィン上空で、私の機の存在に気づかず陸攻隊を攻撃しようと目の前を横切ったP－40を簡単に追尾し、二十ミリ機銃弾数発で撃墜したことがあります。このときは、あまりにも敵機が無警戒だったので、誤って味方機を撃墜したのではないかと、基地に帰るまで不安に感じるほどでした」

まさに獅子奮迅の活躍を続けた黒澤さんだったが、この頃、漢口で患ったアミーバ赤痢の再発に悩まされていた。

「アミーバ赤痢というのは、月に一度ぐらい菌が繁殖して、再発するんです。落ち着くときは二十日や一ヵ月の間、何ともないんですが、発症するとこれがひどい。血便が止まらなくなるんです。お粥を食べ、ブドウ糖注射を受けながら戦闘を指揮しましたが、発症すると体力がいちじるしく衰えます。亀井司令が心配して、どうするかと訊いてくれたので、『使いつぶしにするなら仕方がないが、もう少し長く使ってもらえるなら、治す間だけ内地にやってください』と申し出ました。

それでさっそく、司令が私の転勤を中央に具申し、六月に横須賀鎮守府附の辞令が出たんだが、その電報がミッドウェー海戦の敗戦の混乱にまぎれて届かなかったんですよ。転勤を知らずに戦い続けて、二、三ヵ月経ってから、輸送機の搭乗員が内地で辞令を見てきて、司令が海軍省に問い合わせの電報を打ってくれて、それでようやく内地に転勤して治療できることになったんです」

黒澤さんが、激動の一年間を勤務した三空に別れを告げ、ケンダリー基地を後にしたのが九月十三日。帰国して横須賀鎮守府に出頭し、軍医の診断を受けると、

「内地のきれいな水と空気のなかで生活すれば治癒するだろう」

との診断で、入院はせず、休暇で約二週間、上野村に帰ったのち、九州の大村海軍航空隊飛行隊長兼分隊長として練習生の教育にあたることになった。

「着任して間もなく、大村空の戦闘機隊を練習隊と実用機隊に分け、実用機隊は佐世保海軍航空隊大村派遣隊として、零戦で北九州の防空を担うことになりました。私は希望して佐世保空に移り、零戦隊の指揮官になりました」

昭和十八（一九四三）年一月、黒澤さんは結婚して大村で所帯を持った。妻・妙子さんは前橋の公証人の娘で、互いの親が決めた縁談だった。

「ところがね、一月中旬にまたアミーバ赤痢が再発した。こんどこそ入院させてもらおうと、司令に頼んで人事局に掛け合いましたが、飛行隊長の交代要員がいない。そ

れで、完治までは地上勤務のみにして、アミーバ赤痢の治療に長けている大村海軍病院の診断処方にしたがって、大村空の軍医長が治療にあたってくれることになりました。薬のせいで胃腸にも変調をきたし、大変な思いをしましたよ。幸いこれでアミーバ赤痢は完治し、やっと搭乗配置に戻ることができました。

——しかし、私がアミーバ赤痢の治療をしている間に、三空で私より先に内地に帰った分隊長連中は、向井君も宮野君も、ふたたび出ていった戦場でみんな戦死してるんですよ。考えようによっては、病気が私を生かしてくれたのかもしれません」

黒澤さんが三空零戦隊の先任分隊長として戦った時期は、まさに零戦がその戦歴のなかでもっとも輝いていた時代、そして、病気と闘っていた時期は、ガダルカナル島の攻防をめぐるソロモン航空戦が激しさを増し、緒戦を支えたベテラン搭乗員の多くが戦死、零戦の優位がまさに崩れてゆく時代だった。

「今日はこれぐらいにしましょう。いまから、日航機事故の慰霊の園に案内しますよ」

と言って、黒澤さんは立ち上がった。私は、黒澤さんに車の後部座席に乗ってもらい、慰霊の園をはじめ、上野村のあちこちを案内してもらった。産業らしい産業のない村を豊かにするため、黒澤さんは、畜産や木工を興し、それがいまや村の特産品となっている。途中、立ち寄った売店で黒澤さんは、

「そういえばあなた、先輩の志賀（淑雄・少佐）さんの家が近いって言ってたね。志賀さんに上野村の工芸品を届けてくれませんか」

と、自ら財布を出し、店に並んでいるなかでもとびきり美しい木彫りの盆を包ませた。夕刻、黒澤邸に寄り、当時の航空記録と写真を借り受ける。

「写真は、不精なものでアルバムにも貼ってないんです。ほとんどは三空の写真班が撮ったものですが」

その言葉通り、当時の写真は百数十枚もあろうか、バラバラに箱に入っていて、これを整理するのは大変だと思った。だが、航空隊の写真班という、いわばプロが撮影した写真はいずれも貴重で、当時の状況を的確に伝えるものだった。思えば、戦中は戦闘機隊の指揮官として、戦後は村長として、アルバムを整理する暇もなかったのだろう。セピア色に変色した写真が詰まったその箱が、宝石箱のように私には思えた。

私はその後も、上野村や全国町村会館に黒澤さんを訪ねた。黒澤さんも、多忙をきわめる公務の合間を縫ってインタビューに応じてくれた。その都度、話が正確に前回の続きから始まる。その内容は具体的かつ緻密（ちみつ）で、臨場感あふれる戦闘の状況ばかり

でなく、海軍の作戦や制度全般についても立体的に伝わってくるものだった。戦時中、飛行隊長や飛行長という、第一線で戦いつつも全体を見渡すことができる、いわば中間管理職の立場であったことにもよるだろうが、黒澤さんほどミクロとマクロ、両方の視点でバランスよく、かつわかりやすく話してくれた人は、私の会った数百名におよぶ元零戦搭乗員のなかにもほとんどいない。

病が癒え前線復帰。敗色濃厚ななか、来襲する米爆撃隊相手に大善戦！

昭和十八年九月末、長かったアミーバ赤痢も完治し、体力の戻ってきた黒澤さんに、第三八一海軍航空隊飛行隊長兼分隊長への転勤辞令が届いた。

「三八一空がいかなる部隊か、まったく知るところがなかったので、所在を確認すると、千葉県の館山（たてやま）基地で新しく開隊される航空隊だという。さっそく家財をまとめ、家内は実家に帰らせて、単身、館山基地に着任しました。

司令・近藤勝治（かつじ）大佐に挨拶に行って初めて、我が隊は新鋭の局地戦闘機（迎撃機）『雷電（らいでん）』をもって、海軍の石油精製基地であるボルネオ島バリクパパンを、敵機の空襲から守る防空部隊であることを知りました。この頃の海軍は、航空隊を作るのはいいが人手不足でね、三八一空も、司令と飛行隊長の間に入るべき副長、飛行長は欠員で、私は実質的に副長兼飛行長兼飛行隊長兼分隊長という、忙しい役回りになった。防空専門の部隊というのはそれまで例がなく、いささか戸惑いましたが、『雷電』はクラスメートの帆足工(ほあしたくみ)大尉がテスト中に殉職(じゅんしょく)した飛行機で、その性能については聞かされていたし、私は防空戦闘機隊の必要性についても考えるところがあったので、張り切って編成作業を始めました」

着任してきた搭乗員を、すぐに実戦に使える熟練者と、訓練を要する者に分け、熟練搭乗員には横須賀基地で「雷電」の操縦訓練を受けさせ、未熟な搭乗員は館山基地に残し、零戦で基礎的な空戦訓練から始めさせた。黒澤さんの航空記録を見ると、十月十五日から三十一日まで、横空で「雷電」の操縦訓練を行い、以後は豊橋基地に移動してさらに訓練を重ねた様子がうかがえる。

「『雷電』は零戦のように操縦のやさしい飛行機ではありませんが、速度、上昇力にすぐれ、邀撃戦には有効だと思いました。ただ、未解決の問題点がなお残されていて、故障が多かった。脚が引っ込まない、フラップが出ない、エンジンの油温冷却が働かない、などです。このため人事局が、海軍戦闘機隊の『整備の神様』と呼ばれた、兵から叩き上げのベテラン、橋本藤八中尉を整備分隊長として配属してくれましたが、それでも『雷電』の整備は難しく、つねに訓練用の飛行機が不足し、保有機数の半分ぐらいしか飛べない。製造元の三菱から受領できる機数も少なかったですね」

昭和十九（一九四四）年一月五日には射撃訓練中の「雷電」が、吹き流しへの射撃を終え、機体を引き起こしたところで空中分解、搭乗員が殉職する事故が起きている。航空技術廠、三菱、そして三八一空が共同で対策研究会を開いたが、事故原因は突き止められないまま、飛行速度を制限して訓練を続けるしかなかった。

いっぽう、三八一空が傘下に入る南西方面艦隊の第二十三航空戦隊からは、かつて黒澤さんが先任分隊長をつとめた第三航空隊が名を変えた第二〇二（ふたまるふた）海軍航空隊が中部太平洋に転用されることが決まり、そうするとジャワ島、セレベス島、ボルネオ島の防備が手薄になることから、早く進出するようにとたびたび督促してきた。

「やむなく、昭和十八（一九四三）年十二月、横浜港で輸送船『國川丸（くにかわまる）』に器材、物資を積み込んでバリクパパンに送り出し、分隊長・神崎國雄大尉が率いる零戦数機を先発隊として進出させました。年が明け、昭和十九（一九四四）年二月になると『雷電』での進出をあきらめ、二月五日、零戦五二型五機をバリクパパンに向け出発させ、さらに近藤司令が本隊を率いて二月末に進出しました。私は残存兵力を率い、二月二十六日、豊橋基地を出発、三月七日にバリクパパンに到着し、ようやく移動を完了しました」

　四月一日付の改編で、三八一空は夜間戦闘機「月光」を加え、戦闘第六〇二飛行隊（定数零戦四十八機、飛行隊長・黒澤丈夫大尉）、戦闘第九〇二飛行隊（定数月光二十四機、松村日出男大尉）、戦闘第三一一飛行隊（定数零戦四十八機、神崎國雄大尉）の三個飛行隊を擁する大戦闘機部隊となったが、副長、飛行長は欠員のままで、黒澤さんの役割には何らの変わりもない。

「三八一空というのは、昭和十九年頃としてはいちばん恵まれた部隊で、なにしろ油田地帯だから質の良いガソリンがいくらでも使える。私は厳しかったかもしれないが、若い搭乗員たちに思う存分訓練をさせてやれました。戦場では、生半可なやさしいことを言っても仕方がない。だから搭乗員は鍛えるだけ鍛え上げたんです」

　黒澤さんの訓練の厳しさは、この頃、全海軍航空部隊に轟いていた。昭和十九（一九四四）年八月、海軍飛行予備学生十三期（前期）の飛行学生教程を終え、朝鮮半島の元山基地から三八一空に着任した田村一少尉（のちの中尉）は、同期生三名とともに転勤が決まったとき、元山の飛行長・周防元成少佐より、

「お前たちが赴任するバリクパパンには、俺の一期下の黒澤という凄い隊長が待って

いるから、たんまりしごかれるがよい」

と言われたという。群馬県安中市出身の田村さんは、偶然にも黒澤さんの富岡中学の後輩だった。バリクパパンに到着した田村さんら新任少尉に、黒澤さんは、

「お前たちはまだ一丁前の飛行機乗りではない。『卵の卵』であることを忘れぬように」

と訓示し、着いた翌日から、噂にたがわぬ実戦さながらの猛訓練が始まった。黒澤さんは、三八一空の訓練について、

「訓練は、射撃と一対一の空戦訓練はもちろんですが、われわれは防空部隊ですから、対爆撃機戦闘の訓練にも力を入れなきゃいけない。コンソリデーテッドB－24のように、防御を強化してきた敵大型爆撃機が大編隊で来襲するのをいかに迎え撃つかを考えて、三号爆弾（重量三十キロ、投下後一定秒時で炸裂し、飛散した黄燐弾で敵機の燃料タンクに火をつける）の投下訓練も相当やりました。まず三号爆弾で敵の動揺を誘って編隊をくずし、はぐれた敵機を撃墜する戦法です。

三号爆弾は敵機の前上方から投下するのが基本ですが、専用の照準器がない。そこで、射撃用の照準器に映る敵機の翼の長さから距離を判定して投下させることとして、海岸や飛行場の端に敵機の翼長を示す目標を機種ごとに設置し、それを目標に適

切な降下角度と距離をつかませる訓練を相当やりました」

と回想している。

三八一空の守備範囲はあまりに広大だった。本隊をボルネオ島バリクパパンに置き、セレベス島ケンダリー、同マカッサル、ジャワ島スラバヤ、アンボン島アンボン、スンバ島ワインガップなどに数機ずつを派遣、その担当空域は東西二千二百キロ、南北一千キロにおよぶ。

昭和十九年九月に入ると、敵の四発大型爆撃機、コンソリデーテッドB－24爆撃機によるセレベス島メナドの日本側拠点の空襲が開始され、戦闘六〇二飛行隊の上平啓州（かみひらけいしゅう）飛曹長率いるメナド派遣隊の零戦、夜間戦闘機「月光」各数機は、三号爆弾をもって邀撃、戦果を挙げていた。同じ頃、遅ればせながら「雷電」が少数機、三八一空に配備され、さらに、九月十七日、バリクパパンに増援部隊として進出してきた第三三一海軍航空隊の零戦三十機が黒澤さんの指揮下に入っている。

九月中旬には敵上陸部隊がニューギニア北西部のモロタイ島に来襲、いよいよバリクパパンに手の届くところまで敵の勢力範囲が広がってきた。

そして九月三十日、バリクパパンはついに、B－24約七十機からなる大編隊による空襲を受ける。この日はまた、三八一空のそれまでの猛訓練が実を結んだ日でもあった。黒澤さんの回想——。

「この日、私は地上指揮官でしたが、思い通りの戦いができましたね。

敵の進入経路上にあるメナド派遣隊の『月光』が敵情を無線で刻々と報告してくる。零戦の一部には三号爆弾二発ずつを装備して、敵機がバリクパパン上空に達する一時間前には発進させて、優位の態勢で待ち伏せさせる。そして、続いて発進した零戦と『雷電』をもって敵編隊の指揮官機や落伍機を狙う。

この邀撃はみごとに成功し、敵機のバリクパパン精油所への爆撃を断念させたのみならず、少なくとも五機を撃墜、多数機を撃破したと推定されました」

この日、邀撃に参加したのは、三八一空の零戦約三十機、「雷電」九機、三三一空の零戦約三十機で、そのうち「雷電」一機が未帰還になっている。

十月三日、バリクパパンはB-24による二度めの空襲を受けた。敵機は三十九機。これを三八一空、三三一空の零戦約六十機が迎え撃つ。この日、邀撃戦に参加した齊藤朝之一飛曹は、敵機に直上方から逆落としに降下して攻撃をかけ、機体を引き起こしたとき、B-24が六機、一度に火を噴く光景を見たという。

B-24は、またもバリクパパンへの爆撃をあきらめ、爆弾を海上に投棄して引き返していった。零戦隊は逃走する敵機を二百キロにわたって追撃し、さらに一機を撃墜、四機に命中弾を与えた。六機ものB－24が一度に空中火災を起こし、墜落したのは、三号爆弾の黄燐弾の弾幕を浴びたためだった。この三号爆弾を投下した殊勲の搭乗員は、飛行練習生を卒業したばかり、十八歳の日野弘高一飛曹である。この日の零戦隊の損失は二機、戦死二名だった。

二度にわたる失敗に懲りた米軍は、十月十日にはB－24約百機にロッキードP－38戦闘機三十機、リパブリックP－47戦闘機十機を掩護につけてバリクパパンに来襲した。この日、邀撃に上がった零戦隊は敵機五十九機に命中弾を与えたが、敵戦闘機の奇襲を受け、九名が戦死、ついに精油所への爆撃を許してしまう。十月十三日、十四日にも米軍は百機を超えるB－24と五十機を超える戦闘機をもってバリクパパンを空襲、この両日の邀撃で、零戦隊はさらに八名の戦死者を出した。

米軍機の大編隊によるバリクパパン空襲は以上の五回で終わるが、その間の三八一空、三三一空の戦死者が二十名だったのに対し、米軍もB－24十九機、戦闘機六機の損失を認めていて、敗色濃厚なこの時期、黒澤さん率いる三八一空、三三一空の善戦は特筆に値すると言っていい。

最後の特攻隊を率い、大分基地を飛び立った宇垣中将への疑問

昭和十九年十月十七日、米軍の先陣が、フィリピン・レイテ島から湾をはさんだところに浮かぶ小さな島、スルアン島に上陸を開始、聯合艦隊司令部はフィリピンでの決戦を準備する「捷一号作戦警戒」を発令した。

「十月十七日、マニラ市内に司令部を置いていた南西方面艦隊より直接電報がきて、二十八航戦（三八一空、三三一空）の戦闘機隊をもって『S戦闘機隊』を編成する、総指揮官に三三一空司令・下田久夫大佐、飛行機隊指揮官に三八一空飛行隊長・黒澤少佐を指名すると言ってきた。そういう仮設の飛行機隊ができたわけですね。

そして、相次いで電令がきて、『捷一号作戦』が発動されたらマニラに進出しろと。十八日夕方に作戦発動の電令が届き、同時に『S戦闘機隊はその一部をもってラブアン（ボルネオ島北部）在泊の艦隊の上空直衛にあたり、主力をマニラに転進せしめよ』と命ぜられたんです。ラブアンには、フィリピンに出撃する日本艦隊の主力、第一遊撃部隊（栗田艦隊）が停泊していました。

それで徹夜で整備にあたらせて、零戦二十四機の準備ができたので、三三一空の八

機を長谷川喜助大尉の指揮でラブアンに向かわせ（一機は故障で途中脱落、のちに合流）、残り三八一空の十六機を私が率いて、マニラに向かったわけです。

十月十九日、マニラに着いたのは夕方でした。ちょうど夕凪の無風の状態で、マニラ・ニコルス基地のコンクリート舗装された滑走路では停止しづらく着陸は危ないと判断し、さらに二十分ほど北に飛んでクラーク北飛行場に着陸しました。着陸したのは午後六時頃だったと思います。

さっそく、到着した旨を南西方面艦隊司令部に打電すると、まもなく、同じマニラに司令部を置く第一航空艦隊司令部から、『マバラカットの二〇一空本部に出頭せよ』と言ってきた。着陸前、マニラ近郊にあるマバラカット基地の上空を通ったから、この日、司令長官として着任するために来ていた大西瀧治郎中将が地上でそれを見て、黒澤を呼べ、ということになったらしい。

でも私は、われわれは南西方面艦隊の直轄部隊で一航艦の指揮下ではないから、筋が違うと言って断ったんですよ。すると、暗くなってだいぶ経ってから、一航艦麾下の第二十六航空戦隊参謀・吉岡忠一中佐が直接、自動車に乗って私を迎えにきた。やむなく二〇一空本部に出頭して、そこで大西中将からはじめて体当たりによる航空攻撃、すなわち『特攻』の意図を聞かされたわけです。

夜九時か十時だったと思います。一階の士官室で、大西中将と私のほかには、二〇一空副長・玉井浅一中佐や一航艦先任参謀の猪口力平大佐、二〇一空戦闘三〇五飛行隊長の指宿正信（いぶすきまさのぶ）大尉、戦闘三一一飛行隊長・横山岳夫（たけお）大尉らがいた覚えがあります」

開戦時、黒澤さんがいた第三航空隊を指揮下におさめる第十一航空艦隊の参謀長を務めていたのが大西瀧治郎少将（当時）だったから、二人は旧知の間柄にある。

「大西中将の話の趣旨は、レイテ島への敵上陸部隊を壊滅させるため、海軍は戦艦『大和』以下、主力艦隊をレイテ湾に突入させる。そのためには、敵機動部隊の航空攻撃から味方艦隊を守らなければならないが、それに十分な飛行機もない。そこで、まことに非情な作戦であるが、零戦に二百五十キロ爆弾を積んで敵空母の飛行甲板に体当たりして、その使用を一週間程度不可能にする攻撃を決意した、というものでした。

君の率いてきた十六機は、フィリピンにおける貴重な戦力だ。君の隊は今夜じゅうに俺の指揮下に入れるよう手配するから、明朝、敵機来襲前に全機をマバラカットに移動せよ、と言われたんです」

大西中将の言葉には、有無を言わせぬ力があった。だが、ここで黒澤さんは、微妙な返答をしている。

「長官のご指示はよくわかりました。指揮下に入ることについて異存はありません。しかし、このことは私の一存では決めかねます。三八一空、三三一空両部隊の司令に報告、打ち合わせをして、いずれまた長官のもとへ必ず伺います。なお、零戦全機はマバラカット基地へ移し、引き渡すことにします」

つまり、「零戦を引き渡す」ことについては同意したが、搭乗員まで一航艦の指揮下に入れることはやんわりと拒絶したのである。

　黒澤さんは、すぐに部下たちの待つクラーク北飛行場に戻ると、翌二十日朝、夜が明けるとともに全機を率いてマバラカット基地に移動した。

「特攻隊は二〇一空で編成されましたが、乗っていく飛行機が足りなかったんですね。要するに、一航艦としては飛行機がほしかったわけです。それで、私の十六機と、同じ日にマバラカット東飛行場に着陸した長谷川大尉指揮の七機、あわせて二十三機を二〇一空によこせ、ということになった。

　作戦を聞いたときは、これは厳しい作戦だ、と思いましたよ。主力艦隊を突入させるという海軍の肚（はら）をはじめて聞かされて、いよいよ百パーセントの死を覚悟しないといけないな、と一瞬思うとともに、率直に言って、これで戦局の転換を図れると、相当大きな望みを感じましたね。

レイテ湾に主力艦隊が突入して、戦艦の大口径砲で砲撃を繰り返せば、上陸を阻止できるだろう。いままで、敵の戦闘部隊ばかりを相手にしてきた海軍が、やっと敵輸送船団や上陸部隊を叩くことの重要性に気づいた。これで戦局を変えることができそうだな、そのための大きな犠牲なんだな、と私自身納得して、飛行機を引き渡したわけです。あとあと君の隊からも搭乗員を出してもらうかもしれない、と言われましたが、それにはあえて答えませんでした」

二〇一空に零戦を引き渡した黒澤さんは、マバラカット西飛行場の指揮所で、二〇一空の玉井副長から、神風特別攻撃隊指揮官の関行男大尉を紹介された。

「彼はそのとき、机に向かって何か書いていました。おそらく遺書だったんでしょう。その後、一日半ぐらい行動をともにして、同じところで休んだりもしました。関君はこのとき腹をこわしていて、けっしてパリパリした感じではなかったが、捨て鉢な感じも意気消沈した様子もなく、厳粛そのものの姿に見えました。

関君もほかの隊員も、生への執着がなかったとは言えないと思う、それを断ち切って、自分たちが日本を救うんだ、という気持ちになりきっていたように思うんです。

しかし、当初は特攻は、あくまでフィリピンだけ、という話だった。長官も無理は重々承知だが、敵空母から発艦する飛行機を封じるにはそれしかない、と。そこの部分はよくわかるし、私も納得できたんですが、作戦としては、最初の特攻と以後の恒常化した特攻とは分けて考えるべきだと思います。

あとからやってたように、練習機まで駆り集めてやることが、戦局を変えるのに何ほどの役に立つか。もう、どうにもならなくなってもやってるでしょう。特攻が特別じゃなくなって、しまいには攻撃といえば特攻になる。人は、一時の激情に駆られているときは比較的抵抗なく死んでいけると思うが、命というのは生きる本能を持ってるんだから、それを否定できるというのはウソだと思う。一ヵ月も前から特攻を言い渡して、いつ出撃するかわからないような使い方、あれはかわいそうでしたよ」

飛行機を取りあげられた黒澤さんたちS戦闘機隊の隊員は、竹皮に包んだ握り飯三個の航空弁当をあてがわれただけで、無為な時間を過ごさざるを得なくなった。

黒澤さんに率いられ、マバラカットに進出した田村一少尉は、二十日、一緒に行動していた分隊長・林啓次郎大尉が、

「明日、俺のクラスメートが、帝国海軍始まって以来のどえらいことをやる」

と、沈痛な表情でつぶやいたのを憶えている。林大尉は、特攻隊指揮官に決まった関大尉と海軍兵学校七十期の同期生だった。特攻隊が初めて出撃したのは、十月二十一日、突入に成功したのは二十五日のことである。

とはいえ、たとえ戦場であっても、「当事者」でなければそれほど悲壮感はない。

黒澤さんの回想――。

「二十日の晩、部下の搭乗員に、ダンスを見に行きましょうと誘われました。行ってみると、個人の家の広間みたいな部屋でフィリピン人の女性が踊ってるんです。それを日本軍の将兵が見ている。戦闘配置がなければ呑気（のんき）なものだと思うと同時に、海軍有数の実力をもつ我が戦闘機隊がこれでいいのかと自問したわけですよ。

それで翌日、トラックを借りてマニラの南西方面艦隊司令部に赴き、『こんな練度の高いわれわれの隊を放っておくということはない。飛行機を持ってきてぜひ作戦に参加したいのですがどうでしょう』と申し出ました。

すると、参謀が、『黒澤君、いいところに気づいてくれた。今夜輸送機を出すから、搭乗員をつれて内地に戻ってくれ』というので、二十二日午前二時頃、二機の一式陸攻に分乗し、ニコルス基地を離陸しました」

出発を前に、マニラから戻った二〇一空飛行長・中島正少佐から黒澤さんに、南西方面艦隊司令長官・三川軍一中将より預かってきた陣中見舞いの煙草と名刺が届けられた。名刺には、三川中将の自筆で、〈バリクパパンに於ける累次（るいじ）の戦果、並（ならび）に今時の神出鬼没の進出誠に見事なり〉と、賞賛の言葉が添えられていた。

黒澤さん以下、S戦闘機隊の搭乗員たちは、群馬県太田町（現・太田市）東南郊外の中島飛行機製作所小泉飛行場で、さっそく新しい零戦の領収作業にとりかかった。中島飛行機の戦闘機組立工場から飛行場までは、アスファルト舗装の約二キロの誘導路でつながっている。完成したばかりの零戦五二型甲は、工場でエンジンをかけられ、テストパイロットの手で地上滑走で飛行場に運び込まれた。小泉飛行場は、西北から東南に延びる千メートルの滑走路が一本のみの狭い飛行場で、離陸方向には行く手をさえぎるかのような形で松林が連なっている。

飛行機の領収はスムーズに運ぶかに見えたが、試飛行二日めの十月二十五日、黒澤さんたちは信じがたい事故を目にした。試飛行のため離陸した別の部隊の零戦が、上空でプロペラがはずれ、搭乗員の必死の操縦もむなしく飛行場端に墜落、炎上したのである。搭乗員は即死。戦争末期の機材の質の低下を象徴するような出来事だった。この日は、神風特攻敷島隊の関大尉以下が敵護衛空母群に突入し、また日本海軍が比島沖海戦に惨敗した日でもあった。

十月二十八日までに新機材の受領を終え、霞ケ浦海軍航空隊に移動、ここで機銃などの装備を施し、まず十一月一日、黒澤さん以下三八一空の十六機がフィリピンに向け出発（翌二日マバラカット着）、六日には長谷川大尉以下、三三一空の七機も出発（翌七日着）したが、せっかく空輸した二十三機を、こんどは第二航空艦隊（司令長官・福留繁中将）に取り上げられてしまった。

「搭乗員の練度が低下して、フィリピンに進出するのに何日もかかるどころか、編隊を組んでの移動さえままならない部隊が多いなか、われわれは最初の進出のときも、夕方命ぜられて次の日には全機そろえて到着してる。二度めも、内地を発った次の日にはマバラカットに着いた。当時、そんな戦闘機隊はほかにないですよ。

しかし、そういうことが直属でない一航艦や二航艦にはわからない。それと、『S戦闘機隊』という臨時の編成で、指揮官は飛行機隊指揮官の私だけ。それで、一人前の航空隊並みの扱いをされなかったのでしょう」

二度めの進出でも飛行機を奪われた黒澤さんは、ふたたびマニラ市内の南西方面艦隊司令部に出向き、

「いったい、艦隊としてはわれわれを今後、いかに使用するかを明らかにしてほしい。三八一空、三三一空は今後いかにするのか。国家危急存亡のとき、我が隊のように燃料豊富な環境で訓練し、練度の高い部隊を零戦の輸送隊にしておいていいのか」

と、司令部の考えをただした。

そして幕僚たちが話し合った結果、S戦闘機隊は内地で零戦を受領の上、バリクパパンの原隊に帰ることになり、黒澤さん以下、搭乗員たちは十一月十五日未明、一式陸攻に便乗してクラーク基地を出発、台湾の新竹、九州の宮崎を経て、十八日、三菱重工業名古屋航空機製作所の飛行場がある三重県の鈴鹿基地に到着した。

「ところが、その頃になると生産能力が落ちていて、なかなか飛行機が揃わないんですよ。全機揃うまで待っていられないので、やむを得ず私が、まず受領できた零戦四機を率いて鈴鹿を出発しました。十一月二十九日のことです。このときの零戦は新型の五二型丙で、二十ミリ機銃二挺に加え、両翼に二挺と機首に一挺、あわせて三挺の十三ミリ機銃を装備していました。鹿児島の笠之原、沖縄の小禄、台湾の台中、台南を経て、十二月四日にマバラカット基地に着き、そこからバリクパパンに戻ろうと思ったんですが、フィリピンを経由したのがまちがいで、またも一、二航艦の聯合空襲部隊に飛行機を取り上げられました。

私はフィリピンの航空部隊が直面している苛烈な戦闘を知っているだけに無下に断ることもできず、三機を引き渡し、一機を私がバリクパパンに帰るため残すことで妥協しました。搭乗員は、一人は私の零戦の胴体内に乗せ、あとの二人は内地に送り返してもらう約束をして、単機でバリクパパンに帰ったんです。バリクパパンにはそれまで零戦五二型丙はなかったから、主翼から突き出た四挺の機銃を見て敵機だと思われるかもしれない。そこで基地上空では大きくバンクして地上に日の丸を見せ、新しい型の零戦であることを認識させてから着陸しました。

帰ってみたら、基地ではちょうど藤山一郎ら慰問団の演芸会を開催中で、十月に交代してきた司令・中島第三大佐(だいぞう)はそちらにいました。主戦場じゃなければ、みんな呑気なものですよ。特攻隊の関君らとじかに接して厳しさを感じてきた者としたら、これでいいのか、と叫びたくなりましたね……」

そしてこのとき、黒澤さんは、十二月一日付で自分が飛行機隊を指揮する「飛行隊長」から、三八一空の飛行機部門全体を統括する立場の「飛行長」に昇格していたことを知る。

「それまで、辞令上は三八一空の一部に過ぎない戦闘六〇二飛行隊の飛行隊長なのに、二個飛行隊を連れて歩いて、行く先々で燃料、弾薬、メシの面倒まで全部私が見なけりゃいけない。この隊に飛行長をよこせ、と二度めにマニラに行ったさいに司令部に直訴したら、私自身が飛行長に発令され、戦闘六〇二飛行隊分隊長の林啓次郎大尉が飛行隊長に昇格、ということになっていました。要するに、肩書以外、何も変わらなかったわけです」

黒澤さんが、戦場と内地の間の飛行機空輸に明け暮れている間にもフィリピンの戦況はますます悪化し、特攻隊の反復攻撃をもってしても米軍の侵攻を食い止めることはできなかった。

昭和二十(一九四五)年一月六日には、米軍の先鋒部隊がルソン島西部のリンガエン湾に侵入、九日に上陸を始めている。日本側は、米軍上陸部隊に追われるように、一航艦、二航艦の司令部と飛行機搭乗員を台湾へ脱出させ、残る陸海軍部隊はピナツボ山麓に立て籠って長期戦の構えを敷いた。そして、武器弾薬や食料の補給もないまま、戦車を押し立てた米軍の圧倒的火力に蹂躙(じゅうりん)され、かろうじて砲火を逃れた者も飢えと風土病に次々と斃(たお)れ、終戦までにその大半が戦死、あるいは戦病死した。

物量にまさる米軍の勢いの前には、仮に精鋭を誇る黒澤さんのS戦闘機隊零戦二十四機が戦闘に参加しても、大勢を変えることはできなかっただろう。だが、飛行機が足りない、熟練搭乗員が足りないと言いながら、当時としては最高練度の搭乗員を揃えたS戦闘機隊を、飛行機の空輸部隊としてしか使うことができなかった南西方面艦隊司令部は、無能のそしりを免れまい。

昭和二十年二月、米軍のフィリピン侵攻で司令部が孤立した南西方面艦隊は解隊され、新たに編成された第十方面艦隊が、シンガポールを拠点として、東南アジアの海軍部隊を指揮することになった。

「当時、南西方面には、三八一空、三三一空、錬成部隊の十一空の、三隊の戦闘機隊がありましたが、それらをシンガポールのセレター基地に集めることと決まり、私は三八一空飛行長の職はそのままに、三つの部隊の統合指揮官となりました。

セレターに移動してみると、空襲を受けたことがないせいか防禦態勢が脆弱で、これではいけないと、基地部隊である馬来空司令に話して隊員の外出を止め、防禦態勢を整えるとともにのんびりムードを一掃しました。

この私の行動は隊員たちには不評で、突如現れた飛行長のせいで外出できなくなったと恨まれましたが、戦争の苛烈さを知らない者には恨まれてもしようがない。いっぽうで、搭乗員の訓練はいっそう熱を入れてやりました」

三月下旬から四月上旬にかけ、南方から内地へ物資を輸送する「南号作戦」が発令され、黒澤さんの率いる零戦隊が、陸軍戦闘機隊とともに船団護衛にあたった。しかし、もはや制空権、制海権は完全に敵に握られている。敵潜水艦や飛行機の波状攻撃を受け輸送船団は壊滅、作戦は中止に追い込まれ、零戦隊からも犠牲が出て、さびしくセレター基地に帰らざるを得なかった。すでに米軍は沖縄に上陸している。やがて司令部より「特攻作戦に備えよ」との命令があり、黒澤さんは、若い搭乗員に急角度での突入訓練も課すようになった。

「そして、五月早々、『南西方面の可動戦闘機全機と使用可能な搭乗員、整備員を九州に移動させ、第五航空艦隊の指揮下に入れ』との転進命令が来た。南方はもういいから、日本本土の防備を固めようということですね。そこでまた、転進する全戦闘機の指揮官を命ぜられ、六月はじめに零戦五十五機、月光六機、一式陸攻一機、計六十二機を鹿屋基地に移動させせました。搭乗員は熟練した者のみをつれて帰り、未熟な者はセレターに残しました。これでまた恨まれたとは思いますね」

　黒澤さんが率いて鹿屋基地に到着した零戦隊は、それぞれ二〇三空、三五二空など九州各地に展開する戦闘機隊に編入され、部下のいなくなった黒澤さんは、第五航空艦隊のもと新編成された第七十二航空戦隊参謀として鹿屋基地、のち大分基地で勤務することになった。

「七十二航戦は、西日本防空の戦闘機隊だけを集め、効果的に活用しようと編成された戦隊で、司令官は航空の大先輩・山本親雄少将、先任参謀はやはり戦闘機乗りだった野村了介中佐でした。麾下部隊は『紫電改（しでんかい）』の三四三空が大村基地と松山基地に、零戦、『雷電』、『月光』の三五二空が大村基地に、零戦の二〇三空が鹿屋基地と築城（ついき）

基地に展開していました。

　これまで、本土上空の邀撃戦では、航空隊ごとの判断で出撃を重ねて戦果が挙がらなかったので、統一指揮を図ることとして、邀撃する日、待機高度、位置を定め、隠語をもって戦闘機の機上無線で攻撃目標を指示するようにしました。この頃には戦闘機の無線も地上レーダーも、ある程度は使えるようになっていましたからね。

　しかし、沖縄も陥落し、主要都市は空襲で焼き払われ、ここまで戦力差が開いてしまっては戦況を好転させることなどできるはずもありませんでした」

　八月十五日、終戦。この日の夕方、大分基地からは、第五航空艦隊司令長官・宇垣（うがき）纏（まとめ）中将が、「彗星（すいせい）」艦爆十一機（指揮官・中津留達雄（なかつるたつお）大尉）を率い、最後の特攻機として沖縄の空に消えた。

「宇垣長官の出撃は、私は直接の幕僚じゃないからいいだろうと、見送りにはいかなかった。長官は、責任を感じて死に場所を求めたんでしょうが、中津留君たちを道連れにしたことはね……。割腹して自決された大西瀧治郎中将のように、一人で身を処してもらいたかったと思っています。

　終戦の動きは、八月十日ぐらいからいろいろな情報が入ってきました。十五日は、いよいよくるべきものがきたな、と思うと同時に、それまでの犠牲の大きさを思って、戦争の虚しさをしみじみと感じましたよ」

黒澤さんはこのとき三十一歳、残された航空記録によると、終戦までの総飛行回数二千五百九十三回、飛行時間千九百六十時間だった。


復員業務を経て故郷で帰農。昭和四十年に群馬県上野村村長に就任

七十二航戦の残務処理を終えたのち、十月八日付で海軍省前橋人事部員の辞令が出て、黒澤さんは、故郷・群馬県の復員業務に就くことになった。将兵を郷里に帰し、戦死者の遺骨や遺品を遺族に引き渡し、未帰還者の消息を調査、さらに海軍の兵器や備品を占領軍に引き渡したりするのが、その仕事である。十一月三十日、陸海軍が解隊、海軍省が第二復員省と名を変えると同時に充員召集を受け、第二復員官という身分で従来通りの勤務を続けることになる。退官し、故郷・上野村に帰農したのは昭和二十一（一九四六）年九月のことであった。

「弟二人が戦死し、父が終戦の年の春に死去したために、生家に残された母と妹が困っていたので、村に帰ることにしました。しかし、懐かしい故郷とはいえ、あまりにも交通不便で山ばかりの未開地ですから、都会暮らししか知らない妻子を連れて帰るのには大きな決心を要しました。

十四年におよぶ海軍生活で、天下国家のために働くということが骨の髄までしみ込んでいた私は、前橋で復員業務にあたりながら、自分が一地方人に成り下がってゆくのをさびしく思っていましたが、さらに文明の光が当たらない地に落ちていき、あの山のなかで人生を終えるのかと思うと、心が暗くなったものです。それで村に帰ったら、村人たちから戦犯呼ばわりされましてね。長く村を離れていたし、自分がまさかのちに村長になるとは、そのときは想像もつきませんでした」

とりあえず、妻子を前橋において上野村に帰った黒澤さんは、稲、麦、甘藷（さつまいも）の生産から農民生活をスタートし、のちに椎茸栽培に手をつけると、徐々に椎茸に力点を移していった。だが、長年外の世界を見てきた者にとって、山村の人たちと心を通わせるのは容易なことではなかった。

「戦後政治はしきりに民主化を叫んでいるが、山村では相変わらず少数の者たちの意思だけで動いている。政治に携わっている人たちを見ても、あまりに事大主義で地域振興に対する熱意がとぼしい。これでは、上野村の属する奥多野の振興は望めない。

こんな不満がつのり、昭和三十（一九五五）年、群馬県議会議員選挙に立候補したんですが次点で敗れ、地元票の大きさを知るとともに、人口の少なく、山間に位置する上野村からの立候補は無理だと悟りました。
しかし、一度そうやって目立つ政治的行動をすると、周囲は注目して相談を持ち込んでくるようになります。いっぽう、上野村の村政は腐敗していて、財政も人心もすさんでしまい、これではいけない、と。それで昭和四十（一九六五）年、村長のリコールにより、自ら村長選挙に立候補したんです」

　黒澤さんは昭和四十年六月十四日、上野村村長に就任したが、上野村の抱えていた問題は予想以上に深刻なものであった。

　その第一は、村政の財政執行が予算を無視した丼勘定で扱われていて、歳入も歳出も就任時に明確につかめない状態であった上に、多額の赤字を抱えていることが察せられたこと。次に、村外で相次いで起こった村民による犯罪行為、そして年少者の人口が急減していくことであった。

「村政の予算執行がいい加減なことには驚きましたが、議員も職員も全く疑問を抱いていないようでした。私は村政も経営だと捉え、まずは緊縮財政を宣言し、村民から不評を買ってもそれを押し通しました。

　それと、村民による犯罪行為については、己と己の出身地である上野村に誇りが持てないから、抵抗なく悪事を働くのだと気づき、道徳教育をなんとかしなければと考えました。このとき、思い浮かんだのが、支那事変中、揚子江流域の街の煉瓦塀（れんがべい）のあちこちに書かれた『君子自重』の四文字です。これは要するに、立ち小便をするな、ということなんですが、正面からそう書かれては人の心は反発する。でも、『君子のあなたは立ち小便など自重してされないでしょうね』と言われてはかえってできなくなる。当時は中国人の人扱いのうまさに感心したものですが、だから私は、我が上野村民にも君子の誇りをもってもらえるよう、『栄光ある上野村の建設』をスローガンに、村民が誇りに感じ、他からは模範にされる上野村をつくりましょう、と呼びかけました。具体的には、『健康水準の高い村に、道徳水準の高い村に、知識水準の高い村に、経済的に豊かな村にしていこう』と。

確かに、私が帰村するとき葛藤を感じたように、物質文明的な尺度で見れば恵まれない点は多く、何ごとも後まわしにされ、『日本のチベット』などと蔑視されていれば、心がひねくれて誇りも失いがちになるでしょうが、人間誰しも長所、美点を指摘して激励すれば、しだいにその気になって努力するようになるんじゃないか。私はそれを期待したんです」

村民の健康面については、専門医の指導を受け、昭和四十二（一九六七）年から成人病対策として、減塩をはじめとする食生活の改善を推進した。これはまだ「成人病」という言葉自体が耳慣れないものであった当時、自治体の取り組みとして草分け的なものだった。さらに、当時の村では家の母屋の外に風呂や便所があるのがふつうで、寒い冬など、それが脳溢血や心臓麻痺の原因になったりすることから、『内便所設置条例』を制定、補助金を出して改めるようにした。さらに昭和四十三（一九六八）年からは、村外から専門医を招き、四十歳以上の全村民を対象に、三年に一度の健康診断を村の予算で行うようにした。これらの施策の効果はてきめんで、村民の脳卒中の発生率が十年で四分の一になったという。

道徳教育についても同様で、黒澤さんが就任して数年後には、群馬県内でもっとも犯罪発生率の低い村になった。知識水準についても、小中学校にいちはやくコンピューターを導入、英語教育にカナダ人教師を招聘し、さらに中学三年生の全員を対象に、カナダへの研修旅行、ホームステイを実施するなど、過疎の村の悩みである人口の少なさを逆手にとって、都市部では実行がむずかしいようなきめ細かな施策を次々と実行に移した。

「都会の子供は、大学まで行ってレッテルを貼ってもらうのに必死で、そのために小学校から塾通いでしょう。世界が狭まり、子供のときから、友達が友達じゃなく競争相手になっちゃう。すると、素直ないい子ほど学校がいやになる。だから、海外に出してたとえ十日間でも外から日本を見る体験をさせる、この効果は大きいですよ。私も、小さい頃に東京で暮らしたことがありますが、それでも上野村から富岡中学に行っただけで世界が変わった、そんな経験をしていますからね。海軍の遠洋航海もそうですが、『井の中の蛙』を外の世界に出すのは大切なことだと思います」

　経済面では、黒澤さんが先頭に立って産業振興に力を入れ、猪と豚をかけあわせたイノブタの畜産、味噌造り、木工業など、地域性を活かした産業を次々と興した。特に味噌は、黒澤さん自らが「世界一の味噌を目指した」という自信作である。また、レジャー産業も必要だということで、国民宿舎「やまびこ荘」を建設、村外の人にも村の自然や文化を積極的に紹介しようとつとめた。

「山村が振興するには、ヨーロッパの村々がやっているように、そこにある自然そのものを売り物にして、都会の生活で疲れた心身をリフレッシュしてもらうのがいいんじゃないか。これまで、ともすれば農業、林業に所得を求めていたけれど、たとえばスイスのように、酪農をやってる急峻な山のたたずまいで世界中の人を呼ぶこともできるんじゃないか。それでスイスのグリーデルワルトという、人口三千七百人ぐらいの山村を視察して、私自身、学ぶところが多かったので、二十歳代から四十歳代の若者を一回に二十人、募って連れていくと、やっぱり意識が変わるんです。ところが、男がいくら村をきれいにしよう、花で飾ろうと言っても、女性が乗ってこなければ何もできない。そこで、二年めからは女性主体で行くようにしました。すると、春には花の種を植えて、プランターを並べてと、そんなことをしてくれるようになった。参加した女性がボランティア精神にめざめたり、いろんな意味で価値観が変わってきました。多少の金はかかりましたが、得るものも大きかったと思いますよ」

村長就任から二十年目、村内御巣鷹山に日航機が墜落。救難作業支援を指揮

昭和六十（一九八五）年、この年の六月は、黒澤さんの村長として五期めの任期が終わるときであった。このとき、引き続き立候補するにあたって、妻・妙子さんが相談に行った僧侶が、「あなたの旦那さんは、今年、世界的な事件に遭遇する」と、予言めいたことを口にしたという。

黒澤さんが打ち出した数々の施策をもってしても若年人口の流出は止めることができず、村長就任時に三千五百人いた人口は、六期めを迎えた昭和六十年現在で千九百六十八人にまで減少している。黒澤さんはこの年、七十一歳になっていた。

八月十二日、黒澤さんが出張先の東京から帰って、自宅で服を脱ぎながらテレビを

チラッと見たとき、航空機墜落事故発生のニュース速報のテロップが流れた。さらにそれが五百二十四名が搭乗する大事故であることを知ってチャンネルをＮＨＫにかえ、続報に耳を傾けていると、だんだん事故が上野村の近くで発生しているらしいことがわかってきた。

午後十時すぎ、群馬県警の河村一男本部長から、黒澤さんの自宅に電話が入る。それは、

「長野県警から、捜索したが長野県内には墜落していない、群馬県側に墜落の公算が高いとの連絡があった。明日早朝、機動隊員約千五百名を上野村に送り込むから協力を頼む」

というものであった。この瞬間から、黒澤さんの事故対策が始まった。

頭上を飛行機やヘリコプターが飛び交い、墜落現場が近いことをうかがわせる。黒澤さんは、村役場に電話で県警からの協力要請があったことを伝え、全職員に非常呼集をかけて役場で待機するよう指示を出した。夜十一時過ぎ、黒澤さんも翌朝早く出勤することにして、いまは休養しておこうと床についたものの、海軍時代にしばしば遭遇した航空機事故の悲惨な情景が瞼（まぶた）に浮かんでなかなか眠れない。

自宅から神流川をはさんだ国道を走る車や、頭上を飛ぶ航空機の騒音がさらに激し

くなるなか、浅い仮眠をとって十三日の朝を迎え、午前四時には娘の運転する車で役場に登庁した。日の出まではあと一時間あり、辺りは暗かった。機動隊はすでに役場に到着していたが、まだ墜落現場をつかめないでいた。

役場に着いて二、三十分も経つと、だんだん空が白み始める。夜が明けると、ヘリコプターから撮影した事故現場の状況がテレビに映し出された。これを見た黒澤さんは、山の形や樹木の様子から、

「ああ、御巣鷹山の国有林のなかの植林地だ」

と直感した。村役場の南西、直線距離にすると約十キロのところだが、植林に携わる者でなければ、地元の住民ですら誰も足を踏み入れることのないような峻険（しゅんけん）な尾根である。

墜落現場が判明すると、機動隊や陸上自衛隊の救助救難関係者が陸続（りくぞく）と村内になだれ込んでくる。報道関係者も大勢押し寄せて、二千名足らずの村の人口はあっという間に倍以上にふくらんだ。

村役場の二階に県警の日航機事故対策本部が置かれ、河村本部長が自ら指揮をとることになった。役場から東に一キロほどの上野小学校には、陸上自衛隊第十二師団の司令部が置かれた。指揮系統が混乱するのを防ぐため、黒澤さんは、救難作業の主役

である機動隊、自衛隊のサポート役に徹することにした。まずは消防団員を三、四名ずつの数班に分け、救難部隊の道案内にあたらせる。午前四時半には早くも、救難部隊の第一陣が村役場を出発した。

上野村に飲食できる場所はほとんどないから、救難や報道で村に入った数千人の人たちに提供する食料の用意を役場がしなければならない。朝の早いうちから、職員が手分けして役場庁舎を兼ねる村民会館の炊事施設を使って昼食の準備を始めたが、とても足りない。村の女性たちに頼んで、上野小学校の学校給食の設備を使いおむすびを作ってもらうが、それでも足りそうにないので高崎市内の弁当業者に発注する。

黒澤さんは、村としてなすべきことに逐一、指示を飛ばしながら、状況を見極めようとつとめた。そこへ、生存者がいたというニュースが入ってきた。

八月十三日の上野村は、激しい混乱のなかで救難作業が始まり、暮れていった。役場に近い広場には警察や自衛隊のヘリコプターが間断なく発着し、谷あいの集落では、周囲の山からこだまする爆音で家の戸や窓がビリビリと鳴った。

夕刻、腹をすかせて役場に帰ってきた消防団員に聞くと、現場一帯は墜落の衝撃で四散した遺体が散らばり、その惨状は目を覆うほどで鬼気迫るものがあったという。

そんななか、四名の生存者がいたことは奇跡に思えた。

現場近くの四、五キロは道もなく、地形も険しい。山に野宿した村民たちが現場近くの木を伐採して仮設のヘリ発着場を作ったが、二ヘクタールを超える範囲に飛び散った遺体の収容作業は難航し、九月になっても続いた。

「うちの村に墜落したのも何かの縁だ。精一杯、できるだけのことをして犠牲者の霊を弔おう」

と、黒澤さんは決意した。村民たちも、いわば降って湧いた災難であるにもかかわらず、進んで救難、遺体収容の作業に就き、あるいは現地に入る遺族の世話をした。いつしか上野村の事故に対する水際だった対応は世間の話題に上るようになり、村長がかつて零戦隊の指揮官であったことが週刊誌の記事で紹介されるようにもなった。

「いちばん思うのは、迷走中の三十分。特攻隊もそうだが、考える時間があるのは、むしろむごいと思う。恐怖のなかで死を待つしかなかった乗客、乗員たちの心情を思うと、ほんとうにやるせないですよ。

事故のとき、救難作業をしながら私が考えたのは、『陰徳』という言葉があるように、われわれは口が裂けても恩着せがましいことは言うまい、ということです。幸い、村民の皆さんもそういう気持ちで対処してくれたから、遺族の方々もだんだん上野村に親しみを感じてくれるようになりました。

村議会も、『村長、うちは日航に金を出せとか、恥ずかしいことは言わないでくれ』と言ってくれましたね」

と、黒澤さんは回想する。

事故処理が一段落つくと、上野村には別の角度からの責務が課せられていた。

それは、身元不明の遺体の葬送をすることであった。

当時の新聞報道などでは、一人をのぞき全員の身元確認がなされたように報道されたため、ほとんどの遺体が遺族のもとへ還ったように理解されがちだが、実際には、遺体が完全な形で遺族のもとへ還った人は百九十二人にすぎない。

残る三百二十八人は、墜落の衝撃で体が飛散して一部しか確認できず、遺体の大部分は上野村に移管され、葬送されることになったのである。

上野村では、五百二十人すべての霊を供養する道徳的立場から、御巣鷹の尾根を聖地として守り、村の中央付近に慰霊の園を建設することとし、日航、群馬県、そして一般からの浄財に村予算を加えて昭和六十一（一九八六）年八月三日に完成させた。

事故処理も峠を越えた昭和六十（一九八五）年十月三十日、黒澤さんは天皇主催の秋の園遊会に招待された。

「『事故のあとはどうなっているか』というようなお言葉だったと記憶しています。私は、答える前に涙が出そうになってね、かろうじてお答え申し上げたんですが。

陛下（昭和天皇）は、われわれにとっては、命がけで日本の将来を救ってくれた方ですよ。戦争中、私は軍人だったが、天皇は神であるというような考え方にはついていけなかった。これは、海軍の軍人ならみんなそうだったと思います。

要は、国民のかたまりが天皇と思えばいいんだ、と。その国家という、依存すべき社会を守るためにわれわれは戦うんだと。

陛下は、ほんとうに『私』ということをお考えにならない。接してみるとその人格が伝わってきて、尊敬の念が自然と湧いてくるし、畏(おそ)れさえ感じます。

指揮官にしても、政治家にしても、人の上に立つ人の条件は『無私』ということです。もちろん、私心が全くゼロでは生きられないし、昭和天皇のようにはなかなかいかないが、身を捨ててでも周囲をたすける気持ちがないといけません。

海軍では、山本五十六大将、竹中龍造中将、大西瀧治郎中将はそういう人だった。なかでも大西中将は、特攻という、あれだけむごい作戦をして、それでも部下がついてきたのはそのせいですよ。逆に、戦前の聯合艦隊司令長官・永野修身大将など、自分の故郷に錦を飾るために艦隊を土佐湾に入港させた、それだけでわれわれ青年将校の信頼を失ったということもあったんです。

ひるがえって、昨今の自治体首長や政治家をみると、やれ賄賂だ、選挙違反だと、あんなのが社会のリーダーだというのは情けないですよ。国会議員なんてクズ中のクズだ。財界のほうが頼りになる。なんたって、死ぬか生きるかの自由経済のなかで勝ち残っていく人たちだから……。

私自身の目標として、首長に必要なのは、私心がないこと、やる気があること、指揮統率力があること、その三点だと思っています」

私の、黒澤さんへのインタビューが一段落したのは、平成十一(一九九九)年夏のこと。はじめて会ってから三年が経っていた。その年の秋、私は『零戦 最後の証言』(潮書房光人社)という本のなかで、一章をさいて黒澤さんのことを書いた。刷り上がった本を届けたとき、黒澤さんは私に、

「あなたの本は、非常にわれわれを勇気づけ、なぐさめてくれた」

と、身に余る言葉をかけてくれた。

「私ももう八十五歳。いくらなんでもバケモノじゃないから、いつまでも村長をしているわけにはいかないんだが、早く後継者が育たないと……。全国町村会会長は今年

限りだけどね、黙っているわけにはいかないことがまだまだ多いから」

平成十（一九九八）年一月、自民党行政改革本部が、全国に約三千二百ある市町村を、郡などを軸に五百～五百五十程度に統合する新たな合併策を検討する方針を固めたことから、黒澤さんの身辺はさらに忙しさを増していた。

行革推進には国から地方への権限の本格的移譲が必要で、受け皿となる強力な自治体づくりが必要になる、というのが行革本部の言い分だったが、

「とんでもない。そんな、品物をくっつけるようなわけにはいかないですよ。市街地に近いところの町長には賛成の人もあるが、心が一致しないことには、ただくっつけたってダメですよ。合併すれば大きくはなるが、主導権を握るのは票の多い市街地の人間だけ。人口二千人や三千人の村からは、市長も議員も出せないでしょう。

山村と市街地とでは、全く事情がちがう。人口の少ない村が切り捨てられるのは目に見えています。いままで推し進めてきた理想の村づくりも、そこで断ち切られてしまう。自分を失って、自治ではなく他治になる。よそから治められることになってしまう。そんなことになっていいのかと、意気さかんに主張しているわけですよ。

私が矢面に立って反対の急先鋒に立ってきたから、東京に出ると小突きまわされるし、地方に行けば一生懸命やれ、とハッパをかけられる。大変ですよ」

平成十七（二〇〇五）年、九十一歳の黒澤さんは、六月の任期切れを最後に村長を引退、後進に道を譲ることを宣言した。村長としての在任期間は十期四十年におよび、日本の地方自治体首長として最高齢だった。引退の前年、平成十六年には、地方自治における多年にわたる功績により旭日重光章（旧・勲二等旭日重光章）を受章しているが、これは、市町村長に授与された勲章としては最高位だという。

黒澤さんが、引退を決意した理由として私に話したことの第一は、高齢となり、足腰が弱って、日航機事故の慰霊祭が行われる御巣鷹の尾根へ自力で登ることができなくなったことだった。いかにも黒澤さんらしいなと、私はそのとき思った。

黒澤さんは以後、いっさいの公の場から身を引くが、それでも最後まで、上野村では「村長」と親しみを込めて呼ばれていた。

平成二十三（二〇一一）年十二月二十二日、死去。享年九十七。九十八歳の誕生日を翌日に控えていた。黒澤さんの訃報（ふほう）は、二十四日付の新聞各紙やテレビニュースでいっせいに報じられたが、亡くなってから一日おいての発表は、二十三日——この日は黒澤さんの誕生日でもあるのだが——の天皇誕生日の祝賀気分に水を差すまいという、黒澤さんらしい配慮なのではと、近しい人は噂しあった。

黒澤さんの葬送は近親者のみで行い、平成二十四（二〇一二）年一月二十二日、上野村立上野中学校の体育館で、改めて黒澤家・上野村合同葬が盛大に執り行われた。

上野村は、現在も鉄道のない交通不便な山村だが、それでも降りしきる雪のなか、村人総出で道案内にあたり、体育館は五百人を超える参列者であふれた。

厳しい寒さを慮（おもんぱか）って、参列者全員に携帯カイロが手渡され、

「ご遠慮なさらずコート着用のままでお待ちください」

との場内アナウンスも再々流されていた。駐車場にはきちんと案内の人員が配置され、駐車場と体育館との間はバスで効率よく結ばれていた。

来賓には、父・福田赳夫（たけお）元総理が黒澤さんの盟友だった福田康夫元総理の姿もあり、「黒澤村長の功績は他に比肩しえない大功績」と弔辞を読んだ。

黒澤さんは、海軍時代に従六位に叙せられていたが、亡くなった日にさかのぼって正五位（旧海軍では少将クラスが叙せられる位階）に追叙された。

焼香の列に並んだとき、私の真後ろにいた村の人が、

「これで、上野村の一時代が終わってしまったということだな」

としみじみ話していたのが心に残った。

私は時おり、黒澤さんの談話を書き留めた取材ノートを開いてみる。零戦での戦いや戦後の地方自治の話が主になることはもちろんだが、その合間、合間にハッとするような言葉が残されていることに気づく。

〈「健康の秘訣」毎日一万歩　節制（特に飲み食い）心を積極的に平穏に保つ。くよくよしない。人は、ともすれば肉体が自分自身だと思いがちだが、そうではない。肉体の主人公たる「心」を大切に。肉体が病んでも心まで病んではいけない。成功するには、心の悩みを解くこと〉

〈国の将来や人類のことを憂えたり、いくつになっても年のことなど忘れて青二才でありたい〉

〈私の人間を作り上げてくれたのは海軍。海軍には、「坊主の坊主らしきは坊主にあらず、軍人の軍人らしきは軍人にあらず」という言葉があった〉

〈陰徳を積む。人のやりたがらないことを人知れずやる〉

〈自分が正しい、大物だと思っているうちは絶対にダメ。より高いところに理想の人物像を持ってそれに近づくように〉

〈戦闘機乗りは、曖昧な人生観では生きられなかった。人のせいにする余地はない〉

――黒澤さんはいつも相手の目をじっと見て話をする人だった。黒澤さんの、こちらの心の奥底まで見通しているかのようなするどい眼光を思い出すと、いまも身が引き締まる思いがする。私心を微塵（みじん）も感じさせず、自らを律することに厳しい、それでいてなんとも言えない優しさの伝わってくる、まさに「将たる器」を備えた名零戦隊長であり、名村長だった。

黒澤丈夫（くろさわ　たけお）
大正二（一九一三）年、群馬県生まれ。県立富岡中学から海軍兵学校（六十三期）に進み、昭和十一（一九三六）年、卒業。アメリカへの遠洋航海、重巡洋艦「摩耶」、駆逐艦「夕霧」乗組ののち、昭和十三（一九三八）年五月、飛行学生（三十九期）を卒業、戦闘機搭乗員に。第十二航空隊、霞ケ浦海軍航空隊、元山海軍航空隊を経て、昭和十六（一九四一）年九月、第三航空隊先任分隊長となる。開戦劈頭よりフィリピン、蘭印（現・インドネシア）方面を転戦、連合軍機を圧倒。昭和十七（一九四二）年九月、内地に帰還するが、昭和十八（一九四三）年十一月、第三八一海軍航空隊飛行隊長として蘭印方面に進出、ボルネオ島バリクパパン油田防空戦で戦果を挙げる。昭和十九（一九四四）年十月、フィリピン戦に参加ののち昭和二十（一九四五）年五月より第七十二航空戦隊参謀となり、大分基地で終戦を迎えた。海軍少佐。戦後は郷里・上野村の村長となり、山村の振興に尽力。昭和六十（一九八五）年八月、村内の御巣鷹山に日航ジャンボ機が墜落した際には地元首長として救難活動の陣頭指揮をとり、平成七（一九九五）年より四年間、全国町村会会長を務めた。平成十七（二〇〇五）年、十期四十年間務めた村長を退任、平成二十三（二〇一一）年歿。享年九十七。

佐伯海軍航空隊で、戦闘機専修の同期生たちと。左から２人めが黒澤さん

昭和 15 年、大尉に進級。大尉になると礼装の肩章に房飾りがつく

昭和16年12月8日、台湾の高雄基地を出撃直前の三空戦闘機隊員たち。中央軍服姿で答礼する人物が亀井司令

昭和17年2月、ケンダリー基地上空を飛ぶ三空の零戦

昭和19年、バリクパパン基地で。中央が黒澤さん

昭和 20 年 5 月、第七十二航空戦隊参謀となる

昭和 19 年秋、飛行機を受領に来た横須賀海軍航空隊にて

昭和 60 年 8 月、日航ジャンボ機墜落事故現場で。右から黒澤さん、小寺弘之群馬県知事、山口上野村議会議長

第二章

岩井勉(いわいつとむ)

「ゼロファイターゴッド(零戦の神様)」と呼ばれた天才戦闘機乗り

昭和13年12月、大分海軍航空隊で。当時19歳

零戦の初陣から終戦まで、身体はもちろん機体にさえ一発の敵弾も受けず

日本海軍航空隊で、大東亜戦争（太平洋戦争）の開戦前後に訓練課程を修了したクラスの搭乗員の戦死率は、概ね八割を超える。生き残った二割弱も、その多くは負傷の経験があるから、戦闘を重ね、なおかつ無傷で生還することは、想像以上に困難なことであったに違いない。

岩井勉さん（終戦時・中尉）は、昭和十五（一九四〇）年、中国大陸重慶上空における零戦のデビュー戦で初陣を飾って以来、のべ二十二機もの敵機を撃墜しながら、自分の身体はもちろん、機体にさえ一発の敵弾も受けず、戦地では愛機の尾輪ひとつ壊したことがないという、稀有な経歴を持つ零戦搭乗員である。

その技倆から、昭和十九（一九四四）年頃、教官を務めていた台湾の台南海軍航空隊で、教え子の飛行予備学生たちの間で「ゼロファイターゴッド」（零戦の神様）の異名で呼ばれていた。

「戦時中なのに英語のニックネームとは？」と疑問を持つ向きもあるだろうが、それはおそらく、戦後、極端に歪曲された情報に毒されているからで、海軍では「敵性

語廃止」などとは言わなかった。飛行機や艦船の用語には日本語に置き換えたほうが不便なものが多いということもあるが、海軍では日常語にも英単語をそのまま平気で使っていたのだ。

岩井さんとの出会いは、戦後五十年の平成七（一九九五）年秋のこと。この年、生き残り元零戦搭乗員の取材を始めた私は、伝手を頼って住所を調べては、インタビュー依頼の手紙を書いた。その数はのべ数百通にのぼったが、なにしろ当時の私は一介の雑誌カメラマンに過ぎない。胡散臭いと思われたか返事がもらえないこともあったし、けんもほろろに断られたこともあった。そんななか、打てば響くような素早いレスポンスで、取材承諾の返事をくれたのが岩井さんだった。

〈取材の御趣旨はよく理解できました。お待ちしておりますので、ご都合のよい時何時でもお越し下さい〉

岩井さんの自宅は奈良市内にある。私は大阪の実家に帰郷し、その翌日、車で岩井さん方を訪ねた。教えられた道にしたがって到着してみると、そこの景色に見覚えがある。私は中学生の頃、月に一度は友人たちと、大阪から奈良まで片道四十キロの道のりを自転車で走りサイクリングに興じていたが、岩井さんの家は、私がいつも走っていた道路に面したところにあったのだ。二十年近く前、私は岩井さんの家の前を、そうとは知らずに毎月、通っていたことになる。不思議な縁を感じた。

搭乗員仲間の間では「利かん気のベンさん」で通っていて、最初は気難しい人を想像していたが、岩井さんは柔和な笑顔で迎えてくれた。

「私は一見、元気に見えるかもしれませんが、あちこちガタがきておりましてな、大動脈瘤（りゅう）がいつ破裂してもおかしくない状態なんです」

初対面の私に、七十六歳の岩井さんは言った。

「そやから、また今度、というのがないかもしれん。まあ、いつ戦死するかわからんかった戦争中と似た感覚ですな。尻切れトンボじゃあんたも困るやろうし、今日は一通り、最初から最後までお話しさせてもらおうと思うてます」

「諸君、おめでとう。ただし、ここに入ったからには未来の提督にはなれない」

昭和十（一九三五）年六月七日、未来への希望に胸を膨らませて横須賀海軍航空隊に入隊してきた岩井さんたち第六期飛行予科練習生を前に、分隊長・大塚大尉が訓示をした。

「それがいやだという者は、郷里に帰って兵学校の試験を受け直せ」

帰って受け直せと言われても、故郷で盛大な見送りを受け、しかも入隊と同時に軍籍に編入された身とあらば、いまさら辞退して帰るなど、できることではない。

「『しまった、えらいところに来てしもた』と思ったけど、あとの祭りでした……」

岩井さんの話は、そんなふうに始まった。

岩井さんは大正八（一九一九）年七月二十日、奈良県境にほど近い京都府相楽郡当尾村（現・木津川市）で、農家の五人きょうだい（男三人、女二人）の末っ子として生まれた。二番めの兄が海軍を志願し、現役の海軍軍人として奉職していたので、幼い頃から海軍には憧れを抱いていたという。

子供の頃から飛行機が好きでたまらず、地元の木津農学校に進むが、兄から「海軍少年航空兵制度」（予科練習生）があることを教えられ、競争率百倍の難関だと聞かされるも受験を決意。

「学校の先生に退学届を出したら、『承知ならん。そんな危ないとこへ行かんでも、人生にはほかにいくらでも道がある』と反対されてましてな。試験を受けに横須賀へ行ったときも、『不合格になって帰ってくることを祈っている。この退学届は仮に預かっておく』と言われました。

ただただ飛行機に乗りたい一心で、パイロットになるのにほかにどんな手段があるのかも、まるで知らんかった。兄が海軍におるのに、海軍兵学校も知らなんだぐらいです。それに、この頃はまだ（支那）事変（日中戦争）前で、海軍に入ったからって戦争に行くことになるとは考えもしませんでした。

――しかし、危ないと言われて先生に反対された私が生き残って、地元の同級生たちはその後、みんな陸軍に召集されて、そのほとんどが戦死してるんです。人の運命はわからんもんですなあ」

岩井さんが受験した第六期飛行予科練習生の募集定員は二百名。全国から一次試験にパスした二百五十名が二次試験に臨み、うち岩井さんを含む百八十六名が合格、採用された。この頃の海軍は、定員を割ってでも優秀な少年を厳選し、少数精鋭を貫いたのである。

「入隊してみると、それはそれは厳しいスパルタ教育で、夢も希望も一瞬にして忘れてしまうほどでした。当時の予科練は、横須賀海軍航空隊の奥に設けられ、前面は海、背後は航空廠の塀で仕切られていて、娑婆（一般社会）とは完全に隔離されていました。ここには親の愛も、家族の団欒もない。みな、十五、六歳の子供ですからね、一週間もしないうちにホームシックにかかりましたよ」

入隊後二ヵ月間は、基礎教練として陸上戦闘の訓練に明け暮れる。最初の夏は休暇が許されず、代わりに三浦半島南東端の金田湾にテントを張り、四十日間の幕営生活で手旗信号、モールス信号、そして水泳を叩き込まれた。

「私は海もなければ川からも遠い土地に生まれ育ったので、まったく泳げませんでした。同期生に泳ぎのできない者が私も含めて三十名ほどいて、危険印の赤帽をかぶせられ、最初は砂浜に海亀のように腹ばいになって、平泳ぎの手足の動きの練習です。次に数日間、水に浸かって慣らせたところでカッターに乗せられて、沖へ出て海に放り込まれた。すがるものはカッターしかないから必死で泳ぐ。そうしたらカッターもオールを漕いでまた遠ざかる。これを繰り返しているうちに、何キロでも泳げるようになりました。死ぬ気で体に覚えさせるのが海軍の教育でしたね」

座学に、訓練に、息つく暇もなく鍛え上げられること二年半。その間に適性検査が行われ、昭和十二（一九三七）年六月一日付で同期生が操縦、偵察の二手に分けられ、岩井さんは念願かなって操縦要員と決まる。

七月七日、中国・北京近郊の盧溝橋で日中両軍が激突（盧溝橋事件）、支那事変がはじまった。

「急に周辺が慌ただしくなるのが感じられました。上海上空での諸先輩の戦いぶりが紹介され、教官たちは、これぞ『予科練魂』の成果だと説明していました」

一期先輩の五期生が、予科練で三年二ヵ月にわたって基礎教育を受けたのに対し、岩井さんたち六期生の教育期間は、支那事変の影響で二年半に短縮された。昭和十三（一九三八）年一月十日、予科練を卒業し、飛行練習生として霞ケ浦海軍航空隊に入隊、いよいよ飛行訓練が始まる。岩井さんの胸は躍った。

ところがこの頃、支那事変とは別に、岩井さんらにとって青天の霹靂ともいえる、思いがけないことが起きていた。「甲種飛行予科練習生（甲飛）」制度の誕生である。本来、予科練習生制度は、将来の初級指揮官を養成するために昭和五（一九三〇）年に発足したものだったが、昭和十一（一九三六）年十二月、それまで海軍力の拡張に歯止めをかけていたワシントン海軍軍縮条約が失効し、無条約時代に突入すると、航空戦力のさらなる拡充に迫られた海軍は、より短期間で特務士官（兵より累進した士官）を養成するコースを新設した。これが甲種飛行予科練習生である。

応募資格は、従来の予科練が高等小学校卒業程度だったのに対し、甲飛は当初、中学四年一学期修了程度としていて、一段高いところを対象としていた。

甲飛の発足と同時に、従来からの予科練は「乙種飛行予科練習生」と呼ばれることになり、これが岩井さんたちにとっては癪の種だったという。

「もともと、甲乙丙というのは優劣や上下を表すのに使われる言葉でしたから、あとからできたのが『甲』で、本家本元がなんで『乙』なんや、と。学力的にも、われわれの半分は中学三年を修了していて、ほとんど差はなかった。しかも『乙』が予科練を卒業してようやく進級する一等航空兵に、『甲』はわずか一ヵ月でなりよる。

戦後も、甲飛出身者は『旧制中学卒業相当』という文部省の学力認定を受けましたが、乙飛出身者は『高等小学校卒業相当』とされたまま二十年以上も放置されていて、仲間が就職のとき、どれだけ辛い思いをしたか。そのくせ、すでに下級士官になっていたから公職追放にかかり、三十歳前後のいちばん就職したい七年間というもの、いっさいの公職に就くことを許されなかった。まさに踏んだり蹴ったりでした」

甲飛は甲飛で、「航空幹部募集」を謳い、海軍兵学校に準じる待遇を匂わせた海軍の募集に応じ、なかには兵学校、機関学校の合格を辞退してまで入隊した者がいたのに、いざ入ってみると水兵服を着せられ、「海軍に騙された」と、待遇改善を求めるストライキを起こしたクラスまで出たほどだから、海軍のやり方はけっしてスマートではなかったと言える。のちに、搭乗員の養成制度として長く続いた、内部選抜の「操縦練習生」を引き継いで「丙種飛行予科練習生」制度ができたときも、「伝統ある『操練』の後輩を『丙』とは何ごとだ」と憤慨する声が多かった。

「なんとまあ、きれいなもんだわい」と見とれた零戦初空戦

霞ケ浦では、複葉の三式初歩練習機、九三式中間練習機で操縦訓練を受けた。訓練がはじまって二ヵ月後、「父危篤」の報に、一週間の特別休暇を許され帰郷するが、帰隊後、「父死す」の電報が届いたときには、これで操縦訓練を遅らせるわけにはいかないと、自ら休暇を断ったという。

「その日の夕食時、先任教員がクラスの全員に、『親が死んでも葬儀にも帰らず、訓練を受けたいという練習生がこのなかにいる。まったく見上げたものだ。皆もこの精神で頑張ってもらいたい』と訓示をしましたが、私は『お父さん、すみません』と心で泣いていました」

同じ飛行場で、海軍兵学校出身の飛行学生（士官）たちも操縦訓練を受けている。おもに海兵六十三期を卒業した者で、そのなかに、岩井さんがのちに空母「瑞鳳」でともに戦う佐藤正夫少尉（のち大尉）がいた。

八月に入り、飛行練習生教程の卒業が近くなった頃、同期生それぞれの専修機種が発表された。その内訳は、戦闘機二十名、艦上爆撃機十名、攻撃機二十名。

「私は念願かなって、戦闘機専修と決まりました。ほんとうに嬉しかった。ここまで順調に、望み通りにきたことに、心のなかで神仏に感謝を捧げました」

昭和十三（一九三八）年八月十六日、飛行練習生を卒業した岩井さんら戦闘機専修の二十名は、大分県の佐伯海軍航空隊で、こんどは本物の戦闘機（複葉の九〇式艦上戦闘機）で延長教育の訓練を受けることになる。

「ここは戦闘機の教育部隊だけあって、教官、教員も全員が戦闘機乗りで、霞ケ浦とはまったく違った雰囲気でした。先任教員の赤松貞明一空曹は、『仕事のないときは寝ておっても構わん。その代わり、一朝有事のさいは、寝食を忘れてでも目的を完遂する。これが海軍戦闘機隊の気風である』と」

十二月、戦闘機の教育部隊として大分海軍航空隊が新たに開隊すると、岩井さんら練習生はそちらに移転、翌昭和十四（一九三九）年二月、延長教育を終え、実施部隊である長崎県の大村海軍航空隊に転勤を命ぜられる。延長教育を終えた戦闘機搭乗員は、ここでお座敷がかかるのを待って、おのおの実戦部隊に巣立っていくのが通例だった。支那事変も二年め、中国大陸での戦闘は間断なく続いていて、岩井さんも当然、次は戦地に行くものと思い込んでいた。ところが――。

「五月一日付で、ほとんどの者が大陸で作戦中の第十二航空隊か第十四航空隊に転勤を命ぜられたのに、私ともう一人、舟川という男には『鈴鹿海軍航空隊附』の辞令が出て、ガッカリしました。鈴鹿空は戦闘機隊じゃなく偵察練習生の訓練部隊で、九〇式機上作業練習機という、操縦席が吹き晒しで箱のような形の、特殊飛行もできない飛行機の操縦をさせられることになったんです。

一応、資格は『教員』でしたが、要は機上無線や航法、旋回銃の訓練を受ける偵察練習生を後ろに乗せて飛ぶ『車引き』で、やっと一人前の戦闘機乗りになれたと喜んだ身からすれば、情けないというか、屈辱的な配置でした。

当時、誰が言い出したのか『戦闘機無用論』なる奇怪な説が力を持っていて、そのあおりでパリパリの戦闘機搭乗員が大勢、ここにまわされてきてたんです。行ってみたら、大先輩の山下小四郎、赤松貞明、同年兵ながら操練出身で操縦歴の長い尾関行治、武藤金義……名だたる戦闘機乗りがズラッと顔を揃えていて、驚きました」

海軍航空隊の「戦闘機無用論」には二度の波があり、一度めは昭和十年頃、双発で高性能の九六式陸上攻撃機が開発され、当時の戦闘機の性能ではこれに太刀打ちできないとの理由で、戦闘機乗りであった源田實大尉（当時）が提唱したとき、二度めは昭和十四年、九九式艦上爆撃機が開発されて、これが爆弾を落とせば身軽に空戦もできるといった意見が出されたときである。岩井さんが鈴鹿空に追いやられた昭和十四年は、「第二次戦闘機無用論」が幅を利かせた時期だった。「戦闘機無用論」がまったくの間違いであったことは、その後の戦争の推移が証明しているが、ここで戦闘機乗りの養成を減らしたことが、結果的に大きな禍根を残すことになる。

鈴鹿空での退屈な半年を経て、昭和十五（一九四〇）年一月、岩井さんに第十二航空隊への転勤命令がくだった。行き先は中国・湖北省の漢口基地である。

「これで俺もようやく戦地に行ける、と思うと、胸が躍りました。汽車で佐世保まで行き、そこから輸送船で、軍馬並みの船底の一室に放り込まれて荒波に翻弄されながら上海へ。それでもはじめて中国大陸の大地を見たときは感動しましたな。上海からは揚子江を舟で十日がかりで遡って、やっと漢口に着きました。鈴鹿を出てからちょうど二十日が経っていて、いま思えばのんびりした転勤でした」

昭和十二年、南京を追われた蔣介石を国家主席とする国民党政府は、四川省の重慶に首都を移して根強い抵抗を続けている。漢口基地は重慶爆撃の拠点で、海軍航空隊の主力部隊である第二聯合航空隊（第十二、十三航空隊）が展開していた。

ところが、当時の主力戦闘機・九六式艦上戦闘機には重慶空襲の陸上攻撃機に随伴するだけの航続力がない。戦闘機隊のやることと言えば基地上空の哨戒飛行ぐらいで、戦闘らしい戦闘のない比較的平穏な日々が続いた。いっぽう、戦闘機の護衛なしで重慶空襲を繰り返していた陸攻隊は中国空軍戦闘機の邀撃(ようげき)を受け、その損害は増加の一途をたどっていた。

しかし、七月下旬になって、十二空に新鋭の零式艦上戦闘機(零戦)六機が配備されたことで、戦闘機隊はにわかに活気づく。最初に零戦を空輸してきた指揮官は、新たに十二空分隊長となった横山保大尉である。

「彼らが着陸するやいなや、機体の周囲にみんなが駆け寄って、歓声が上がりました。優秀な飛行機だということは噂に聞いていましたからね。われわれは飽きることなくこの六機を眺めまわしましたが、機体が九六戦と比べても一回り以上大きくて、これで格闘戦ができるんかいな、と一抹(いちまつ)の不安を覚えた記憶があります。いま考えたらおかしいけど、風防が密閉式なのも、何か隔離されている感じで違和感ありましたな。でも実際に乗ってみたら乗りやすくて、そりゃあもう、ええ飛行機でした」

続いて、漢口から横須賀海軍航空隊へ、搭乗員をつれて零戦の領収に向かった十二空分隊長・進藤三郎大尉の率いる六機、さらに八月中旬には横空分隊長・下川万兵衛大尉の率いる七機(六機説もあり)が漢口に到着、戦力としての陣容がととのった。

さっそく、零戦に搭乗する隊員の人選が進められた。横空から飛行機とともに転勤してきた横山大尉以下十二名の搭乗員を中心としたA班、進藤大尉以下、もとから十二空にいた搭乗員十二名を中心に選抜されたB班が編成され、その二班の搭乗員が交代で零戦での出撃に参加することになる。両班とも、精鋭揃いの十二空搭乗員のなかでも、とりわけ技倆優秀な者が選ばれていた。

「私の名前はB班にありました。このときはどんなに嬉しかったことか」

と、岩井さん。このとき、岩井さんの飛行時間は約八百時間に達していた。

八月十九日、零戦初出撃の日はやってきた。横山大尉率いるA班七機、進藤大尉率いるB班主体の六機からなる、二個中隊十三機の零戦は、漢口基地を出撃した。途中、中継基地として整備されたばかりの宜昌(ぎしょう)飛行場に燃料補給のため着陸したところ、一機が着陸に失敗、転覆し、作戦における零戦の事実上最初の喪失となった。残る十二機は宜昌を飛び立ち、五十四機の陸攻隊を護衛して重慶上空へ。しかし、中国空軍はこの日、新型戦闘機の登場を察知したのか、一機も飛び上がってこなかった。

さらに翌八月二十日にも、伊藤俊隆大尉が率いるB班主体の十二機が陸攻隊とともに出撃、岩井さんもこれに加わったが、敵機と遭遇することなく引き揚げてきた。

「重慶までは途中、急峻(きゅうしゅん)な山岳地帯の上空を飛ぶんですが、このとき私は、眼前の山頂からひと筋の煙が立ちのぼるのを見ました。続いて、はるか前方の山頂からもうひと筋。狼煙(のろし)です。ははあ、敵さんはこうやって日本機の空襲を知らせるんやな、と」

その後しばらく、零戦隊は悪天候で出撃できず、三度めの出撃ができたのは九月十二日のことであった。横山大尉が指揮する十二機は、陸攻隊の爆撃終了後も一時間にわたって重慶上空にとどまったが、またもや敵機は現れなかった。しかし帰投後、敵地上空にとどまって監視していた九八式陸上偵察機よりある情報がもたらされた。

零戦隊が引き揚げるのを見届けたかのように、重慶上空に敵戦闘機三十二機が飛来したという。狼煙で日本機の来襲を察知した敵は交戦を避け、零戦がいなくなってから、あたかも日本機を撃退したかのようにデモンストレーション飛行をしていると考えられた。

それならば、明日はその逆を衝(つ)けばよい。爆撃が終了したら、一旦、引き返したと見せかけて、敵戦闘機が重慶上空に戻ってきたところを叩くという、翌日の指揮官に決まっていた進藤大尉が発案した作戦が採用される。

そして、九月十三日金曜日、午前八時三十分。進藤大尉の指揮する二個中隊の零戦十三機は、支那方面艦隊司令長官嶋田繁太郎(しまだしげたろう)中将じきじきの見送りのもと漢口基地を発進した。発進前、嶋田中将は小さな紙片を手に持って、整列した搭乗員一人一人に激励の言葉をかけた。

「君が岩井二空曹かね。しっかり頼むよ」

と言われ、背中を軽く二、三度叩かれたとき、岩井さんは、

「ああ、俺は今日の初陣で死んでも悔いはない」

と感激したという。

この日の編成は、進藤大尉率いる第一中隊七機と白根斐夫中尉率いる第二中隊六機からなり、中隊はそれぞれ二個小隊に分かれている。岩井さんは、白根中尉の三番機(白根機の右後方に編隊を組む)についた。

九時三十分、中継基地の宜昌に着陸、燃料補給と昼食ののち十二時に発進、高度二千メートルで誘導機の九八式陸上偵察機と合流。さらに午後一時十分、爆撃隊の九六陸攻二十七機と合流、その後上方を掩護しつつ、高度七千五百メートルで重慶上空に進撃する。この日の爆撃目標は「敵要人邸宅」とされていた。

「爆撃中は、ものすごい対空砲火の弾幕でした。そんなときに二番機の光増政之一空曹が、風防のなかでニコッと笑いよったのが印象に残っています」

午後一時三十四分、爆撃が終わると、いったん引き返したと見せるため、零戦隊は

陸攻隊とともに反転、漢口基地のある東方向に機首を向けた。そして十六分後、重慶上空にとどまっていた偵察機からの敵戦闘機発見の無線電信が、進藤大尉の耳にレシーバーを通じて届いた。零戦隊はただちに再反転する。

「進藤大尉は陸攻隊の指揮官に敬礼すると、重慶のほうへ反転しました。そしたら右下方に小さな点々が見えた。われわれ第二中隊は第一中隊の左後方、かなり離れたところを飛んでいて、第一中隊の動きが見にくかったんですが、それでも敵機が現れたことはわかった。機数は約三十機。それで私は、白根中尉機の横に出て、『敵機発見』を伝えました。白根中尉もすぐに了解したらしく、ニッコリ笑うと増槽（落下式の燃料タンク）を落とし、第一中隊に続いて空戦場に突入しました」

岩井さんは、一機のソ連製戦闘機ポリカルポフE15（И（イー）15を、日本海軍、中国空軍ともにこう呼んだ）に狙いを定めて攻撃に入ろうとするが、その敵機は別の零戦が一瞬で撃墜してしまう。仕方なく、墜ちる敵機から飛び出した落下傘に一撃をかけると、別の敵機を求めて空戦圏に戻った。

飛行機の性能差は一目瞭然（いちもくりょうぜん）で、たった十三機の零戦が、三十数機もの敵戦闘機を次々と追い詰め、撃墜してゆく。

「以心伝心で、左旋回しながらの反復攻撃です。逆に旋回したらぶつかりますからな。空戦してると高度が下がるのが常なんですが、どんどん高度が下がっていって、はじめ五千メートルあった高度が、しまいには五百メートルまで下がっていました」

岩井さんは敵機を追いながら、空戦の悲壮美に酔いしれていた。

「なんときれいな、と思いました。その頃はカラー何とか、という言葉はないから、『総天然色』です。零戦が明るい灰色で、複葉のE15は濃紺、単葉のE16は緑色と、それぞれ色がちがう。機銃弾には四発に一発、曳痕弾が入っていますが、それがバァーッ、バァーッとまるで紙テープを投げたように大空を飛び交う。この日は風がなく、それが何秒か空に残りよるんです。真白い落下傘、火を噴いて墜ちる敵機、爆発する敵機。空中戦というのはきれいなもんだわい、と見とれてしまいました」

初陣の岩井さんは、この空戦で撃墜確実二機、不確実二機の戦果を挙げた。

「決められた集合地点に行ってみたら、もう誰もおらん。それでも四川省の山岳地帯の上空を、勝ち誇った気持ちで鼻唄を歌いながら帰りました」

零戦はあるいは単機、あるいは数機で、三時四十五分から四時二十分までの間に、中継基地の宜昌に帰投した。最後の十三機めの機影が見えたとき、指揮官・進藤大尉が「やった！」と跳び上がって喜ぶ姿を、岩井さんは記憶している。

十三名の搭乗員の戦果を集計すると、報告された撃墜機数は、遭遇した敵機の機数よりも多い撃墜確実三十機、不確実八機にのぼった。損害は被弾四機、また、高塚一空曹機が引込脚のトラブルで、宜昌に着陸したさい転覆、大破した。進藤大尉はとりまとめた戦果に、自身が上空から見た結果を加味し、空戦でありがちな戦果の重複も考慮に入れて、二十七機撃墜確実と判断、早速司令部に報告の無電が打たれた。

　こうして、零戦のデビュー戦は完全勝利のうちに幕をおろした。空戦の翌九月十四日、漢口基地では、十二空の主要幹部と出撃搭乗員による戦訓研究会が行われた。

　搭乗員側から出された意見は、①増槽の落とし忘れや燃料コックの切り換え間違いが多い。②風防が密閉式のため後方視界が悪い。また、操縦席前方左右に装備された七ミリ七（七・七ミリ）機銃の硝煙がコックピットにこもる。急降下すると気温の急激な変化で風防の内側が曇る。③過速に陥りやすく、速力がつきすぎると舵の利きが重い……など。その多くは、これまでの九六戦とは次元の異なる新型戦闘機に対する不慣れに起因するものだった。

　研究会で岩井さんは、落下傘降下する敵搭乗員を撃ったことの是非を上官に質問している。落下傘降下する敵は投降しておらず捕虜ではないから、撃つこと自体に問題はない。だが、十二空先任分隊長・横山大尉は岩井さんの問いに、

「降下中の落下傘の射撃は、距離の判断がむずかしく、命中させるのは至難である

上、落下傘に気を取られてほかの敵機に付け入る隙を与えるもとになるから好ましくない」

と答えている。

岩井さんはそれからも数度の出撃を重ね、十月二十六日には飯田房太大尉の指揮下、参加した成都上空の空戦で、ふたたびE15一機を撃墜。その戦果を手土産に、十一月、茨城県の筑波海軍航空隊へ転勤を命ぜられ、内地に帰還した。転勤の途中、常磐線の汽車を待つ間に上野広小路を歩いていると、ニュース映画館に「成都空襲八勇士」という看板が出ているのが目に入った。

「切符を買って入ってみると、つい先日の成都空襲のニュース映画(日本ニュース第二十二号・昭和十五年十一月六日)が上映されていて、飯田大尉の顔、山下空曹長の顔、そして自分が胴上げされるシーンが映っていました。あんなことぐらいで内地ではこれほど大きく取り上げられるのかと思うと気恥ずかしく、周囲の人が皆、自分の顔を見ているような気がして、そそくさと映画館を出ました」

一年三ヵ月に及ぶ教員任務を経て前線に出たときには、既に勝ち戦も遠くなり

筑波空では、九三式中間練習機で、主に予科練出身の飛行練習生に基礎的な操縦訓練をほどこす教員になった。

「受け持った教え子は、こいつは将来、俺よりうまくなるなあ、と思うようなのもいれば、何度乗せても危険でどうにもならないようなのもいました。人を育てるのはやりがいのある仕事かもしれませんが、戦地を経験してきた者からすると単調な毎日で、ストレスは溜まりましたね」

筑波空での教員生活は一年三ヵ月に及んだ。その間、関東平野に点在する練習航空隊の教員たちのうち、航空母艦への着艦訓練未修の者が大分県の佐伯海軍航空隊に集められて着艦講習を受けることになり、岩井さんもこれに参加している。はじめて着艦した空母は、瀬戸内海を航行中の空母「鳳翔（ほうしょう）」だった。「鳳翔」は大正十一（一九二二）年に竣工（しゅんこう）した世界初の正規空母で、日本海軍でもっとも小さな母艦である。

そして、昭和十六（一九四一）年十二月八日、日本陸海軍はアメリカ、イギリスを中心とする連合軍と交戦状態に入り、大東亜戦争が勃発した。

「支那でさんざんやってきて、もう戦も終わりかと思っていたのに、世界を相手にまだやるんかいな、いままでのはリハーサルやったんか、えらいこっちゃ、と、正直なところ思いました。しかし、戦争が始まったんなら行かなきゃならん。早く実施部隊に転勤して戦地に出たいという気持ちのほうが強かったですね」

昭和十七（一九四二）年二月、岩井さんに転勤命令が届く。だが次の任地は、戦闘機搭乗員に最後の仕上げの訓練を行う大村海軍航空隊で、岩井さんはまたしても教員配置につくこととなった。同年九月、結婚。妻・君代さんは、下宿先の娘であった。

「このときの気持ちは、率直に言って、ここで俺が死んだら俺の血筋が絶える、一人ぐらいは子供を作っておきたいと思ったのと、もし自分が戦死しても、家内は『軍神の妻』とあがめられて遺族年金で生きていけるやろう、と。しかし家内は女学校を出たばかりで、まだ十八歳。そんな気持ちで結婚されたんではさぞ災難やったろうなあ、と思います」

分隊長・蓮尾隆市大尉の媒酌（ばいしゃく）のもと、大村の料亭で結婚式と披露宴を催したが、岩井さんの兄が「高砂や、この浦舟に帆をあげて……」と謡い始めたとき、泥酔状態で遅れてやってきた赤松貞明飛曹長が、全裸の肩から料亭の白いカーテンを前に垂らし、脚の脛（すね）には藁（わら）で新聞紙をくくりつけた姿で「色は黒いが南洋じゃ美人……」などと歌いながら座敷の真ん中で踊り狂い、大混乱になってしまった。大村空の教員仲間が合唱してくれた歌もまた、ふるっていた。

♪飛行機乗りにはお嫁にゃ行かぬ

今日の花嫁明日は後家ダンチョネー
「戦争中はもう、地獄のような日々でした」

と、君代さんは言葉少なに回想する。

披露宴を台無しにされたが、岩井さんにとって赤松飛曹長は忘れ得ぬ先輩だった。

「脱線しますが、赤松飛曹長は明治四十三（一九一〇）年生まれ、昭和三（一九二八）年に海軍に入り、昭和七（一九三二）年に操縦練習生を卒業した古豪で、操縦の腕は超一級、柔道、相撲、水泳あわせて十一段と称し、腕力はもちろん、何をやらせても強かった。顔も美男子の部類だったでしょう。女遊びも堂々としたものでした。

鈴鹿空で一緒だった頃、操縦教員を引きつれて飲みに行って、ご機嫌のあげく伊賀神戸の小さな遊郭になだれ込んだことがありました。その夜をともにする女をくじ引きで決め、みんな自分の本名を宿帳に書くのをはばかって、赤松さんの指示で、鈴鹿空の司令以下、佐官クラスの名を宿帳に書き込んで、思う存分遊んだんです。しかしある日、憲兵隊が遊郭を臨検したとき、鈴鹿空のお偉方がずらりと名を連ねているのに不審を抱いて照会してきたので、司令がカンカンに怒った。『こんなことをするやつは赤松しかおらん』と、最初からバレてます。赤松さんは司令に呼びだされてこってり油を絞られたようですが、まるで堪（こた）えた様子はありませんでした。

奥さんに、どこかでもらってきた痒い虫をうつしてしまい、奥さんがそのことを便箋三枚に書きつらね、ちり紙に包んだあそこの毛三本を同封して赤松さんに送って来たこともあります。奥さんもなかなかの女傑で、手紙の書き出しは、『いとしき貴男様、戦地行きの置土産有難うございます。私は毎日これを手入れするのが楽しみで……』というものでした。このとき、赤松さんは、若い搭乗員を集めて、『カアチャンの毛を見せたろう』と。しかしみんなが笑った拍子に毛が飛んでしまいました。彼は怒って『搭乗員整列！』、みんな殴られるかと思い緊張していると、『これからカアチャンの毛を探せ！』ときた。若い搭乗員たちが床にかがみ込んで、目を皿のようにして三本の毛を探している情景を思い出すと、いまでも笑いがこみ上げてきます」

新婚わずか四十五日、昭和十七年十一月一日付で、岩井さんに空母「瑞鳳」への転勤が発令された。「瑞鳳」は、潜水母艦「高崎」を改造した小型空母で、同年六月五日のミッドウェー海戦で日本海軍が主力空母「赤城」「加賀」「蒼龍」「飛龍」を一挙に失ってからは、正規空母に準ずる扱いで、空母「翔鶴」「瑞鶴」とともに第一航空戦隊を編成。零戦二十一機と九七艦攻九機を搭載し、十月二十六日には日米機動部隊が激突した「南太平洋海戦」に参加したばかりだった。

「飛行練習生の頃、一緒に訓練を受けた佐藤正夫大尉の引き抜きやったらしい。佐藤大尉は『ゴリラ』というあだ名のいかつい男で、まだ二十七歳というのに頭もすっかり禿げ上がっていました。豪傑で、個性が強くて喧嘩っ早くて、上下からとかく敬遠されるタイプでしたが、私はなんか知らんが、妙に気に入られていました」

「瑞鳳」は、南太平洋海戦で敵艦爆の爆弾を飛行甲板後部に受け、佐世保軍港のドックで修理中、飛行機隊は大分県の佐伯基地で訓練をしていた。岩井さんは佐伯基地に着任し、翌日から激しい訓練に加わることになる。

やがて「瑞鳳」の修理が完了し、十二月に入ると飛行機隊は鹿児島基地に移動、さらに訓練を続けた。そして昭和十八（一九四三）年一月、出撃命令がくだり、十七日、「瑞鳳」は呉軍港を出港、飛行機隊を洋上で着艦、収容して、一路、中部太平洋の日本海軍の拠点トラック島へ向かった。

「しかし、あとから思えば、この頃には緒戦の勝ち戦も遠くなり、教員を長くさせられたおかげで、おいしいところはみんな、人に取られてしまっていました」

「瑞鳳」はさっそく、ガダルカナル島撤退掩護に従事し、続いて二月十九日には零戦隊と艦攻隊がニューギニア北岸のウエワク基地に進出。連日のように陸軍輸送船団の護衛に出撃した。

「ウエワクはひどいところやった。海岸はすべて泥色、何本か流れている川もすべて泥で黄色く汚れています。泥色の海には鱶（ふか）（サメ）がいて、また、潜水艦と見まごうような大きな鯨もいました。カラスは茶色で雀は赤く、陸地はジャングルで覆われていますが、夜になると野生の生き物たちの鳴き声で一晩中騒がしい。朝は靴を履く前に必ず逆さにして振らないと、ヘビが入っていたりします。われわれも、プロペラが巻き上げる砂塵（さじん）と汗で泥んこでした」

ガダルカナル島を手中におさめた連合軍は、東部ニューギニアでの反攻も活発化させていた。日本軍はこの戦線を維持しようと、ラエ、サラモア地区の兵力を増強することを決め、陸軍第五十一師団をラバウルからラエに輸送することになった。この輸送作戦は、八十一号作戦と呼ばれる。海軍は陸軍航空部隊と協力して、輸送船団の上空直衛に当たることになった。

陸軍輸送船七隻、海軍運送艦一隻と護衛の駆逐艦八隻からなる輸送船団は、約七千名の陸軍部隊を乗せて、二月二十八日深夜、ラバウルを出港、三月三日の朝にはニューギニア・フィンシュハーフェンの東方海域に達した。

午前七時五十分、船団の南方から敵機の大編隊が現れる。最初に来たのは、高度三千メートルの中高度から水平爆撃のボーイングB－17十三機。その上、高度五千五百メートル付近にＰ－38二十二機がかぶさるようについていた。このとき、船団上空には、二〇四空十二機、二五三空十四機、あわせて二十六機の零戦がいた。零戦隊は、これらの敵機に一斉に攻撃を開始、Ｐ－38と激しい空戦に入った。

ウエワクからニューアイルランド島カビエン基地に移動していた「瑞鳳」零戦隊は、佐藤大尉以下十五機をもって八時半からこの船団の上空哨戒任務に就くことになっていたが、佐藤大尉が早く現場に到着しようと言い、予定より三十分早く発進した。

「私は佐藤大尉の中隊（九機）の第三小隊長でした。ニューギニアのクレチン岬がはるかに見えるあたりまで来たとき、予定海面に船団の姿を発見して、そちらへ機首を向けたんですが、にわかに無数の水柱が立ちのぼり、豆粒のように見えた船がかき消されたように見えなくなった。これはただ事やないと思い、ただちにスロットル全開、全速で駆けつけたんですが……」

記録によると、「瑞鳳」零戦隊が空戦場に到着したのが八時五分。しかし、敵機は続々と増えて八時十分には約七十機にも及んでいる。

敵は、みごとな連携プレーを見せた。Ｂ－17の上空にはＰ－38戦闘機を配し、零戦隊がそれらに気を取られているうちに、十三機の英国製双発重戦闘機ブリストル・ボーファイターが低空から進入、艦船を銃撃し、次いでノースアメリカンB－25、ダグラスA－20などの双発爆撃機が二十五分にわたって超低空爆撃をした。これは、爆弾を魚雷のように超低空で投下し、海面に反跳させて艦船の側部に命中させる、「反跳爆撃」（スキップ・ボミング）という新戦法であった。

「このとき、われわれはB－17の編隊に対し、前下方からかわるがわる反復攻撃を加えましたが、私の三番機・牧正直飛長（飛行兵長）機が敵機に体当たりを敢行しました。彼はつねづね、酒に酔うと『俺は、こんど敵機に遭ったら体当たりしてやる』と言っていて、私は冗談だと思っていたんですが、自分の言葉通りのことを私の目の前で実行してみせたんです。双方の機体が真っ二つに折れて墜ちてゆくのをまのあたりにしながら、私は深い感動に打たれました」

この戦いで、日本側は輸送船七隻、海軍運送艦一隻、駆逐艦三隻が撃沈され、午後にはさらに駆逐艦一隻が撃沈された。上陸部隊の半数以上にあたる三千六百名以上もの将兵が戦死し、輸送作戦は完全な失敗に終わった。「ダンピールの悲劇」（米側呼称・ビスマルク海海戦）と呼ばれる。

三月八日には、ニューギニア東部北岸のオロ湾に集結する敵艦船を攻撃する陸攻隊を掩護して出撃、岩井さんはここではじめて、双発双胴の米陸軍戦闘機ロッキードP

－38と遭遇、これを撃墜。以後、岩井さんの撃墜戦果も伸びてゆく。

「私が墜としたのは、P－38がいちばん多かったです。あれは私ら、ペロ八と呼んでいました。スピードが速くて高高度性能もいいけど、空戦になったら絶対に負けへん自信がありました。

射撃するときの私なりのコツというのがありまして、射撃訓練のときなら、あれは一種の競技ですから全弾命中を目指すけど、実戦で全弾命中なんかするもんやない。しかし二十ミリ機銃弾が一発当たれば、敵機にはバーンと三十センチぐらいの穴が開きよるし、二発も当たれば翼が吹っ飛びます。それで、敵機を射程に捉（とら）えて射撃するときに操縦桿（かん）を一瞬、しゃくるように前後に動かすんです。すると弾丸が上下に散って、挟叉（きょうさ）弾になってそのなかの二、三発は必ず命中する。こんな撃ち方、誰に教えられたものでもないし、ほかにやっていた搭乗員がいるかどうかはわかりませんが」

機体をすべらせて敵弾をそらしつつ、じわじわと反撃のチャンスを狙う

四月一日付で、岩井さんは飛行兵曹長（飛曹長）に進級。その翌日、「瑞鳳」零戦隊は、海軍航空隊の一大拠点であったニューブリテン島ラバウルに進出した。

虎の子の艦隊飛行機隊の全兵力を投入し、ソロモン、ニューギニア方面の戦局を一気に挽回しようという大作戦（「い」号作戦）に参加するためである。

「い」号作戦は、四月七日から十四日まで行われ、飛行機隊が出撃するさいには、山本五十六聯合艦隊司令長官は白の第二種軍装に身を固めて、帽を振って見送った。岩井さんは、

「『い』号作戦のときは、ガダルカナル、ポートモレスビー、オロ湾、ラビ（ミルネ湾）と、四回の攻撃に参加しましたが、出発のとき、長官は幕僚を後ろに従えて、一人、列線のそばまで出てきて見送ってくれていました。私ら戦闘機はいちばん最初に離陸するんですが、攻撃隊を待って上空を旋回しながら下を見ると、最後の一機が離陸するまで見送る長官の姿が見えました。長官の見送りで感激とか、士気が上がるとか、そら、そういうことは確かにありましたなあ」

と振り返る。

「そのとき私は二十三歳。長官は六十歳ぐらいでしたか。整列しながら、『この人、長生きしてはるなあ』と思ったものです。しかし長官は、その数日後（四月十八日）に戦死されてしまいました」

岩井さんは、四月十一日のオロ湾攻撃のさいにP－38一機を撃墜、なおも別の敵機

と格闘戦になり、急上昇から反転しようとした直前、カーンという金属音の衝撃を感じた。

「やられた！と思って戦場を離脱、基地に帰って、整備員に『あかん、今日こそはやられたわい』と言って見てもらいましたが、どこにも被弾はなかった。あの音は何やったのか、いまだに不思議に思っています」

この日の空戦のことも、岩井さんは、

「撃ち合うような真似をしながら機体をすべらせて敵機の射弾をそらしつつ、じわじわと反撃のチャンスを狙った」

とか、

「反航してくる敵機に、正面からの撃ち合いは禁物と、操縦桿をちょっと押し、敵の射弾をかわすなり、大きな音を立てて五条の曳痕弾が頭上を通り過ぎた。それをやり過ごして、敵の三番機に対し前下方から突き上げた」

などと回想するが、敵弾の避け方や攻撃のタイミングのつかみ方には天性のものがあったのではないだろうか。

岩井さんは、翌十二日のポートモレスビー攻撃のさいも、P‐38一機を撃墜、さらに、米陸軍の大型爆撃機B‐17二機を発見、単機で上方からこれを攻撃、空中衝突寸前まで接近して全銃火を開き、その一機を撃墜している。

さらに四月十四日、ニューギニア東部のラビ、ミルネ湾攻撃のさいには、邀撃のため上昇してきた米陸軍の戦闘機ベルP－39エアラコブラを一撃で空中分解させ、続いてもう一機のP－39を格闘戦に引き込み、撃墜した。

「しかしこの日、予科練同期生の光元治郎飛曹長が、帰途、私と一緒に途中まで編隊を組んで飛んできたのに基地には還らず、そのまま行方不明になってしまいました。合流したとき、私は飛行眼鏡を上げて顔がよく見えるようにしてニッコリ笑いかけたんですが、彼はニコリともしなかった。負傷していたのかもしれない。この時点で同期の戦闘機乗り二十名のうち十三名が戦死し、七名を残すのみになっていましたが、これでまた一人、減ってしまいました。同期生の死ほど身につまされるものはありません。直面した者でないと、この気持ちはわからんでしょうが……」

この日をもって「い」号作戦は終了、「瑞鳳」をふくむ第一航空戦隊は、いったん内地に帰還することになった。

十二日間の休暇を、長崎県大村の妻・君代さんの実家で過ごし、こんどは鹿児島基地で、ふたたび南方へ進出するための猛訓練がはじまる。その頃はまだ、練度の高い搭乗員が多く残っていて、「瑞鳳」には佐藤正夫大尉、日高盛康（ひだかもりやす）大尉以下、河原政秋少尉、山本旭飛曹長、そして岩井さんと、歴戦の勇士が顔を揃えていた。

訓練に明け暮れていたある日、鹿児島基地に母が面会にやって来た。明日をも知れない息子の身を案じて、はるばる京都から、一人、汽車に揺られて訪ねてきたのだ。

「お前が無事でご奉公させていただけるよう、毎日、氏神様にお百度詣りをしてお祈りを続けている。そして、月に一度はお前が信仰している鞍馬さんへお参りして武運長久を祈願しているから、安心して頑張っておくれ」

母の目に光る涙に、岩井さんは、休暇が十二日間もあったのに帰郷しなかった自分の心を恥じた。

翌日、母をつれて映画館に入り、当時、日本映画の興行収入記録を塗りかえていた『ハワイ・マレー沖海戦』(東宝・昭和十七年十二月公開)を観た。主人公の予科練生活、そして緒戦の真珠湾攻撃(昭和十六年十二月八日)からマレー沖海戦(同十日)の、海軍航空隊の大活躍を描いた作品で、海軍省が後援、実際の空母や軍用機を用い、のちに『ゴジラ』を産み出す円谷英二が特撮を担当した大作である。

「お前も南の国であんなふうに戦争をしているんやな、と思っておくよ。私もこんな遠い鹿児島まで来て、よい映画を観せてもらった」

そして、西鹿児島駅まで母を送ったが、プラットフォームで別れるとき、

「母上も元気でなァ」
照れくさくて手を握ることもできなかったという。

昭和十八年七月九日、「瑞鳳」はふたたび、南方へ向け呉軍港を出港した。

「いつもは母艦が航行中のところに着艦、収容されて出ていくんですが、このときは出撃のときから乗艦していました。柱島（はしらじま）泊地の多くの軍艦が、序列にしたがって抜錨（ばつびょう）していくなかを、まず前路哨戒の駆逐艦が出港して、旗艦が動き出した瞬間、拡声機のボリュームをいっぱいに上げて、全艦隊に轟（とどろ）き渡るように軍艦マーチ（行進曲『軍艦』）が演奏された。なんと勇壮なものやなあ、と。血沸き肉躍るとはこのことです。軍艦マーチというのは、それまで映画の伴奏ぐらいに思っていましたが、ほんまに演奏されるというのをこのときはじめて知りました」

「瑞鳳」零戦隊はトラック環礁の春島基地で基地訓練に入り、さらにカビエン基地にも派遣され、上空哨戒中、米陸軍の大型爆撃機コンソリデーテッドB－24と交戦したりもしている。

トラック泊地で、聯合艦隊旗艦「武蔵」に各隊の准士官以上が集まって作戦会議が行われたことがあった。岩井さんもこれに参加したが、

「長官が代わるとこんなに違うもんかいな、と思いました。山本長官のときは前に立つだけで感激したものですが、古賀（峯一）長官にはそれがなかった。長官が言うことも、何やこれ、と思うほどつまらんかったですな」

十月下旬以降、日本軍の南方における重要拠点ラバウルは、連日のように敵機の大編隊による猛攻を受けるようになっていた。十月二十七日、連合軍がソロモン諸島のモノ島、続いてチョイセル島に上陸。

退勢を挽回しようと、聯合艦隊は第一航空戦隊（「瑞鶴」「翔鶴」「瑞鳳」）飛行機隊を十一月一日をもってラバウルに派遣することを決め、「ろ」号作戦を発令した。

ところが岩井さんは、十月二十八日、移動用のトラックの荷台に飛び乗ったさい、足を踏み外して思わぬ負傷をしてしまう。

十一月一日朝、ブカ基地が大空襲を受け、ショートランドも艦砲射撃を受けた。同日、連合軍はブーゲンビル島中南部のトロキナに上陸を開始。

日本側は、母艦部隊もあわせた航空部隊全力をもって敵艦船、航空兵力の攻撃に向かったが、米軍は優秀なレーダーでその動きを事前に察知して待ち構えており、この頃米軍に装備されるようになったVT信管（近接自動信管。砲弾が目標の一定距離内に達すると、弾頭内の電波信管が感応して自動的に砲弾を炸裂（さくれつ）させる）の威力もあいまって、敵艦に取りつくことすらできずに対空砲火で撃墜される飛行機がめだって増えてきていた。

この「ろ」号作戦にまつわる戦いを「ブーゲンビル沖航空戦」と呼ぶが、岩井さんは怪我のためトラック基地に居残りとなり、それまで縁の深かった佐藤正夫大尉が戦死した最後の出撃（十一月十一日）にも出ることはできなかった。

「あのときは情けなかった。悔しくて涙が出ました。私はいつも、佐藤大尉の第二小隊長あるいは二番機で出撃していたのに……」

岩井さんの傷がようやく癒えた昭和十八年十一月二十一日、敵は中部太平洋・ギルバート諸島のマキン、タラワ両島に上陸、戦火はさらに、ギルバート諸島のすぐ北にあるマーシャル諸島にも飛び火した。ラバウルから帰ったばかりの「瑞鳳」零戦隊は戦力が半減していたが、増援部隊としてマロエラップに進出を命ぜられる。

「十一月二十二日、マロエラップに進出し、さっそく対潜哨戒に出撃しましたが、基地に帰ると、私が洋上を飛んでいる間に空襲を受けたらしく、燃料のドラム缶は炎上し、滑走路も爆弾で穴だらけになっていました。穴をよけて着陸すると、こんどは私が八機を率いて上空哨戒に当たれと言う。すぐに三号爆弾を搭載した零戦に乗り換え、発進しました」

哨戒高度でしばらく飛んだ頃、基地で教えられた敵機の進入方向から大型飛行艇が接近してくるのが見えた。岩井さんはただちに攻撃に移り、少々距離は遠かったものの迷わず機銃を発射する。敵の爆撃機なら、撃墜するよりまずは威嚇射撃をして爆撃の照準を狂わせなければならないからだ。ところが、そこで岩井さんの目に映ったのは、大きな主翼に描かれた日の丸のマークだった。

この飛行艇は、二ヵ月に一度、内地からの手紙や慰問袋などを運んでくる定期便だったが、銃撃に驚いてそのまま引き返してしまった。のちにわかったところでは、二十ミリ機銃弾が一発命中したものの、幸い、死傷者は出なかったという。

着陸して、基地司令・柳村義種大佐に報告すると、司令も空襲に殺気立っていて、

「見ていた。この空襲下、敵機の進入方向から来るようなやつは遠慮はいらん、叩き墜としてしまえ！」

と、岩井さんを咎めなかった。しかし、この誤射事件はのちに横須賀海軍航空隊が作成した「空戦五カ条」と題する印刷物のなかで、

〈大型機に対する攻撃は遠距離攻撃に陥りやすい。一例を挙げると、マーシャルにおける味方飛行艇誤射事件にも見られるように……〉

と戦訓に取り入れられ、空戦講習に使われることになる。

「それを知ったときは恥ずかしかった。列機がみんな気づいて攻撃を止めているのに、准士官にもなってる私だけが知らずに攻撃してたんですから」

十二月五日、「瑞鳳」零戦隊の十五機はトラックに帰還を命ぜられ、マロエラップからルオットを経由してトラックに帰ることになった。

「ルオットに向かうときは洋上一面にミスト（霞）がかかっていて視界が悪く、それまでの疲労と、トラックに帰れるという安心感もあって、何か居眠りしたいような飛行でした。ところがルオットに近づいたとき、向こうから飛行機の編隊がヒュッと反航して飛び去るのが見えた。あれ、敵やったんやな。それで、もうそろそろ島が見えてくる頃かと思って目を凝らして前方を見てたら、水平線が一瞬、真っ赤になるのが見えた。なにごとや、と全速で飛んで行ったら大空襲の最中でした。

上空では零戦がグラマン——このときは新型のＦ６Ｆヘルキャットです——と空戦を繰り広げている。われわれもそこに加わって、たちまち空戦になりました。

私は、二機のグラマンを捕捉し、太陽を背にしてその一番機を狙って撃つと、二十ミリ機銃弾が命中して右翼が吹っ飛んだ。続いて、縦の巴戦に入ろうとする敵の二番機が、宙返りの頂点で背面になったところを撃って撃墜しました。しかしＦ６Ｆは手ごわくて、『瑞鳳』零戦隊も十五機のうち八機がやられたんです。

で、空戦が終わって着陸しようと、脚を出し、フラップを下げて降りて行ったら、突然、陸上の味方陣地からダダダーッと撃ち上げられた。

『馬鹿者ども！ 敵と間違えて撃ちやがって！』と思いながら着陸すると、私の機の後ろにグラマンがピッタリついて撃たれてたらしい。地上砲火はそのグラマンに向けてのものでした。私は、飛行場の弾痕に気を取られて気づいてなかったんです。それでも、敵がよほど下手なパイロットだったのか、一発の被弾もありませんでした」

着陸すると、熱帯の基地なのに、紺の冬軍服を着た士官が目をひいた。千島列島の最北端、幌筵島からルオットに派遣されてきた第二八一海軍航空隊の飛行長・蓮尾隆市大尉であった。大村で岩井さんが結婚したとき、仲人をつとめた人である。

「この暑いのに冬服とは誰やろうと思ったら、蓮尾大尉や。『おお、岩井！』と、向こうから声をかけられました。『ひねり込み』を考案したことで知られる有名な空戦の名人・望月勇中尉もいましたが、零戦二十七機を引きつれてやってきたのに、今日の空戦で十八機がやられた、という話でした。

蓮尾大尉は、『おい、奥さん元気か？』と、やっぱり仲人や。元気か元気でないか、こっちも戦地に出ずっぱりでさっぱりわからんが、まあ、お陰さまで、と。また内地へ帰ったら夫婦同士でゆっくり飲もうや、と言ってくれたのが最後でした」

千三百三十メートル一本、千百メートル滑走路二本を持つルオットでは、「瑞鳳」零戦隊がトラックに引き揚げた後、敵機の空襲を受け零戦が全滅した状態で米軍の上陸を迎える。二八一空司令・所茂八郎（ところもはちろう）中佐以下、蓮尾大尉や望月中尉など、少なくとも十七名の零戦搭乗員が、二千五百余名の守備隊とともに玉砕した。ルオットで米軍捕虜となり生還した者が軍人三名、軍属八名いたとされるが、二八一空の生還者はいないため、蓮尾大尉の最期の状況は不明である。

「トラックに帰ってみると、私に、教育部隊である台湾の台南海軍航空隊に転勤命令が出ていると聞かされました。しかし、こんなに搭乗員が減ってしまっては、交代が来るまでは帰るわけにいかん。戦争優先でいこうということで、そのままトラックの春島基地で訓練を続けました。そして十二月下旬、『瑞鳳』は、飛行機を基地航空隊に引き渡して内地に還ることになり、十二月三十日に横須賀に入港、私はここで一年二ヵ月にわたって勤務した思い出深い『瑞鳳』に別れを告げました」

レイテ沖海戦の頃には、戦争ができる搭乗員はほとんどいなくなっていた

昭和十九（一九四四）年一月中旬、岩井さんは台南基地に着任した。

「ところが、到着したとたん、中西という飛行長が、『二ヵ月半も前に転勤命令が出ているのに、今頃まで何をしておったか！』と決めつけるように言ってきた。すかさず、『マーシャル作戦に派遣され、転勤命令が出ていることが、作戦終了後、トラック島に帰還するまでわかりませんでした』と答えると、急に態度を変えて『そうか、そうか、戦争をしてくれていたのか、ご苦労であった』と。その場はそれでおさまりましたが、第一印象の悪さは拭えませんでした。この頃は人手不足で、教育航空隊では正規の飛行将校は少なく、この飛行長も水雷が専門やと聞きました」

台南空は、実用機の延長教育部隊で、岩井さんは、大学、専門学校から昭和十八年九月に海軍に入隊した第十三期飛行科予備学生四十二名の一個分隊を受け持つ教官となった。岩井さんは学生たちに、

「学問の点では君たちに教わることが多いと思うが、こと戦闘機の操縦にかけては私は君たちより一日の長がある。飛行機の操縦では『失敗は成功のもと』という諺は通用しない。一度失敗したら命がなくなるのだ。毎日の訓練が本番であり、真剣でなければならない。今後は零戦の操縦技術ならびに心得について、私が君たちを直接指導するから、みんな真剣になって私についてきてほしい」

と、最初に宣言した。翌日からただちに激しい訓練が始まったが、たちまち予備学生の間で、岩井さんにニックネームがつけられた。「ゼロファイターゴッド」、つまり「零戦の神様」である。複座の零式練習戦闘機で同乗訓練するときなど、教えられる側にも、教官の技倆が操縦桿を通してひしひしと伝わってきたという。

この頃、戦局の逼迫で、日本国内の生活は日に日に不自由の度を増していた。灯火管制、食糧の配給、不要不急の旅行の禁止。女性は紺のもんぺに防空頭巾。男が髪を伸ばして歩いていようものなら警防団に注意を受ける。だが、台湾ではまるで状況が違う。灯火管制は敷かれているものの、砂糖、氷、酒、果物などなんでもあり、女性はノースリーブにスカート姿で歩いている。

「そんな環境に慣れると、暗く陰気な内地になど、誰も帰りたがらなかったものですが、私は、新しい飛行機を受領するため、月に一度は大村基地に出張していました。しかし、当時は飛行機の出来が悪く、部品も揃わないので苦労の連続です。あるとき、苦心惨憺して部品を調達し、十日がかりで台南へ帰ったら、例の飛行長が『岩井飛曹長は、奥さんのところに戻ったらなかなか帰ってこないね』とぬかした。搭乗員の気持ちなど、爪の先ほども理解しないこの人にはうんざりしました」

昭和十九年六月十五日、米軍がマリアナ諸島のサイパン島に上陸を開始。聯合艦隊は、機動部隊と基地航空隊の総力を挙げて米軍の動きを封じようと「あ」号作戦を発動、六月十九日から二十日にかけて空母九隻を基幹とする日本海軍機動部隊と空母十五隻を擁する米機動部隊が激突した結果、日本側は空母「大鳳」「翔鶴」「飛鷹」と、飛行機四百機以上を失い、敗退した。「マリアナ沖海戦」と呼ばれる。

六月下旬から七月上旬には、敵機動部隊は硫黄島に来襲、八月になると、台湾にも来るかもしれないと、緊張ムードが高まってきた。岩井さんに、ふたたび母艦部隊である第六〇一海軍航空隊への転勤命令が届いたのはそんな時期だった。

第六〇一海軍航空隊は、昭和十九年二月、それまで空母の飛行機隊は母艦ごとに付属していたのを改め、作戦上の必要に応じて臨機応変に動かせるようユニット化した航空隊として編成された。ふだんは陸上基地で訓練を行い、作戦のときは空母に搭載される。マリアナ沖海戦では第一航空戦隊（空母「大鳳」「翔鶴」「瑞鶴」）に搭載されて出撃したが大敗を喫して壊滅し、愛媛県の松山基地で再編成の途中であった。

「飛行隊長の小林保平大尉は、私が『瑞鳳』にいた頃、同じ一航戦の『翔鶴』に乗っていて、一緒に作戦に参加したこともあり旧知の間柄でした。ええ男でしたよ。同じ型の零戦でも出来、不出来があって、ふつう指揮官は、いちばん調子のよい、馬力の強い飛行機に乗りたがるものですが、小林大尉は、自分からいちばん馬力の低い飛行機を選んで乗っていました。そのほうが列機がついてきやすい、ということです。この人は偉いな、と思いました」

だが、再建中の六〇一空の搭乗員の技倆はお寒い限りで、ほとんどの隊員は実用機の延長教育を終えたばかり、飛行時間は二百時間に満たない。初陣までに八百時間を飛んだ四年前の状況とは比較にならなかった。特に、部下を率いる立場である指揮官クラスに、実戦経験のまったくない者が多かった。

「編隊空戦訓練などやろうものなら、たちまち大混乱をきたすぐらいで、飛行時間が足りないのは彼らのせいではないとわかっていても、つい『このヘタクソが！』と怒鳴ってしまうこともありました。それでも訓練を重ねるうち、彼らの技倆はめきめきと上達し、単機ならばどんな特殊飛行も一通りできるようにはなった。ただ、操縦技倆は飛行時間にほぼ比例しますが、空戦となると実戦を経験しないことにはどうしようもない。みんな、教えたことは『ハイ、わかりました』と素直に聞くんですが、それが実戦に生かせるかとなると話は別。敵も強くなっていましたからね」

十月十七日、ダグラス・マッカーサー大将の率いる米陸軍第六方面軍四個師団の一部が突如、フィリピン・レイテ湾口にあるスルアン島に上陸を開始。それを受けて、レイテ湾の敵上陸部隊を撃滅するため「捷一号作戦」が発動される。この作戦は、栗田健男中将率いる戦艦「大和」「武蔵」以下の戦艦部隊がレイテ湾に突入、敵上陸部隊に大口径砲による砲撃を加え、撃滅することが骨子となっていた。その突入を成功させるため、敵機動部隊を引きつけるための囮として、小澤治三郎中将率いる第三艦隊（機動部隊）にも出撃が命ぜられる。

空母「瑞鶴」「瑞鳳」「千歳」「千代田」の四隻に搭載されたのは、六〇一空、六五三空に加えて、海上護衛専門の九三一空からもかき集められたわずか百十六機。六〇一空零戦隊は、母艦着艦の経験者のみで十八機。機動部隊と言っても、もはや米機動部隊と正面からぶつかるだけの戦力はない。

岩井さんは「瑞鶴」に乗艦して出撃することになった。出撃に先立つ十月十七日、六〇一空司令主催の壮行会が、別府の料亭でおごそかに行われた。第三種軍装を着た海軍士官が大広間にずらりと正座した姿には、凛々しくも悲壮感がただよっていた。舞台の芸者の舞さえ決別の餞に感じられ、岩井さんは、厳粛さが背筋を走るのを覚えたという。

栗田艦隊のレイテ湾突入は、十月二十五日とされた。それに先立ち、十月二十四日、敵艦隊に対する航空総攻撃が実施される。洋上で、小澤中将は全乗組員に対し、

「我が艦隊は全滅するとも、主力部隊の行動を支援する決意である」と訓示をした。いざ、出撃。岩井さんは「瑞鶴」の飛行甲板上で、発艦命令をいまや遅しと待ち構えていた。

「マストに、軍艦旗と小澤長官の中将旗が翻(ひるがえ)っている。そこに『戦闘開始』を告げるZ旗がするするっと上がりますのや。大きく揺れる艦の上、零戦の操縦席で出撃を待つ。生きては帰らん覚悟。あのときの緊張と感激は、戦闘機乗りやないとわからんでしょう。いちばん躍動する瞬間でした」

約六十機の攻撃隊は、高度七千メートルで南南西に進撃、レイテ方面に針路をとった。岩井さんは編隊最後尾の位置についている。

「飛んでしまえば落ち着いて、いつもと同じ平常心でした。発艦して五十五分後、突然、レシーバーから、ワワワーッと声が聴こえた。何かいな、と思ったら零戦が一機、火だるまになっとる。上空を見たら、グラマンF6Fが二十数機、降ってきよる。完全に奇襲でした。三撃、四撃ぐらいやったか、撃ってくるのを、敵機にわからんようにじりじりと機体を滑らせて狙いを外しながら反転急上昇、反撃を試みましたが、なにしろ初陣の私の二番機が、ついてくるのに精いっぱいで反撃どころやない。こりゃあかん、と思って雲に飛び込みました」

空戦が終わって、母艦を探したが見つからず、やむを得ずルソン島のアパリ基地に着陸した。そこには、小澤機動部隊を発艦した二十六機がすでに着陸していた。

「母艦が見つからなくてかえってよかったのかもしれません。あのとき母艦に戻ってたら、翌日には全滅の運命でしたから」

小林保平大尉も、翌二十五日、敵艦上機の空襲で母艦を沈められ、駆逐艦に救助されたものの、同夜の海戦でその駆逐艦も撃沈され、戦死している。

岩井さんら、アパリに着陸した機動部隊の搭乗員たちは、その後、ツゲガラオ、ニコルス、バガンダス、バンバンとルソン島の基地を転々と移動するが、原隊を失った母艦搭乗員はどこへ行ってもよそ者あつかいで、そのくせ連日の出撃を強いられた。

十一月一日、この日、少尉に進級した岩井さんをふくむ六〇一空の三名の搭乗員に、突然、内地への帰還命令が伝えられた。マニラまで行って内地行きの飛行機をつかまえて帰れ、乗ってきた零戦は置いていけ、という。マニラまでは六十キロ、その間は武装ゲリラの出没する危険地帯である。それでも、帰りたい一心で歩き続け、たどり着いたものの、海軍の輸送機にはことごとく便乗を拒否されてしまう。ようやく陸軍の重爆撃機に便乗を許され、九州の宮崎基地まで帰れることになった。

「陸軍サマサマ、海軍くそ喰らえ！」

岩井さんたちは飛行場に向かって叫んだ。すると草色の第三種軍装の襟に海軍少佐の階級章をつけた士官がこちらに向かって歩いてくるのが見えた。

「しまった！　いまの悪態が聞こえたかな」

と岩井さんは思ったが、よく見ると風貌に見覚えがある。進藤三郎少佐——。懐かしさがこみ上げてきた。思えば、進藤少佐（当時・大尉）のもとで戦った重慶上空では、零戦は無敵だった。あれから四年。もう遠い昔のことのように思える。ほぼ同時に進藤少佐も岩井さんを認めたらしく、目が合うと同時に互いに思わず駆け寄った。

「岩井、元気で生きていたか。もう、古い搭乗員が減ってしまってどうにもならん。気をつけて長生きしてくれよ」

内地に帰還した岩井さんは、六〇一空が訓練中の松山基地に復帰した。戦死した小林大尉の後任の飛行隊長には、香取穎男（ひでお）大尉が着任した。香取大尉はマリアナ沖海戦で母艦が次々と撃沈されるなか、数機の敵機を撃墜。四隻の空母に発着艦を繰り返しては戦い、大敗北のなかで一人気を吐いた戦闘機乗りである。戦後、海上自衛隊に入り、海将にまで昇進したが、筆者のインタビューに、

「岩井ベン（岩井さんの愛称）、彼は頼りになった。階級こそ私が上ですが、こと操縦と実戦経験からいえば、昭和十九年になってから実施部隊に出た私など足元にもお

よばない。飛行隊のいわば重鎮であり、神様的な存在でした。神様ですから、ときに煙たく感じることもありましたが」

と語っている。

岩井さんはその後、鹿児島県の国分基地に進出し、昭和二十(一九四五)年四月三日、特攻隊の前路掃討隊として出撃したのを皮切りに、沖縄航空戦に参加した。

「この頃のこと、艦爆の特攻隊に、当時としてはベテランの甲種予科練四期出身の飛曹長がいました。妻帯者で、技倆も相当のものです。その彼が、特攻出撃前の整列のとき、第五航空艦隊司令長官・宇垣纏中将に、『質問があります』と手を挙げ、『本日の攻撃において、爆弾を百パーセント命中させる自信があります。命中させた場合、生還してもよろしゅうございますか』。長官は即座に、『まかりならぬ!』と、声を張り上げて答えました。『かかれ』の号令のあと、彼は私のところへ駆け寄ってきて、『いま聞いていただいた通りです。あと二時間半の命です。ではお先に』と言い置いて、機上の人となりました。沖縄戦ではこのことが、いつまでも心に残っています」

岩井さんはその後、戦場での疲労が原因で肺浸潤にかかり、四ヵ月の入院を命ぜられて霞ケ浦海軍病院に入院。療養中に終戦を迎えた。

「ここで、私の青春のエネルギーが燃え尽きたんやと思います」

と、岩井さんは言う。終戦時、満二十六歳。総飛行回数約三千二百回、飛行時間約二千二百時間、母艦着艦七十五回、敵機撃墜二十二機。これが、岩井さんの戦闘機乗りとしての総決算であった。

そしてもう一つ、それまでの激戦で一度も被弾しなかったというめずらしい記録も残していた。

「人から、逃げ回ってたんやろ、と言われたことがありますが、逃げてたらかえってやられるもんです。信仰している鞍馬さんのおかげかな、などといろいろ考えたりもしたけれど、なんで敵弾が当たらなかったのか、自分でも不思議ですなあ」

「『ほな、アメリカはどれだけ正しかったんかい』と言いたい」

八月十五日は、転地療養でたまたま京都府の生家にいた。

「親戚の家で玉音放送のラジオを聴きましたが、陛下が何を言うておられるのか、さっぱりわからん。しかしまあ、戦争が終わるらしいというのはわかった。そしたらうちの母も軍国の母や。『これから何があるかわからんから、すぐに隊に帰りなさい！』と、荷物を持って加茂の駅まで送ってくれました。このときは、あれだけ一生懸命やったのに負けてしまったか、と気が抜けるような思いと、戦友や遺族に対して生き残って申し訳ない、という気持ちが大きかったですな」

岩井さんは、このとき茨城県百里原（ひゃくりがはら）基地にあった六〇一空の本隊に帰ったが、戦闘機隊は三重県の鈴鹿基地にいるとのことであった。百里原で終戦の訓示をした司令・杉山利一大佐が、鈴鹿でも訓示をするというので、岩井さんが機上作業練習機「白菊」を操縦、司令を乗せて鈴鹿へ飛び、そのまま復員となった。

「復員すると聞かされて、復員とは何じゃい、と。そんな言葉、はじめて聞きましたから。それで鈴鹿からいまの近鉄に乗って実家に帰ったんですが、それまでさんざん持ち上げてくれてた近所の人たちが、『オ、敗残兵が帰ってきよった』、これですわ。郷里では、搭乗員とわかれば妻子まで皆殺しや、とか、紀伊半島に敵が上陸してきて日本が分断される、とか、いろんなデマが飛び交っていました。妻子はまだ九州におったから、母がまた『すぐに行きなさい』と言うてくれて、それで貨物列車に飛び乗って大村まで行き、そのまま五年ほど向こうにいたんです」

岩井さんは、大村の第二十一航空工廠の軍需物資を連合国に引き渡すために設立された「兵器処理委員会」に、その業務が終了するまで一年間勤め、のちにその関係者が「天野組」という土建会社を興すとそこに入社した。ところが、社長の天野元機関大佐が、「未亡人や復員者を助けてやれ、困っている人から金をもらうな」という主義で、ほどなく会社はつぶれてしまう。「天野組」で経理の大切さを知った岩井さんは、殖産会社の経理課に職を求め、元海軍主計大尉の経理課長から経理を習った。

「海軍では、『主計看護が兵隊ならば、蝶々トンボも鳥のうち』なんて言って馬鹿にしていましたが、習ってみると、なんて難しいものなんや、と思いました」

昭和二十五（一九五〇）年暮れには妻子をつれて郷里に帰り、翌昭和二十六（一九五一）年、食糧公団が民営化されるのを見込んで食糧会社が多くできたのを機に、「奈良米麦卸売株式会社」に入社。以後ずっと経理の道を歩み、昭和四十六（一九七一）年、奈良県の食糧卸売会社四社が合併して「奈良第一食糧株式会社」が発足したときには経理部長として迎えられ、以後、常務取締役を五年、専務取締役を六年、そして取締役社長を九年間務めた。

しかし岩井さんは、飛行機への思いが断ちがたく、昭和二十七（一九五二）年に一度、日本航空に受験を申し込んでいる。岩井さんが民間航空に行くと言い出したとき、それまで一度も夫に異を唱えることのなかった妻・君代さんが、

「戦争が終わってやっと安心したのに。なんぼ貧乏してもついて行きますから、もう

飛行機だけはやめてください」

と叫ぶように言って涙を流した。新婚当時からずっと抑えていた感情が、初めて表に出た瞬間だった。

「それでもわし、四十歳で死んでも好きなことをやる、と言って履歴書を出したんです。ところが、ちょうど試験のときに十二指腸潰瘍(かいよう)になってしまい、泣く泣く行くのを諦(あきら)めた。すると、先に日航に入社していた予科練の同期生から電話がかかってきました。彼が言うには、『お前、どうして来なかった。フリーパスで合格することになっていたのに、えらいことしたなあ』と。返ってきた履歴書を見ると、㊕パイロット、松尾、と、松尾静磨専務のサインがしてある。フリーパスの印です。これが、運命の分かれ目になりました」

航空会社への道は諦めたが、飛行機への未練はなかなか断ち切れるものではなかったという。

「夢に見ますんや。飛行機で狭い山道に、木に引っかからないように降りたり、火葬場の真っ暗な煙突のなかを、ぶつからないようぐるぐる旋回しながら飛んでる夢とか。空戦の夢もだいぶ見ました。

七十歳の頃、大阪の八尾(やお)空港で自家用飛行機の教官をやってる友達に、金はとらんから乗りに来い、と誘われて行ったことがありました。『着陸速度何ノットや?』『いまはキロで言うねん』と、離着陸二回。うまいこと着陸できました。まだ、勘は残ってるみたいですな」

昭和五十四(一九七九)年には、今日の話題社より『空母零戦隊』と題する回想録を出版している。しかし、

「回想録を書くよう頼まれて、一生懸命書いたけど、いざ本を出す段になって、印税は払えんと。本になるだけありがたく思え、と言われました。まあ、プロの物書きやないから金のことはええんですが、預けた写真を、当時の経営者の夫婦喧嘩で、奥さんが燃やしてしまったとかで、失くされてしまったのがなんとも残念でした。そやから、私の手元に昔の写真はほとんど残ってないんです」

岩井さんは、国は敗れても自分自身が敵に敗れたことは一度もなかった。そんな岩井さんの目から見ると、戦後、進駐軍がきて百八十度価値観が逆転したかに見える世相は、歯がゆいものであったようだ。私がはじめて岩井さんと会った平成七(一九九五)年は、平成五(一九九三)年、細川護熙首相が、先の大戦を「日本による侵略」とした談話を発表した記憶が生々しく残り、また、総理大臣の靖国神社参拝が是か非かなどという現在につながる議論が、マスメディアを賑わしていた。

「いまは情けない世の中になりましたな。われわれ、子供の頃から台湾、朝鮮は植民地じゃなく、対等な日本の領土だと教えられてきましたが、いまさらそれを侵略やなんやと言われてもピンときませんわ。

靖国神社もそう。靖国神社に参拝することがどうして戦争美化につながるんや。あれはべつに、神社でもお寺でもええんです。国のために命を捧げた人を国が祀（まつ）るのは当たり前ですやろ。戦争に負けたからって掌（てのひら）を返して。結局、連合軍から日本が悪かったということばかり吹き込まれて、東京裁判が正しいと信じ込まされてこういうことになってきたんやないか。戦争中とは逆の方向に洗脳されてるだけですわ。東京裁判なんか、勝者が敗者を裁くんやから、何でもありや。矛盾したことだらけです。じかに戦った者としたら、ほな、アメリカはどれだけ正しかったんかい、と言いたい。結局、民族というか、白人と有色人種の根強い偏見もあるんやないかな。

戦争は、これからの若い人は二度とああいうことは体験せんでしょうが、国のために太平洋上で雌雄を決する戦いを経験できたこと、零戦の初の空戦に参加できたことは誇りに思っています。この道を選んでよかった、わが青春に悔いはないぞ、と」

岩井さんは、元零戦搭乗員が集う「零戦（ゼロせん）搭乗員会」でも、その戦歴、とりわけ零戦初空戦に参加したことで、昔の仲間からも一目置かれる存在だった。と同時に、予科練出身者こそが海軍航空隊の屋台骨を支えてきたという自負と反骨精神から、かつての上官に対しても言いたいことは言う、御意見番のような存在だった。「利かん気のベンさん」と呼ばれていたのは、岩井さんのそんな一面のせいに違いなかった。

平成十四（二〇〇二）年九月十三日、「零戦搭乗員会」が、会員である元搭乗員の高齢化で解散し、事務局を若い世代が担う「零戦の会」と改組された最初の総会が、東京のホテルグランドヒル市ヶ谷で開催された。この日は、昭和十五（一九四〇）年九月十三日の零戦初空戦から六十二年にあたり、岩井さんは、下士官搭乗員の重鎮で、戦後は幼稚園を経営した原田要元中尉、岩井さんと同じく零戦初空戦に参加した三上一禧元少尉とともに、二百四十名の参加者を前に記念講演を行った。岩井さんは八十三歳。背筋はピンと伸び、かくしゃくとしていて、話にも淀みはなかった。

このとき、取材で多くの元零戦搭乗員に接したいきがかり上、会を取り仕切ったのが私だったが、十一月八日、講演のお礼を言いに奈良の岩井さん方を訪ねている。

「九月十三日は特別な日やから、その日にみんなと会えて、話までさせてもらえてよかった。たぶんもう東京に出ることもないでしょうが、靖国神社にもお参りできたし、もう思い残すことはないかな。亡き戦友たちの霊に、そろそろそっちに行くで、と言うてきましたしな」

人生の終わりを暗示するような言葉に不吉なものを感じたが、気づかないふりをした。ひとしきり話して辞去するとき、岩井さんは自宅から坂道を数百メートルくだったバス停まで見送りに出てくれた。

「神立さんとも不思議なご縁で、長いお付き合いでしたなあ。これからも元気で活躍してください。戦闘機の仲間たちをよろしく」

秋の夕日が、岩井さんの柔和な笑顔を照らしていた。バスが出るとき、私は、ふとこれが最後の別れになるかもしれないと思って涙ぐんだ。

岩井さんが体調をくずしたらしい、と聞いたのは、それから間もなくのことだった。平成十六（二〇〇四）年四月十七日、死去。享年八十四。

だが、岩井さんとの縁は、これで終わりではなかった。

これは私事になるけれど、平成十七（二〇〇五）年の大晦日の晩、父が外出先の奈良市内で大量の吐血をして、県立病院に救急搬送された。「父危篤」の知らせに、私は翌平成十八（二〇〇六）年元日の始発の新幹線に乗り、京都で近鉄に乗り換え、奈良の病院に向かった。

吐血の原因は食道静脈瘤破裂で、その後もこの病院で長い入院生活を送ることになるのだが、容態が落ち着いて一般病棟に移されたとき、主治医が、父が枕元に置いていた私の著書『零戦　最後の証言II』を見て、

「息子さん、こんな本を出してはるんですか。この近所にも零戦に乗ってはった方がいて、私がずっと診させてもらってたんですよ。もう亡くなられましたが……」

と声をかけたのだ。父はすでに、この本を何度か読み返している。

「奈良で零戦に乗ってた人というと、この岩井さんという人とちゃいまっか？」

ページを開いて医師に見せると、

「そうそう、この人。こんな本に出るとは、有名な方やったんですねえ」

この医師が岩井さんの主治医であり、最期を看取ったのだという。奇しくも同じ主治医が、平成十九（二〇〇七）年十一月、父を看取った。さらに言えば、父が息を引きとったのは、私が岩井さんと最後に会ってからちょうど五年となるその日の夕刻で、あのときと同じような美しい夕日が、大和路を見おろす病室を照らしていた。

――どういうことのない偶然なのかもしれない。しかし、人を深く取材していると、ときにこんな「何かの必然」としか言いようのない偶然に遭遇することがある。これをどう捉えるかは、人それぞれだろうが。

岩井勉（いわい つとむ）

大正八（一九一九）年七月、京都府生まれ。昭和十（一九三五）年、海軍飛行予科練習生（のちの乙種予科練）六期生として横須賀海軍航空隊に入隊。昭和十三（一九三八）年八月、飛行練習生を卒業、戦闘機搭乗員となる。昭和十五（一九四〇）年一月、第十二航空隊に配属され、中国大陸・漢口基地に進出。同年九月十三日、進藤三郎大尉の指揮下、二十七機撃墜（日本側記録）の大戦果を挙げた零戦初空戦に参加。昭和十七（一九四二）年十一月、空母「瑞鳳」乗組となり、ソロモン、ニューギニア、マーシャル諸島の航空戦で激戦を戦い抜く。昭和十九（一九四四）年八月、母艦航空隊である第六〇一海軍航空隊に転勤、十月、空母「瑞鶴」に乗艦し、いわゆる小澤囮艦隊の一員として比島沖海戦に参加。さらに昭和二十（一九四五）年春には沖縄航空戦に参加した。終戦時、海軍中尉。戦後、独学で経理を学び、米穀会社を経営。平成十六（二〇〇四）年四月十七日歿。享年八十四。

昭和 14 年、大分空での延長教育修了のとき。画面中央が岩井さん

昭和 15 年 10 月、十二空の搭乗員たち。2 列め右より山下小四郎空曹長、飯田房太大尉、横山保大尉、飛行隊長・箕輪三九馬少佐、司令・長谷川喜一大佐、飛行長・時永縫之助中佐、進藤三郎大尉、白根斐夫中尉、東山市郎空曹長。3 列め右から 4 人めより、三上一禧二空曹、羽切松雄一空曹、大石英男二空曹、大木芳男二空曹、北畑三郎一飛曹、高塚寅一一空曹、光増政之一空曹、岩井さん、1 人おいて中瀬正幸一空曹。後列右から 2 人め・角田和男一空曹

昭和 18 年 4 月、トラック基地の「瑞鳳」戦闘機隊。零戦のカウリング横、整列搭乗員と正対している飛行帽姿が佐藤正夫大尉。整列している左端が岩井さん。中ほどの略帽姿が日高盛康大尉

空母「瑞鳳」

昭和 18 年、飛曹長任官後に夫人と

昭和19年10月、比島沖海戦に出撃直前。手前右が岩井さん

昭和20年4月、沖縄への出撃を控えて、第六〇一海軍航空隊戦闘三一〇飛行隊の搭乗員たち。前列中央・香取穎男大尉、左端が岩井さん

第三章

中島三教（なかしまみつのり）

米国本土の捕虜収容所で終戦を迎えた〝腕利き〟搭乗員

昭和13年、南京にて

戦後、生還を申請するも、靖国神社には戦死者として「中島三教命（なかしまみつのりのみこと）」と祀（まつ）られたまま

「私の同年兵の戦闘機乗りに、中島三教という大の仲良しがいました。腕のいい搭乗員で、日本舞踊の名手でもありました。ソロモンで不時着して米軍の捕虜になった男です。本人は、捕虜になったことを恥じて、ほとんど戦友会に出てこなかったけど、そんなの気にすることないからと一生懸命誘って、最近やっと出てきてくれるようになったんです」

と、元零戦搭乗員・原田要（はらだかなめ）さんは言った。私が生き残り搭乗員の取材を始めたばかりの平成七（一九九五）年のことである。当時、長野県で幼稚園を経営していた原田さんは、私が最初に出会ったゼロファイターであった。原田さんも、ガダルカナル島上空の空戦で負傷、不時着し、それがたまたま味方陣地の近くだったため、救出されたという経験を持つ。

「敵味方が混在する最前線で、味方に助けられるか敵軍の捕虜になるかはまさに紙一重です。自分の経験からも他人事とは思えなくて……。気のいい男でね、真正直に生きてきた。最初の奥さんを亡くして、いまは再婚した奥さんと二人、別府で暮らして

います。紹介するから、中島さんの話もぜひ聞いてみてくださいよ」

「生きて虜囚の辱を受けず」という言葉は、近代日本の軍隊の道徳律を表すものとして、広く知られている。この文言自体は、昭和十六（一九四一）年一月、東条英機陸軍大臣の名で陸軍内部に示達された「戦陣訓」の一節に過ぎず、海軍はこれに縛られない。そもそも陸海軍には「俘虜査問会規定」という規則があって、軍人が戦闘で捕虜になりうることは想定されていたし、海軍に籍を置いた人のなかには、陸軍にこのような示達があったこと自体、知らなかったという人も少なからずいる。

――だが、当時の一般的な日本人の通念とすればやはり、捕虜になることは「恥」であった。「戦陣訓」のなかった海軍でも、将兵に対し、捕虜になってしまったときの心構えなどを教えることはなかった。捕虜を、最前線で義務を果たした戦士として、むしろ英雄的に扱う西洋的価値観とは正反対の「気分」が、日本では理屈抜きに醸成されていたと言える。そのため、飛行機搭乗員が落下傘バンドをつけずに出撃、脱出できずに戦死したり、敵地上空で被弾したさい、不時着より自爆を選んだりと、あたら助かるべき命が数多く失われたのだ。

それでも、支那事変（日中戦争）から大東亜戦争（太平洋戦争）にかけて、捕虜になった日本軍将兵は意外に多い。ほとんどが不可抗力によるものだが、そんな戦中の日本的な「気分」は、戦後も長く彼らを苦しめた。

原田さんの紹介を得て、別府の中島さん宅を訪ねたのは、平成八（一九九六）年春のことだった。取材依頼の手紙を書き、電話をかけたとき、中島さんは、

「捕虜になった私に、人様に語るような資格はないですがな……」

と、はじめは困惑した様子だったが、海軍では「同年兵」のつながりは血のつながりにも勝ると言われている。ほかならぬ原田さんの紹介ならと、快くインタビューを承諾してくれた。

中島さんは、別府市内の一軒家で、奥さんと二人で暮らしていた。当時、八十二歳。みごとな白髪と、穏やかな風貌が印象的だった。

「私は、アメリカに捕まってから頭がおかしゅうなって。何もかも忘れてしまったんです。戦争が終わるまでは戦死の扱いで、靖国神社にも祀られとった。戦死認定後、家族に合祀の通知があったらしいです。戦後、靖国神社に生きて帰ったことを申し出ましたが、一度合祀したものは取り消せんということで、いまも『中島三教命』はあそこに祀られたままなんです。東京に行ったとき、『遺族でも戦友でもなく、祀られ

てる本人じゃ』言うて、お参りさせてもらったこともありました。神社の人も気を遣ってくれたんでしょう、お土産をずいぶんもらったですよ」

水兵から志願して戦闘機乗りに。支那事変勃発時から中国戦線で活躍

中島さんは大正三（一九一四）年四月一日、大分県宇佐郡高家村（現・宇佐市四日市）に生まれた。生家は戦国時代、大友氏の支城であった高家城（中島城）城主の末裔にあたる名家で、当時は造り酒屋を営んでいた。女一人、男六人きょうだいの三男、体が弱くおとなしかったが、機敏で勉強のよくできる子供であった。地元の名門・大分県立中津中学校（現・県立中津南高等学校）に進学。兄二人は上京してそれぞれ早稲田大学、明治大学に進学するが、中島さんは家業の業績悪化で上の学校へ進むのがむずかしくなり、官費で学べる海軍兵学校を受験する。

「海軍士官になれば親にも負担をかけんで済むし、将来も安泰じゃ、と思って。ところが、中学四年、五年と二年続けて海兵を受験したんじゃが、あと一歩のところで合格できなかった。浪人するにも金がかかる。それで、中学卒業の資格があれば海軍部内からも海兵を受験できるというので、とりあえず兵隊として海軍に入ったんです」

中島さんは海軍を志願、昭和八（一九三三）年五月一日、海軍四等水兵として佐世保海兵団に入団した。海兵団は新兵に基礎教育をほどこす機関で、ここで四ヵ月の教育を終えると、三等兵に進級して実施部隊に送り出される。

「海兵団では、手旗やモールス信号、短艇（カッター）漕ぎなどの訓練もありましたが、座学にも重点が置かれていました。一つのことを習ったらすぐ試験で順位がつけられる。私は海兵の受験勉強をしていたせいか、成績はいつも一番でした。分隊長や教班長にもずいぶん可愛がられ、海兵受験も後押ししてもらったんですが……」

中島さんは、水兵の身分のまま三度めの受験に挑戦するも、またしても合格はかなわず、これで海軍兵学校を諦めてしまう。佐世保海兵団の同年兵のなかには、中島さんと同じように海兵志望の水兵が何人かいたが、そのうちの一人、中島さんとつねに成績トップを争っていた松本功さんはその後も受験を続け、昭和十二（一九三七）年、一等水兵のときに海兵に合格、六十八期生として入校している（昭和十七年、伊号第二十二潜水艦航海長として戦死）。

海兵の夢やぶれた中島さんは、空母「加賀」乗組を命ぜられ、砲術科に配属された。

「『加賀』には左右の舷側に二十センチ砲が装備されていて、私の仕事はその弾運びです。それで見てると、飛行機の搭乗員っていうのが母艦では花形なんですな。それまでは飛行機乗りになろうと考えたこともなかったですが、兵学校も受からんし、志願兵は義務年限で五年は海軍におらんといかんというから、それなら飛行機にでも乗るかと」

操縦練習生を受験。「加賀」では砲術科の先任下士官から「お前は体が弱いし、途中でハネられて帰ってくるだろうから餞別（せんべつ）はやらん」と言って送り出されたが、

「何十倍か知らん、試験に通って霞ケ浦（かすみがうら）海軍航空隊の友部分遣隊に入隊したのが百何名。そこから適性検査でまた次々とハネられて、自分でもいつクビになるかと思っていましたが、最後まで残ってしまいました」

心配した身体検査もパスして、昭和十（一九三五）年五月、中島さんは第二十九期操縦練習生となる。練習機での操縦訓練を経て同年十一月、三十二名中六番の成績で卒業。戦闘機専修に選ばれ、同期生十三名とともに大村海軍航空隊に入隊した。

「大村空の頃、休日になると日本舞踊を習いに行ってました。そのほかにもいろいろな出来事があったはずなんですが、捕虜になったときに頭がおかしくなって、この頃のことはもうほとんど覚えとらんのですよ」

昭和十二（一九三七）年七月七日、北京郊外の盧溝橋（ろこうきょう）で日中両軍が衝突した「盧

溝橋事件」を皮切りに「北支事変」が勃発すると、海軍はただちに航空兵力を大陸に派遣することを決定。第十二航空隊を大分県佐伯基地で、第十三航空隊を長崎県大村基地で編成した。八月九日、上海で大山勇夫海軍中尉、斎藤要蔵一等水兵が中国兵に射殺されたことをきっかけに「第二次上海事変」が勃発したのを機に、海軍は空母「加賀」「龍驤」「鳳翔」を上海沖に派遣、艦上機をもって南京、広徳、蘇州の中国軍飛行場攻撃を開始、早くも烈しい航空戦が展開された。八月十五日からは新鋭機・九六式陸上攻撃機が荒天の東シナ海を飛翔、中国本土を爆撃するいわゆる「渡洋爆撃」が開始されている。戦火は拡大の一途をたどり、九月二日、これら両事変を総称して「支那事変」と呼ぶことが閣議決定された。

中島さん（当時、一等航空兵）は第十三航空隊に配属され、九月九日、いまだ砲声鳴りやまぬ上海公大飛行場に進出した。乗機は当時の最新鋭機・九六式艦上戦闘機（九六戦）だった。

そして九月十九日、山下七郎大尉以下、九六戦十二機が艦上爆撃機を護衛して出撃した第一次南京空襲に参加、中島さんは以後、連日のように続いた戦闘で、中国空軍のソ連製戦闘機ポリカルポフE15、E16やアメリカ製戦闘機カーチス・ホークなどを相手に撃墜を重ね、獅子奮迅の活躍をみせた。その働きは誰しもが認めるもので、のちに「武功抜群」のあかしである功六級金鵄勲章を授与されている。ところが、いざ話題が戦闘におよぶと、中島さんの口はとたんに重くなった。

「何機か敵機を撃墜して『殊勲甲』をもらっていますが、空戦の話はあまりしたくない。人を殺したわけですからね、誰に聞かれてもしたことはありません。戦争はもう嫌です。戦争なんかないほうがいい……」

九月二十六日の南京空襲では、指揮官として出撃した山下七郎大尉が敵地に不時着、重傷を負って中国軍の捕虜になるという事態が発生した。

「山下大尉は、そりゃあもう、大和魂の権化のような人で、非常に気性のはげしい人じゃった。それが捕虜になって、こりゃ、人の運命というんは全然わからんもんだわい、と思ってびっくりしましたな。みんな衝撃を受けとりました。

その日、出撃前に私が拳銃を届けに行ったら――搭乗員はいざというときの自決用に拳銃を持ってたんじゃが――『いらん』と言う。『ほんとうにいらんですか?』『いらん』と、それで途中で不時着して捕虜になったんですが。あとになって、山下大尉が上半身裸で体操している写真が中国軍から送られてきました」

中国軍も、この海軍兵学校出身士官の捕虜を当初は大切に扱い、最大限宣伝に利用、本人が郷里に手紙を出すのを許したりもしている。

「山下大尉の奥さんは立派な人じゃったらしい。福岡の自宅のまわりに蟄居謹慎の竹囲いをしてな、気の毒な生活をしておられたそうです」

山下大尉は海軍の人事上は大尉のまま留め置かれ、昭和十九（一九四四）年十二月になってようやく予備役に編入されている。成都監獄で終戦を迎え、昭和二十一（一九四六）年二月七日、中国軍によって処刑された。

空戦の話をしたがらない中島さんだったが、それでも特に印象的な出来事はあったらしく、私のインタビューに心を開くにしたがい、ポツリ、ポツリと戦闘の話も出てくるようになった。

「九六戦は最初の頃、故障が多くて、私も南京上空でエンジンが止まったことがありました。エンジンが止まって、これで最期だと覚悟して、自爆しようと大きな白い建物に向かって真っ逆さまに降下していったら、途中でブルルッとエンジンがかかったんです。そこからの帰りが怖かったこと。スピードが全然出ず、飛ぶのが精いっぱい。下から高角砲に撃たれるのはそんなに気にならんかったけど、それより敵戦闘機が追いかけてきやせんかと思って。で、やっとこさ上海に戻って着陸したとたん、エンジンが止まってしまいました。整備員と一緒に調べてみたら、九本あるシリンダーのうち、二、三本を残してあとは全部死んどる。分隊長も、『こんなエンジンでよう還ってこられたな』と感心するぐらいでした。

いつも、空戦してるときは無我夢中で怖さはないけど、帰りの怖いこと。後ろからつけられてるんじゃないかと思って、ずっと後ろを見ながら飛んでたら首が痛くなりましてな。

でも南昌（なんしょう）空襲のとき、帰りに後ろばかり見てたら突然、前からバババーッと撃たれて、私の飛行機に一発か二発、被弾したことがありましたよ。このときは、すぐ近くに隊長マークをつけた九六戦がいたので、よし、この飛行機が後ろを守ってくれるだろうと思い、この野郎！と敵機を追いかけて撃墜し、振り返ったら味方機は誰もいなくなってた。おかしいなあ、と思いながら安慶（あんけい）の飛行場に着陸したら、さっきの隊長マークに乗っていた先任搭乗員が駆け寄ってきて、『中島、すまん。わし、怖くなって逃げて帰ってしまった。無事でよかった』と、えらい謝られました。自分の飛行機を見ると、敵弾が私の飛行機の燃料タンクをかすってるんです。そのときも何人か戦死してますが、私はきっと運がよかったんでしょう」

十一月、三等航空兵曹に進級した中島さんは、その月のある日、味方に撃たれて墜落、負傷してしまう。

「この日、南京に敵が集結中との情報に、攻撃隊を護衛して出撃しました。結局、敵を見ないまま帰途についたんじゃが、上海に着いたときには折悪しく空襲の直後でした。出たとき夕方近かったから、帰ったらもう真っ暗。するといきなり、日本の軍艦が高角砲をポンポン撃ってきて、飛行場の端の機銃陣地からも撃ってくる。どうして撃たれるのかわけがわからず、一生懸命味方信号のバンクを振る（機体を左右交互に傾ける）んですが、あとで聞いたら『敵のやつ、味方信号を知ってやがる』と、とにかく敵と思い込んで盛んに撃ってくる。それでも一発も当たりませんでしたが。

弾丸を避けようと高度を下げるんですが、探照灯に照らされているから下が全然見えない。翼の日の丸も照らされて見えてるはずなのに、歯がゆくてしようがない。それで、光の下を通ろうと機首を下げたら揚子江に突っ込んじゃった。角度が浅く、バンドをしっかり締めていたから助かったんですなあ。気絶したか知らん、気がついたら水の底ですよ。軍艦が入るぐらいだから深かったんでしょう。バンドを外して脱出して、必死で上がろうと水を掻くんだけどなかなか水面に出ない。水圧で耳が痛くて、水をガブガブ飲んで、やっと浮かび上がりました。

駆逐艦に拾われて、なんで味方を撃つんじゃ、と文句を言ったのは憶えています。そりゃあ、腹が立ちますわな。空襲に来た敵機を撃ってもなかなか墜とせやせんのに、よりによって味方を墜とすとは。病室に連れていかれて注射を打ったんですが、体じゅうがむくんだように腫れてしまって。操縦席の前の機銃で顎を打ち、七針縫って歯も抜かれました」

予期せぬ味方撃ちで傷を負った中島さんは、退院するとそのまま、大村海軍航空隊に転勤が発令された。

新妻と生後半年の長男を残して、形勢が逆転し苦戦が続く南太平洋戦線へ

中島さんは、翌昭和十三（一九三八）年三月には第十二航空隊に転じ、ふたたび上海に出征。十二空は安慶基地を拠点に、九六戦をもって漢口、南昌への空襲を繰り返し、迎え撃つ中国空軍機に対し、一方的ともいえる戦果を挙げ続けた。四月二十九日から約三ヵ月の間に隊が撃墜した敵機は百機をゆうに超え、それに対する損失は数機に過ぎなかった。中島さんもこれらの激戦に参加しているが、空戦そのものの話になるとやはり、固く口を閉ざしてしまうのだった。

最前線で戦闘に明け暮れながらも、飛行場に迷い込んできた子犬に「蔣介石」と名づけて隊員みんなで可愛がったり、ガチョウを飼ったりと、ホッとするような場面もあった。交戦相手国の国家主席の名前を犬につけていたわけだが、犬の「蔣介石」

は、中島さんに特になついていたという。

一年以上にわたる戦地勤務を経て、昭和十四（一九三九）年四月、ふたたび大村海軍航空隊附となって内地に帰還するが、こんどはたった一ヵ月の骨休めで空母「赤城（あかぎ）」乗組を命ぜられる。

「『赤城』から海南島に派遣され、海口（かいこう）基地から桂林（けいりん）空襲に参加しました。あのときは四元淑雄（よつもとよしお）中尉（のち姓が変わり志賀（しが）淑雄。終戦時少佐）と一緒でした。桂林は景色のいいところじゃった。その間、海南島と桂林の間の、名前は忘れましたが飛行場に進出して、周囲を支那軍に取り囲まれて危ない目に遭（あ）ったことを憶えています」

同年十月、中島さんはまたも第十二航空隊に転勤、漢口基地に進出し、さらに昭和十五（一九四〇）年一月、ふたたび「赤城」乗組となるなど、めまぐるしく転戦を重ねた。

「昭和十五年十月、大分海軍航空隊に転勤を命ぜられたときはホッとしました。それまでずっと戦地に出ずっぱりでしたから。大分空は戦闘機搭乗員の実用機教程の航空隊ですが、ここでは海兵六十七期、六十八期の途中まで、操練五十三期から丙（へい）飛三期まで、乙飛の九期、十期、甲飛の三期から五期あたりを教員として受け持ちました。海兵六十七期の笹井醇一中尉をはじめ、その後、有名になった人もおります。

込みの手紙が来たですよ。私は十五年の暮れに、見合いで結婚しとったんじゃが」

民間からの拠金で献納される『報国号』の命名式のお披露目飛行にもしばしば参加しました。三機編隊で、いまのブルーインパルスみたいに特殊飛行を披露するんですが、兵庫県の伊丹飛行場での命名式が新聞記事になったときには方々から結婚の申し込みの手紙が来たですよ。私は十五年の暮れに、見合いで結婚しとったんじゃが」

昭和十六（一九四一）年十二月八日、日本は米英をはじめとする連合国との戦争に突入。中島さんは、大分空でそのニュースを聞いた。

「それまでも戦争一色だったから、また始まった、ぐらいで感情なんかありゃせんです。しかし、ハワイ・真珠湾を空襲しただの、フィリピンで米軍を圧倒したなどと聞くとやっぱり、なんでわし、こんなときに内地で教員なんかやってるんじゃろう、あのまま『赤城』に乗って行きたかったな、と悔しかったですよ」

連日、ラジオや新聞で、日本軍の破竹の快進撃が伝えられる。だが、中島さんは、日本海軍の戦闘機搭乗員の実数が思いのほか少ないことをよく知っていたから、戦争が長引くことに懸念を抱いていたという。

昭和十七（一九四二）年二月のはじめ、大分空分隊長として鈴木實（みのる）大尉が着任した。鈴木大尉は、第十二航空隊分隊長として零戦隊を率いて活躍、支那方面艦隊司令長官・嶋田繁太郎大将より感状を授与されている。ところが、昭和十六年八月、着陸時に主脚ブレーキの錆びつきによる転覆事故で首の骨を折る重傷を負い、五ヵ月の療養ののちようやく復帰してきたのだ。

空を飛びたくてウズウズしていた鈴木大尉は、さっそく、列機を二機率いて、三機での編隊飛行を試みた。一番機の左後方につく二番機には、大分空の下士官では最古参の先任教員となっていた中島さんを指名した。

「いいか、俺は後遺症で左に首が曲がらないから、二番機の動きを見ることはできない。もしぶつかりそうになったらお前がよけてくれ」

編隊飛行の一番機は、つねに列機の動きを意識した操縦をしなければならない。旋回するとき速度をつけすぎると、外側の列機がふり放される。宙返りのときは十分に速度をつけて入らなければ、頂点までに列機が失速してしまう。首が回れば、列機の動きを目の端で追うこともできるが、とにかく左を振り返ることができないから、二番機には腕のいい搭乗員をつけるしかない。

「中島サンキョウなら、どんな動きにもついてこられるはずだ、そう信じて、編隊でスローロールや宙返りを繰り返し行いました。われながら上出来でしたが、二番機から見てどうだったか……すると彼が、『分隊長、文句なしです。首が回らんようには見えんですな』と言ってくれました。あのときは嬉しかった」

と、鈴木さんは筆者に述懐している。

中島さんはさらに、昭和十七年四月一日付で戦闘機搭乗員の訓練部隊として新たに創設された徳島海軍航空隊に転勤、ここでも先任教員をつとめた。徳島空飛行隊長は進藤三郎大尉。昭和十五年九月十三日の零戦初空戦の指揮官であり、真珠湾攻撃のさいは「赤城」戦闘機分隊長として、第二次発進部隊制空隊(戦闘機隊)三十五機の指揮をとった人である。進藤さんもまた、中島さんの技倆を信頼して、細かいことにはほとんど口を出さなかったと回想している。

「徳島の飛行場へは数回着陸しただけで、あとは『徳島空出水分遣隊』として、鹿児島県の出水基地で訓練を続けました。あるとき、真珠湾で戦闘機の総指揮官だった板谷茂少佐——この人は優秀な人じゃやった——がやって来て、何の目的だったか知らんが、航空隊の全下士官兵搭乗員に学科試験を受けさせたことがありました。国語や算数のふつうのテストですよ。甲種予科練の一期、二期、乙種予科練の三期、五期など、一般志願兵の私より学力優秀な者もおったんですが、自慢みたいになるけどそれで一番をとって、板谷少佐に誉められたのは記憶に残っています」

十一月、准士官の飛行兵曹長に進級した中島さんは、十二月、いよいよ第一線部隊である第二五三海軍航空隊に転勤を命ぜられ、妻と生後半年の長男を大分に残して、昭和十八（一九四三）年一月五日、ラバウルの北、ニューアイルランド島カビエン基地に展開していた二五三空に着任した。

二五三空は、前年九月、ラバウルに進出した鹿屋（かのや）海軍航空隊戦闘機隊が改称したもので、以来、ソロモン諸島ガダルカナル島とニューギニア、両方面をめぐる航空戦に参加していた。司令は小林淑人（よしと）中佐、飛行長・真木成一（まきしげかず）少佐、飛行隊長・伊藤俊隆大尉、分隊長・飯塚雅夫大尉。昭和十八年一月当時は本隊をカビエンに置き、搭乗員約五十名を擁していた。

　昭和十七年八月七日、米軍のツラギ、ガダルカナル島上陸にはじまったソロモン諸島の戦いは、すでに泥沼化の様相を呈していた。米軍に占領されたガダルカナル島飛行場の奪還作戦もことごとく失敗に終わり、島への補給もままならない。

　海軍は十二月、ガダルカナルにほど近いニュージョージア島ムンダに前進基地を設け、零戦二十四機を進出させたが、間断のない敵機の空襲を受けあっという間に壊滅、ラバウルへ後退を余儀なくされている。昭和十八年一月四日には、ついにガダルカナル島撤退の大命が下された。

　中島さんが二五三空に着任したのは、そんな時期だった。

「二五三空では、飯塚大尉を補佐する分隊士でした。内地に帰還する虎熊正飛曹長と交代です。着任してしばらくは、訓練やら当直やら基地の上空哨戒（しょうかい）やらをしていました。私はそれまでずっと九六戦で、零戦は慣熟飛行しかしたことがなく、二十ミリ機銃も撃ったことがなかった。だから二十ミリを海に向かって撃ってみたり……。はじめて二十ミリを撃ったときは驚いたですな。ドッドッドッと主翼に振動が伝わって、一瞬、飛行機が後ずさりするんじゃなかろうか、翼が取れるんじゃなかろうか、と心配になるほどでした。そして一月二十四日、不時着機を捜索する飛行艇を護衛して、私が指揮官となり、六機を率いて飛んだんです」

防衛省に残る「二五三空戦闘行動調書」によると、中島飛曹長率いる六機は、午前四時四十五分、カビエン基地を発進、飛行艇と合流した。

「敵地近くで、飛行艇だけでは危ないからと護衛についたんですが、いくら探してもわからんのですよ。それで、飛びながら機上で海苔巻きの弁当を食べて、飛行艇は航続距離が長いからいいが、われわれはそろそろ引き揚（あ）げないといかんというときに、飛行艇が不時着機を見つけた（記録では午前九時三十分）。飛行艇が高度を下げていくのを六機で旋回しながら上空で見てたら、下で搭乗員らしき人が手を振っとる。島に上陸して助かっていたんですな。それで食料などを投下して引き返しました。

列機をつれてブーゲンビル島のブイン基地に燃料をもらいに着陸すると、昔、十二空で一緒じゃった小福田租少佐が二〇四空の隊長でおられて、再会を喜んでくれました。ちょうど敵機の空襲があったけど、お前らは邀撃に上がらんでいいと。それで敵機をやり過ごしてから離陸、ラバウルに立ち寄って、薄暮ぎりぎりの時間にカビエンに帰りました。朝出てから十五時間。もうくたくたですな。

ラバウルで、『中島さんありがとうございました』と労われ、私は飲まなかったけどビールを一ケース、お土産にもらったのを憶えています」

エンジンが止まり最前線の島に不時着。現地人に騙され、捕虜となる

ガダルカナル島からの撤退を成功させるための航空作戦が始まろうとしていた。一月二十日から二十三日まで、毎晩、一式陸上攻撃機十機程度が敵ガ島飛行場を夜間爆撃、二十五日には、戦爆協同による大規模な作戦が行われることになる。

十五時間におよぶ飛行から帰ったばかりの中島さんも出撃を命ぜられ、二十五日早朝、カビエンからラバウルに進出した。

「こんどはガダルカナルに大空襲をかけると。出撃前に整備分隊士の中尉が私のとこ

ろにきて、『中島さん、あんた十五時間も飛んだ飛行機で行かんと、整備したのがあるからこれで行ってください。故障したのを整備して、絶対大丈夫だから。もう予備機もないんですから』と言うわけですよ。そこで、その飛行機で試飛行をやってみて、試験的にエンジンを吹かしたらいい音だった。それで出撃したわけです」

一月二十五日朝、陸攻十八機の誘導のもと、ラバウルより五八二空（十八機）、二五三空（十八機）、ブインより二〇四空（二十二機）の各零戦隊が出撃した。陸攻隊の爆撃と見せかけて敵戦闘機を誘い出し、戦闘機同士の空戦でこれを撃滅しようという作戦である。途中で五八二空が天候不良のため引き返したが、残りは、ルッセル島南方十五浬（カイリ）（約二十八キロ）地点で陸攻隊と分かれてガ島上空に突入した。

中島さんは、二五三空の第二中隊第三小隊長として、二番機・前田勝俊一飛曹、三番機・入木畩次二飛曹を従えていた。

「いよいよガダルカナル島が見えてきて、高度を上げ始めました。ところが、六千メートルより上がろうと思ったらエンジンの調子が突然悪くなって、ブスブスと息をつき始めました。これはいかん、と思って列機に先に行け、と合図するんだけどもどうしても離れない。そこで二機を連れたまま、もと来た道を引き返しました。ふと攻撃隊の行った先を見ると、空戦しているのが見える。それを見て、おう、やっとるやっとる、と。しかし、私の飛行機はエンジンが駄目になって、だんだん高度が下がってくるんですよ。そして、間もなくムンダの飛行場が見えるというところで、とうとうプスッと止まってしまったんです。

もうこれは不時着するしかない。それまで、零戦は海に墜ちたらすぐ沈むから海には降りるなと教えられていましたが、私は支那事変での経験からそんなはずはないと思っていました。それで、島の海岸近くの海に降りたんです。すると、やっぱりすぐには沈まない。それ見ろ、上手に着水したら沈まんじゃないか、これは帰ってみんなに教えてやらんといかんと思いましてな、そのうち沈んできたけど十分に時間はありました。バンドを外して翼の上に出て、海に飛び込み、約三百メートル、泳いで岸にたどり着きました。列機は上空をしばらく旋回していましたが、やがて帰っていきました。私の零戦は、海が浅いから全部は沈まず、尾翼の一部が海面から出ているのが見えました」

　この日、案に反して敵の反撃は少なく、グラマンＦ４Ｆ二機撃墜確実、ほか五機の撃墜不確実を記録しただけで、零戦隊は中島機をふくむ未帰還三機、天候不良のための不時着三機、さらに、ぬかるんだブイン飛行場に着陸するさい、六機が大破するという大きな損害を出し、陸攻一機も未帰還となった。

「不時着して岸に泳ぎ着き、さてどうしようと海を見ると、岩の間をウツボがたくさん泳いどる。試しに棒きれでつついてみたら、ガブッと噛みついてきました。うわっ、これは手を出さないでよかったな、と。でもまあ、いざとなればこれを捕って食べられんこともなかろう、椰子の実もあるし、などと考えながら服を脱いで乾かしていたら、ジャングルの奥から『ニッポンバンザイ、ニッポンバンザイ』という声が聞こえてきたですよ。見ると、二、三人の現地人が——ええ、肌の色は真っ黒で、腰蓑をつけておりました——『ニッポンバンザイ』と言いながら近づいてきた。急いで服のところに戻って拳銃を抜いて構えたら、彼らは持っていたナタを地面に捨てて、『ニッポンバンザイ、ムンダ行こ』言うて、これは少しは日本語がわかるのかな、と。ラバウルやカビエンでも現地人が日本軍に友好的で、不時着機を担いできたりと協力的だったのを思い出して、これは味方だ、助かった、と思いました。不時着するところは列機が見ているから、そのうち味方の飛行艇が助けに来てくれるだろう、と思ったんですが、奴らがムンダ行こ行こ、言うてきかないんですよ。それでまあ、どうにかなるわい、と思ってついていったわけです」

中島さんが不時着したのは、ニュージョージア島ムンダ近くのガ島寄りに位置するウィックハム島だった。列機の報告をもとに、不時着の翌一月二十六日には、二五三空の零戦六機と二〇四空の零戦六機、二十七日には二五三空の十二機が、飛行艇とともに発進、中島機の捜索につとめた。が、不時着した機体は見つかったものの、中島さんの行方は杳（よう）として知れなくなった。

「不時着から一夜明けて次の日でしたが、上空を盛んに飛行機が飛んでいました。それで、探しに来てくれたんだと思って出ようとしたら、現地人が、出ちゃいかん、撃たれる、と言うんです。心配ない、撃たれやせん、と言うんだけども、出たらいかんと怖がるんですよ。こっちは拳銃を持ってるんだし、無理にでも出ればよかったんだけど、ムンダまで案内すると言うし、私の方が折れてしまいました」

そうして、ムンダももうすぐという二日めの晩――。

「その晩は、現地人の集落でえらく歓待されて、族長のような偉いのが出てきたり、鶏の丸焼きを食べさせてもらったり、すっかりええ気分になってしまいました。そしたらいきなり、現地人に後ろ手に押さえつけられて、拳銃を奪われて。すると奥からイギリス軍の大尉が出てきて、現地人のやつはそいつに私の拳銃を手渡しました。いままで仲良くしていた連中も私に銃を突きつけて、こっちは丸腰でどうにもならん。隙（すき）を見て拳銃を取り返そうとしたけど駄目でした。それで、これもわしの運命だと諦めて……ここまで来て駄目になったかと思って捕まりました。それまでは、もうすぐムンダの友軍基地に着くと信じてたんですが」

中島さんは、現地人に、いわば売られたわけである。

「その島にイギリス軍の見張所があるなんてことは、日本軍は知らんわけですよ。現地人はどちらにもいい顔をして、ある人は日本軍につれて行き、ある人は私のように敵に売る。諦めて捕まったけども、これは何としてもムンダに帰って報告しないといかん。ムンダの近くにこういうのがある、攻撃せねばと。逃げようとしましたが、こんどはジャングルの端の、ワニを入れるような檻に閉じ込められた。

それで、これはいよいよ死なきゃいかん、そう思ってベルトをはずして首を吊ったわけですよ。とうとう捕虜になってしまった。捕虜にだけはなるなと教えられてきたのに。ところが、首を吊って自分では死んだと思ったんですが、死にきれずに地面に落ちてしまいました。

そして今度こそ、と思ってふと柱に目をやると、薄暗いランプの灯りに照らされて、『星野中尉以下十三名』と書いてあるのがはっきりと読みとれたんです。ここに確かに日本人が何かの理由でいたのに違いない、もしかしたら私のように捕らえられているのかもしれない。やはり何としてもムンダに帰って報告せねばと思いました。味方の飛行機が上空を飛ぶときには、やつらジャングルに逃げるから、その隙になんとか脱出を試みて、一度は檻から出て海に飛び込んだりもしましたが、また捕まってしまいました。

これはもう逃げられん。そのうち敵が飛行機かなにかで迎えに来るだろう、そのとき、高いところから飛び降りれば死ねるだろうと考えていましたが、ある日、また現地人たちに押さえつけられてギリギリ縛りあげられ、それから迎えの飛行艇が来たんです。日本軍に見つかるのを恐れて、遠くから水上滑走で海岸近くまで来ました。そして私を担ぎ上げて乗せると、ガダルカナル島の収容所につれて行ったわけです」

日本側では中島さんは「行方不明」の扱いとなったが、のちに戦死と認定され、行方不明となった日に遡って海軍少尉に進級、正八位勲六等功五級に叙せられた。ほどなく、靖国神社に合祀する旨の通達が、家族のもとに届いた。

これは余談になるが、当時、二五三空の一員であった零戦搭乗員・本田稔さんの名前で刊行された『私はラバウルの撃墜王だった』（光人社）をはじめとする回想録では、中島さんは不時着水後、鱶に喰われたことになっている。戦死が認定され、搭乗員の間ではそのような噂話が広まったのかもしれない。

二五三空司令・小林淑人大佐（昭和十八年五月進級）が、昭和十九（一九四四）年一月、留守宅の中島夫人に宛てた手紙が残されている。小林大佐は、日本海軍戦闘機隊の草創期を代表する名パイロットであり、すぐれた人格者として尊敬を集めた指揮官だった。行方不明の状況など、事実と異なる点もあるが（空戦の末、行方不明になったとあるが、これは夫人の心情を慮ったものであろう）、機密のやかましかった時代であるにもかかわらず、地名や作戦について詳細に記され、また部下を思い遺族を思いやる気持ちがにじみ出た手紙である。

〈謹啓　酷寒の候如何お過ごしの事かと御察し申し上げて居ります。実は突然の書状にて御不審の事かと存じますが、私は御主人三教殿南方戦線で御活躍なさつて居た当時の部隊長でございます。昨年秋内地帰還を命ぜられまして表記の処（注：横須賀・航空技術廠飛行実験部）で飛行機の研究実験に従事して居る次第です。

御夫君御戦死の状況は、或は公表に拠り或は戦友方々からの御手紙に拠り御きき及びの事かとも存じますが、当時の部隊長として一応御知らせ申し上ぐるのが義務であると存ずる次第です。

昨年の今頃は、御承知の事かとも思ひますがガダルカナル方面に対する敵反撃の企図が次第に猛烈になつて来まして、我が方も僅かの兵力で之に猛烈なる反撃を加へて居る時期でありましたが、一月二十五日は我が戦斗機隊が戦斗の中心となり他隊の戦斗機隊と共にガダルカナル島にある敵飛行場上空に進攻し、敵戦斗機隊をたたきつぶしてしまふといふ大作戦が実施されました。（中略）

撃墜敵戦斗機二十数機、破壊戦斗機十数機大型飛行艇数機といふ大戦果を挙げて引き上げて参りましたが、この戦斗に於て我が方も尊い犠牲未帰還機十一機を出しました。御夫君も残念乍らこの内の一機に数へられました。

御夫君は小隊長でありまして、自分の小隊を引き具して終始力戦奮斗せられ他小隊と協同して十数機の敵戦斗機を撃墜せられましたが、不幸この空戦中敵弾を被り燃料不足となり、帰途「ウィックハム」といふ島の所に不時着せられました。（中略）

当時レンドバ島の南端のウィックハム島の向側附近には我が陸戦隊の見張所がありましたので、早速その陸戦隊に連絡すると共に飛行艇で現場に至り捜索いたしましたが当日は発見出来ず、翌日再び戦斗機と飛行艇で捜索してついに現場を発見、不時着水せし飛行機もみつかりましたが、御夫君は何処にもその姿を発見し得ず残念乍ら当日は同所を引き上げ、その翌日三度附近の島嶼を捜索しましたが遂に発見し得ず、以後五ヵ月間見張所及び同附近行動の味方艦船に捜索を依頼し、我が隊は引き続きガダルカナル方面敵航空兵力への攻撃作戦を続行して居りました次第ですが、（中略）御夫君は壮烈なる空中戦斗にて相当の傷を身に受けられたるが為不時着水時の衝撃により戦死せられたるか、或は陸上にたどりつき「ジャングル」内を味方陣地に向ひ帰還せらるる途中敵兵と遭遇、壮烈なる戦斗の末戦死せらるるに至りたるものと想像せられるところに有之、（中略）遂に状況をたしかめ得ない内に敵の反撃上陸に遭ひ全く絶望となりました次第で、我々として非常に面目なく残念で仕様がありません。

あの沈着な不言実行の立派な典型的日本武士を失ひました事は、この非常時局に於て国家の損失これより大なるはなく、惜しみても惜しみても余りあるところで御座います。（中略）

私、勿論軍人その内にまた再び米英撃滅の最前線に立つべきは明らかなる処、御夫君御生前の幾多の貴き戦訓所見等自ら携へ、戦友と共に出で立ちて御国の仇として部下の仇討ちとして必ずや米英に痛撃を加へ、今年こそ彼等の足腰の立たなくなる迄にたたきのめさん覚悟である事を敢てここに附記いたします。

何卒御自愛くださいまして、やがて来るべき大日本大勝利の日の来り御夫君の御武勲を語り合ふ日の来る事をと念じ申し上げます。

御大切に　乱文御免下さいませ

一月十三日（注：昭和十九年）

中島マツ子殿〉

海軍大佐小林淑人

アメリカ本土テキサス州の収容所で終戦。死刑を覚悟して帰国の途に

ガダルカナル島の収容所に送られた中島さんが見たのは、栄養失調で幽鬼のように痩せ衰えた陸軍将兵の姿だった。

「骨と皮ばかりにガリガリに痩せた人間が五、六十人。日本兵の捕虜があんなにいるとは思わんですから、最初は、こいつら何だろうと不思議に思いました。

私は航空隊で、食うものはちゃんと食っていましたから、体はしっかりしていました。陸軍の兵隊に、キサマ、元気がいいのう、人間食ってたんとちがうか、なんて言われるけどピンとこないんですよ。ガダルカナルでは、陸軍さんは食うものがなくて、そりゃあ大変だったらしいですな。

当時の陸軍の兵隊は海軍のことを知らず、一人の上等兵がキサマ、階級はなんじゃ、と言うから、海軍の兵曹長じゃと答えたら、兵曹長ちゅうのは上等兵の上かな、下かな、と。そしたらある人が、兵曹長は陸軍で言うたら准尉じゃ、と教えてくれ

て。上等兵のやつがびっくりして『失礼しました』と、そんな一幕もありました」

捕虜になった現実が日に日に実感できるようになると、もう二度と生きて日本には帰れないであろうという思いが胸に重くのしかかってくる。中島さんは、何もかもを忘れようと努力するうち、ほんとうに精神に異常をきたしたという。

「ガダルカナルに送られてしばらくして訊問にあいました。中佐か大佐の前に出されて、通訳が名前を書きなさい、と言うんだけど、書けなかった。『中』だけ書いて、『島』という字がどうしても思い出せなかった。忘れてしまったんです。

どうして名前を書かんのか、と言われて、いや『島』の字がわかりませんが、と言うと、バカヤロー！　とえらく怒られました。私を侮辱するか、とかなんとか。なんぼ怒られてもわからんものはわからんのだから。結局、ガダルカナルにいる間、自分の名前が書けないままでした。

またあるとき、突然何もかもがわからなくなって。食事を持ってきてもそれを食べていいのかどうか、声をかけられても返事をしていいのか、どう言えばいいのかもわからない。いま返事をしたらみんなに笑われるんじゃなかろうか、強迫観念に囚われてなにも判断できないんです。アメリカの兵隊に馬鹿にされるんじゃなかろうか、
食事もできず、水も飲まず、ただベッドに寝たり起きたりを一日に数百回繰り返し

ていたそうです。そのうち奈落の底に沈んでいくような感覚があって、周囲の連中もとうとう中島さん狂ったかと言い合ってたらしい。で、そのまま眠ってしまい、翌朝ひょこっと目が覚めたら正気に戻ってた。あれ、わしどうしたんかいな、と。お茶を一口飲んで、そしたらみんなが、おい中島さん大丈夫かい、と声をかけてくれました。たった一日でしたが、ほんとうに狂ったかと思いましたな。

他にも、アメリカと戦争をしていることもわからなくなってる陸軍少尉がいましたが、彼は、戦争が終わる頃にはまともになってました」

中島さんは、昭和十八年四月頃、他の数名の捕虜と一緒に、ニューカレドニア・ヌメアにある収容所に送られた。

「ニューカレドニアでは、例の星野中尉に会いました。柱に名前を書いたのあんたですか、と。彼の話では、ツラギの飛行艇基地から全滅寸前に五十数名で脱出、島伝いに航行しているうちに毎晩のように襲撃を受け、ついに十三名になってしまった。そして私と同じように、現地人に騙されて捕虜になったということでした」

ヌメアの捕虜収容所には、ガダルカナル沖で撃沈された駆逐艦に乗り組んでいた古参の下士官がいて、「よくおいでなさいました」と言って中島さんを迎えた。

「彼が言うには、わしら脱走しようと思うんじゃが、中島さん指揮をとってくれんですか、と。よしやろう、となったわけです。あんな島で収容所から逃げても、太平洋を泳いで渡るわけにもいかんけど、いずれにせよもう日本には帰れんし、敵兵を何人か殴り殺して道連れにすれば無駄死にはなるまい。まあ破れかぶれですな。

それで脱走を計画していたんですが、その頃、海兵六十八期の艦上爆撃機搭乗員で、のちに直木賞作家になった豊田穣中尉が来た。ガダルカナル空襲に参加して撃墜されたそうです。もっとも彼は、しまいまで大谷少尉という偽名で通していましたが……。私はライフジャケットに名前を書いたまま捕まったから、偽名もなにもなかったが、偽名の人も多かったんです。

とにかく自分より上官の豊田さんが来たから、私が、脱走を企てとるからあんたが指揮をしてください、と言ったら、豊田さんはじっと考え込んでました。脱走しても、そのあとどうするんじゃ、よく考えて行動しようと」

豊田氏の直木賞受賞作『長良川』には、中島さんが「海軍の兵曹長」として登場する。『長良川』によると、ヌメア港を見下ろす郊外の丘の斜面にある収容所で、駆逐艦の先任下士官であった「勝野兵曹」以下二十名が、豊田中尉、中島飛曹長の自重論をよそに決起、暴動を起こし、その大部分が自決したとある。

その後、中島さんらは船でハワイの捕虜収容所に送られ、そこで約半年を過ごした。そしてさらにアメリカ本土のサンフランシスコに送られ、カリフォルニア州サクラメントの収容所で約二ヵ月。ハワイまでは捕虜になったときの服装のままだったが、ここではじめて、デニム地に白いペンキでＰＷ（Prisoner of War の略）と大きく書かれた服を支給された。


「サンフランシスコに着いたとき、もう逃げようもない、運命のままに生きていこうと諦めました。サクラメントでは個室に入れられ、一通り訊問を受けましたが、チャランポランなことを答えていました。個室は後にも先にもここだけでしたな。

それからこんどは、ウィスコンシン州のマッコイキャンプにつれていかれました。汽車に乗せられて、だいぶ時間がかかったですよ。

マッコイでは、真珠湾攻撃の特殊潜航艇で捕虜第一号になった酒巻和男少尉と会いました。酒巻さんは豊田さんと海兵の同期生です。しっかりした人でマッコイキャンプのリーダーでした。英語も堪能でしたし、アメリカ側からも信任されて、彼だけは自由に町に出たりしていました。酒巻さんがしっかり押さえてたから、マッコイでは捕虜たちの統制が保たれて、オーストラリアのカウラ収容所のような暴発は起きなかったんだと思います。

それから、ミッドウェー海戦で空母『飛龍（ひりゅう）』から脱出した機関科の人たち。『飛龍』は、機関室に生存者を残したまま味方の魚雷で処分され、かろうじて脱出した人たちが十五日間の漂流の末、米軍に救助されたそうです。機関長の中佐がいましたが、彼は少々精神に異常をきたしていて、萬代（ばんだい）久男機関少尉が生存者のリーダーでした。あとは、昭和十七年四月十八日の日本本土初空襲のとき、敵機動部隊を発見して撃沈された徴用漁船の人たちなど、いろいろな人がおりました」

捕虜に対する米軍の扱いは、きわめて人道的かつ丁重なものだったという。

「人によっては酷（ひど）い訊問を受けたみたいですが……。ガダルカナルからハワイまでは、食事もアメリカの戦闘食で良くも悪くもなかったけど、アメリカ本土に行ってからはよかったですな。肉やスープも出るし、週に一度は米の飯も出ました。

捕虜取り扱いに関する国際条約で、食事も給料もアメリカ兵の最低以下にしてはならん、となっていたらしいです。給料は現金ではなくクーポンで支給され、月に何度かはビールの券まで出る。豊田さんや酒巻さんが中心になってみんなの券を集めておいて、なにかの記念日には宴会をやろうと。正月や四大節（しだいせつ）（四方拝・紀元節・天長節・明治節）など、なかなか派手にやってたですよ。私も、豊田さんと一緒に劇をやった憶えがあります」

捕虜には労働が課せられるが、マッコイキャンプでは、日本軍の風船爆弾への対策として、防火施設のための道路をつくる作業に駆り出されたという。

「風船爆弾はうまいこと考えたもんですな。風に乗って飛んできて山火事を起こしたり、どこに落ちるかわからんから、米軍もだいぶ気味悪がってるみたいでした。道路作業をしながら、もっと焼いてやれ、と思ったりして。准士官以上は監督ですから、たいした労働にはなりませんが」

捕虜にはさまざまな前職の者がいるので、たいていのものは自分たちで作ることができた。手製の花札、麻雀牌、将棋の駒、碁石。野球のバットにグラブ。コルクの芯に毛糸を巻き、それを牛革でくるんだ本格的な硬球。靴職人もいて、革靴まで器用に作ってしまう。それでも足りないものは、労働で得た給与で買うこともできた。

「冬は寒いところですから、運動場に囲いをして風呂の湯をジャーッといっぱい入れて、するとすぐに凍ってスケートリンクになるんです。スケート靴は誰かがこしらえたのを履いたり、酒巻さんが町に出て買ってきたりして、おかげでスケートはだいぶ上手になったです。なにしろ広いところで、運動はなんでもできましたよ」

「あるとき、私はよく知らないですが、捕虜と米兵の間でなにかトラブルがあったらしく、士官と下士官兵が分離されました。われわれは大きな病院の一室に、准士官以上二、三十名で入れられて。でも、そこに入ってからは仕事もなく、待遇はよかった。石炭が豊富で暖房は利くし、風呂には自由に入れるし。どうせならアメリカの物資をなるべく多く使わせてやろうと、石炭も水も食料も贅沢に使いました。コーヒーを飲むのに砂糖を使ったふりしてどんどん捨てたり、つまらんいたずらもしました」

監視つきではあったが、外出を許されることもあったという。

「時々、トラックに乗って大勢で町に出たりもするんですが、町の人たちはとても好意的でした。年寄りは無言で通り過ぎるけど、手を振ってくれる人も多かった。市民がわざわざキャンプに来て、ハンカチ出してそこへサインを求められることもありましたが、こっちはもう、敵愾心丸出しで、『馬鹿野郎』って書いて渡したり、ろくなことは書きませんでした。これも島国根性でしょうな。

フェンスの向こうにはドイツ軍やイタリア軍の捕虜もいて、なにかと話しかけてくるんですが、言ってることがわからんし、私はなるべく避けていました」

囚われの身とはいうものの、何不自由のない暮らしが続いた。ただ、生きて日本に帰ることはないとの思いは誰の心のなかにも澱のように溜まっていて、日常生活が快適であればあるほど、胸が締めつけられるような気持ちになるのであった。

「それから最後に、テキサス州の砂漠の端にあるケネディキャンプに移されました。そこでは、サイパンやらあちこちで玉砕した陸軍の兵隊がずいぶん増えました。みんな痩せ衰えた姿で、陸軍さんは大変じゃな、と思ったですよ。テキサスでは、いままで扱いをよくし過ぎたと、煙草を止められたり食事が悪くなったり、ちょっといじめられました。

戦況は耳に入ってくるし、容易ならざる事態であることは、新たに送られてくる捕虜の話を聞いても想像がつきます。字引を引きながら新聞を読んだりもしました。アメリカの新聞にも日本の大本営発表は載るんですが、景気が良くてそれを読むのは気持ちいいもんだから、よく読んで人にも聞かせました。

私は、いまは負けていても最後には必ず日本が勝つと信じていましたが、豊田さんはしっかりしてましたな。もう長くは続かん、日本は負ける、と。特攻隊で、撃墜されて海に放り出されて捕まった搭乗員もいて、負けた、どうしても勝てん、と言っていました」

そして終戦。

「その頃、われわれの最先任者は、海軍の中村中佐という人でした。ある日、重大発表があると集められ、そこで日本が降伏したことを知らされました。泣く人も騒ぐ人もなく、みんな静かに聞いていました。日本に帰ったら、軍法会議にまわされて死刑になるかもしれんが、じたばたしても始まらん。もうここまできたら同じこと、とにかく日本政府の命令を待つしかないと、船に乗せられて帰国の途についたんです。日本に帰れることが嬉しいともなんとも思わなかったですな。なにしろ、私らは捕虜になったんじゃから。いつまでも気持ちは落ち着きませんでした」

「われわれも日本がもし勝っていたら帰れなかったでしょうな」

昭和二十一（一九四六）年一月四日、中島さんらアメリカ本土より送還された捕虜たちは、三浦半島の浦賀に上陸した。

「戦場ではいつでも死ぬ覚悟ができていると思っていたのに、助かったとなると生への執着が頭をもたげてくる。人間は弱いもんですな。捕虜になった自分たちを日本はどう扱うのか、不安におびえながら帰ってみたら、一人一人、大佐か中佐の係官の簡単な聞き取り調査があって、それで終わり。拍子抜けしました。

電話や電報は通じないと言われ、汽車も何時に出るかわからないけど、とにかく復員者用の無料乗車証となにがしかの現金をもらって、そのまま郷里の大分に帰りました。しかし、日本に帰ってみたら、人の心は荒んでいるし、歯がゆくて悔しくて、やっぱり戦争は負けるもんじゃない、と思ったですな。

郷里に帰るまでは心配でした。あちこち焼け野原になってることは聞いていたから、はたして家はあるんじゃろうか、捕虜になった私が帰ったら、長男坊がいじめられやせんかと。もし長男坊がいじめられるようなことになったら、暴れて、長男坊を殺して自分も死ぬわい、などと覚悟しながら帰りました。

宇佐の家に帰ったら、母と弟がいました。私は戦死したことになっていたから、信じられなかったみたいでした。母が私の体をなで回して、おうおう泣き出して……。弟が私の位牌を庭に投げて、『焚き物じゃ、焚き物じゃ』と。私は、こんな立派な位牌、また作ってもらえるかどうかわからん、と笑って拾い上げたんですが。

私が戦死したというとき、支那事変でもらった勲章の勲記の額が、ひとりでにバタンと落ちたらしい。母が、落ちた額を拾いながら、どうも三教の飛行機が墜ちたようじゃと、仏壇に手を合わせてお経を読んでいたそうです。

すぐに高田（現・大分県豊後高田市）の実家にいた家内のもとへ連絡がいって、翌朝、義父が大きな鯛をもって、家内と長男坊をつれてきてくれました。

最後に見たときは一歳にもならず、まだ歩けなかった長男坊が、もう四つになっていました。

家内から写真を見せられて父親の顔は知ってたんでしょうが、こっちに来んかい、と言うのに人見知りしてなかなか寄りつかない。私の体のまわりを二回か三回、ぐるぐるまわって観察して、やっとわかったんでしょう、突然、『わあ、父ちゃんじゃ』言うて飛びついてきました。感激したですよ」

中島さんの予想に反して、郷里の人々は皆、あたたかく迎えてくれた。

「捕虜になって帰ってきたのに、まわりはみんな歓迎してくれる。みんな喜んでくれる。しかし私は、なんだかそらごとのような気がして、うわべだけじゃないか、とか、ほんとうは蔑まれてるんじゃないかなどと、相当悩みましたよ。いつまでも長い間、『恥』という感覚は消えませんでしたなあ。

収容所ではよその星にでも来たような感覚で、国のことも家族のことも戦局のことも、なにもかも忘れてしまえ、と誰もが考えていました。捕虜同士では、昔話も戦争の話もしない。極力、なにも考えないようにしていた。捕虜になったからには生きて日本に帰れない、いつかは死なないといかんな、というのが心の奥底でしこりのようになっていて、そんな感覚はすぐには変えられませんでした。

日露戦争でロシア軍の捕虜になった人が、日本に帰れずアメリカに渡って真宗の僧侶になっていて、マッコイに面会に来たことがありました。立派な人でしたが、われわれも日本がもし勝っていたら帰れなかったでしょうな。負けて、日本の軍隊がなくなったから帰ってこられたようなもんですよ」

中島さんは、役場で戸籍を回復し、少尉進級と戦死認定後の叙勲、勲六等功五級は取り消された。勲章と、勲章についた一時金の返還も役場を通じて書面で求められたが、それには〈特段の理由のある場合はその限りにあらず〉との但し書きが添えられていたため、返還はしていない。だが先に述べたように、いったん合祀したものの取り消しはできないとの建て前から、靖国神社には祀られたままになっている。

「地元で薬局を営んでいた薬剤師の同級生がいて、しばらくそこで働かせてもらいました。医者をまわって頭を下げて薬を置いてもらう、まあ、営業ですな。それで少し商売を覚えた。それから、戦後十年ぐらい経って、高田の家内の実家の近くでおもちゃ屋を始めました。近所の衣料品店の主人に大阪につれて行かれ、商売を始めるならおもちゃでも売れや、と、おもちゃの問屋を紹介してもらったんです。ガラガラから子供がまたがる自動車、汽車の乗り物まで、いろいろ仕入れてやりましたよ。

家内の実家は食料品店じゃったけど、店を継ぐ人がおらんようになって後を引き継ぎ、そちらの店もやるようになった。やがて食料品店のほうが主になって、食料品全般から雑貨まで扱うミニスーパーの形になりました」

その間、占領軍によって禁じられていた日本の航空活動が再開されると、かつての中島さんの操縦技倆を惜しむ関係者を通じ、自衛隊や日本航空からパイロットへの誘いがあったが、すべて断ったという。

「操縦にはいささか自信があったし、ほんとうはまた飛行機に乗りたかった。しかし、捕虜になった私は、過去を忘れて生きなきゃいかんと思っていましたから。マッコイで一緒だった空母『飛龍』の萬代久男さんなんかは、自分の経験を後輩に伝えなきゃいかんと海上自衛隊に入られて、そういう考え方もあったのかもしれませんが、私はどうも決心がつかなかった。戦闘機で一緒だった後輩の齋藤三朗少尉が自衛隊の教官になっていて、だいぶ熱心に誘ってくれたですが」

中島さんは、豊後高田市の中央市場の組合長、役員を経て、私が会った頃にはすべての役職から身を引き、息子たちが建ててくれた別府の自宅をベースに、平日は店を手伝ったりと自適の日々を送っていた。

「戦友会も、マッコイキャンプで一緒だった人たちでつくった『待来会(まっこいかい)』は、みんな捕虜じゃからいいけど、零戦(ゼロせん)搭乗員会なんかはなかなか行く気持ちになれんかったです。同年兵の原田要さんや相良六男さんからずっと案内をもらって、数年前からようやく参加するようになりました。最初に出たときは遠来の客じゃというので乾杯の発声をしたり、〆のバンザイをしたりしましたが……。皆さん、捕虜になった私をどう思ってるのか、口に出さんからわからんです。同じ兵隊上がりの操練出身者は気安く話せるし、戦闘機の教え子もいて私を立ててくれるんですが、海兵出の人のなかには、操縦を教えたけど言葉も交わさん人もおるしね。こっちも恥じゃと思ってるから積極的には声もかけんし。まあしかし、戦後半世紀も経って、ようやく平気になってきましたな」

これまでの人生を振り返って、との問いに、中島さんは、

「私は海軍では上官に恵まれていました。山下七郎さん、八木勝利さん、板谷茂さん、相生高秀さん、そして鈴木實さんに進藤三郎さん。みんなかわいがってくれましたし、海軍で嫌な思い出は一つもありません。ええ、一つもない。

子供にも恵まれたし、家内には先立たれましたが、再婚したいまの家内にも恵まれたし、幸福な人生でしたよ。人には笑われるかもしれんが、いまはほんとうに楽をさせてもらっています」

と答えた。だが、戦争についてどう思うかとの問いに対しては、

「戦争は嫌いですな。戦争はないほうがいい。あればもちろん負けちゃいかんが、戦争は悪いですな。戦争は悪い……ほんとうに戦争は悪い。戦争のない時代にならないと、いつまでも。戦争はいかんです」

と、首を振り振り、何度も繰り返した。その表情には、戦争に翻弄(ほんろう)された人生の重みが、年輪となって宿っているように感じられた。

丸二日間におよぶインタビューを終えたとき、中島さんは、

「ああ、こんなに自分のことをしゃべったのは初めてじゃ」

と、ホッとしたような表情を浮かべた。

中島さんはその後も長命を保ち、私とは年賀状や時候の挨拶のやりとりは途切れることなく続いたが、そこには必ず、

「若い人に迷惑をかけながら余生をおくっています」

という意味のことが書かれてあって、なんとも言えない思いがしたものだった。平成十九（二〇〇七）年十一月、ご家族より中島さん逝去と年賀状欠礼の葉書が届いた。享年九十三。

いまも、「戦争は悪い」と繰り返した中島さんの表情は私の脳裏に焼きついてい

る。戦記に登場することはほとんどないが、元搭乗員の間でその名を語り継がれた名パイロットであり、忘れられない零戦搭乗員の一人だった。

中島三教（なかしま　みつのり）

大正三（一九一四）年、大分県生まれ。海軍兵学校を目指したが果たせず、昭和八（一九三三）年、志願兵（四等水兵）として佐世保海兵団に入団。昭和十（一九三五）年、第二十九期操縦練習生を卒業し、戦闘機搭乗員となった。昭和十二（一九三七）年から十五（一九四〇）年にかけ、中国大陸戦線で活躍、その後、戦闘機の訓練部隊である大分海軍航空隊、徳島海軍航空隊の教員を歴任、笹井醇一中尉（海兵六十七期）ら、多くの搭乗員を育てた。昭和十八（一九四三）年一月、第二五三海軍航空隊分隊士としてソロモン方面に赴任するが、同月二十五日、ガダルカナル島空襲に出撃のさい、乗機のエンジン不調で海上に不時着、米軍の捕虜となる。ガダルカナル、ニューカレドニア、ハワイ、米本土のサクラメント、ウィスコンシン州マッコイと、各地の収容所を転々とし、テキサス州のケネディキャンプで終戦を迎えた。海軍飛行兵曹長。戦後は玩具店、食料品店などを経営。平成十九（二〇〇七）年、死去。享年九十三。

昭和 13 年暮れ、十二空時代。左から 2 人め・中島さん、3 人め・相良六男二空曹、4 人め・樫村寛一三空曹

昭和 13 年、九江基地にて。抱えている子犬の名は「蔣介石」といい、搭乗員たちのアイドルだった

昭和 15 年、相模湾の空母「赤城」艦上で九六艦戦とともに

昭和 16 年、大分空時代。伊丹飛行場にて報国号（献納機）の命名式。
飛行服が中島さん

昭和16年、大分基地にて第三十五期飛行学生（海兵六十七期）らとともに。前列左より虎熊正飛曹長（分隊士）、中島さん（当時・一飛曹）、馬場政義少尉。中列左より山口定夫、山口馨（サングラスの人物）、栗原克美、渋谷清春、岩崎信寛。後列左より川添利忠、荒木茂、川真田勝敏各少尉。撮影者は笹井醇一少尉。中島さんをのぞく全員が、終戦までに戦死（虎熊飛曹長は殉職）した

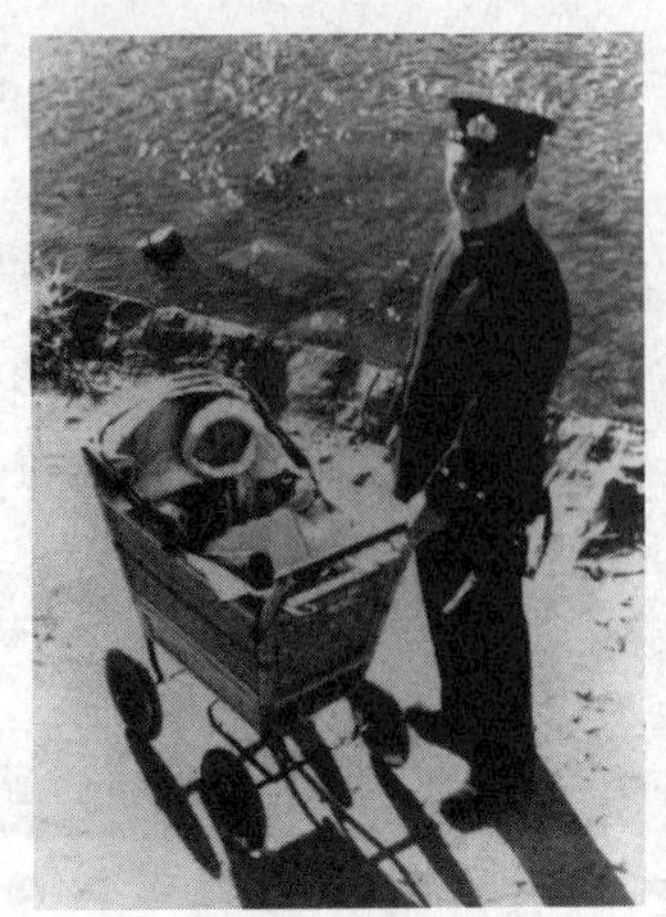

昭和17年暮れ、生後5ヵ月の長男と。九州・出水で、ソロモンに出撃直前の一枚

第四章

藤田怡與藏（ふじたいよぞう）

戦後、日本人初のジャンボ機長となった歴戦の飛行隊長

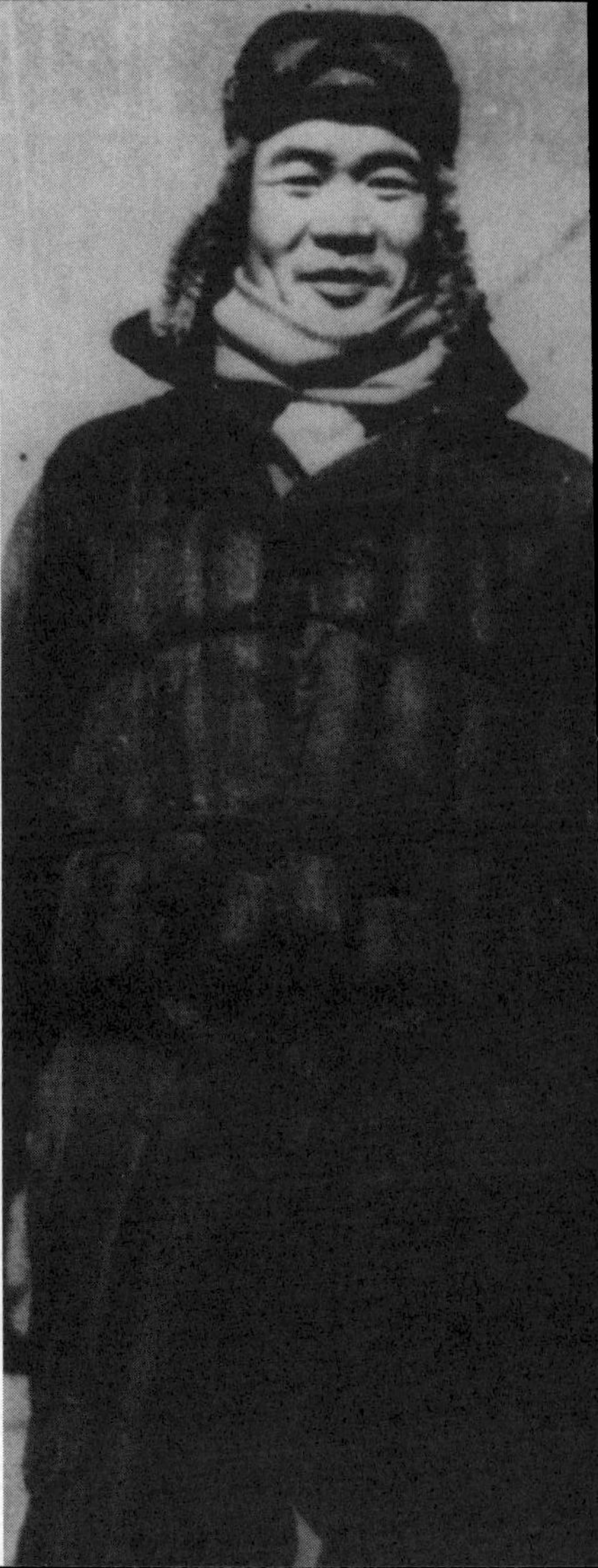

昭和17年後半、「飛鷹」分隊長の頃の藤田さん

射撃訓練で二十発中二十一発命中という珍記録を残した天性の戦闘機乗り

「最近は人も訪ねてこないし、子供たちも日中は出かけていて、物音ひとつ聴こえないこの部屋に一人でいると、生きてるのか死んでるのかもわからなくなります」

東京・世田谷の閑静な住宅地の一角にある自宅応接間で、八十三歳の藤田怡與藏さんは言った。平成十三（二〇〇一）年初夏のことである。この年は、昭和十六（一九四一）年十二月八日の大東亜戦争（太平洋戦争）開戦、真珠湾攻撃から六十周年にあたり、私は講談社の総合月刊誌「現代」の取材で藤田邸を訪ねていた。藤田さんは、空母「蒼龍（そうりゅう）」戦闘機隊小隊長の中尉として零戦を駆って真珠湾攻撃に参加したのを皮切りに各地を転戦、終戦まで第一線の指揮官として戦い抜いた。さらに、戦後は日本航空の国際線機長となり、日本人初のボーイング747（ジャンボ）機長として六十歳の定年まで空を飛び続けた人である。

私はそれまでにも藤田さんには何度か会い、取材を重ねていたが、記事にする機会のないまま数年が経過していた。藤田さんが癌（がん）をわずらい、長時間にわたるインタビューがむずかしかったことが、その大きな理由である。だが、聞けばこのところ病状は安定してきており、自宅でなら話ができるという。そこで、真珠湾六十年の節目を機に、こんどこそ記事にまとめようと、私は藤田さんを訪ねたのだ。

「近頃はなんだか変な心境になっちゃってね、人間なんていうのは地球上に住んでるウジ虫みたいなもんだな、と。俺はウジ虫の一匹だな、死んだって生きたってどうってことはない、いつ死んでもいいや、そう思ってるんだけど、なかなか死にやがらない。案外、長生きしますかな。これはもう、神の思し召すままに、と考えるより他はないですね。

——そうですか。真珠湾に行ってから、もう六十年も経ちますかな。私はその後、ミッドウェー海戦のとき海を漂流し、一時的に記憶喪失症みたいになって、記憶が飛び飛びになっているところもあるんですが、真珠湾攻撃で、われわれの分隊長・飯田房太大尉の自爆を見送ったときのことははっきりと憶えていますよ」

藤田怡與藏さんは、大正六（一九一七）年、中国・天津で生まれた。父・語郎さんは医師で、天津で病院を営んでいた。「怡與藏」の名は、父の先妻の名である「怡與子」の字をもらったもので、周囲に喜びを与える、という意味である。

幼い頃から活発で、運動神経は群を抜いていたが、五歳のときに病んだ熱病がもとで、やや言語障害の残る少年時代だったという。

「小学生の頃、天津に陸軍の飛行機がやってきて、在留邦人の希望者を順番に乗せて飛んだことがあったんです。それで、これは自分も乗せてもらえるな、と喜んでいたら、先に飛んだ父が飛行機に酔って、フラフラになって降りてきましてね、こんな危ない乗り物、お前は乗ってはダメだ、と言って連れて帰られちゃったんです。しかしそのときから、飛行機に対する憧れはずっと持ってましたね」

天津の小学校を卒業した藤田さんは、父の郷里である大分県の県立杵築中学校（現・杵築高校）に進学。陸上競技部に入部し、短距離選手として活躍した。

海軍を志したのは、中学四年の夏、広島県江田島の海軍兵学校に進んだ二年先輩の生徒が、純白の制服に短剣を吊った姿で帰省してきた姿に接したことがきっかけだった。中学五年のときは陸上競技の県大会が終わる十一月まで主将として練習に励み、十二月に海軍兵学校を受験、難関を突破して昭和十（一九三五）年四月、六十六期生として入校した。

「兵学校に入校した年の夏休み、私は得意満面で天津に帰省したんですが、休暇中の食い物のせいか、学校に戻ってからパラチフスを発症して呉海軍病院に隔離されてしまった。入院中に定期考査があって、本来なら落第もやむを得ないところ、特別な計らいで追試験を受けさせてもらってビリで進級できました」

在校中の昭和十二（一九三七）年七月七日、中国・北京郊外の盧溝橋で日中両軍が衝突、戦火はまたたくまに広がり、支那事変（日中戦争）が始まった。そのため、六十六期生の教育期間は半年短縮され、昭和十三（一九三八）年九月、卒業する。この年、藤田さんの卒業を見届けることなく、父・語郎さんは脳溢血で急逝していた。

兵学校を卒業、少尉候補生となった藤田さんは、練習艦隊で南洋諸島を巡航したのち、筑波海軍航空隊で約三週間、航空適性の検査を受けた。

「このとき、初めて飛行機（複葉の九三式中間練習機）に乗ったわけですが、ああ、これは気持ちがいいなあ、と。すっかり飛行機の虜になりましてね、飛行学生を志すようになったんです」

海兵出身の候補生は、まずは「海の武人」としての素養を身につけるべく、艦隊に配乗される。藤田さんは戦艦「金剛」乗組となり、機銃分隊に配属された。ここで少尉に進級、昭和十四（一九三九）年十一月十五日、念願かなって飛行学生を命ぜられ、筑波海軍航空隊に転勤した。

「このときの分隊長兼教官が、兵学校の四期先輩、六十二期の飯田房太大尉でした。物静かな人でしたが、指導は厳しかった。あるとき、同期の誰かがへまをして、分隊長を怒らせたことがあるんですが、『お前たちのなかで、将来、実施部隊に配属されたとき、俺の部下として来る者がいると思うが、そのときには改めてみっちり鍛えなおしてやるから覚悟しておれ！』と怒鳴られたのを憶えています」

藤田さんの操縦適性は群を抜いていて、クラスで最初に単独飛行を許された。

「人より早く単独飛行ができたのが嬉しくてね。初めて一人で空を飛んだときは機上でバンザイをやりましたよ、ええ。これが私の原点ですね」

筑波空での訓練を終えると、飛行学生はおのおの専修する機種を割り当てられ、実用機教程に入る。藤田さんは戦闘機専修と決まり、昭和十五（一九四〇）年六月二十九日、五名の同期生とともに大分海軍航空隊に赴任した。

「ここでの分隊長は、海兵六十一期の菅波政治大尉でした。一緒に大分空へ行った同期生は、六十六期首席の坂井知行、原正、日高盛康、山下丈二、そして私の五名です。訓練に使ったのは複葉の九五式艦上戦闘機でしたが、これまでの九三中練と比べると、段違いにスピードが速く、操縦のむずかしい飛行機でした。

ここで強く印象に残っているのは、原正君の殉職です。訓練中に、老朽機のせいで上翼が外れてしまい、そのまま別府湾に墜落した。一週間捜索して、ようやく無残な姿で発見されました。バラバラになった手足を包帯で固定して、納棺して……。いかに軍人とはいえ、いままで一緒に騒いでいたクラスメートが突然死に、遺体をわれわれの手で葬ったことは、大きなショックでした」

大分空では、空戦訓練や射撃訓練も行った。射撃訓練は、曳的機の引く布製の吹き流しを的に、各自二十発の機銃弾を撃ち込む。自機も的も高速で飛行しているから、命中させるのは容易なことではない。一発も命中させられない者も多かったが、藤田さんはここで、二十発中二十一発命中というめずらしい記録を残した。吹き流しの布がたわみ、重なった部分に弾丸が命中、一発で二発分の穴が開いたのだ。

十一月十五日、中尉に進級し、実用機課程を修了。同期生たちはそれぞれ実施部隊に転勤していったが、藤田さんはそのまま大分空に教官として残された。そして、昭和十六（一九四一）年四月十日付で美幌海軍航空隊に転勤となる。美幌空は、北海道美幌村（現・網走郡美幌町）に原隊を置き、九六式陸上攻撃機を主力とする航空隊だったが、戦闘機一個分隊が付属し、当時は中国大陸で作戦に従事していた。なお、地名としての「美幌」は「びほろ」と読むが、海軍では「みほろ」と呼んでいた。

「すでに零戦は登場していましたが、美幌空にまではまだ回ってこない。私は九六戦で、上海、漢口、運城と移動を重ねながら、基地の上空哨戒に飛ぶ毎日でした。漢口では、第十二航空隊の零戦が中国奥地の空襲に出撃していくのを指をくわえて見送りながら、うらやましかったですね。漢口の夏は特に暑く、電線にとまった雀は足踏みをしているし、暑さに負けて落ちるのもいる。『落雀の候』という時候の挨拶があったぐらいです。整備員は増槽（機体の下につける補助の燃料タンク）に細工をして、そこに水を入れた一升瓶を二、三本入れておき、高度六千メートル二時間の哨戒飛行で十分に冷えた水を基地で飲んで暑さをしのいだりもしていました」

敵よりも暑さと戦うこと四ヵ月。昭和十六年九月一日付で藤田さんに転勤命令がくだる。行く先は、第二航空戦隊の空母「蒼龍（そうりゅう）」だった。

「あとから思えば、このとき、真珠湾攻撃のメンバーに選ばれたわけですが、当時はもちろん、そんなことは知る由（よし）もありません。母艦乗組の搭乗員は海軍航空隊の花形ですから、辞令を受け取ったときは天にも昇る気持ちでした。しかもようやく零戦に乗れる。喜び勇んで、飛行機隊が訓練している大分県の佐伯基地に赴任の途中、日豊線の車内で、別府から乗り込んでこられた飯田大尉とバッタリ会ったんです」

飯田大尉は「蒼龍」戦闘機隊の分隊長になっていた。藤田さんは、筑波空でのことを思い出し、恐る恐る挨拶をした。

「分隊長のお世話になることになりました。これから鍛え直していただきます」

するど飯田大尉は、

「よし、これからレスで鍛えてやるから覚悟しろ！」

と答えてニヤリとした。海軍には部内でしか通じない隠語がいくつもあり、「レス」というのは「レストラン」の略、当時で言うところの海軍料亭のこと。海軍のいるところ「レス」があり、「レス」には「エス」（Singerの頭文字S。芸者のこと）がつきもので、飯田大尉の言葉を意訳すると、「芸者遊びを教えてやる」ということになる。緊張する藤田さんに、飯田大尉は海軍流のユーモアをもって応えたのだ。

佐伯基地には、空母「赤城」「加賀」の第一航空戦隊、「蒼龍」「飛龍」の第二航空戦隊の戦闘機隊が集まって訓練をしていた。各空母の戦闘機は二個分隊十八機の編成で、使用機は零戦である。「蒼龍」戦闘機隊のもう一人の分隊長は、藤田さんが大分空時代の分隊長・菅波政治大尉だった。

「私は、母艦乗組の士官搭乗員としてはいちばん若いクラスでした。『蒼龍』では、飯田大尉の分隊で分隊長を補佐する分隊士、空中では第二小隊長（一個小隊三機の指揮官）をつとめることになりましたが、筑波空、大分空の修業時代の分隊長が自分の上に二人揃っているわけで、まじめにならざるを得ませんでした」

と、藤田さんは言う。藤田さん率いる第二小隊の二番機、三番機には、高橋宗三郎一飛曹、岡元高志二飛曹がついた。

さっそく、猛訓練がはじまった。ほかの小隊の飛行訓練は午前、午後一回ずつだが、新入り小隊長である藤田さんの小隊は、午前二回、午後二回と二倍飛んだ。零戦の慣熟飛行から始まって、編隊、射撃、一対一の空戦、二対一の空戦と訓練を重ね、着陸のときは必ず、母艦への着艦訓練にそなえて飛行場の隅に設置した布板を目標に、定地着陸訓練（決められた小さな範囲内に接地、着陸する）を行った。二対一の空戦訓練中、藤田さんの機と岡元二飛曹機が空中接触し、あわやということもあったが、訓練の甲斐あって、技倆はぐんぐんと上がってきた。

慎重な性格の菅波大尉の方針で、「蒼龍」戦闘機隊が特に力を注いだのが、洋上航法の訓練である。これは、目標物のない洋上で母艦に帰投することを想定したもので、海面の波頭から風向、風速を判断し、計算で針路を割り出して飛行する。

「高度百メートルの低空を二百浬（約三百七十キロ）まっすぐ飛び、直角に曲がって五十浬（約九十三キロ）飛んで、また二百浬飛んで帰るんですが、最初は帰投できずよその基地に不時着するのが二、三機は出ました。それが、一ヵ月も経つと二十浬（約三十七キロ）程度の誤差におさまるようになりましたね」

通常、戦闘機の機銃は、百〜二百メートルまで接近しないとなかなか命中しないから、射撃にあたっては目標に十分近づくことが常識とされたが、高速、高性能な敵機と戦うことを想定して、五百メートルからの遠距離射撃の訓練も行った。洋上航法と遠距離射撃は、のちに実戦で大いに役立ったと、藤田さんは回想する。

「当時、母艦部隊に配属された整備員や兵器員は超一流で、飛行機の稼働率は百パーセントに近かった。つねに決められた愛機に搭乗できたので、われわれはペンチを持ってエルロン（補助翼）や方向舵の修正片を好きなように曲げ、水平飛行の巡航で五分間は手足を離してもまっすぐ飛べるように調整していました。そんなふうに接していると、機械にも命があるように感じられ、この零戦が体の一部になったような気がしてきたものです」

訓練は多忙を極めたが、遊ぶほうも忙しかった。搭乗員は航空加俸や危険手当がついて、毎月の給料は本俸の二倍にはなる。士官は当直のとき以外、夜間は自由に外出できる。藤田さんは飯田大尉らと連れだって、三日にあげず別府へ繰り出してはフグを喰い、酒を呑み、深夜二時まで騒いで四時に起き、汽車で佐伯基地に帰ってそのまま訓練に飛ぶような日々だったという。

「十月下旬でしたか、源田實参謀が佐伯基地に飛来して、士官を集め、ハワイ・オアフ島の米太平洋艦隊の拠点、真珠湾を攻撃する構想を明かされました。これはえらいことになったと身震いしましたね。アメリカの国土の広さ、物量の豊富さ、生産力の大きさについては承知していましたから、あの大国を相手に戦って勝てる道理があるのか、と。ハワイ空襲では当然、戦死するものと覚悟を決めました。

十一月に入ると、『赤城』『加賀』の一航戦の零戦隊は練度を増して、十八機対十八機の編隊空戦訓練を行ったと聞きましたが、『蒼龍』『飛龍』のわれわれ二航戦は、九機対九機まででした。母艦への着艦訓練も行われ、最初は飛行甲板がやけに小さく見えて緊張したものの、初めて着艦したときは『俺もやっと一人前の母艦搭乗員になれた』と嬉しくなって、飛行甲板に張られたワイヤーに引っかける着艦フックを巻き上げるのを忘れるほどでした」

藤田さんは、ここで飯田大尉から、「ネコ」というニックネームを頂戴した。猫はどんな姿勢で空中に放り上げられても、ちゃんと四本の脚をそろえて着地する。藤田機の着艦がいつもみごとにピタリと決まることから、そう名づけられたのだ。

真珠湾攻撃で被弾し、迷いなく敵基地に突っ込んだ名指揮官・飯田大尉への想い

十一月十八日、飛行機隊は各母艦に収容され、「赤城」「加賀」「蒼龍」「飛龍」「翔鶴」「瑞鶴」の六隻の空母を主力とする、南雲忠一中将率いる機動部隊は、択捉島単

冠湾に集結した。二十六日、単冠湾を出港、一路、ハワイ北方海域へと向かう。

「真珠湾に向け航海中、われわれ搭乗員は暇なので、よくミーティングと称して飯田大尉のところに集まっては、いろんな話をしていました。

あるとき、分隊長が『もし敵地上空で燃料タンクに被弾して、帰る燃料がなくなったら貴様たちはどうする』と問われた。あらかじめ、被弾して帰投不能と判断したら、カウアイ島西方のニイハウ島に不時着せよ、そうすれば味方潜水艦が収容に来るから、と言われていましたが、そんなのはあてにならない。みんなああでもない、こうでもないと話をしていると、分隊長は『俺なら、地上に目標を見つけて自爆する』と。それを聞いてみんなも、そうか、じゃあ俺たちもそうなったら自爆しよう、ということになりました。ごく自然な成り行きで、悲壮な感じはなかったですよ。しかし、出撃の前の晩は、明日死ぬんだと思うとさすがに眠れなかった。寝つけないのでビールを六本空けたんですが一向に酔わず、結局、朝まで一睡もできませんでした」

暁闇のなか、支度をして飛行甲板に出た藤田さんは、菅波大尉の指示で艦橋に上がった。気象班から高度三千メートルの測風値をもらい、航海長に五時間後（帰投時）の艦隊の推定位置をもらい、作図をして、攻撃終了後の集合地点に定められたオアフ島北部のカフク岬を起点とした帰りの針路、所要時間を計算し、出撃搭乗員全員にメモさせた。

やがて、水平線が明るくなりはじめた頃、六隻の母艦から、零戦四十三機、九九艦爆（急降下爆撃）五十一機、九七艦攻八十九（水平爆撃四十九、雷撃四十）機、計百八十三機の第一次発進部隊が発艦する。「蒼龍」戦闘機隊は、菅波大尉率いる九機が第一次、飯田大尉の率いる九機は第二次として発艦することになっていた。飯田中隊第二小隊長の藤田さんは第二次発進部隊である。第二次は零戦三十六機、九九艦爆七十八機、九七艦攻五十四（水平爆撃のみ）機、計百六十八機が発進し、うちエンジン故障で引き返した零戦一機と艦爆二機をのぞく百六十五機が攻撃に参加した。

「いざ発艦、というときは、まったくの平常心でした。というより、戦闘機は飛行甲板の先っぽに近い、いちばん前から発艦しますから、うまく発艦しなければと、技術的なことで精いっぱいでした。発艦したとたんに機はグーッと沈みますからね、海面に墜ちる前にスピードを上げて上昇しなきゃいけない。発進してからは、戦闘機隊は速度の遅い攻撃隊について行くのに一苦労で、ジグザグ運動しながら飛びました」

この日、オアフ島上空は雲が多く、断雲の切れ目からかろうじて海岸線が見えた。いよいよ戦場だ、そう思ったとたん、藤田さんは体が震えるほどの緊張を覚えた。これが武者震いというものなのかもしれない、と思った。そのとき、指揮官機から無線

（モールス信号）で、「全軍突撃セヨ」を意味する「ト」連送（・・―・・を繰り返す）がレシーバーを通じて耳に届いた。飯田中隊の零戦九機は攻撃隊から離れ、高度を六千メートルに上げる。

「すると、下方に真珠湾が見えてきました。第二次発進部隊が真珠湾の上空に着いたときには、すでに一次の連中が奇襲をかけたあとですから、敵は完全に反撃の態勢を整えていました。後ろを振り返ると、わが中隊が通った航跡のように、高角砲の弾幕の黒煙が連なってる。敵がもうちょっと前を狙っていたら私たちは木っ端微塵です。

はじめ空中には敵戦闘機の姿が見えなかったので、作戦で決められた通りにカネオへ飛行場の銃撃に入りました。目標は地上の飛行機です。飯田大尉機を先頭に、単縦陣で九機が一直線になって突入しました。地上砲火は激しくて、アイスキャンデーのように見える曳痕弾が自分に向かって飛んでくる。当たるかな、と思うと、直前でピッという音を残して上下左右に飛び去ってゆく。あまり気持ちのいいものではありませんね。三度ぐらい銃撃したところで、ガン、という衝撃を感じて、見ると右の翼端に銃弾による穴が開いていました。

われわれが銃撃中に艦爆隊もカネオへ基地を爆撃したらしく、爆煙で地面が見えなくなったので、ホイラー飛行場に目標を変更して二撃。二十ミリ機銃弾を撃ち尽くし、七ミリ七（七・七ミリ機銃）だけになったので効果は薄かったと思いますが……。ここでも対空砲火は激しかった。飛んでくる弾丸の間を縫うように突っ込んでいったんですからね。

ホイラー飛行場の銃撃を終え、飯田大尉の命令（バンク——機体を左右に傾ける——による合図）により集合してみると、飯田機と二番機の厚見峻一飛曹機が、燃料タンクに被弾したらしく、サーッとガソリンの尾を曳（ひ）いていました。これはやられたな、と思って飯田機に近づくと、飯田大尉は手先信号で、被弾して帰投する燃料がなくなったから自爆する、と合図して、そのままカネオへ飛行場に突っ込んでいったんです。私からその表情までは見えませんでしたが、迷った様子は全然ありませんでした。ミーティングで自ら言った通りに行動されたわけです。煙のなかへ消えていく飯田機を見ながら、涙が出そうになりましたよ。

当時、戦意高揚のために、飯田大尉は格納庫に自爆したのを私が確認したように報道され、戦後も映画でそのように描かれたりしましたが、煙に遮（さえぎ）られてそこまでは見えませんでした」

じっさいに飯田機が墜ちたのは、カネオへ基地の敷地内ではあるが、格納庫や滑走路から一キロは離れた、隊門にほど近い道路脇である。米側の証言記録によると、飛行場に突入してきた飯田機は、対空砲火を受け低空で火を発したが、最後の瞬間までエンジンは全開で、機銃を撃ち続けていたという。飯田大尉の遺体は機体から引き出され、米軍によって基地内に埋葬された。墜落地点には、真珠湾攻撃三十周年にあたる昭和四十六（一九七一）年、米軍が小さな碑を建てた。平成十一（一九九九）年、飯田大尉が身につけていたとされる飛行帽が遺族のもとに返還され、それは現在、靖国神社遊就館に展示されている。が、あまりに原形をとどめているため、これがもし本物であるならば、飯田機は「自爆」というより「不時着」に近い形で基地にすべり込んだのではないかと、真珠湾攻撃に参加した幾人かの元搭乗員は言っている。真珠湾攻撃から六十年後の平成十三（二〇〇一）年十二月、筆者はかつての参加搭乗員らとハワイを訪れ、カネオヘ基地の飯田大尉慰霊碑に花を手向けた。

カネオヘ基地に降下してゆく飯田機を見送った藤田さんが、残る八機をまとめ、集合地点に向かう途中、銃撃音にふり返ると、後上方から敵戦闘機九機（米側記録では、陸軍第十五追撃隊のカーチスP-36A五機）が攻撃をかけてくるのが見えた。

「すぐに戦闘開始を下令して、空戦に入りました。増槽を落とそうと落下レバーを引きましたが、長い航海に錆びついたのか落ちない。仕方がないので増槽をつけたまま戦い、私は一機に命中弾を与えましたが、最後に一機、正面からこちらに向かってくるのがいる。そこで、ちょうどいいや、こいつにぶつかってやれ、と腹を決めてまっすぐ突っ込んでいくと、敵機は衝突を避けようと急上昇した。そこへ、機銃弾を存分に撃ち込んでやったんです。

ところが、正面から撃ち合ったもんだから、私の零戦にもかなりの被弾があったようで、エンジンがブルンッといって止まってしまいました。目の前の遮風板（前部風防）にも穴が開き、両翼は穴だらけです。これはしようがない、自爆しようと思ったら、また動き出した。それでなんとか帰ってみようと、途中ポコン、ポコンと息をつくエンジンをだましだまし、やっとの思いで母艦にたどり着きました。油圧計はゼロを指していて、焼きつく寸前です。着艦すると、その衝撃でエンジンの気筒が一本、ポロンと取れて飛行甲板に落ち、同時にエンジンが完全に止まってしまいました」

P－36Aは、日本でいえば九六戦の世代にあたる旧式戦闘機だったが、奇襲を受けたことで「蒼龍」零戦隊は思わぬ苦戦を強いられた。藤田機が命中弾を浴びせたうちの一機は墜落したかに見えたが、厚見一飛曹機は、後上方攻撃から過速に陥り、エンジンを絞ったときに排気管から出た炎が、地上銃撃で被弾したさい漏れ出したガソリンに引火（勢いあまって敵機の前に飛び出し、敵弾を浴びたとの説もある）、火だるまとなって地上に激突した。飯田大尉の三番機・石井三郎二飛曹は、逃げる敵機を深追いして編隊からはぐれて機位を失し、帰艦できず戦死した。

自爆した飯田大尉は山口県出身の二十八歳、兵学校時代、「お嬢さん」というニックネームで呼ばれていたという。気性の荒い者が多い戦闘機乗りにはめずらしく、気品を感じさせるほど温和で寡黙な士官であった。

「飯田機は、還れないほどの被弾ではなかったと思う。行きは増槽を使い、戦闘のときにそれを落として機内の燃料タンクを使うわけですが、やられたのは片翼のタンクだけで、胴体ともう片翼の燃料は残ってますから。冷静に計算したら燃料はあるわけですよ。もしかしたら還れたかもしれないのに、惜しいことでした。いま思えば、航海中のミーティングのときから、心中に期するものがあったのかもしれません」

真珠湾攻撃から遡(さかのぼ)ること一年二ヵ月の昭和十五年十月、中国・漢口基地の第十二航空隊で飯田大尉とともに戦った角田和男さんによると、飯田大尉は、自ら零戦隊を率いて戦果を挙げた成都(せいと)空襲で、感状を授与されながらも、「こんなことでは困るんだ」と、一人浮かぬ顔をしていたという。勝利の祝宴のなかで、飯田大尉は言った。

「奥地空襲で全弾命中、なんて言っているが、重慶(じゅうけい)に六十キロ爆弾一発を落とすのに、諸経費を計算すると約千円かかる。相手は飛行場の穴を埋めるのに、苦力(クーリー)の労賃は全部で五十銭ですむ。実に二千対一の消耗(しょうもう)戦なんだ。こんな馬鹿な戦争を続けていたら、いまに大変なことになる。歩兵が重慶、成都を占領できる見込みがないのなら、早く何とかしなければならない。感状などで喜んでいる場合ではないのだ」

角田さんは、開戦時、筑波海軍航空隊で教員をつとめていたが、真珠湾攻撃から帰還した「蒼龍」艦爆隊の搭乗員から直接聞いた話として、次のように語っている。

「飯田大尉は攻撃の前日、列機の搭乗員を集め、『この戦は、どのように計算してみても万に一つの勝算もない。私は生きて祖国の滅亡を見るに忍びない。私は明日の栄えある開戦の日に自爆するが、皆はなるべく長く生きて、国の行方を見守ってもらいたい』と訓示をしたと言うんです。飯田大尉はその言葉の通り、自爆されましたが、このことはその日のうちに艦内の全員に緘口令が敷かれたと。私は、飯田大尉の人となりから、その話を信じています」

これは、驚くべき証言である。飯田大尉は、はじめから自爆する決意でいたのか――このことを藤田さんに質してみると、

「いや、私はそんな訓示を受けた覚えはないですな。開戦初日に戦死する覚悟というのは、私もそうだったし、みんなそうだったんじゃないですか」

と、否定的だった。ただ、藤田さんが実際に見たことと、戦中、戦後を通じ、「藤田さんが見たこと」として伝わってきた話の違い、そして米側証言と状況証拠の不一

致（エンジン全開で地上に激突したとされるのに、飛行帽が原形をとどめている）など、飯田大尉の最期については不明瞭な点が多く、敵飛行場に向け自爆するとき、その胸中を去来するものが何であったか、いまとなっては確かめようがない。

真珠湾攻撃の帰途、「蒼龍」「飛龍」の第二航空戦隊に、ウェーク島攻略作戦を支援せよとの命令が届いた。

ウェーク島は、アメリカ本土とグアム、フィリピンを結ぶ線上に位置する、米軍の重要拠点である。日本軍はこの島を占領すべく、十二月八日、開戦と同時に、委任統治領であるルオット島を発進した陸上攻撃機をもって空襲をかけ、さらに上陸を試みたが、予想外に頑強な敵の反撃に遭い、駆逐艦二隻を撃沈されるなどの損害を出し退却していた。攻略部隊がわずか四機のグラマンF4Fワイルドキャット戦闘機に翻弄されたことを教訓に、再度の攻略作戦開始にあたって、機動部隊の戦力の一部を投入することとなったのだ。

十二月二十一日、第一次攻撃。菅波政治大尉率いる零戦九機は、「蒼龍」の艦爆十四機、「飛龍」の艦爆十五機、艦攻二機を護衛してウェーク島攻撃に発進。だが、この日は敵機の反撃はなく、零戦隊は拍子抜けして還ってきた。翌二十二日の第二次攻撃では、藤田さんの率いる「蒼龍」の零戦三機が、岡嶋清熊大尉率いる「飛龍」の零戦三機とともに、「蒼龍」の艦攻十六機、「飛龍」の艦攻十七機を護衛して攻撃に向かった。

「昨日は出てこなかったが、グラマンがまだ残っているはずだというので、敵戦闘機を掃討するのがわれわれの任務でした。しかし、ウェーク島上空に着いてみると敵機の姿は見えない。それならばと地上銃撃に移ろうとしたところで、突然、雲の合間からグラマンが降ってきて、『蒼龍』の艦攻二機が撃たれて火を噴くのが見えた。急いでそちらへ機首を向けましたが、敵機はすでに『飛龍』の零戦が撃墜したあとでした。艦攻隊の爆撃が終わるまで、われわれ零戦隊は地上施設を銃撃して帰途についたんですが、母艦に帰って、火を噴いた艦攻の一機には、機動部隊きっての水平爆撃の名手で、真珠湾攻撃でも水平爆撃隊の嚮導機（編隊を誘導し、爆撃目標を定める。ほかの機は、嚮導機の照準にあわせて爆弾を投下する）を務めた金井昇一飛曹が乗っていたことを知りました」

金井一飛曹は九七艦攻の偵察員。爆撃照準の腕は天才的で、操縦員・佐藤治尾飛曹長とのペアで、訓練ではほぼ百パーセントの命中率を上げ、嚮導機に抜擢されていた。航海中も飛行機を離れず、照準のシミュレーションを繰り返すなど研究熱心で、上下の信頼も厚かった。金井一飛曹の戦死は、司令部にも大きな衝撃を与えた。第二航空

戦隊司令官・山口多聞（たもん）少将は、内地帰還後、機動部隊の航空参謀・源田實中佐に、
「金井を殺すなら、あのとき飛ばさなければよかった」
と、しんみりと語ったと伝えられる。藤田さんは艦長・柳本柳作（やなぎもとりゅうさく）大佐から、護衛を果たせなかったことに対してきびしい叱責（しっせき）を受けた。このことについて、藤田さんは最後まで多くを語らなかった。

「蒼龍」は十二月二十九日、内地に帰投、呉に入港した。飛行機隊は大分県の宇佐基地に集められ、搭乗員には正月休暇が許されたが、艦はすぐさま整備に入り、翌昭和十七（一九四二）年一月十二日、次の作戦のためにあわただしく出港する。こんどは、蘭印（現・インドネシア）攻略作戦への協力である。さらに二月十九日にはオーストラリア北西部のダーウィンを空襲、藤田さんは零戦九機を率いて出撃し、海上を逃走中の特設巡洋艦（商船に巡洋艦並みの武装をほどこしたもの）を銃撃した。

「蒼龍」は、続いてセイロン島（現・スリランカ）の英艦隊拠点を攻撃するため、「赤城」「飛龍」「翔鶴」「瑞鶴」とともにインド洋に進出。藤田さんは四月五日のコロンボ空襲に零戦九機を率いて参加、敵戦闘機との空戦で一機を撃墜したが、藤田小隊の三番機として出撃した東幸雄一飛（一等飛行兵）を失った。

ミッドウェー海戦で味方の機銃弾を浴び、超低空から落下傘降下

インド洋から帰った藤田さんは、五月一日付で大尉に進級した。「蒼龍」戦闘機隊は、鹿児島県の笠之原基地で整備、訓練ののち、こんどはミッドウェー作戦のため出撃することになる。日本本土と、米海軍太平洋艦隊の拠点であるハワイの中間に位置するミッドウェー島を攻略し、米艦隊を誘い出して一挙に撃滅しようというこの作戦には、聯合(れんごう)艦隊の決戦兵力のほぼ全力が投入されることになった。

五月二十七日は、日露戦争で、東郷平八郎司令長官率いる聯合艦隊がロシア・バルチック艦隊を壊滅させた日本海海戦から三十七年めの「海軍記念日」である。この日、「赤城」「加賀」「蒼龍」「飛龍」を主力とする第一機動部隊は広島湾を出航した。この作戦では、山本五十六聯合艦隊司令長官が直率する戦艦「大和」以下主力部隊も、機動部隊のあとに続くことになっている。まさに威風堂々の大戦力だった。

だが、真珠湾攻撃以来、ほとんど休む間もなく戦い続けている機動部隊各艦の乗組員の疲労は蓄積し、飛行機搭乗員も補充、交代が完了したばかりで、訓練内容も基礎訓練の域を脱していない。引き続き艦に留まっている歴戦の搭乗員も多いが、新たに

着任した者をあわせた編隊空戦の訓練を行う時間的余裕はなかった。機動部隊全体として、ハワイ作戦当時の練度にはほど遠く、実質的な戦力は大きく低下していたのだ。それでいて、連戦連勝だったこれまでの戦果に対する過信が緊張感を欠如させ、機密保持にも作戦にも緩みを生じさせていた。

六月五日から六日にかけて日米機動部隊が激突した「ミッドウェー海戦」で、日本側は主力空母四隻のすべて、すなわち「赤城」「加賀」「蒼龍」「飛龍」と飛行機二百八十機を失い、開戦以来初の大敗を喫した。米軍が日本側の通信を傍受し、暗号を解読してその動きを察知していたことは、よく知られている通りである。「エンタープライズ」「ホーネット」「ヨークタウン」の三隻の空母を主力とする米機動部隊は、ミッドウェー島周辺海域で戦闘態勢を整え、日本艦隊を待ち構えていた。

藤田さんの任務は、母艦の上空直衛だった。

「明け方、朝食を摂る暇もなく、前夜から艦隊に触接していた敵のボーイングB-17を攻撃するため発艦しましたが、敵の高度があまりにも高く、まだ私が上昇中で追いつけない間に、爆弾を投下して逃げていきました。

やがて、ミッドウェー島攻撃に向かう第一次攻撃隊が発艦するのを上空から見送った直後、モールス信号の無線電信で敵機来襲の報を聞き、指示された方角に、低空を飛んでくる双発のマーチンB－26多数を発見。追いかけたものの間に合わず、するとまた敵編隊来襲の報が入ったのでそちらの方角に向かって……」

藤田さんの目に、約二十機の敵艦上爆撃機が、五機ずつの編隊を、四段の梯型に組んで飛んでくるのが見えた。周囲を見渡すと、これを攻撃できそうな位置にいる零戦は藤田機しかいない。

「私一機でこいつらに爆撃させないためにはどうしたらいいかと考えました。そうだ、敵は斜め後ろ下がりの梯型で来てるんだから、それを、敵が一線に見える斜め上方から攻撃して弾幕をつくれば、相当数撃墜できるんじゃないかと。そう思いついて私は、機銃の発射レバーを握って遮二無二突っ込んでいった。一撃後、振り返ってみると、はたして二機が煙を吐いて編隊から脱落してゆく。同様に何度か攻撃を繰り返し、敵機が約半数になったところで味方の零戦隊も加わって、結局、急降下爆撃に入った敵機は三機だけでした。これも私が急降下しながら針路を妨害したせいか、味方艦隊への命中弾は一発もなし。ホッとしましたね」

爆撃を終えた敵機が、超低空を逃げてゆく。藤田さんが一機を追うと、その機はさかんにバンクを振っている。「俺の任務は終わったのだから、許してくれよ」と言っているようだ。藤田さんは思わず噴き出したが、そこは戦争である。かわいそうだが帰すわけにはいかないと、照準器に捉えて機銃を発射。敵機は水しぶきを上げて海面に突っ込んだ。

墜とされても墜とされても、敵機の来襲は切れ目なく続く。藤田さんは、アメリカ人搭乗員の勇敢さに内心、舌を巻いた。次に来たのは雷撃機。これも約二十機が、先ほどの艦爆と同様の編隊を組んで飛んでいる。藤田さんはまたもや斜め上方から攻撃をかけ、駆け付けたほかの零戦とともにその大部分を撃墜している。魚雷を投下できた敵機は三機のみ。だがこれらの魚雷も、味方空母の巧みな操艦で回避された。

「敵襲が一段落し、弾丸も撃ち尽くしたので着艦しました。艦橋で報告し、握り飯を待っていると、またもや敵襲。飛行甲板上に準備されていた零戦に急いで飛び乗りました。発艦直前、従兵が操縦席に握り飯を届けてくれたので一口ほおばりましたが、ちょうどそのとき、発艦の合図が出て、残りの握り飯はもったいないことですが投げ捨てて、発艦しました。指示された方位に飛ぶと、敵はまたも雷撃機。先ほどと同じような編隊で、同様の攻撃をしているうちに残りは四機だけとなり、味方の零戦のほうが多くて空中接触の危険を感じたので、あとは仲間に任せようと、味方の母艦に腹(機体下面)を見せる形で旋回した。そこへ、『赤城』の方角から飛んできた機銃弾が、私の機体に命中したんです。

カン、という音が足元でしたと思ったら、白煙が出てきて、すぐにパッと火がつき操縦席に燃え広がった。胴体の燃料タンクに命中したんでしょうな。炎除(よ)けに、絹のマフラーをひっぱり上げて顔を覆い、飛行帽の上に跳ね上げていた飛行眼鏡をかけ、不時着水しようと海面の場所を見定めているうちに、目の前にある七ミリ七の機銃弾倉に火がまわり、銃弾がパチパチ弾けだした。自分の機銃弾に当たったんじゃつまらないと思い、落下傘降下を決意して、ふたたび高度を上げて見ると、眼下に軽巡『長良(ながら)』がいる。よし、ここで飛び降りようと、風防を開けバンドを外して身を乗り出したんですが、前方からの風圧で体が後ろに押しつけられて脱出できない。そのときふと、大分空での訓練中、先輩の佐藤正夫大尉が事故に遭って落下傘降下したときの話を思い出したんです。先輩のやったように、両脚を風防の上縁にかけ、のけぞって機体の横に転がり出ました」

脱出のとき、高度計をチラッと見ると二百メートルを切っていた。落ちてゆく途中、ヒューヒューと風を切る音は聞こえるが、落下傘はヒョロヒョロ伸びるばかりで開かない。これはこの二ヵ月間、怠けて傘体のたたみ直しをしなかったため、風をはらまないのだと直感した藤田さんは、傘体を両手でつかんで思い切り振ってみた。とたんに大きなショックを感じ、落下傘が開いたと思った次の瞬間には海面に叩きつけられていた。言葉にすると長いが、ほんの数秒の出来事である。

「海に落ちてから落下傘を外そうとしましたが、水中ではこんな単純な作業も手間取るもので、海中で体を回転させて、苦労してようやく外しました。海面に顔を出し、ホッとして周囲を見渡すと、頼みの『長良』は全速力で横を通り過ぎて行ってしまいました。波は高くないがうねりがあって、底にいるときは四方は海の壁みたいだし、頂上では周囲が一望にできるようで、その差十メートルはあるように感じました。うねりに持ち上げられたとき、水平線の彼方に三筋の黒煙が見える。その付近に我が艦隊がいるにちがいないと思い、その方向をめざして泳ぎはじめました」

藤田さんは知る由もなかったが、遠望した三筋の黒煙は、被弾した「赤城」「加賀」「蒼龍」から立ち上るものだった。藤田さんが味方対空砲火に撃墜され、落下傘降下した直後、零戦隊が低空の敵雷撃機に気を取られている隙に、上空から断雲を縫うように急降下してきた敵艦爆の投下した爆弾が、「加賀」「赤城」「蒼龍」の順でつぎつぎと命中したのだ。

最初に沈んだのは「蒼龍」である。生存乗組員は午後三時までに、駆逐艦「濱風」「磯風」に移乗を終えたが、四時十二分、「蒼龍」は艦首を上げ後部から沈んでいき、八分後、水中で大爆発を起こした。柳本艦長は、艦と運命をともにした。

「加賀」は、味方魚雷で処分され、午後四時二十六分、沈没。艦長・岡田次作大佐は最初の被弾のさいに戦死した。

「赤城」は機関部には何らの損害もなかったが、鎮火の見込みがなく、夜になって艦長・青木泰二郎大佐は「総員退艦」を命じた。味方駆逐艦から四本の魚雷が発射され、翌朝、「赤城」も海面から姿を消した。

たまたま、魚雷回避のため転舵して、他の三隻と離れていたために無傷で残った「飛龍」は、ただ一隻で反撃を試みた。「飛龍」はこのとき、第二航空戦隊の旗艦で、司令官・山口多聞少将の将旗を掲げていた。

「加賀」「赤城」「蒼龍」の被弾から約三十分後の午前七時五十七分、「飛龍」は九九艦爆十八機を、六機の零戦とともに敵空母攻撃に発進させる。この艦爆隊の一部は敵空母の攻撃に成功、爆弾六発を命中させ（実際には三発）、大破炎上させたと報告したが、帰艦できたのは零戦三機、艦爆五機に過ぎなかった。

十時三十分、艦攻十機、戦闘機六機が、司令官以下の見送りを受けて発進、敵空母に二本の魚雷を命中させた。「飛龍」では、なおも残存機を集めて第三次攻撃の準備に入ったが、その準備中に空襲を受け被弾、大火災を起こし、結局、味方魚雷で処分される。山口司令官と艦長・加来止男（かくとめお）大佐は「飛龍」とともに沈み、ここに真珠湾以来、無敵を誇った日本海軍機動部隊は壊滅した。

さて、海上を漂流している藤田さんには、味方艦隊にいま何が起きているのかわからない。ライフジャケットをつけているので浮力はあるが、泳いでいるうち、身につけているものが海水を含んで重くなってくる。飛行帽、手袋、飛行靴と順に脱ぎ捨て、しまいには靴下まで邪魔になって捨てた。鱶（サメ）が気になったが、鱶は自分よりも長いものは襲わないと言われていたので、首に巻いていたマフラーをほどいて腰に結んで垂らす。ところが泳いでいるうち、海水が胸元から入って寒くなってきた。我慢できなくなって、垂らしたマフラーを手繰り寄せ、首に巻きなおす。

「鱶に食われたら仕方ないわい」

と諦めることにした。

しばらく泳いでいたが、味方の艦隊は一向に近くならない。藤田さんは、兵学校時代の遠泳で、十浬（約十八・五二キロ）を十二時間かけて泳いだことを思い出した。いま、黒煙までの距離は二十浬はある。そう考えると、いまの体力で泳ぎつくのは不可能であると悟った。

朝、昼と食事も摂らずに戦ったので、急に空腹感に襲われた。藤田さんはじたばたするのをやめ、海面に大の字になって、暖をとるため手と足の先だけを水面から出した。うねりに身を任せて青空を見上げていると、味方の水上偵察機が一機、真上を飛んだ。手を振ったが、水偵は気がつかなかったのか、あるいはうねりが高く着水できなかったのか、そのまま飛び去って行った。ふたたび静寂がやってくる。

「何もすることがないので、自分の手を見て手相を勝手に判断したり、瞑想にひたっていましたが、空腹と疲労のせいか眠くなってきました。こんなウトウトした状態で死ねたら楽だな、などと考えているうち、ほんとうに眠ってしまったようです。

墜落して四、五時間も経ったかと思われる頃、なんだか周囲が騒がしくなったので目を覚ますと、なんと『赤城』が燃えながら約千メートルのところにいる。まだスクリューが回っているのか、少しずつ動いていました。駆逐艦『野分』が『赤城』の警戒をしながら私のほうへ向かってくるので、これは助かったと思って泳いでいくと、『野分』の機銃が私を狙っているのに気づいた。首だけ出して泳いでいたら、遠目には日本人だかアメリカ人だか、見分けはつきませんからね。また味方に撃たれてはかなわんと思い、あわてて立ち泳ぎをしながら手旗信号で、『ワレソウリュウシカン』(われ『蒼龍』士官)とやったんです。やがて銃口が上がったので安心して泳ぎつき、舷側から垂らしてくれた縄梯子を上って、ようやく甲板にたどりつきました。『野分』には私の同期生が一名、水雷長と航海長として乗り組んでいましたが、そのうちの航海長が、望遠鏡で私と認めて救助を命じてくれたそうです。気が緩んだためか、一時的に記憶喪失症のようになりました。だからいまでも、戦争中のことはどうしても思い出せないことが多いんです。――これは、歳のせいかもしれませんがね」

「蒼龍」が沈んだので、藤田さんはそれまでの思い出の写真や私物をすべて失った。

航空総攻撃といわれた「い」号作戦の航空兵力は、真珠湾攻撃時より劣っていた

機動部隊の搭乗員たちは、敗戦の事実を隠蔽（いんぺい）するため、内地に還ってもしばらくは軟禁状態におかれた。藤田さんは、ほかの「蒼龍」戦闘機隊搭乗員とともに、鹿児島県の笠之原基地に送られた。だが、これまでの戦いで多くの搭乗員を失った日本海軍に、機動部隊のベテランを遊ばせておく余裕などない。ちょうど、貨客船「出雲丸（いずもまる）」として竣工予定だった船を建造途中で空母に改造した「飛鷹（ひよう）」の完成が近づき、同じく「橿原丸（かしはらまる）」として竣工予定だった姉妹艦の空母「隼鷹（じゅんよう）」とともに新たな第二航空戦隊が編成されることになった。「隼鷹」は一足先に完成し、ミッドウェー作戦の陽動作戦として行われたアリューシャン作戦に参加して帰ってきたばかりである。藤田さんら「蒼龍」戦闘機隊の多くは、そのまま「飛鷹」の乗組を命ぜられた。「飛鷹」

飛行隊長には、名指揮官との呼び声の高い兼子正大尉が着任した。

「十月、『飛鷹』はトラックに進出、ソロモン海域で艦隊の上空直衛に任じたり、ガダルカナル島攻撃に参加したりしましたが、母艦が配電盤室の火災で作戦行動ができなくなり、戦闘機隊は兼子大尉に率いられてニューブリテン島ラバウル、次いでブーゲンビル島ブイン基地に派遣されました。日本側は当初、ソロモン諸島のガダルカナルに飛行場をつくって前進基地にしようとしたが、それを米軍に奪われてしまった。それで、ガダルカナルを奪還すべく、ラバウルから航空部隊を飛ばせて、続いてブインにも飛行場を建設して、ガ島へ向かう輸送船団や陸軍部隊を空から支援していたわけです。ソロモンの戦いは熾烈を極めていましたが、基地航空部隊の戦力が足りなかったんです。それで、母艦が修理の間、飛行機隊は基地で戦ってろ、と」

「十一月十一日、艦爆隊を直掩してガダルカナル島を攻撃したときのこと、艦爆隊について急降下に入りましたが、敵機はいない。艦爆隊が急降下爆撃するのにあわせて急降下に入りましたが、艦爆はスピードブレーキを使うので戦闘機はつんのめって先に出ちゃうんですね。それで、先回りして艦爆の避退集合地点に向かうと、そこにグラマンF4Fが約五十機、待ち伏せをしてたんです。

われわれは、二〇四空の六機とあわせて零戦十八機、それで突っ込んでいきました。たちまち乱戦になり、撃ちまくっているうちに不覚にも一瞬、直線飛行してしまった。すると途端に、機体に大きな衝撃を感じ、目の前を黒い影が右から左に横切った。グラマンＦ４Ｆです。しまったと思って機体を見ると、私の零戦は機体の右側、エンジンと操縦席の間に被弾して、五十センチほどもある大穴が開いている。やがてエンジンが、爆発音とともに停止しました。幸い、火災は起きていない。見張りをしながらエンジンの再始動を試みました。燃料圧力が下がっているので、手動で燃料ポンプを突きながらスロットルレバーを動かし、必死でやっていたら高度千メートルぐらいに下がったところでやっとエンジンが始動した。

先ほど私を撃ったグラマンは、またもや後方から迫ってくる。全力を出せないエンジンで空戦するのは不利だと思い、気づかぬふりをして敵機を引きつけました。距離百メートル、そろそろ撃ってくるぞと感じたのでクイックロール（急横転）を打ったところ、敵はつんのめって私の目の前に飛び出した。二十ミリ機銃に切り換える暇もなく、七ミリ七機銃弾を浴びせたが、真後ろから撃つのでなかなか墜ちません。敵はよほど驚いたらしく、急反転して急降下で逃げていきました。しばらく追いかけましたが距離が開くばかりなので諦めて、帰投を決意しました。

約三十分ほど飛んだ頃、また爆発音がしてエンジンが止まった。航空図で不時着場を物色しながら、また前回と同様に再始動を行いました。列機が心配して寄ってくるので、大丈夫だと頷くそぶりで合図をしながら滑空し、ポンプを突いているうち、また高度千メートル付近でやっと動いた。それで高度を上げてブイン基地に向かったんですが、基地の直前でまたエンスト。こんどはついに始動せず、ブーゲンビル島の海岸線に不時着しようと思いましたが、途中で気が変わり、基地上空で脚、フラップを下げて横滑りで高度を調節しながら無事、着陸できました。ほかの飛行機の着陸の邪魔にならないよう、滑走路の端まで行って左に機首を振って停止しましたが、整備員が調べたところでは、エンジンの吸排気管に被弾し穴が開いていたようです」

空母「飛鷹」飛行機隊戦闘行動調書には、この日、藤田さんはグラマンF4F二機を撃墜し、被弾四発、と記録されている。

「飛鷹」零戦隊の基地航空部隊への応援は、十二月中旬までの約二ヵ月間にわたった。その間、十一月十四日には、輸送船団上空直衛に出撃した飛行隊長・兼子大尉が、来襲した敵機と空戦の末、戦死している。

いったん、トラックに引き揚げて訓練に努めていた「飛鷹」零戦隊にふたたび出動が命じられたのは、昭和十八（一九四三）年四月のことである。戦死した兼子大尉の後任の飛行隊長には、岡嶋清熊大尉が着任した。

すでにガダルカナル島争奪戦の勝敗は決し、日本軍は二月上旬、ガ島から撤退していた。しかも日本側は、オーストラリアへの足がかりとなるニューギニアの重要拠点、ポートモレスビーの攻略にも失敗している。敵にこれ以上の前進を許せば、やがて島伝いに北上し、日本本土を窺うことになるのは明らかである。そのため、日本軍はガダルカナル、ポートモレスビーからの敵の侵攻をなんとか食い止めようと、苦しい戦いを続けていた。

そこで、敵航空兵力に痛撃を与えて勢力を優位に持ってゆくべく、基地航空部隊、母艦航空部隊の総力を結集しての大規模な航空作戦が、山本五十六聯合艦隊司令長官の主導で始められることになった。この航空総攻撃は、いろは四十八文字の最初の一字にあやかって「い」号作戦と名づけられた。

「い」号作戦は、四月七日から十四日まで、ガダルカナル島、ニューギニア両方面に対して実施された。藤田さんはそのうち、四月十一日のニューギニア東部北岸・オロ湾の敵艦船攻撃には、指揮官・岡嶋大尉のもと「飛鷹」零戦隊第二中隊長として六機を率い、さらに四月十四日、ミルン湾の敵艦船攻撃のさいには「飛鷹」零戦隊二十機の総指揮官として、それぞれ艦爆隊を護衛して参加。激しい空戦を繰り広げている。

「あるとき、白い第二種軍装を着た山本長官が、飛行場でわれわれの出撃を見送ってくれたことがありました。このとき、エンジンを吹かし、離陸滑走しながらチラッと見た長官の、なんとも影の薄かったことを憶えています」

山本長官が、前線視察に赴いたブイン基地の直前で乗機・一式陸攻が米陸軍のP-38戦闘機に撃墜され、戦死したのは、「飛鷹」零戦隊がトラックに引き揚げた直後の四月十八日のことである。山本長官の戦死は当分のあいだ極秘とされたが、藤田さんは早い時期に、長官戦死の噂を聞いたという。

硫黄島の激戦を戦い抜き、比島では九死に一生を得て、内地で終戦を迎える

開戦以来一年半、第一線の母艦部隊に勤務し、多くの修羅場をくぐってきた藤田さんに、昭和十八年六月、ようやく内地帰還が発令される。行き先は福岡県の築城海軍航空隊だった。空母戦闘機隊の補充搭乗員を養成する訓練部隊である。ところが、ひと息つけたのもつかの間、十一月一日付で、こんどは新しく編成された第三〇一海軍航空隊の、飛行長兼飛行隊長兼分隊長を命ぜられる。三〇一空は、司令・八木勝利中佐が率い、新鋭の局地戦闘機（対爆撃機の邀撃用戦闘機）「雷電」を装備し、ラバウルに進出して戦うことを想定して横須賀海軍航空隊で編成された。ところが、当初は

「雷電」の機数がなかなか揃わない上に、やっと届いた飛行機も故障が多く、改修、整備に追われる毎日だったという。

横須賀基地で整備、訓練中の昭和十九（一九四四）年一月八日、藤田さんは八木司令の仲立ちで、妻・貞さんと結婚した。藤田さん二十六歳、貞さん二十一歳だった。

三月四日付で、三〇二空は夜間戦闘機（本来、昼間戦闘機である零戦を、特殊な訓練をほどこした搭乗員により夜間戦闘に使用する）の戦闘第三一六飛行隊（飛行隊長・美濃部正大尉）と、「雷電」の戦闘第六〇一飛行隊（飛行隊長・藤田大尉）の二個飛行隊で編成されることになった。ただ、戦闘三一六の搭乗員の多くは水上偵察機からの転科で、空戦訓練をほとんど受けていない。

そんな状況であるにもかかわらず、六月はじめ、マリアナ諸島のサイパン島に敵が来襲することが予想されると、戦闘三一六飛行隊にテニアン基地への進出命令がくだった。テニアンに進出した戦闘三一六の第一陣、零戦十機は、六月十一日、来襲した米機動部隊艦上機を邀撃、慣れない空戦で壊滅する。続いて進出するはずだった戦闘三一六主力の零戦十九機は、悪天候で硫黄島に足止めされていた六月十五日、来襲した米艦上機を邀撃するため発進したが、出撃した十八機のうち十七機を失った。

六月十五日、米軍は大挙してサイパン島に上陸を開始する。サイパンが敵手に落ちたら、日本のほぼ全土が、米軍の新型爆撃機ボーイングB-29の空襲圏内に入ってしまう。そこで、聯合艦隊司令長官・豊田副武(とよだそえむ)大将は、サイパン救援のため、横空、二五二空、三〇一空などからなる臨時編成の「八幡(はちまん)空襲部隊」に、硫黄島進出を命じた。三〇一空は、戦闘三一六飛行隊が壊滅したので、藤田さんの戦闘六〇一飛行隊が行かなければならないが、硫黄島からサイパンへ攻撃に飛ぶことを考えると、「雷電」の航続距離では無理がある。また、対戦するであろう敵機も、「雷電」が主たる対戦相手として想定している大型爆撃機ではなく、艦上戦闘機となるのは必至である。そこで、三〇一空は、せっかく揃えた「雷電」を、厚木の第三〇二海軍航空隊に引き渡し、一週間で零戦をかき集めて硫黄島に進出することになった。

「ところが梅雨前線に阻まれましてね。何度も出撃しては引き返さざるを得なかったんです。やっと硫黄島に進出できたのが六月二十五日。その前日、硫黄島は敵艦上機の空襲を受け、先に進出していた零戦隊は大きな損失を出していました。硫黄島は、島が全部火山のような殺風景なところでした。もしここを取られたら敵戦闘機が本土に来るようになりますから、なんとか守らなきゃならんと思っていたんですが」

　七月三日、四日にも硫黄島は激しい空襲を受けた。藤田さんは両日とも、邀撃戦に参加している。敵機は、藤田さんにとって初対戦となるグラマンF6Fヘルキャット。速度、運動性、機体強度にすぐれ、零戦では持て余すほどの相手だった。

「七月三日は指揮連絡がバタバタしましてね。味方レーダーの『敵編隊近づく』との報告で、各隊の零戦約百機が一斉に飛び上がり、打ち合わせ通りに低空で、北硫黄島上空の集合地点に向かい、高度をとって硫黄島上空に戻ったんですが、敵機が来ない。三十分ほど哨戒（しょうかい）飛行をして、逐次着陸したところ、全機着陸とほぼ同時に、見張所から『敵編隊来襲』との報告があり、ふたたび零戦に飛び乗って発進しました。まずは低空でスピードをつけ、集合点に向かおうとしましたが、振り返ると硫黄島上空ですでに空戦が始まっている。態勢を整える暇はありません。ただちに反転して空戦場に飛び込んで行ったんです。ところが空戦中、不覚にも敵機にエンジンと座席の中間あたりを撃たれて……。潤滑油が噴き出し、遮風板を覆って前が見えなくなったのでやむを得ず着陸しました。

この戦いで、わが隊は、約半数の搭乗員を失いました。硫黄島に進出するのに零戦を急いでかき集めたため、三〇一空は二一型と五二型が交じっていました。若い搭乗員には古い二一型を、古い搭乗員には新しい五二型をあてたんですが、空戦が終わって還ってくるのは若い連中ばかりで、それも、一機、二機と撃墜してくる。五二型で出た古い搭乗員は半数以上が還ってきませんでした。腕に自信があるから無理な戦いを挑んだのかもしれませんが、五二型はエンジン出力と速度の向上と引き換えに、空戦性能は二一型と比べ、かなり犠牲にされていましたからね」

　この日、未帰還となった零戦は、各隊をあわせて三十一機にのぼっていた。

　翌七月四日も、出撃命令が後手に回った。「父島上空敵艦上機多数、硫黄島に向かう」との緊急電で、零戦隊が夜明け前の暁闇をついて離陸すると、敵はもう硫黄島上空に達していた。高度百メートルにも達しないうちから、敵機が銃撃を加えてくる。藤田さんが敵の攻撃を避けて低空でスピードをつけ、いったん島から遠ざかりながら高度を上げ、ようやく明るくなった硫黄島上空に戻ると、島からは炎上する飛行機や燃料タンクの紅蓮の炎が立ちのぼっていた。

　出撃の混乱で、列機はすでに散り散りになっている。藤田さんはこの日が初陣の分隊長・岩下邦雄大尉を自らの二番機として搭乗割を組み、実戦の手本を見せようとしていたが、岩下機の姿も見えない。

　藤田機とはぐれた岩下大尉は、擂鉢山上空を飛ぶグラマンの四機編隊を味方と誤認して合流しようとした。機体に描かれた星のマークに敵であることに気づき、至近距離から最後尾の四番機に機銃弾を浴びせて撃墜したものの、残る三機の反撃を受け、風防と左主翼に十数発の敵弾を受ける。藤田さんが岩下機のピンチに気づいたのはそのときだった。

「やっこさん、どこに行ったと思っていたら、擂鉢山の近くで三機のグラマンに追われてる零戦が見えた。それで、助けてやらなきゃと思って駆けつけたんです。しかし、零戦五二型の旋回性能は思ったより悪く、敵を捉えられそうになっても思うように撃てない。それで、あんまり癪にさわったので、敵機の下方から自分の機の主翼端で尾翼を叩いて墜としてやろうと試みましたが、五二型は二一型より主翼が片翼五十センチ短くなっていることを忘れたために尾部に当たらず、主翼と胴体の付け根を擦っただけでした。この敵機は驚いて急降下で逃げていきましたが撃墜には至らず、戦果のないまま着陸しました」

この日、未帰還になった零戦は十二機。零戦隊が着陸するとほどなく、硫黄島は敵艦隊の艦砲射撃を受け、三つの飛行場に残存していた零戦をはじめ約八十機の飛行機は、全機が破壊された。生き残り搭乗員は、迎えの陸攻に分乗して内地に帰り、再起を期すことになった。

壊滅状態となった三〇一空は解隊され、藤田さんは、こんどは戦闘第四〇二飛行隊長となる。戦闘四〇二は第三四一海軍航空隊に属し、新鋭の局地戦闘機「紫電」で編成される部隊である。三四一空の司令は、舟木忠夫中佐だった。

「九月下旬、宮崎基地に移動しました。同じ三四一空に属する戦闘第四〇一飛行隊は先に台湾へ進出しましたが、敵機動部隊艦上機の空襲があり、邀撃に上がったのはいいが、上空ではグラマンに撃たれ、下からは味方に撃たれて全滅したんです」

ずんぐりした形状の「紫電」は、遠目にはグラマンF6Fによく似ている。スマートな零戦を見慣れた味方対空陣地の将兵の目には、敵機と変わらぬ姿に映ったのだ。両翼と胴体に描かれた日の丸が確認できればよいが、もしも敵機なら、マークを視認できる距離まで接近するともう遅い。「紫電」に対する味方の誤射は、その後もたびたび続くことになる。

「戦闘四〇一のあとをうけ、私の戦闘四〇二にも出撃命令がくだりました。沖縄に集結して、台湾沖の敵機動部隊攻撃に参加する計画です。ところが、沖縄に向かう途中で私の飛行機のエンジンが故障し、列機をつれてやむなく伊江島（いえじま）に不時着した。すぐに三番機の搭乗員をおろして飛行機を乗り換え、沖縄本島に到着したんですが、私の到着が遅いからと、一足違いで指揮官が後輩の鴛淵孝（おしぶちたかし）大尉に変更されていました。それで腹を立て、攻撃隊を見送ったあと、一刻も早く宮崎に帰ろうと飛べる飛行機を探したところ、基地に残る飛行機は全部故障していて、かろうじて一機、なんとか飛べそうな零戦を見つけました。コンパスは動かずエンジンも不調、しかも主脚が飛行中出てくるという代物でしたが、なんとか宮崎にたどり着いて。戦闘四〇二の宮崎に残っていた飛行機を集め、十月二十五日、ふたたび出撃準備が完了したので宮崎基地を出発、台湾の高雄基地を経由して、フィリピン・ルソン島のマルコット基地へ一日で進出しました」

十月二十五日といえば、レイテ島に来襲した敵上陸部隊をめぐって日米の海軍部隊が激突した比島沖海戦の敗北が決定的になり、また、爆弾を搭載した零戦もろとも敵艦に体当たりする「神風特別攻撃隊」が初めて戦果を挙げた日である。フィリピンを占領されれば敵は台湾、沖縄と兵を進めてくることが予想され、日本軍としては、艦隊決戦に敗れてもなお、一日も長くフィリピンで持ちこたえなくてはならなかった。

「連日、レイテ島へ増援する陸軍部隊を乗せた船団の上空哨戒、特攻隊掩護、基地上空哨戒などにあたりましたが、新型機の悲しさ、『紫電』の交換部品がたちまち底をつき、使用可能機は激減しました。仕方がないので、飛べない『紫電』から二十ミリ機銃をはずして、指揮所周辺に機銃陣地を構築し、低空を飛ぶ敵機を相当数撃墜しましたが、これも敵急降下爆撃機の目標にされて壊滅しました。

飛行機は足りない、敵機の空襲は激しくなる。悔しい思いでいたところに、隣のマバラカット基地に零戦十数機が空輸されてきた。私はすぐに、この零戦を分けてほしいと司令部にかけ合いましたが、これは特攻隊用だからと、にべもなく断られた。到着した零戦は掩体壕に入れられましたが、翌日の空襲で炎上してしまいました……」

しばらくして司令部より、戦闘四〇二から特攻隊員として十二名を差し出すよう命令が達せられた。

「すぐに司令部に飛んでいき、特攻隊員は全滅したのかと聞いたところ、隊員は百名以上いるがほとんどが病気であるという。伝染病が流行(はや)ったとも聞かぬし、これはどうしたことかと考えるに、特攻待機中の搭乗員の心中は、ちょうど死刑囚が刑の執行を待っているのと同じじゃないか、と。司令部にこれを話しましたが相手にされず、そのときから私は、はっきりと特攻には反対の気持ちを持つようになりました。

ただし、軍人ですから命令が出たら従わないといけない。そこで、『私の部下から十二名の特攻隊員を出すのではなく、私の隊に特攻出撃を命じてください』と頼みましたが、これも聞き入れてもらえませんでした。それで私もつむじを曲げて、舟木司令と園田飛行長に、『私は特攻隊員の人選をしません。司令と飛行長でやってください』と言い捨てて、部屋にこもってしまいました。人選が決まって、彼らを送り出すときは涙が止まらなかったですよ」

昭和二十(一九四五)年一月六日、米軍はついにルソン島への上陸作戦を開始した。フィリピンの日本軍に、飛べる飛行機はもうほとんどない。翼を失った航空隊は、ピナツボ山麓に立てこもり、陸戦隊として戦うことになった。藤田さんも、山中で敵兵と斬り合って戦死することを覚悟したが、一月七日深夜、そんな状況に変化が起きる。三四一空は飛行可能全機で中部ルソンのツゲガラオ基地に移動し、作戦行動を続行せよとの命令がくだったのだ。だが、このとき、マルコット基地で三四一空に残された飛行可能な「紫電」はわずか四機。脱出できる搭乗員は四名だけである。

硫黄島で藤田さんの部下だった岩下邦雄大尉は、同じ三四一空の戦闘第四〇一飛行隊長になっていた。藤田さんは、岩下大尉にツゲガラオへの脱出任務を譲った。岩下さんによると、藤田さんは、

「俺は開戦以来、多くの戦闘を経験し、多くの部下を失った。君はまだ若い。これからもうんと頑張ってもらわねばならぬ。俺はここに残るから、岩下、君が行け」

と、強い調子で命じた。この頃になると、藤田さんは自身の生死について達観していて、生きても死んでもどうってことない、ここで助かってもいずれ死ぬことになると考え、このまま陸上戦闘で死ぬのもやむを得ないと思っていたという。しかしほどなく、司令部より新たな命令が届いた。藤田大尉は残存搭乗員を率いてツゲガラオに移動し、台湾に脱出せよ、という。搭乗員は、地上ではたいして役に立たないが、飛

行機さえあればふたたび戦力になる。しかも、一人の搭乗員を養成するには多くの時間と手間がかかる。そう判断しての決定だった。

もはや飛べる飛行機はないから、移動手段は徒歩、あるいはトラックしかない。藤田さん以下、三四一空の搭乗員たちは、途中、ゲリラに襲われながらも数日から十数日かけてツゲガラオに移動、その後全員が内地に帰還したが、舟木司令以下の地上要員は山にこもり、圧倒的な火力を持つ米軍と貧弱な装備で交戦、凄惨（せいさん）きわまりない陸上戦闘の末、そのほとんどが戦死した。陸戦隊となった三四一空隊員は約五百名、そのうち生き残ったのは、戦闘後敵軍の捕虜となった十三名のみである。

内地に還った藤田さん率いる戦闘四〇二飛行隊の搭乗員は、第三四三海軍航空隊の指揮下に入ることとされ、愛媛県の松山基地に移動したが、まもなく、三月五日付で第六〇一海軍航空隊に所属が変更になり、茨城県の百里原（ひゃくりがはら）、千葉県の香取基地と移動、敵機の邀撃戦に参加しながら、新人搭乗員の錬成にあたった。五月一日、さらに茨城県の筑波海軍航空隊に配属替えになり、京都府の福知山基地で本土決戦に備え、戦力を温存中に終戦を迎えた。使用機は、問題の多かった「紫電」から、その欠点のほとんどを解消した新型機、「紫電改（しでんかい）」に順次更新されている。

「八月十五日、たまたま慰問に来ていた宝塚少女歌劇団月組の女の子たちが、敗戦を知ってあまり嘆き悲しむので、即興の踊りを見せて笑わせたのを憶えています。はじめから勝てる戦争ではなかった。国は敗れても、国民さえしっかりしていれば日本は必ずまた立ち上がる、そう思って、あまり悲壮な感じはしませんでしたね」

藤田さんは、飛行機を操縦して生まれ故郷である天津に渡ろうと画策するが、司令に止められ、やむなく妻とその両親が疎開していた宮崎県川渡（かわたび）温泉に向かい、しばらくの間、そこで潜伏した。真珠湾攻撃の関係者は全員、戦犯に問われるという噂が広まっていたからである。戦犯の詮議がないのを確かめて、中学時代を過ごした父の生地、大分県に帰ったのは、昭和二十年十月のことだった。

真珠湾攻撃からＪＡＬ定年までの飛行距離を換算すれば、月と地球を三往復半

伯父を頼って復員した藤田さんは、弟たちと力を合わせて掘っ立て小屋をつくり、そこに暮らしながら、戦争で荒れた畑を借りて農作業を始めた。だが、数ヵ月もすると地主の息子たちが復員してきて、せっかく手入れした畑は取り上げられてしまう。頼みの綱であった海軍の退職金も、すさまじいばかりのインフレであっという間に底をついた。藤田さんは、生活費を得るために町の臨時防疫職員に応募し採用された

が、公職追放令で解雇。昭和二十二（一九四七）年五月、海軍兵学校の同期生・山本重久さんの紹介で、旧陸軍払い下げの戦車を使っての開墾を業とする大分市の会社に就職するが、これも半年ともたずに退社。同年十二月、中学時代の縁故を頼って別府市にある土建業会社に就職。労務係として現場、営業、帳場の仕事に携わり、土建業の勉強もしたが、ここも長続きせず、九ヵ月後、社長が負債をかかえて夜逃げしたことで会社が解散してしまった。

藤田さんが次に就職したのは、後藤組という土建会社である。昭和二十三（一九四八）年十月のことだった。仕事は、トラックの上乗りなどをする肉体労働である。ここでは、土木作業のため、占領軍の別府キャンプにたびたび通うことになる。

「当時、キャンプ内で働く日本人の給料は一般とくらべて桁違いによく、労働者の憧れの的でしたが、私は、元敵兵のいるキャンプでなんか、死んでも働くまいと思っていました。ところがその頃、人の借金を一部肩代わりする羽目になり、また子供ができたあと妻が栄養失調になったので、やむなく米軍キャンプに、知人を介して機械工として雇ってもらいました。技術隊の隊長に面接に行ったとき、はじめに前歴をはっきり言った方がよいかと思い、『私は元海軍少佐で、戦闘機パイロットである』と言ったら、率直な態度が気に入られたのか、ただちに採用されました」

別府キャンプでは、土木機械の運転をするセクションに配置されたが、兵学校で習った英語が役に立ったという。

昭和二十五（一九五〇）年、朝鮮戦争が始まると、別府キャンプも慌ただしくなり、藤田さんたち日本人労働者は、朝から夜十時まで、土木機械の貨車積みなどの作業に追われた。

「米軍の苦戦が伝えられ、このままでは共産主義勢力が日本に及ぶのではないかという心配があって、みんな愚痴もこぼさずに協力しました。ちょうどこの頃、風の便りで、日本人が飛行機に乗っているらしい、自衛隊ができて、やがて空軍もできるらしいと聞きました。終戦以降、日本人は飛行機を持つことも操縦することも禁じられていたから、この噂には驚きました。こんな田舎で仕事に追われている場合ではない。そう思って、矢も楯もたまらず上京を決意したんです」

昭和二十五年十月、米軍キャンプを辞めて上京。妻の実家の世話になりながら、まずは生活の糧を得るため横浜原田組という港湾作業の会社に就職、陸上運送部門に勤めた。さらに同社の運送部門を母体に運送専門の新会社を興すことになり、藤田さんも発起人の一人として名を連ね、横浜運輸産業という会社を設立する。

「その頃、日本航空が設立され、民間航空輸送の営業を開始しましたが、パイロットは全員アメリカ人でした。昭和二十七（一九五二）年、会社が米軍がらみの仕事で詐欺に遭い、たちまち経営が行き詰まって……。給料がもらえず、妻の内職に頼るようなありさまで、進退窮まって自衛隊の前身である警察予備隊の試験を受けたんですが、不合格とされてしまった。

この年の九月、新橋税関に仕事で行ったとき、海兵同期の黒田信君、薬師寺一男君とばったり会って、喫茶店でよもやま話をしたんですが、このとき薬師寺君から、日本航空が乗員の募集をしているという話を聞いたんです。彼も受験する予定だったが、自衛隊に入ることになったので、私に代わりに受けてみないか、と。その足で新橋にあった日航本社を訪れ、松尾静磨専務に面会を求めました。お話を聞いて翌日、ふたたび日航本社を訪ね、松尾専務に願書と履歴書を渡したんですが、松尾さんは私の履歴書を見て、飛行時間が足りないという。飛行時間二千五百時間とあるが、今回の募集は三千時間以上としてあるから受験資格がない、と。これは私としては心外で、同期で大型機の者は五千時間乗っているし、戦闘機は一回あたりの飛行時間が短いから、離着陸の回数なら誰にも負けない、などと食い下がりましたが、聞いてもらえない。それから七回、計十度にわたって面会し、頼んでみたけどダメでした」

待ちに待ったパイロットへの門が閉ざされたかに見えたが、十一回めに松尾専務に面会したさい、藤田さんは最後の手段に出る。

「二千五百時間ではどうしてもダメですか、と念を押すと、松尾さんは『そうだ』と言う。では私の履歴書を返してくださいとお願いして、渡された履歴書の飛行時間の二千五百にペンで線を引き、その上の空白部分に三千二百と書いて、『これならよいでしょう』と言ったんです。睨み合うこと数分、ついに松尾さんは笑い出し、『お前には負けたよ。受験しなさい』と言ってくれました」

入社試験の最終面接では、日航の柳田誠二郎社長も同席した。海軍戦闘機隊の生き残りとあって、日航の重役たちもその点には興味があるらしく、話題はもっぱら戦時中の話だったが、最後に面接官の一人が、

「君は単発の戦闘機にばかり乗っていたようだが、旅客機の操縦ができるのか」

と訊いてきた。藤田さんはすかさず、

「皆さんがおやりになるなら私にだってできますよ」

と答えた。藤田さんは続けた。

「私は戦争で人生が終わったものと思っていますので、これから日本航空で余生を送らせてください。また、実戦の体験からすると、私はハワイ空襲にも参加した骨董品みたいなものです。日本航空ともあろう会社が、こんな骨董品の一つや二つ、持って

いてもよろしいのではありませんか」

ここで面接官一同、大笑いしたという。やがて、採用通知が来たときはほんとうに嬉しかった、と、藤田さんは述懐する。

昭和二十七年十月、仮採用として日航に入社した藤田さんは、郵政省の航空級無線士の資格をとり、続いて運輸省の三等航空通信士の資格をとった。十一月、本採用となると、無線士の資格で飛行機のコックピットに乗務するようになる。その時点で、パイロットはいまだ全員がアメリカ人である。

「なまじ英語がわかるばかりに、彼らが日本人の悪口を言うのを黙って聞いている、屈辱の日々でした」

やがて、日本人もパイロットとしての訓練が始まる。昭和二十九（一九五四）年五月、藤田さんは運輸省の定期運送用操縦士の技能証明を取得。ダグラスDC－4の副操縦士となった。

「副操縦士としてアメリカ人の操縦を観察したのは興味深い経験でした。彼らの見張り能力が低いことは、戦闘機育ちの私にとってもっとも気になるところでした。上空で、ほかの飛行機を発見するのにも、私と彼らとでは三秒以上の差がある。これは、もし空戦なら――そんなこと言ってもはじまりませんが――致命的な遅れです。当時のわれわれ日本人パイロットは、副操縦士ではありますが、自分の飛行機を飛ばせているという気概があった、戦争を生き残った猛者(もさ)がほとんどでしたから、機長の調子が悪いと見るや、自分が操縦桿(かん)を握ることもありましたよ」

昭和三十（一九五五）年十月、藤田さんは、三十八歳の誕生日を目前に控え、ついにDC－4の機長になった。

「じっさいに自分が機長となって飛んでみると、大勢の乗客の命を預かり、会社からは高価な飛行機を委ねられた責任の重みが、両肩にズッシリと感じられます。戦闘機なら、いざというときは自分が一人死ねば済んだが、旅客機はそうはいかない。戦争とは全然違う緊張感がありましたね。ただ、まだ便数が少なく、時間に余裕もあった時代ですから、空を飛ぶ爽快感も存分に味わうことができました」

昭和三十二（一九五七）年八月、藤田さんはダグラスDC－6Bの機長となり、東南アジア線（東京―香港―バンコク―シンガポール）を飛ぶようになった。はじめての国際線である。翌年、最後のレシプロ旅客機DC－7が就航。この飛行機は東京―ホノルル間の直航が可能だったが、エンジンがデリケートでよく故障した。そして昭和三十五（一九六〇）年、日航はジェット旅客機ダグラスDC－8を購入する。藤田さんがDC－8の機長になったのは昭和三十七（一九六二）年のことである。

藤田さんは日航の第一主席操縦士を務め、さらにローマ駐在主席乗務員などを経て、昭和四十五（一九七〇）年十一月、日本人として初となるボーイング747（ジャンボジェット）の機長となった。

「DC－8はクセがあって操縦しやすい飛行機ではなかったけど、747は素直な、乗りやすい飛行機でした。零戦とジャンボ、大きさは全然違いますが、どちらも着陸がしやすくて、操縦感覚には不思議に共通するものがあったんです。ジャンボ機では、一年半、北回りのヨーロッパ便を専門に飛んで、さすがに体に応えたので、その後は国内線や香港便を主に受け持ちました。昭和五十一（一九七六）年、定年を迎えましたが、特別運航乗務員として六十歳まで飛ぶこととなり、昭和五十二（一九七七）年十一月一日、満六十歳になったときに飛行機を降りました。

最後のフライトを終えたときは、もう十分、やりたいだけのことをやったと満足でした。一万八千三十時間、存分に空を飛べたんですから。子供の頃からの夢を全うできて、ほんとうに幸せだったと思っています。飛行機を降りて、肩の荷がすっかり軽くなった気がするとともに、ふたたび飛びたいという気持ちが少しもないことに気づきました。それだけ、燃焼し尽くしたってことですかな。換算すると、月と地球を三往復半したことになります。これだけ飛べば、気が済みますね」

藤田さんは、昭和五十三（一九七八）年、全国の元零戦搭乗員が結集し、相生高秀氏（元中佐）を代表世話人（会長）として「零戦搭乗員会」が結成されるとその世話役になり、二代目の代表世話人・周防元成氏（元少佐、空将）が昭和五十六（一九八一）年に急逝したのをうけて、三代目の代表世話人に就いた。以後、平成四（一九九二）年、癌をわずらい、後を海兵の先輩である志賀淑雄氏（元少佐）に託して退任するまでの十一年間、生き残り海軍戦闘機搭乗員の「顔」であり続けた。

いっぽうで、藤田さんは自分自身のことをあまり語らない人だった。インタビューには快く応じるし、けっして口が重いわけではないが、たとえばフィリピンで、米軍の迫るマルコット基地から飛行機で脱出する機会を後輩の岩下大尉に譲った話などは、岩下さんが語らなければ、藤田さんから聞くことはなかったし、戦争中、亡父の遺産をそっくり寄付して戦闘機を一機、海軍に献納したという、一部の元海軍関係者のみが知る事実についても、藤田さん自らが語ることはなかった。「報国号」と呼ばれる、企業や団体、個人からの献納機は千七百〜千八百機にのぼるとされているが、当事者である戦闘機搭乗員が個人で献納したのは、藤田さんが唯一である。

「幾度となく死に直面して奇跡的に切り抜けてくると、自分なりの死生観が出てきました。また、何度も修羅場を生き残った者として、宗教観のようなものも出来上がったと思います。自分の上に、人間を超越した何か大きな力のようなものがあり、われわれはこの力の指令によって生きたり死んだりする。ある人はこれを運命と呼び、宗教家はこれを神といい、仏と称していますが、私は早くに失った両親の霊であると信じてきました。危機に直面したとき、生死は父母の霊に任せ、冷静に最後まで諦めずに最善を尽くす。これが私の信念といえば信念でしたね」

晩年、藤田さんは、訪ねる人も稀（まれ）な静かな自宅で、一人時間を過ごすことが多かった。「零戦搭乗員会」が、若い世代が事務局を運営する「零戦の会」に改組した平成十四（二〇〇二）年以後は、「零戦の会」の役員の一人が世田谷区の自宅近くで経営するワイン店に、息子さんに連れられて時折立ち寄っては、やはり近所に暮らす海兵のクラスメートで戦闘機乗りだった日高盛康さんと会うのを楽しみにしていた。

平成十七（二〇〇五）年、このワイン店に、日高さん、後輩の岩下邦雄さん、新庄浩さん（元大尉）、土方敏夫（ひじかたとしお）さん（同）、鈴木英男さん（同）、山口慶造さん（元飛曹長）ら元零戦搭乗員と若い世代が集った宴席に顔を見せたのが、公の場に藤田さんが姿を見せた最後となった。

体調が思わしくない藤田さんは、会の途中で席を立ったが、帰り際、

「それでは藤田さん、何かお言葉を」

とのリクエストに、一呼吸おいて、

「諸君、空はいいぞォ！」

と言い、まるで少年のような笑みを浮かべた。大きな、張りのある声だった。

平成十八（二〇〇六）年十二月一日、死去。享年八十九。通夜は十二月七日、告別式は同八日、奇しくも真珠湾攻撃から六十五年の節目の日に、近親者のみで執り行われた。藤田さんの死で、あの日、真珠湾の夜明けを見た零戦の士官搭乗員は、一人残らずこの世を去った。

藤田怡與藏（ふじた　いよぞう）
大正六（一九一七）年、中国・天津生まれ。昭和十（一九三五）年、海軍兵学校に六十六期生として入校。卒業後は戦艦「金剛」乗組、飛行学生を経て戦闘機搭乗員となる。空母「蒼龍」戦闘機隊小隊長として真珠湾攻撃、ウェーク島攻略作戦、印度洋作戦、ミッドウェー海戦に参加。ミッドウェー海戦では味方空母の対空砲火に撃墜され、海面を漂流、九死に一生を得る。その後、空母「飛鷹」戦闘機分隊長としてソロモン航空戦、三〇一空戦闘六〇一飛行隊長として硫黄島上空邀撃戦、三四一空戦闘四〇二飛行隊長としてフィリピン航空戦を戦い抜き、筑波空福知山派遣隊で終戦を迎えた。海軍少佐。戦後、日本航空に入社、日本人初のボーイング747（ジャンボ）機長となり、昭和五十二（一九七七）年、六十歳で退社するまで世界の空を飛び続けた。総飛行時間は一万八千三十時間。退職後は、元海軍戦闘機搭乗員で組織する零戦搭乗員会の代表世話人（会長）を務めた。平成十八（二〇〇六）年十二月一日歿。享年八十九。

真珠湾攻撃で自爆した飯田房太大尉（左から２人め、こちらを向いている人物）。
昭和 16 年、鈴鹿海軍航空隊に近い三重県の白子駅でのスナップ。撮影・日高盛康

空母「蒼龍」。昭和12年12月完成。基準排水量１万５９００トン、全長２２７・５メートル、搭載機72機という本格的な正規空母だった

零戦二一型。大戦初期、運動性能にきわめてすぐれ、連合軍機を圧倒したのはこの二一型である。反面、エンジンがやや非力で、そのことが改良を急がせる結果となった

第一種軍装の藤田さん。時期不明だが、大尉の階級章と服装から昭和18年末から19年はじめの三〇一空飛行隊長の頃と思われる

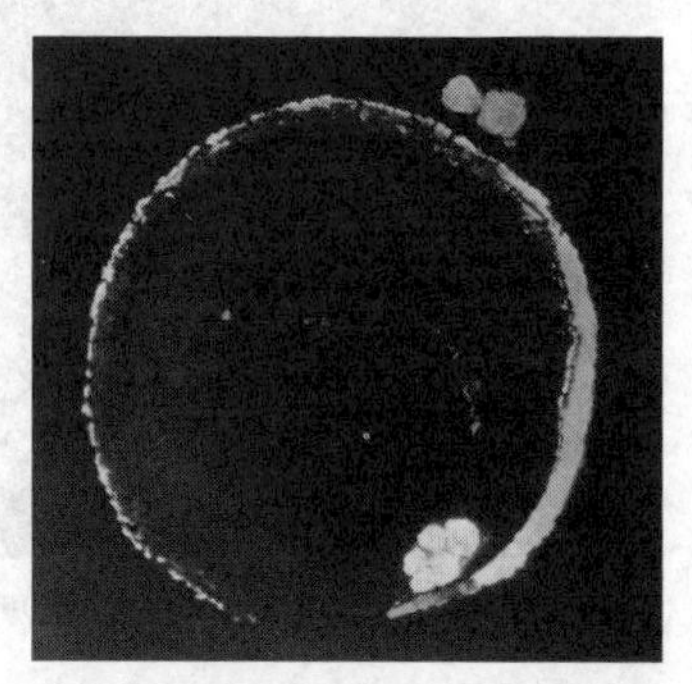

昭和17年6月5日、ミッドウェー海戦で敵機の攻撃を受ける空母「蒼龍」(米軍撮影)

米軍機の空襲を受ける硫黄島(昭和20年2月17日、米軍撮影)

昭和 39 年、皇太子ご夫妻（当時）搭乗機の機長を務める

平成 17 年、「零戦の会」の集いで。前列中央右寄りが藤田さん。藤田さんの右は、海兵同期の日高盛康さん（少佐）、その右は予備学生 13 期の土方敏夫さん（大尉）。藤田さんの左は、海兵の後輩（69 期）で硫黄島、フィリピンでともに戦った岩下邦雄さん（大尉）。岩下さんの斜め左後ろは予備学生 13 期の鈴木英男さん（大尉）、岩下さんの左に、乙種予科練 13 期の山口慶造さん（飛曹長）、海兵 72 期の新庄浩さん（大尉）

第五章

宮崎（みやざき） 勇（いさむ）

空戦が「怖（おそ）ろしくなった」という言葉に込められた思い

昭和15年11月、霞ケ浦
海軍航空隊にて

欧州への遠洋航海も含めた四年半の水兵生活を経て、飛行練習生となる

戦後三十三年が経った昭和五十三（一九七八）年十一月、愛媛県松山市で酒店を営んでいた宮崎勇さんのもとへ、NHK松山放送局から電話がかかってきた。

「沈没した戦闘機を、愛媛県城辺町（現・南宇和郡愛南町）の久良湾の底、水深四十メートルで撮影しました。ぜひフィルムを見てください」というのである。

宮崎さんは元海軍戦闘機搭乗員である。戦争末期には、松山基地に本隊を置き、局地戦闘機「紫電改」を主力兵器とする第三四三海軍航空隊（三四三空）の一員だったが、戦後長い間、人に戦争体験を話したこともなければ戦友会に出席したこともなかった。NHKは、当時の関係者を虱潰しに当たるなかで、宮崎さんにたどり着いたのだという。

同じく元三四三空の搭乗員で松山市在住の磯崎千利さんとともにNHKに出向くと、画面に映し出されたその飛行機は、まぎれもなく「紫電改」であった。宮崎さんは、数年前に大病を患い、生死の境をさまよったばかりで、いまだ体調は思わしくなかったが、こののち、磯崎さんとともに、地元在住の関係者として、報道各社の応対

や遺族などへの連絡に追われることになる。

機体は、翌昭和五十四（一九七九）年七月十四日、搭乗員の遺族や関係者、大勢の報道関係者が見守るなか、引き揚げられた。

海面に姿を現した「紫電改」には貝や海藻がびっしり付着しており、歳月を感じさせたが、よほど上手に不時着水したらしくほぼ原形をとどめており、主翼には、まだうっすらと日の丸が見てとれる。船上に並んだ遺族の間から、いっせいにすすり泣きの声がもれた。宮崎さんは、遺族と同じ船の上でその模様を見守りながら、

「ああ、このときのために神が自分を生かしておいてくれたんだな」

と、深い感動をおぼえたという。

宮崎さんは、昭和十七（一九四二）年十一月、第二五二海軍航空隊の一員としてラバウルに進出して以来、ソロモン、ニューギニア、マーシャル、硫黄島、フィリピンと激戦地を転戦、三四三空で終戦を迎えるまで、一度も教員、教官配置に就くことなく、第一線で戦い続けた。

宮崎さんと初めて会ったのは、平成七（一九九五）年秋のこと。宮崎さんは七十六歳、すでに松山の自宅を引き払い、大阪府堺市に奥さんと二人で暮らしていた。

　それまで、元零戦搭乗員と会うなかで、宮崎さんの噂はいろいろ聞かされている。

「割れ鐘のような大きな声で、茶碗酒をぐいぐいあおる。すごい迫力で、鬼瓦(おにがわら)のようなおっかない先任搭乗員だった」

　という声があるかと思えば、

「怖い人だぞ、失礼があっちゃだめだぞ」

　と、脅かしともつかないアドバイスをくれた人もいた。宮崎さんは、いまは目を悪くしているらしかった。

　その日は雨が降っていた。午後一時の約束だったので、十二時四十分に、阪堺(はんかい)電車の最寄りの停留所に着くと、柿色のシャツにジャンパーを羽織(はお)った、七十歳代とおぼしき大柄な男性が傘を差して立っている。ピンと伸びた背筋、度の強い分厚い眼鏡
――宮崎さんだった。

　驚いて初対面の挨拶をする私に、

「ウチはここからすぐなんやけど、わかりにくいけん」

　と、宮崎さんは、いかつい面立(おもだ)ちをほころばせて言った。それから何度もインタビューの機会を得たが、宮崎さんは、確かに声は大きいし、豪放な印象で、一見荒っぽい風貌ながら、じつに繊細で心遣いの細やかな人だった。

宮崎さんは、大正八（一九一九）年十月、広島県呉市に生まれた。父は呉海軍工廠に勤めていた。小学校に上がる頃、父の生家のある香川県に移り住んだが、県立丸亀中学校一年のとき、善通寺の練兵場でアメリカ人の曲芸飛行団の飛行ショーを見て以来、飛行機に憧れをいだくようになったという。そして、父の仕事や海軍士官を父に持つ同級生の影響などもあって海軍を志願、中学校を三年で中退して昭和十一（一九三六）年六月一日、佐世保海兵団に四等水兵として入団した。飛行機に憧れながら、予科練ではなく水兵への道を選んだのは、難関の予科練を受けて失敗するより、まずは海軍で勉強して、内部から選抜試験を受けたほうがよいと考えたからだった。

同年十一月、海兵団での基礎教育を終え、三等水兵に進級すると、宮崎さんは軍艦「磐手」乗組を命ぜられる。「磐手」は、明治三十四（一九〇一）年、イギリスのアームストロング社で建造された装甲巡洋艦で、日露戦争に参加したのちは旧式化のため練習艦として使われていた。

昭和十二（一九三七）年度の練習航海では、「磐手」は僚艦「八雲」とともに海兵六十四期生を主とする候補生たちを乗せ、内地巡航で上海、大連などをまわった後、ヨーロッパへ遠洋航海に出発した。内地巡航から数えると、約半年におよぶ長丁場の航海である。

「台湾、フィリピン、サイパンからインド、セイロン（現・スリランカ）を経てヨーロッパに向かうんですが、確かボンベイに入港した晩に、支那事変（日中戦争）がはじまったんです（七月七日、盧溝橋事件発生）。それで、引き返すのかと思いましたが、そのまま航海を続けてスエズ運河を通り、エジプトのカイロに寄ってピラミッドを見たりして、地中海を通ってあちこち寄港しながらフランスまで行きました。

一回入港したら、四、五日はそこに滞在します。そのうち一日は艦の燃料の石炭搭載で、候補生もわれわれも大変な重労働になるんだけど、あとは半舷上陸といって、乗組員の半分ずつ上陸できるわけですよ。

あのときは、日本はすでに国際聯盟も脱退していたし、陸軍が支那（中国）に戦争をふっかけたばかりだったのに、どこへ行っても歓迎してくれました。市民もみんな好意的でね。なかでもローマとギリシャが印象的でした。ローマから汽車でポンペイに行って、掘り起こした遺跡も見てきましたしね。とにかく新兵の頃に世界を見せてもらえたというのはほんとうによかった。大きな刺激になりました」

遠洋航海から帰国した宮崎さんは、昭和十二年十一月、二等水兵に進級。水上機母艦「千歳」乗組を経て、昭和十三（一九三八）年十一月には一等水兵、さらに軽巡洋艦「長良」乗組ののち、昭和十四（一九三九）年十月、海軍航海学校の普通科練習生になる。航海学校では操舵を勉強し、昭和十五（一九四〇）年五月、練習生教程を卒業すると、こんどは砲艦「熱海」乗組を命ぜられた。

「熱海」は、揚子江で作戦を行うために建造された河用砲艦（内火艇）で、その性格上、吃水がきわめて浅く、基準排水量二〇五トン、武装は八センチ高角砲一門に七・七ミリ機銃五挺、乗組員五十四名という小さな艦だった。

「ここでは内火艇に乗って、揚子江の上流から流れてくる機雷を処理するのが私の仕事でした。船の両側に出した防雷具に機雷をひっかけて、溜まったやつを二日か三日に一回、爆破処分するんです。機雷を爆破すると、その衝撃で魚がいっぱい浮かんでくるので、陸軍さんが楽しみにして魚をとりに来ていました。

毎日、その仕事に明け暮れてたんですが、あるとき、大尉の先任将校に呼ばれて、ミヤ、お前、飛行機に乗りたいんなら操縦練習生の試験を受けてみんか、と。通信長も――この人はかつて操縦練習生を途中で罷免された人だったんですが――自分の果たせなかった夢だからと応援してくれた。

でも急な話だし、勉強もしてないし、どこで受けるんですか、と訊くと、ここで受けろと言う。試験問題を取り寄せてあったんですね。艦隊勤務、外地勤務の多い海軍では、各術科学校の試験を、時間を定めて出先で受験することができたんです。で、試験を受けた。すると、案の定、わからん問題がようけある。解けずにいたら、先任将校と通信長が部屋に入ってきて、雑談を始めた。あれはこうだな、とか、これはああだな、とか、よく聞いてみると、それは問題の答えだったんですよ。おかげでもちろん満点でした。それですぐに、第二期丙種飛行予科練習生採用予定者として、茨城県の霞ケ浦海軍航空隊に来い、となったわけです」

昭和十五年十一月、揚子江から船を乗り継ぎ、長崎からは汽車に乗り、二週間がかりで霞ケ浦に到着した宮崎さんは、適性検査にも合格し、晴れて搭乗員としての第一歩を踏み出した。宮崎さんはこのとき、下士官である三等兵曹に進級している。

土浦海軍航空隊での予科練習生課程を経て、第十二期飛行練習生として百里原海軍航空隊へ。ここで中間練習機の操縦訓練を受け、こんどは大分県の宇佐海軍航空隊で艦上爆撃機操縦員としての訓練を受ける。昭和十六（一九四一）年十一月、飛行練習生卒業と同時に戦闘機に転じ、横須賀海軍航空隊（横空）に転勤を命ぜられた。

横空は、海軍でもっとも古い歴史をもつ航空隊で、海軍航空の総本山でもある。実戦部隊であると同時に、各種飛行機の実用実験、航空戦技の研究を主な任務としており、その性格上、海軍でも選りすぐりの優秀な搭乗員が揃っていた。

宮崎さんはここで、海軍きっての名パイロットの一人である樫村寛一一飛曹の猛烈な指導を受けることになる。樫村一飛曹は、三空曹だった昭和十二年十二月九日、中国大陸の南昌上空で敵戦闘機と空中衝突、片翼を失いながらも巧みな操縦で帰還したことで一躍全国に名をとどろかせた、国民的英雄である。

「樫村さんは、同じ丸亀中学の先輩なんです。もう一人、四国出身の同期生・鎌田哲夫と二人で呼び出されて、『お前らはわしの二番機、三番機。これからわしがじっくり仕込んでやる』と、それから猛訓練がはじまりました。

単機空戦の訓練は一人十五分。戦闘機の機銃は前に向かってついているので、相手の後ろについたほうが勝ちですが、はじめたとたんに樫村機が見えなくなる。気がついたら後ろにピッタリついているんです。何べんやっても同じこと。どうしてやられたのか、樫村さんがどんな操縦をしたのか、さっぱりわからん。技倆の差とはおそろしいもんです。

それで着陸したら、樫村さんは象牙のパイプに火をつけながら、何時何分に離陸した？　高度何メートルで何時何分に空戦をはじめた？　そのとき太陽はどっちにあった? 飛行場の位置は? 待ってる鎌田はどこにいた? ……と、矢継ぎ早に質問を浴びせてくる。こっちは上がって空戦訓練をやるだけで精一杯で、そんなことは何ひとつ覚えてない。怒鳴られてはベソをかく日が続きました。

のちに三四三空で一緒になった鴛淵孝中尉たちが飛行学生を卒業して、昭和十七年の六月から八月にかけての一時期、横空にいたんですが、われわれが空戦訓練を終えて着陸すると、鴛淵さんが、『おい、ミヤちゃんが帰ってきたぞ。かわいそうだから外に出てよう』と、みんなを誘って出ていってくれるんです。人前で怒られるのはたまらんから、あれは嬉しかったですねえ。

鎌田と、もちろん冗談だけど、『おい、あいつを叩き殺してわしらも死のか』『ほんまじゃな、情けないのう』なんて言いながら一年近く、その間にはこちらの技倆も上がってきて、何回かに一回は後ろにつくことができるようになっていました」

宮崎さんが猛訓練に励んでいた昭和十七(一九四二)年四月十八日——。

この日、午前六時半頃、東経百五十五度上、日本本土太平洋岸からおよそ七百浬(約千三百キロメートル)の哨戒線に配備されていた監視艇「第二十三日東丸」が、空母二隻(ホーネット、エンタープライズ)をふくむ米機動部隊を発見、

〈米軍飛行機三機、更ニ米空母二隻見ユ、北緯三十六度東経百五十二度十分〉

との報告を打電後、消息を絶った。

この米機動部隊は、明らかに日本本土攻撃を企図しているものと思われたが、海軍軍令部では、敵艦上機の航続距離からいって米軍機による空襲は翌十九日になるものと判断、陸攻隊と零戦隊による米空母攻撃の準備を整え、待機に入らせた。

まだ敵機が来るとは思えないが、十八日午前、横空は敵襲に備えて三機の零戦を発進させる。搭乗員は樫村寛一一飛曹、五日市末治二飛曹、そして宮崎さんである。

「敵機が来るかもしれない、というのははっきりしていましたが、空母から発艦するわけだから、来るのは艦上機、という思い込みがあったんです。出発する前に飛行長から、『いま、海軍機で飛んでいるのはお前たちだけだ。ただし、味方陸軍の双発戦闘機が二機、試飛行をしているから気をつけろ』と注意を受けました。

それで、高度四千メートルで哨戒中、なるほど双発機が二機、飛んでいるのが見えたから、あれが陸軍機だな、と。ところが、横浜の本牧(ほんもく)岬の高射砲陣地がそれに向かってポンポン撃ちだした。あれれ、味方機をまちがえて撃っとるぞ、と思い、基地を無線電話で呼び出してみるけど、ガーガーピーピーという雑音ばかりで何も聴こえない。横須賀のドックでは、艦(空母『龍鳳(りゅうほう)』に改造中の潜水母艦『大鯨(たいげい)』)に火災が発生し、黒煙が上がっているし、おかしいと思ったんですが……」

　宮崎さんたちの見た双発機は、日本陸軍機ではなく、米空母「ホーネット」を発艦したノースアメリカンB－25ミッチェル爆撃機だったのだ。

　日本側は、敵空母から発艦してくるのが、まさか米陸軍の双発爆撃機であるとは予想もしなかった。それは、日本人の発想にはあり得ない戦法だった。

　米艦隊は十八日夜、日本本土に五百浬（約九百二十六キロ）の距離まで近づいてから攻撃隊を発艦させる予定だったが、日本の監視艇に発見されたために予定を変更し、午前中に六百五十浬（約千二百キロ）の遠距離から、ジェームス・H・ドゥーリットル陸軍中佐の率いるB－25十六機を発艦させたのである。

　米爆撃隊は、日本本土を襲った後、機首を南西に向け、日本列島南岸沖を飛んで中国大陸に不時着することになっていた。母艦に帰ることが最初から想定されていない決死的な作戦である。爆撃隊を発進させた米機動部隊は、日本側航空部隊の捕捉圏内に入ることなく、そのまま踵（きびす）を返して一目散に引き揚げていった。

「とにかく状況がわからんので基地に着陸すると、『あの双発機はアメリカ機だ！』

　びっくりしてふたたび発進しましたが、もう間に合いませんでした。そのうち、よその部隊の戦闘機も上がりだしたけど、あとの祭りでした。あれは悔しかった。味方の双発機が飛行中、なんて聞かされていなければ、あのまま追いかけて必ず撃墜できたのに。Ｂ－25というのは、のちにマーシャル諸島で戦っていたとき毎日のように空襲に来ましたが、必ず墜とせる飛行機なんです。残念でたまらんかったですよ」

この空襲による日本側の損害は、東京、川崎、横須賀、名古屋、四日市、神戸の広範囲にわたり、死者八十八名、重傷者百五十四名、家屋全焼百三十六、半焼五十九、全壊四十二、半壊四十に達した。その他に「大鯨」の被弾などもあって、少数機による空襲の被害としてはけっして小さなものではない。

大本営は「損害は軽微」と発表したが、この空襲が敵味方の物心両面に与えた影響は、計り知れないほど大きかった。帝都・東京に空襲を許した上に一機も撃墜することのできなかった陸海軍の面目は丸つぶれの形になった。

二度にわたって空戦で被弾、不時着し、鱶にも食われなかった強運の持ち主

昭和十七（一九四二）年十月、いよいよ宮崎さんにも転勤命令がきた。行き先は第二五二海軍航空隊。元山海軍航空隊から戦闘機隊が独立して改称した航空隊で、司令は柳村義種大佐、飛行長・舟木忠夫少佐、飛行隊長・菅波政治大尉。木更津基地で訓

練の上、ラバウル方面に進出することになっていた。

「ある日、隊長の菅波大尉が横空に来られました。二五二空を編成するために人を集めてまわってたようです。それで、われわれの訓練を見て、『あの樫村が連れてる二人、宮崎と鎌田を列機にもらえんか』と言ってきた。

　飛行長の花本清登(きよと)少佐は、いままで苦労して育ててきて、これから飛行実験に使うのに、とその場はことわったらしいですが、われわれを呼んで、『大事に使うと言うとるが、行きたいか』。私は、同期生ももうみんな戦地に出てるし、行きたいです、と答えたら、すぐ木更津基地に来い、となったんです」

　転勤が決まると、樫村一飛曹は宮崎さんと鎌田さんを呼んで、

「横空には日本一の搭乗員が揃っとる。お前たちは、そのなかでこそまだまだと思うかもしれんが、よそに行ったら誰にも負けん。自信もって行け！」

　と激励した。そして、

「敵機を撃つ前には必ずもう一度後ろを見ろ」

「深追いは絶対にするな」

　と、実戦での注意をこまごまと与えた。

「厳しかったけど、戦場に出る前にあれだけ鍛えてもらえて、ほんとうによかった。

私が生きているのは樫村さんのおかげですよ」

と、宮崎さんは言う。

転勤の直前、樫村一飛曹と並んで海軍戦闘機隊の名パイロットとして知られた羽切（はきり）松雄（まつお）飛曹長から指名され、宮崎さんと鎌田さんが列機について、夜間飛行の訓練に上がったことがある。

「羽切さんが一番機、私が二番機、鎌田が三番機で離陸しました。真っ暗で、どっちが上やら下やら、それさえわからない。一番機の翼端灯だけが頼りです。ところが、しばらくそのまま飛んで、目が暗闇に慣れた頃、羽切さんがスーッとランプを消してしまった。太平洋のほうへ出たと思ったら、羽切機がどんどんスピードを上げだした。離されないようついていったら、そのままキューッと機首を上げて、夜間の編隊宙返り。無灯でですよ。こんなの、いままでやったことなかったから、必死でした。三回連続で宙返りして、羽切さんがまた翼端灯をつけて、着陸すると、『オ、お前たち、いつでもどこでも行けるな。大丈夫だ』と。やっぱり戦地帰りは違うな、と思いました。これも自信になりましたね」

昭和十七（一九四二）年十月三十日、二五二空の主力は空母「大鷹（たいよう）」に便乗し、南太平洋・ビスマルク諸島のニューブリテン島北東部に位置する日本陸海軍の拠点ラバウルへと向かった。八月七日、米軍によるツラギ、ガダルカナル上陸にはじまったソロモン諸島の戦闘はいよいよ激しさを増している。これまでラバウルからガダルカナルへの出撃を繰り返し、戦力を消耗した台南海軍航空隊が、第二五一海軍航空隊と改称して内地に帰還することになり、交代に二五二空が出陣したのである。十一月九日、ラバウルに到着した二五二空はそのまま、台南空が使っていた宿舎に入ることになる。当時、この方面にはほかに、第二〇四海軍航空隊、第二五三海軍航空隊、第五八二海軍航空隊の零戦隊が展開していた。

二五二空がラバウルに到着した頃、ガダルカナル島奪還に向けての増援輸送が間断なく続けられていた。戦闘機隊は連日の船団護衛に駆り出されていたが、ちょうどこの時期、ソロモン諸島一帯は雨季に入っている。

宮崎さんの初出撃は、十一月十二日のことだった。

この日早朝、巡洋艦五隻、駆逐艦十一隻に護衛された敵輸送船六隻が、ガダルカナル島北西部のルンガ泊地に入ったとの情報に、ラバウルの基地航空部隊はただちに零戦三十機、魚雷を積んだ一式陸攻十九機をもって攻撃に向かわせた。二五二空は零戦十二機で陸攻隊の直接掩護にあたることになり、宮崎さんも隊長・菅波大尉の三番機としてこれに参加した。

「私が確認した敵艦は十二隻。これに向かって陸攻隊はぐんぐん高度を下げてゆき、海面すれすれで突撃します。われわれは、その上空千メートルのところで、陸攻隊の上を覆うような形で突っ込んでいきました。すると、敵艦からはものすごい対空砲火が撃ち上げられて、弾着で海面が瞬時に泡立つほどでしたよ。それが、艦ごとにちがう色の着色弾を使っているから、白、黒、赤、青と実にきれいでしたね。

陸攻隊は次々と火を噴いて、一機、二機と墜ちてゆく。そして、われわれ零戦隊の後方にも、グラマンF4Fがついて攻撃してくる。私はそのなかの一機を夢中で追いかけ、低空でようやく撃墜したときには、敵飛行場の手前まで来てしまっていました。敵機が地面に激突した瞬間、対空砲火が猛烈に襲ってきました。

あとで菅波隊長に叱られましたね。深追いするなと言っただろう、と。初陣でえらい戦争になった。これは性根を据えて行かんとな、と思いました。しかし、自信はつきましたよ」

同じ日の深夜、日本海軍の戦艦「比叡」「霧島」、軽巡一隻、駆逐艦十四隻からなる挺身攻撃部隊は、ガダルカナル島の飛行場を砲撃するため、ルンガ泊地沖に突入したが、待ち構えていた米艦隊との間で砲撃戦となり、軽巡二隻、駆逐艦四隻を撃沈、重巡二隻、軽巡一隻、駆逐艦三隻に損傷を与えたものの、「比叡」が大破、駆逐艦三隻を失い、軽巡一隻、駆逐艦六隻が損傷を受けている。

十一月十三日、母艦、基地の航空部隊各隊は、舵が故障して航行の自由がきかずにサボ島のまわりを回っている「比叡」の上空直衛に交代で出かけた。

「比叡」はその夜、注水弁を開いて自沈し、大東亜戦争（太平洋戦争）における日本戦艦初の喪失となった。戦艦による飛行場砲撃が実施できなかったので、十三日未明に予定されていた輸送船団によるガダルカナル島揚陸は十四日に延期されることになった。揚陸の露払いとして、十三日夜、ガダルカナル島近海に忍び込んだ重巡「鈴谷」「摩耶」は九百八十九発の二十センチ主砲弾を、飛行場に叩き込んでいる。

夜が明けて十四日になると、敵空母の艦上機が日本艦隊に襲いかかり、重巡「衣笠」が撃沈される。いっぽう、駆逐艦十一隻の護衛を受けた十一隻の輸送船団は、日の出とともにショートランド泊地を出撃、ガダルカナル島に向かう途中に敵索敵機に発見され、敵機の空襲を受けた。上空直衛の零戦三十六機、零式水上観測機十四機による掩護もむなしく、輸送船六隻が沈み、一隻は被弾して引き返した。

「この日、早くも菅波大尉が戦死してしまいました。輸送船団の上空直衛に行って、来襲したグラマンF４Fと空戦、そのときはみんな無事だったんですが、集合して帰るときに、隊長が手信号で『先に帰れ』と合図して、戦果確認に戻ったんです。私は二番機だから一緒について行こうとしたんですが、『いかん、帰れ』と。隊長はそれっきり還ってきませんでした」

菅波大尉は、空母「蒼龍」分隊長として真珠湾攻撃にも参加したベテランの指揮官だったが、ラバウルに進出してわずか五日のあっけない最期だった。同じ日、空母「飛鷹」飛行隊長・兼子正大尉も敵戦闘機と空戦中に被弾、自爆している。

戦死した菅波大尉の後任には、海軍航空技術廠飛行実験部の周防元成大尉が発令され、十二月になって着任した。周防大尉は海軍兵学校六十二期、支那事変では十一機の敵機を撃墜し、空戦技術は士官随一といわれた名パイロットである。

二五二空は、昭和十八（一九四三）年二月に第二〇一海軍航空隊と交代でマーシャル諸島方面に移動するまでの短期間ではあったが、連日、ソロモン、ニューギニア方面の航空作戦に参加、戦いを重ねた。

宮崎さんはその間、二度にわたって空戦中に被弾、不時着し、昭和十七年十二月十四日にはワニが無数にいる河口を、昭和十八年一月十七日にはニューブリテン島南部のガスマタ沖の、鱶が周囲を泳ぎ回るなかを、それぞれ泳いで生還している。

この頃の宮崎さんについて、文藝春秋が刊行していた「大洋」昭和十九年六月号に興味深い記事が掲載されている。

「海軍戰鬪機隊座談會」と題する特集記事で、出席者は、斎藤正久大佐、八木勝利中佐、中島正少佐、小福田租少佐、塚本祐造大尉、山口定夫大尉という、戦闘機パイロットの著名どころを集めた顔ぶれである。

ここで、二五二空分隊長だった塚本祐造大尉が、「M兵曹」すなわち宮崎さんのことを話題に出している。以下、引用（ルビは引用者による）。

塚本　ところが鱶も食はない男といふのがあるですよ。まだ死なずにをるですが、Mといふ先任搭乗員です。それがラバウルから出て行つて不時着して、一人歸つて來た。何處に不時着したのか、と言つたら、「〇〇の沖合に不時着して四時間泳いで參りました。見張の水偵が助けて吳れました。」「どこの水偵か。」「知りません、水偵でラバウルに來て此處まで自動車で送つて吳れました。」「どこの自動車か。」「知りません。」「それぢや御禮の言ひ様がないぢやないか。」（笑聲）「お土産を持つて行けと言はれましたが、斷つて歸つて參りました。」「そんなこと訊いてるんぢやない……（笑聲）お前、泳いでる間鱶除けを垂らしたか。」「垂らしません。」「お前は鱶も食はんわい。是からは、ちやんと聞いて置かなきやいかんぞ。」

(中略。宮崎さんがまたも不時着水して)

それから五時間泳いで、ガスマタに着いた。その時もK中尉の言によると、その附近は鱶が迚も多くて、ピン〳〵跳ねてをる音が飛行機の上から聞えたといふんですからね(笑聲)今度は恐らく駄目だらうと思ってをったら、又歸って來た。「いや、鱶なんかをりませんでした。」「鱶除けはやらなかつたのか。」「鱶が來たら防暑服の上着を垂らすつもりでした。五時間泳いだけれども到頭來ませんでした。ガスマタの誰某兵曹に助けられ、更に何處そこの飛行機に助けられまして、ラバウルに歸りまして、何處そこの自動車に乘せられて歸って參りました。」と、今度はこっちが覺え切れん位覺えて來た(笑聲)鱶はをるですよ。

中島　をる〳〵。

——宮崎さんによると、二度めの不時着のときは、両脇を鱶が泳ぎ回り、もし襲われたら自決しようと、持っていた拳銃の試射までやったというから、雑誌記事の座談では話が誇張されている可能性がある。だが、「鱶も食わない」強運の持ち主であったことは間違いなさそうだ。

宮崎さんらがラバウルに進出してほどなく、となりの部隊、五八二空に樫村寛一飛曹長が着任してきた。

「さっそく挨拶に行くと、樫村さんは、『おお、お前たちまだ生きとったか』と喜んでくれました。その後しばらくして、樫村さんが不時着して怪我をした、と聞いて見舞いにも行ったんですが、樫村さんは『お前らだけじゃ、俺の見舞いに来てくれるのは』と涙を浮かべていました。

あの人は、腕がいいだけに自信家で、しかもなんでも理論的にものを言うから、みんなから煙たがられてた。性格的にもカラッと明るいほうじゃないから、わりあい評判が悪くて孤独だったんでしょう。しかし、われわれにとっては直接の先生だし、ちゃんと一人前にしてくれた恩人ですからね。厳しくとも軍隊には軍隊の育て方があるんだから、感謝するのがほんとうですよ」

宮崎さんは、海軍では「人に恵まれていた」と言う。

「嫌なやつは一人もおらなんだ。戦友会でも昔の上官の悪口ばかり言う人もおりますが、そういうのは恥ずかしい人だと思います」

雑誌「大洋」の座談会で宮崎さんのエピソードを語った塚本祐造大尉も、けっして元部下から人気のある人ではない。だが、その塚本大尉についても宮崎さんは、

「人間が正直すぎて思ったことをそのまま言うし、それがまた偉そうに聞こえるもんだから、悪口を言う人が多かったけど、二五二空の頃はつねに先頭に立って戦い、勇敢な人でしたよ。部下のことも、ほんとうに大事にしてくれました」

と語っている。

「あるとき、ニューギニアのラエ飛行場に塚本大尉以下八機で進出したんですが、飛行場がぬかるんでいて、そのうち三機ぐらいが着陸のとき、脚をとられてひっくり返ったんです。いちばん先に着陸した塚本大尉もひっくり返り、泥をはらいながら這い出してきた。それで塚本さん、みんなを整列させて開口一番、『お前らの着陸はなっとらん！　もっと気合を入れろ！』と言って、泥だらけの顔でニタッと笑う。われわれも『また始まった』とニヤニヤしてる。

私が不時着水して鱶のいる海を泳いだときも、周防大尉と交代でいつまでも上空を飛んでいてくれましたよ」

塚本大尉はのち少佐となり、横須賀海軍航空隊で航空無線の実用実験などに従事、終戦を迎えたが、樫村飛曹長は宮崎さんがラバウルを去った直後の昭和十八年三月六日、ルッセル島上空の空戦で戦死した。

疲れ切って飛んでいた敵機搭乗員。顔を見たらとどめを刺せなくなった

昭和十八(一九四三)年二月、二五二空に、中部太平洋・マーシャル諸島への転進命令がくだった。マーシャル諸島は、日付変更線の西側、北緯十度近辺に散在する小さな島々で、二五二空の守備範囲はその周辺一帯、ウェーク島とギルバート諸島にまでおよび、南北約三千キロ、東西約二千キロの途方もなく広い空域だった。

二五二空は本部をルオットにおき、ウェークに二個分隊、マロエラップ、ナウルに各一個分隊を分散配備した。宮崎さんが最初に駐留したのは、そのなかの最北端、北緯二十度付近にある絶海の孤島、ウェーク島である。

「それまで乗っていた零戦二一型は全部ラバウルに置いて、ウェークには内地から新しい零戦を空輸してきました。翼端を切った形の三二型が多かったように思います。いちばん乗りやすすく親しみやすかったのは二一型でしたが。ウェークでは、アメリカ人捕虜がブルドーザーで飛行場の整地をしていました。その上、セメントのミキサー車みたいなのを運転してきて、誘導路のデコボコをあっという間に平らにしてしまう。日本ではそんな機械、見たことないからびっくりしましたよ」

その頃はまだ、中部太平洋は「嵐の前の静けさ」ともいうべき時期で、約半年の間、ときおり米陸軍の大型爆撃機、コンソリデーテッドB-24が少数機で爆撃に来るものの、比較的平穏で単調な日々だった。

「基地にはアメリカ軍が残した映画のフィルムがたくさんあって、週に一度ぐらい上映会をやるんです。何を言っとるのか、言葉はさっぱりわからんが、同じものを何度も見てると、なんとなくわかるようになってきます。

宿舎のベッドも米兵用の大きなもので、もぐり込んだら、外から見ても人が寝てるかどうかわかりません。だから、若い兵隊で朝寝を決め込んで起きてこないのがいる。はじめは一枚ずつ毛布をめくって、起きろよ、とやってたけど、そのうち、ベッドの上をトントン跳んで歩くようになりました。すると、隠れてたやつがイテテテ……と出てくる。

毎日、午前中は訓練だけど、午後は暇になるから、魚をとりに行くんです。ダイナマイトを海に投げ込んで、浮かんできたやつを、あちこち配って残りは干物にしたり、イセエビを何十匹もとってきて、廃物のプロペラのスピンナーを鍋がわりにしてゆでて食ったり。ほかにもアワビやらタコやら、いろんなものがとれましたよ」

飛行長・舟木忠夫少佐も、単調な生活で士気が低下しないよう、気を配っていた。

「毎晩、飛行長が搭乗員室にやってきて一緒に飲むんですが、あの人、酒はあんまり強くないから、すぐにヨレヨレになる。それを、みんなで戸板に載せてかついで、ワッショイ、ワッショイと飛行長室まで運ぶ。すると飛行長は、おいミヤ、これ持って帰れ、とウイスキーをくれる。おお、戦利品じゃ、と、またワッショイ、ワッショイと搭乗員室に戻る。いろんなことがあって楽しかったですよ。
一、二週間に一度は演芸会もやりましたしね。内地からの飛行機便で、舞台衣装をとりよせて、にぎやかにやってましたよ。ところがある日、その最中に空襲があって、女装したまま死んだのもおりました。めったに来ない敵機がいきなり来て、白粉(おしろい)塗ったまま零戦に飛び乗ってね、そのまま還ってこなかったんです」

昭和十八年九月十九日、米機動部隊が突如としてマーシャル諸島の南に位置するギルバート諸島に来襲。タラワ、ナウル、マキンの日本軍基地をのべ百十一機の艦上機をもって空襲して去った。いよいよ米軍の中部太平洋侵攻がはじまったのである。

この米機動部隊は正規空母六隻、軽空母五隻、戦艦、巡洋艦、駆逐艦などからなる大部隊で、搭載する戦闘機も、従来のグラマンF4Fワイルドキャットから、新型のグラマンF6Fヘルキャットに機種が更新されていた。

F6Fは、従来のF4Fのエンジンが千二百馬力だったのに対し、離昇出力二千百馬力という強力なエンジンを持ち、速力、上昇力ほかあらゆる点で、大幅に性能がアップしていた。日本側で第一線配備が始まったばかりの新型・零戦五二型は、従来の二一型や三二型に比べ、若干の性能向上が実現しているが、いかんせんエンジンが千馬力級の「栄（さかえ）」のままでは限界がある。

米機動部隊の襲来をうけて、二五二空はただちに塚本大尉以下零戦十二機をタラワに派遣したが、敵はいったんその海域を離れたため、B－24の邀撃（ようげき）をしただけで、九月二十四日にはマロエラップに引き揚げた。

そして十月六日、こんどはウェーク島が米機動部隊の急襲を受ける。この日、午前二時四十二分（日の出は三時四十六分）、ウェーク島のレーダーが敵機を捕捉、そのわずか二分後、F6FやSBDドーントレス、TBFアベンジャーなど約四百機による空襲が始まった。

ウェーク島の二五二空零戦隊は、のべ二十六機でこれを邀撃、離陸直後の不利な状況から果敢に空戦を繰り広げたが、十四機撃墜（うち不確実四機）の戦果を報告したのと引き換えに十六機が撃墜され、残りの飛行機も十七機の陸攻をふくめ地上で全滅という、惨憺（さんたん）たる戦いになった。この空戦による米側の実際の損失は、F6F六機（別に地上砲火による損失十二機）にすぎなかった。

これが零戦とF6Fとの初対決だったが、F6Fに軍配が上がったのは明らかだった。これは、それまで敵戦闘機に対し優勢を保っていると信じられていた、零戦の神話が崩れ去った瞬間でもあった。

ウェーク島が空襲を受けたとの報に、二五二空と陸攻隊の七五五空を麾下におさめる第二十二航空戦隊司令官・吉良俊一少将は、ただちにマロエラップの零戦隊と陸攻隊とをウェーク増援に向かわせた。零戦隊は塚本大尉以下七機、陸攻隊は七五五空の七機である。宮崎さんは、第三小隊二番機としてこれに加わっていた。

マロエラップからウェークまでは約千百キロ。

〈〇八二〇発進、一三一二G戦×三、次ニ数機ト空戦開始、一三二〇敵戦斗機×十数機ト空戦〉

と、現存する二五二空戦闘行動調書に記録されている。

「いきなり敵機が上空から降ってきて、陸攻隊はパッと逃げ散りました。それで、われわれ零戦隊は空戦に入ったんですが、瞬間的に、こいつはいままでに戦った敵機とは違うぞ、と思いました。スピードは速いし運動性はいいし、じつに手ごわかったですよ。それがF6Fだったんです」

F6Fとの二度にわたる空戦で、七機の零戦は離ればなれになり、六機撃墜（うち不確実二機）と報告したものの零戦隊も二機が未帰還、塚本大尉機は被弾、海上に不時着水した。

「深追いをやめて燃料計を見ると、ウェークまで飛ぶのにぎりぎりの量しか残っていません。島を見つけなきゃいかんが、大海原の小さな一点ですからね、戦闘機の航法機器では不可能に近い。塚本大尉とはぐれた列機の加藤熊市二飛曹、塚原四郎二飛曹と合流して三機になりましたが、もうダメだと思いましたよ」

高度を八千メートルまで上げたとき、遠くに敵機動部隊が見えた。空母をふくめ、その数、二十数隻。上空には、高度五千メートルと七千メートルの二段構えの形で、上空哨戒の敵戦闘機が十二機ずつ、左回りで旋回している。宮崎さんは列機二機を伴って、敵戦闘機のさらに上空を、米軍機のように装いながら左旋回で飛び続けた。

先ほどの空戦で機銃弾はほぼ撃ち尽くしていて、もし、敵に気づかれても戦うすべがない。宮崎さんは、小さくバンクを振って列機二機を側に呼び寄せると、

「燃料がなくなったら、敵空母に突っ込むぞ」

と手信号で合図をした。加藤二飛曹と塚原二飛曹は、風防のなかでニッコリ笑ってそれに答えた。

「するとそのとき、敵機が攻撃からまさに帰艦してくるのが見えた。これは、やつらと逆の方向に飛べば、ウェーク島があるに違いない、そう思って私は、ふたたびバンクを振ると、二機をつれて敵機の帰投針路の反方位に機首を向けたんです。やがて雲の切れ間から、ポツンとウェーク島の島影が見えてきました。

帰れた！　と着陸に入ろうとすると、まだ上空に敵機がいて、バラバラと撃ってくる。反撃しようにも燃料がないから、強引に着陸、そのまま飛行場脇の掩体壕に突っ込むように機体を入れて、助かりました。着陸すると、飛行隊長の周防大尉が駆け寄ってきて、私の手を握って、よう帰ってきてくれた、と涙を流しておられました。加藤と塚原も、私の足に抱きついて、よくぞつれて帰ってくれました、とオイオイ泣いてましたよ。着いてみたらウェーク島の零戦は全滅していて、われわれ三機も、着陸のとき一機が銃撃で燃やされたから二機しか残ってない。周防大尉に、すまんがもう一度上がってくれ、と言われて島の周囲を一回り、夜になって着陸しましたが、結局その二機もすぐに燃やされてしまいました」

この日、二五二空零戦隊は歴戦の搭乗員を揃えて戦いながらも十九名を失い、戦死した搭乗員のなかには、昭和十五年九月十三日、零戦の初空戦に参加した末田利行飛曹長や、やはり支那事変以来の中島文吉上飛曹などの超ベテランもふくまれていた。

わずか一日の戦いで壊滅した二五二空の生存搭乗員たちは、数日後、輸送機でルオット、次いでマロエラップに後退した。

マーシャルを叩いた米軍は、その手をゆるめることなく、昭和十八年十一月二十一日、ギルバート諸島のマキン、タラワ両島に上陸を開始する。

「十一月二十四日、零戦の両翼に六十キロ爆弾二発ずつを搭載し、マキンの敵上陸地点を爆撃せよ、と命令されました。周防大尉以下十九機で出撃しましたが、戦闘機に爆弾を積むほどみじめなものはありません。操縦の自由がきかず、敵機が襲ってきても手も足も出ないんです。この日は目標にたどり着く前にF6Fの邀撃を受け、十機が撃墜されました。翌二十五日にも零戦二十四機が爆装して行って七機がやられ、二十六日にも行け、と言うから周防大尉が怒りだしてね、単機で司令部のあるクェゼリンに飛んでいって、作戦を立てた参謀たちを怒鳴りつけてきたそうです。この日の出撃は、それで中止になりました」

マキン、タラワの日本軍守備隊は間もなく玉砕、その後、マーシャル諸島各基地への米軍機による攻撃はさらに激しさを増していった。宮崎さんも連日の邀撃戦に明け暮れるようになる。

「敵はおもにB－25。せいぜい十機ぐらいのものだけど、これが毎日来るんだから。

われわれ搭乗員は飛行機の近くで、暑いからふんどし一丁で待機してる。レーダーがないから、見張員が敵機を発見すると、ダダダーッと機銃を撃つ。で、ふんどし姿のまま飛行服をかかえて、飛行機まで二十メートルぐらい、ダーッと走る。整備員は飛行機の下に一人と、操縦席にも一人が乗って待機していて、すかさずコンタクト！とエンジンをかける。エンジンがブーンとかかると、われわれが整備員と交代して飛び乗る。そのままブォーンとふかして、機首の向いてる方向へ飛び上がってゆく。上昇しながら脚をおさめて飛行服を着る、その間に敵の編隊が来るんです。

早いときは爆弾が投下される前に射撃ができます。毎回、二機か三機は確実に墜とし、捕虜にした敵の搭乗員は陸軍さんにあずけました」

約二ヵ月にわたって米陸軍機の空襲を受け続けたマロエラップに、昭和十九（一九四四）年一月三十日、こんどは米機動部隊の艦上機が来襲した。敵機は七十機以上。対する零戦は、連日の戦闘に消耗し、可動機はわずか十一機になっていた。

「この戦闘中、私は一機のF6Fが、海面すれすれの超低空をフラフラ飛んでいるのを発見しました。追いかけて、後ろについていつでも射撃できる態勢になったんだけど、敵は気づいているはずなのに反撃しようともしない。さらに近寄って操縦席をのぞき込むと、敵の搭乗員は疲れきった表情でこちらを見るだけでした。——それを見たら墜とせなくなりましてね。

空戦してるときは相手は飛行機だから。搭乗員の顔が見えないから戦えるんだけど、顔を見てしまったら人間同士ですからね。甘いと言われるかもしれんが、どうしてもとどめを刺せなかった。もっとも、戦後、アメリカから照会が来たところによると、その搭乗員は結局、そのあとすぐに海に突っ込み、戦死したらしいです」

この日、撃墜された零戦は一機だけだったが、残りも全機が不時着もしくは地上で撃破され、マロエラップにおける航空兵力は完全にゼロになってしまった。

飛行機を失った二五二空では、壊れた零戦から機銃をおろして総員が陸戦隊となり、米軍の上陸に備えることになる。

敵の一方的な艦砲射撃や爆撃を受け続けること一週間。二月五日、マロエラップの搭乗員のみが脱出して内地で再起をはかることになり、舟木飛行長以下十七名は同日夜、一式陸攻三機に分乗して思い出深い基地をあとにした。

離陸するとき、島に残る司令・柳村義種大佐は、みずから発光信号を手にもって、「サヨウナラ、サヨウナラ」と、機影が見えなくなるまで信号を送り続けていたという。

柳村大佐はその後、三月三十一日に戦死した。

マロエラップを脱出した二五二空の搭乗員たちは、トラック諸島の竹島基地で約一週間、テストできる者がおらず放置されていた零戦の試飛行に従事させられたのち、サイパンを経由して日本に帰ることになる。ところが、経由地のサイパン島で二式大艇（飛行艇）に乗り換えて離水するとき、三番機が離水に失敗、せっかくここまで生き残ってきた二五二空の搭乗員六名が死亡してしまう。

「私もほんとうは三番機に乗ることになってたんですが、出発直前、舟木飛行長に、ウイスキーがあるから道中つきあえ、と言われて、酒を一滴も飲めない小坂孫市一飛曹に代わってもらったんです。小坂は酒が飲めないばかりに私の身代わりになってしまって……かわいそうなことをしました」

歴戦の搭乗員にも下った特攻指令。「希望しない者は一歩前へ出ろ！」

昭和十九年二月中旬、内地に帰還した二五二空の残党は、館山（たてやま）基地でただちに再建にかかった。

司令には舟木中佐がそのまま昇格し、四月一日には「空地分離」とよばれる制度改定で、飛行機隊は戦闘第三〇二（さんまるふた）飛行隊とよばれることになる。空地分離というのは、航空隊本隊や航空母艦の所属から飛行機隊を切り離し、飛行機隊を一つのユニットとして、必要に応じて臨機応変に動かすことができるようにするためのものである。

三月末には訓練基地を三沢に移し、六月、マリアナ諸島に米軍が来襲、それを迎え撃つため「あ」号作戦が発動されると、二五二空も横空を中心とする「八幡空襲部隊」に編入され、硫黄島に進出することになった。

宮崎さんの硫黄島への進出は、二五二空としての第二陣、六月二十五日のことである。すでに前日、六月二十四日には米機動部隊が大挙して来襲、F6Fとの大空戦の末、二五二空は飛行隊長・粟信夫大尉以下十名を失い、八幡部隊全体の零戦の損失は三十四機にのぼっていた。対する米軍の損害は、空戦によるものわずかに六機。七月三日、四日にも大規模な空戦があり、宮崎さんも参加したが、このときのF6Fは、マーシャルで対戦したときと違って、じつにしつこく空戦を挑んできたという。もはや、F6Fにとって、零戦は恐るべき敵ではなくなっていたのである。

硫黄島上空における三度の空戦で、またもや二五二空は壊滅し、ふたたび内地で再編成することになった。

「昭和十九年十月十日、沖縄が敵機動部隊の空襲を受けて、われわれはすぐに沖縄へ向かうことになりました。沖縄上空に到着すると、那覇の町は一面真っ赤に燃え上がっていて、すさまじい状態でしたよ。日本の町が焼かれるのを見るのはもちろん初めてのことですから、衝撃を受けました。小禄の飛行場に着陸して、三、四日、様子を見たんですが、敵機動部隊は台湾沖に向かったあとで、われわれもそのまま台中へ。そこでは索敵攻撃をやらされたけど敵には遭わず、こんどは敵がフィリピンに来た、というのでフィリピンに進出を命じられたんです」

小林實少佐に率いられた二五二空零戦隊は、フィリピン・ルソン島のマバラカット基地に進出した。だが、十月二十四日、敵機動部隊をもとめて出撃した二十六機はグラマンF6F約五十機の奇襲を受け、小林少佐以下十一機を失い、早くも戦力が半減してしまう。残存する搭乗員は約二十名だった。宮崎さんは語る。

「二十五日の夜遅く、高床式の宿舎でみんなもう寝てたんですが、飛行長の新郷英城少佐が私に、『おい先任、みんなを起こせ』と言ってきました。雨がしとしと降る晩でしたよ。急いでみんなを起こして整列させると、新郷少佐は、

『みんな、ご苦労だった。しかし、我が海軍の艦船で無傷のものは、もうなくなった。したがって、飛行機で戦うしかないが、残り少ない戦闘機で敵艦を攻撃するには、急降下爆撃だ。それも、低いところから爆撃するほど命中率は高い。つまりゼロメートルなら、絶対に命中する。要するに体当たりだ』と。そして、『希望しないものは一歩前へ出ろ！』――これで、前に出られると思いますか？

みんなそのまま突っ立っていると、『よし、みんな賛成してくれたな。俺もつらいが仕方がない。名簿を明朝までに出してくれ』ということになりました。

翌朝、ふたたび搭乗員を整列させて、新郷少佐という人は、ふだん戦地では防暑服のだらしない格好をしていて襟の階級章なんかもつけたことのないような人なんですが、このときばかりはパリッとした第三種軍装を着て、軍刀まで下げて現れて、『本日、二五二空から二〇一空に五名を派遣する』。そして名前を読み上げて。みんな帽振れでその五人を見送りました。涙が出ましたよ、あのときは」

特攻隊の編成にあたっては、特攻を最初に命じた第一航空艦隊司令長官・大西瀧治郎中将が、決められた以外の航空隊が特攻隊を出すことを許さなかったので、特攻隊に編入される戦闘機搭乗員は、いったん二〇一空に転勤、という形をとったのだ。

「あくる日、その連中が出撃した様子がないので気になって見に行ってみると、みんな指揮所の近くの小川で、足を水につけて天を仰いでいました。

お前たち何してるんだ、とき くと、『あ、先任。今日やら明日やらわからんとなると、メシも喉を通らんし、何もやる気が起きません』と言う。そうだな、しかしお前らだけじゃない、ちょっと早いだけじゃ。出るまでは体を大切にしろ、メシは食え、弁当を届けさせるから……それぐらいしか言えませんでしたよ」

宮崎さんは、自分もそのうち特攻に、と覚悟を決めたが、ほどなく、歴戦の岩本徹三少尉、齋藤三朗飛曹長と宮崎さんの三名が新郷飛行長によばれた。

「お前たち、飛行機をとりに内地へ帰れ、と命じられたんです。帰ったら飛行機があるんですか？　と訊くと、そんなことは俺は知らん、とにかく帰れ、と。それで内地に帰ったら、そのまま転勤命令が出ました」

宮崎さんに伝えられた転勤命令は、「横須賀海軍航空隊で新しく編成している部隊があるから、そこに行け」という、漠然としたものだった。

「ところが、横空に行っても、そんな部隊はどこにもないし、誰も知らないんですよ。横空の戦闘機隊もどこかに出払っていて、知った人間は誰もいない。内地に帰ってはじめて、十一月一日付で飛行兵曹長（准士官）に進級していたことを知りましたが、士官室の末席でしゃちほこばって食べるのがいやで――とはいえ、本式の洋食でうまかったですが――三日めに、これじゃしようがない、原隊に帰ろうと。

それで、隊門を出たところで、フィリピンから帰ってきた菅野直（かんのなおし）大尉以下六、七名が歩いてくるのに会ったんです。彼らも、飛行機をとりに帰らされて、そのまま転勤になったらしい。で、おお、ミヤさん、飛曹長になっとったんじゃな、とりあえずバックせい、と言われてそのまま回れ右、一緒に横空に戻りました。

すぐに菅野大尉が軍令部によばれて行って、夜になって帰ってから言うのには、『今日、源田大佐に会ってきた。お前たち、これからやりがいがあるぞ』。ここで新しい部隊をつくる。明日から『紫電』に乗って訓練をやれ、ということでした。そのうち『紫電改』というのができる、『紫電』は中翼だが、これは低翼ですごい戦闘機らしい、と」

戦争末期、敗勢のなかで米軍に一矢を報い、海軍戦闘機隊の最後を飾った、第三四三海軍航空隊（剣部隊）の誕生である。

菅野大尉や宮崎さんは戦闘第三〇一飛行隊となり、戦闘第四〇七飛行隊（飛行隊長・林喜重大尉）、戦闘第七〇一飛行隊（飛行隊長・鴛淵孝大尉）とともに昭和二十（一九四五）年一月には愛媛県の松山基地に移動を終え、訓練を重ねた。

そして三月十九日、呉に来襲した米機動部隊艦上機の邀撃で華々しく初陣を飾ったが、宮崎さんはこの日、出撃第二陣にまわされ、空戦の機会はなかった。

その頃から宮崎さんは、体の不調を覚えるようになる。

「話は遡りますが、ラバウルからマーシャルに移る頃、同じ部隊で歴戦の武藤金義上飛曹が、『俺、ちょっと調子がおかしいんだ』と言う。腕をこすったら、赤くなってそれが消えない。私もやってみるとそうなる。そのときはそれぐらいで済んでましたが、三四三空に移った頃には、掻いたところが赤くなってなかなか消えないだけでなく、高度五千メートルを超えて飛行すると頭が割れるように痛くなる。軍医に診てもらうと、長い空戦生活の疲労からくる『航空神経症』とのことでした。いまはどうか知らんが、搭乗員に特有のこんな症状を合わせてそう呼んでいたんです」

結局、その後は上空哨戒や済州島付近に出没した敵潜水艦攻撃などには出撃したものの、大きな空戦に参加する機会のないまま、長崎県の大村基地で終戦を迎えた。

「八月九日、燃料不足でその日は飛行止めということになり、飛行隊ごとにトラックに分乗して大村と長崎の中間あたりの小高い山に登りました。ここらでメシでも食うか、と話しているところへ、上空を米軍の大型爆撃機が二機、通り過ぎていった。と、見てる間に、ものすごい爆発が起きた。そのときは原子爆弾とは知らなんだが、これは休養どころではないわいと、すぐに山を下りました。夕方になると、われわれの士官宿舎に使っていた健民道場とよばれる建物に、被災した女学生たちが運ばれてきた。この女学生たちが、たいした怪我をしてないように見えたのに、二、三日するとバタバタ死んでいくんですよ。いま思えば放射能の被曝のせいなんでしょうが、痛ましい思いで遺体を収容したのを憶えています」

八月十二日、宮崎さんは列機三機を率い、屋久島上空の哨戒飛行の任務についた。

「ところが帰途、佐賀県唐津上空で味方陸軍の高射砲の猛烈な射撃を受けたんです。たぶん『紫電改』をグラマンF６Fと見間違えたんでしょうが、ふだん敵機にはちっとも当たらない対空砲火が誤射のときにかぎってよく命中し、三番機は田んぼに不時着、四番機は海に突っ込み、私の機も、被弾の衝撃で片方の脚が飛び出してしまった。かろうじて福岡県の雁ノ巣飛行場に片脚で着陸、その衝撃で気絶しました。陸軍の少佐がやってきて、平謝りに謝られましたが、腹が立って仕方がなかったですよ。結局、これが私の最後の飛行になったんですが」

その三日後に終戦。戦争が終わることは、玉音放送ではじめて知った。

「数日後（八月十九日）、准士官以上は自決準備をして健民道場に集まれ、という指令があり、柴田正司少尉と一緒に、拳銃をもっていきました。源田司令は軍刀に白いさらしを巻いたのを手に、自動車で来ましたね。それで、みんな集まったところで、妻帯者や長男は帰れ、と、いったん解散したんです。柴田さんと、『どうする？』『帰れと言うんなら帰ろうや』という話をして、そのまま帰ることにしました」

香川県へ帰る宮崎さんは、徳島県へ帰る島川正明飛曹長と二人、大村から汽車を乗り継いでとりあえず広島に出た。街は原爆で焼け野原になっていて、泊まるところなどない。その夜は、原爆ドームの前のコンクリートの上で寝た。

「翌日、兵学校の生徒を運ぶ汽車に乗せてもらい、尾道に出ました。尾道に着いたら、四国へ帰る人でごった返していて、船がいつ出るのかもわからない。島川と一緒に船を探したら、出してもいい、十人ぐらい乗れる、というのが見つかりました。

それで、そこらへんにいた搭乗員連中を集めて乗って、夜に出港したんだけど、月のきれいな晩でね、それを見たときはじめて涙が出ましたよ。とうとう生き残ってしまった。これで故郷に帰れるんだな、と思ってね。みんなもただ黙ってね」

ところが、やっとの思いで帰郷した翌日、ラジオで、三四三空の搭乗員はただちに原隊に復帰せよ、という放送を聴く。もしかすると戦犯か、とも思ったが、身についた軍人の習性で、命令に対し知らぬふりをすることもできない。宮崎さんは、家族と水杯を交わして、ふたたび大村へと向かった。

「九州に入って佐賀県の鳥栖まで行くと、隊の連中が大勢たむろしてましてね。やはり、呼ばれた理由がわからず不安だったようです。彼らに、俺が様子を見てくるからここで待っとれ、と言い置いて、とりあえず一人で行ってみると、大村基地には飛行長の志賀淑雄少佐がいました。

飛行長は、おお、ミヤ、誰も来んのでな、と言う。そりゃそうだ、私が止めてるんだから。で、戦闘三〇一の戦闘詳報、どこで誰が戦死したとか、そういう書類を書いてくれ、と。予科練生を一人助手につけて、わかる範囲で二時間ほどで書き上げて提出すると、ご苦労さん、主計科で退職金をもらって帰ってくれ、ということでした。

主計科に行ったら、松山出身の主計科の人が、誰もこないけん、ようけやるわ、と、規定の約十倍、二万七千円もくれましたよ。それから鳥栖に戻って、待ってた連中に、退職金がもらえるぞ、と言ったら、みんなじゃあ行こう、と。でもあとで主計科の人が言ってましたが、私が帰ったあとにみんなが続々と来るから、現金が足らんようになったそうです」

硫黄島の海で見た七十を超える飛行機の墜落痕。しみじみ虚しくなった

香川県の実家に帰った宮崎さんは、三四三空で思い出深い松山への思いを断ちがたく、まもなく松山へ移り住んだ。退職金で家を建て、自動車免許をとって郵便自動車の運転手をやったり、知人のブルドーザー会社の雇われ社長などをやったのち、奥さんの実家の家業である酒店を継ぐことになる。

宮崎さんの酒屋は、客にコップ酒を飲ませる一杯飲み屋を兼ねていて、夕方になる

と勤め帰りの客が立ち寄り、世間話に花を咲かせていた。戦争中の話も、酔った勢いのホラ話や眉唾物の武勇伝などもふくめてよく話題にのぼったが、そういうときにも宮崎さんは自分の話はいっさいせず、いつも聞き役にまわっていたという。

宮崎さんの心身に刻まれた戦争の傷跡は、なかなか癒えるものではなかった。

「夜眠っていて、頭の上をハエや蚊が飛んだりすると、突然『撃てーっ!』と叫ぶんですよ。そこまで心のなかに戦争がしみついているのかと、涙が出そうになったこともあります」

と奥さんは言う。広島の原爆ドーム前で寝たときか、大村で長崎の原爆の被爆者の救難活動をしたときかはわからないが、放射能の被曝によると思われる白血球異常にも長いこと悩まされた。

昭和四十一(一九六六)年には突然、目が見えなくなり、白血球の治療と手術を経て、一年半がかりでようやくふたたび見えるようになったが、分厚い凸レンズの眼鏡をかけることを余儀なくされた。昭和五十一(一九七六)年には慢性硬膜下血腫で倒れ、脳の手術をしてなんとか一命をとりとめてもいる。

愛媛県城辺町の久良湾の底で、ほぼ原形をたもった「紫電改」が見つかったのは、その頃のことだった。

海底に沈んだ「紫電改」について、三四三空戦友会「剣会」とＮＨＫ、関係機関が調査したところ、この機体は、昭和二十年七月二十四日、豊後水道上空の空戦で未帰還となった六機のうちの一機であることが、ほぼ確実になった。搭乗員は、鴛淵孝大尉、武藤金義少尉、初島二郎上飛曹、米田伸也上飛曹、溝口憲心一飛曹、今井進二飛曹の六名である。

機体は昭和五十四（一九七九）年七月十四日、引き揚げられた。

この「紫電改」は、六人のうちの誰の乗機であったのか。遺族、関係者の関心はこの一点に集まっていた。宮崎さんら元隊員たちは真っ先に操縦席のなかを確認してみたが、遺骨はおろか、何の遺留品もそこにはなかった。主翼の日の丸はまだうっすらと残っていたが、機番号などは消えてしまっており、搭乗員を特定する手がかりは何も残されていなかったのである。

不時着水したときの複数の目撃証言も、細部の記憶には不確かな点があり、風防の前部がわずかに開いていたこと、不時着水の数日後、判別不能の海軍の搭乗員らしき遺体が収容されたこと、後方から機銃弾が命中した痕があることから、搭乗員は被弾して脱出したが、力尽きて海中に沈んだのではないかと推察されるのみだった。

「遺族の人や共産党など、いろいろな方面から、ほんとうはわかっているのに隠してるんだろう、などとずいぶん言われましたが、ほんとうにわからんのですよ。ただし、あのせまい湾内に、山側から飛んできてあれだけみごとな形で不時着水するのは並大抵のことじゃない。相当な技倆をもった搭乗員であることだけは間違いないと思います」

戦争のことを口にしなかった「酒屋のおやじ」は、この一連の「紫電改」の報道で、店の常連客にも素性がすっかりばれてしまった。

そしてこのことが一つの転機となり、自分が関係した戦いの記録を可能な限り集め、「紫電改」報道を通じて親交のできた元NHKの鴻農周策氏とともに、『還って来た紫電改』（潮書房光人社）という本を出版した。だが、鴻農氏は、原稿を脱稿した翌日、五十一歳の若さで急逝した。

発見された「紫電改」について、宮崎さんは次のようにも語っている。

「あのあと出た本で、あれは武藤機だと決めつけるようなのがあるけど、そんなことは誰にも言えんし、臆測だけで何の証拠もない。われわれ三四三空の戦友会でもそんな結論は出していないし、特定はできない。あくまであれは、六機のうちの誰か、不明のままなんです。これ以上突き詰めて何になりますか？」

私の、宮崎さん宅を訪ねてのインタビューは、都合八回におよんだ。宮崎さんはいつも、初対面のときと同様、約束の時間の前には阪堺電車の停留所で待っていてくれた。話はたいてい夕食時におよび、近所の鰻屋にご一緒する。食事が終わると、宮崎さんは必ず、

「ごちそうさま。美味しかったよ」

と店の人に声をかける。鰻屋へ行く途中に大型オートバイの店があり、宮崎さんはいつも、そこでしばし足を止めて、

「ええなあ……こんなん乗りたいなあ」

とつぶやくのであった。聞けば、昭和二十年代、愛媛県で最初にハーレーダビッドソンのオートバイを買い、乗り回したのが宮崎さんだったという。

巷(ちまた)に流通している、いわゆるエース本のなかで、別人の顔写真が「宮崎勇」として紹介され、それが海外にも出回っていることを、宮崎さんは気にしていた。調べてみると、それは、「宮崎勲」という搭乗員だった。「十三機」と流布されている撃墜機数についても、

「書いた人間が取材にも来ん。言うてもしようがないから誰にも言わんけど、自分で

は百二十〜百三十機と思ってます。協同も合わせての編隊戦果だけどね、私らはそういう数え方だったから」

と語っている。

「海軍に入って、いろいろと回り道はしたけれど、憧れていた戦闘機に乗れた、というのは、たとえあの戦争で死んでも本望だったと思います。戦争も、受け止め方は人それぞれだと思うけど、あの時代にわれわれがやるべきことはそれしかなかった。悔いなし、と思ってますよ」

だが、相当長い期間、戦争の恐怖にさいなまれていたとも言う。

「いまでも夜通し眠れんことがあります。どうせやるなら、戦闘機乗りとして恥ずかしくない働きをしたいと思い、はじめのうちは撃墜機数を戦友と競争したこともありました。しかし、長いあいだ戦ううちに、みな達観してしまったというか、お前、何機墜とした？　なんて言いもしなくなりましたね。

最初のうちは、戦果を挙げるのが嬉しかった。でも、撃墜してるうち、次々と敵機を墜としているうちに、だんだん怖ろしくなってきたんです。辛いんですよ、墜とすのが。俺もいつかはああいう形で墜とされるのかな、と我が身に置きかえて考えると、ゾッとしてた。だから、マロエラップで敵の顔を見てしまったときも、とどめを刺せなかったんだと思います。

それをいちばん強く感じたのは、硫黄島の戦いでした。ものすごい大空戦が終わって、ふと海面を見ると、あちこちに飛行機が墜ちたあとが丸い輪になって残っていました。低空を旋回しながら数えてみると、七十いくつもあったんです。あの短い時間でこれだけ多くの人間が死んだと思うと、しみじみと虚しさを感じましたね……。

しかし、あの頃は二十歳で死ぬつもりでしたが、いま、思いがけずこんな歳まで生きてきて、これは終わりをよくしないといかんな、と思っていますよ」

空戦中、敵機を撃墜したときのことは、多くの搭乗員にとって、心ならずも人の命を奪った、できれば忘れてしまいたい心の「傷」である。そんな、自分が撃った弾丸で墜ちる敵機に自分の姿を重ねたときの感慨を、

「怖ろしくなった」

と、きわめて率直な言葉で、宮崎さんは吐露してくれたのだ。

宮崎さんはその後、肝臓を病み、入退院を繰り返すようになった。平成二十三（二〇一一）年暮れ、電話で、

「またゆっくり会って話しましょうや」

と言ってくれたのが宮崎さんの声を聴いた最後になった。平成二十四（二〇一二）年四月十日、死去。享年九十二。

いまも、宮崎さんの迫力ある大きな声と、そんな印象とは裏腹に見せた繊細な気配りや優しさを思い出す。そして、空戦が「怖ろしくなった」という言葉に込められた真情について、思いをめぐらせている。

宮崎　勇（みやざき　いさむ）
大正八（一九一九）年、広島県生まれ。香川県で育ち、県立丸亀中学校を中退後、昭和十一（一九三六）年、海軍を志願。水兵として佐世保海兵団に入団する。軍艦「磐手」乗組でヨーロッパに遠洋航海、さらに、水上機母艦「千歳」、巡洋艦「長良」、砲艦「熱海」乗組を経て、昭和十五（一九四〇）年十一月、丙種予科練に二期生として採用される。昭和十六（一九四一）年十一月、横須賀海軍航空隊に配属され、昭和十七（一九四二）年十一月、第二五二海軍航空隊の一員としてラバウルに進出。以後、マーシャル、硫黄島、フィリピンを転戦、第三四三海軍航空隊戦闘第三〇一飛行隊で終戦を迎えた。海軍少尉。戦後は酒店を営む。平成二十四（二〇一二）年四月十日歿。享年九十二。

昭和 17 年、松本安夫一飛曹（右）と宮崎さん

昭和 18 年はじめ、ラバウルにて、機上の宮崎さん。零戦の機体には、応急迷彩がほどこされている

昭和 20 年、三四三空時代。飛行兵曹長

昭和20年1月、三四三空時代の宮崎さん。雪の松山城をバックに

昭和54年7月、愛媛県城辺町で海底から引き揚げられた紫電改

第六章

大原亮治（おおはらりょうじ）

激戦地ラバウルで一年以上戦い抜いた伝説の名パイロット

昭和20年2月、厚木基地にて

空に憧れた少年は、予科練受験に失敗し、整備兵を経て戦闘機乗りに

「なに？　ラバウルへ行く？　ブカ島にも？　……私がもうちょっと若かったらなあ、ぜひ一緒に、と言いたいんだけども」

と、大原亮治さんは心底残念そうに言った。平成二十五（二〇一三）年春のことである。零戦をテーマにしたNHKの番組取材のため、かつて日本軍の航空基地があったパプアニューギニア独立国のラバウル、ブカに旅することになった私は、当時九十二歳、歴戦の零戦搭乗員の代名詞ともいえる「ラバウル帰り」の一人、大原さんの自宅に、報告かたがた当時の様子について教えを請いにきたのだ。

「私がいたのは昭和十七（一九四二）年十月からの一年一ヵ月だったけど、ほんとうに忘れられない。搭乗員で、ラバウル方面に一年以上いた者は数えるほどしかいません。ほとんどが行って数ヵ月でやられてしまい、一緒に行った隊長も戦友も、みんな戦死してしまいました。どうか、ラバウル、ブカのいまの姿をよく見て、帰ってきたら写真を見せてください」

そして大原さんは、戦死した予科練の同期生・中澤政一（なかざわまさいち）二飛曹が陣中でつけていた

日記やソロモン諸島の航空図など、貴重な資料を快く貸してくれ、飛行場や宿舎がどこにあり、どんな状況だったのか、地図を見ながら詳しく回想してくれた。

「われわれ二〇四空（第二〇四海軍航空隊）がいたのは、花吹山（はなぶきやま）から湾をはさんだ対岸にある、通称『東飛行場』でした。飛行場の北側にラバウル市街があり、そこから右に折れて、司令部のある『官邸山』と呼ばれる山の登り口の三つ角のところに宿舎があった。ふだんは朝、宿舎から飛行場へはトラックに乗るんですが、歩いても行ける距離です。あるとき、飛行場から宿舎へ歩く途中、市街地に駐屯していた陸軍の幕舎から蓄音機の音楽が聴こえてきたことがありました。それが、世にも妙（たえ）なる調べなんですな。思わず足をとめてしばらく聴き惚れていたら、蓄音機をかけていた陸軍の将校が、これはラヴェルの『ボレロ』という曲だよ、と教えてくれました。――あなたがラバウルに行くと聞いて、ふとそんなことを思い出しましたよ」

私が大原さんと出会ったのは、戦後五十年の平成七（一九九五）年の初秋である。零戦（ゼロせん）搭乗員の取材を始めたばかりの私は、「零戦搭乗員会」の事務局があった東京・蒲田の小町定（こまちさだむ）さん（元飛曹長）の事務所に始終、出入りしては、あれこれと昔のことを教えてもらっていた。

あるとき、約束の時間が過ぎたので、辞去しようと腰を浮かせかけたら、

「もうちょっと待ったら大原が来るよ」

と、小町さんに言われた。私の母校・大阪府立八尾高校の旧制中学時代の卒業生に、零戦隊の名指揮官として知られた宮野善治郎大尉（戦死後中佐）がいる。私はそのことを、母校に戦時中から奉職していた先生に教えられ、その後に読んだ本を通して、宮野善治郎の列機を務めた大原亮治という戦闘機乗りの名前を記憶していた。

「それは願ってもないことです。ではご紹介いただけますか」

初対面の大原さんは七十四歳、見るからに精悍な、戦闘機乗りらしい面影を色濃く残している人だった。小町さんが、

「こんど、零戦搭乗員のことを取材している人だ」

と私のことを紹介してくれた。ところが、大原さんはチラッと私を一瞥して、

「いまからじゃ駄目だよ。おもだった人はあらかた死んじゃって。いまからやってもしようがないんじゃないの」

と、取りつく島もなかった。じっさい、その頃は柴田武雄大佐、真木成一中佐、相生高秀中佐、山本重久大尉、小林巳代次大尉、磯崎千利大尉、松場秋夫中尉と、海軍戦闘機隊の名だたる実力者が、二、三年の間に次々と亡くなっている時期だった。

こんな状況で、母校の先輩である宮野大尉の名前を出すというのは、ふだんの私ならしないことである。もし、「だからどうした？」と言われれば、先輩の顔に泥を塗ることになる。それに、自分自身の取材活動に、先輩とはいえ面識もない他人の名前を利用することを潔しとしない気持ちがあるからだ。が、このときは、

「実はその私……宮野善治郎大尉の八尾中学の後輩なんです」

という言葉が、自然に口をついて出た。そのひと言で、大原さんの表情が動いた。私の顔をまじまじと見ながら、

「そう……！　あなた、宮野さんの。じゃ、こんどうちにいらっしゃい」

これが、大原さんとの二十年を超える付き合いの始まりだった。私は、二ヵ月に一度は横須賀市の大原邸を訪ね、あるときは大原さんが運転する車で横須賀の海軍史跡をめぐり、またあるときは海上自衛隊の基地で新造された護衛艦の命名式に参列、さらに一緒に米海軍の空母に乗って航海を体験し、厚木の米軍基地で催されるさまざまな式典、イベントに出席したりした。大阪・八尾市の共同墓地にある故宮野善治郎中佐の墓に、私の運転する車でお参りしたこともある。熱海で行われた二〇四空戦友会に陪席を許されたときには、搭乗員ばかりでなく、

整備員や主計兵、看護兵であった人たちまでもが、宮野隊長の話となると目に涙をためて、「いい隊長だった」と熱っぽく語ってくれたのが強く印象に残った。

そうして私は、平成九（一九九七）年に上梓した初めての著書『零戦の20世紀』（スコラ）、版元を変えて平成十二（二〇〇〇）年に改訂再刊した『零戦　最後の証言Ⅱ』（潮書房光人社）で大原さんの記事を書き、平成十八（二〇〇六）年に刊行した『零戦隊長　二〇四空飛行隊長宮野善治郎の生涯』（潮書房光人社）では、大原さんを副主人公として位置づけ、その都度、詳細な話を聞かせてもらった。

おそらく、私が接した元零戦搭乗員のなかで、もっとも長い時間をともにしたのが大原さんである。ここでは、改めて大原さんの人生航跡をたどってみようと思う。

大原さんは大正十（一九二一）年、宮城県桃生郡広淵村（現・石巻市）の農家に生まれた。小学四年生の頃、飛行機の三機編隊が頭上を飛ぶのを見て、朝日に輝くその勇姿に憧れ、飛行機乗りを志す。

「子供心にも『これだ！』と思った。心が震えるほどの感動でした。飛行機の尾翼が赤く塗られていたのをはっきりと憶えています。それからは飛行機に乗りたい一心で……。昭和十二（一九三七）年から海軍の少年航空兵、予科練ですな、これを三回続けて受験したけど受からなかった。当時の予科練は、成績が都道府県でも何番か以内に入っていないと合格できないほどの難関で、狭き門だったんです」

大原さんは陸軍の迫撃砲弾をつくる軍需工場で働きながら、週末になると市電に乗って友人たちと仙台に出て、映画館でレイトショーの洋画を見るのが好きだったという。フレッド・アステアに憧れ、タップダンスの練習に興じたこともあった。戦争が始まるまでは、日本の地方都市でもハリウッド映画は人気で、多くの日本の若者たちにとってアメリカは憧れの国だったのだ。

「予科練受験に失敗しているうち、歳も十八を過ぎて、このままだと二十歳で徴兵されてしまう。その頃、海軍部内からもパイロットになれる道があることを知り、じゃあそれで行こうと、一般志願兵として海軍に入ることを決めたんです。昭和十五（一九四〇）年六月一日、四等航空兵として横須賀海兵団に入団しました。『航空兵』とは言うものの、この頃の航空兵は搭乗員だけでなく、整備員もあわせた呼び方でしたから、新米航空兵の私らは整備員の補助です」

海兵団での四ヵ月の新兵教育を経て、北海道の千歳（ちとせ）海軍航空隊に配属された大原さんは、広い飛行場にずらりと並んだ九六式艦上戦闘機、九六式陸上攻撃機の勇姿に目を瞠（みは）った。千歳空の飛行機定数は、九六戦二十四機、九六陸攻三十六機。いずれも支那事変（日中戦争）で活躍した単葉で金属製の、近代的な飛行機である。なかでも見るからに軽快で精悍な九六戦の姿に、颯爽と飛び立っていく搭乗員がうらやましくてね。これはもう、飛行機に乗るしかない、と。大原さんの心は躍った。

「昭和十六（一九四一）年一月、千歳空の主力がサイパン、パラオ、マーシャルの中部太平洋方面に派遣されたんですが、私は留守隊に残されたのが幸いで、二月か三月だったと記憶していますが、丙種飛行予科練習生（丙飛）の試験を受けることができた。丙飛というのは、従来からあった『操縦練習生』に、『予科練習生』としての基礎教育を合わせた内部選抜の制度です。幸い合格して、四月、第四期丙種飛行予科練習生採用予定者として茨城県の土浦海軍航空隊に行き、ここで適性検査を受けて五月一日、正式に採用されました。飛行適性のテストで、霞ケ浦から複座の水上機に乗せられ、はじめて空を飛んだときの感激は忘れられません」

海軍の内部選抜では、丙飛に採用されても、予科練を経て飛行練習生としての教程をすべて終えるまでは、もとの兵種や階級はそのままに据え置かれる。これは、少しでも適性不良と認められれば、たとえ教育中であっても容赦なく練習生を罷免され、原隊に帰されるからであった。大原さんは、昭和十六年六月一日付で、従来の「航空兵」が、飛行機に搭乗する「飛行兵」と「整備兵」とに分かれたことから、三等整備兵となり、さらに同年十月一日付で二等整備兵に進級している。

「予科練」は基礎教育の場だから、適性検査以外で飛行機に乗ることはない。いよいよ飛行訓練が始まるのは、土浦海軍航空隊での三ヵ月の予科練教程を終え、飛行練習生になってからのことである。

「予科練の教程を終えると、二ヵ月のグライダー練習を経て、九月三十日付で第二十一期飛行練習生として霞ケ浦海軍航空隊（霞空）に入隊しました。そこからさらに『霞空東京分遣隊に入隊を命ず』ということで、いまの羽田空港にできた分遣隊に送られ、そこで約六十名の同期生とともに、九三式中間練習機で六ヵ月の飛行訓練を受けたんです。羽田飛行場は八百メートルの滑走路二本の、小さな飛行場でした」

大原さんが羽田で操縦訓練を受けている最中の十二月八日、日本とアメリカ、イギリスをはじめとする連合国との戦争がはじまった。これは、のちに大部分が戦没する練習生たちの運命を決定づける一大事だったが、目の前の訓練に必死の彼らに悲壮感はない。戦場に出たら死ぬかもしれないということよりも、空を飛びたい一念、練習生を罷免されたくない一心のほうが大きかったのだ。

練習機教程も終わりに近づいた頃、練習生おのおのの適性と希望で専修機種が決まり、発表された。大原さんの希望は、一にも二にも戦闘機だった。

「専修機種は、戦闘機、艦上爆撃機、艦上攻撃機、大型機の四つに分けられ、それぞれ異なる航空隊で実用機訓練を受けるんですが、戦闘機専修と決まったときには思わずバンザイをしてしまい、教員にぶん殴られました。でも嬉しかったですよ」

羽田分遣隊の第二十一期飛行練習生のうち、戦闘機専修に選ばれたのは十八名だった。昭和十七（一九四二）年三月二十三日、戦闘機の実用機教育部隊である大分海軍航空隊へ。ここでは、複座の九〇式練習戦闘機、単座の九五式艦上戦闘機で訓練を受けた。いずれも複葉の旧式機である。この頃、第一線では零戦が獅子奮迅の活躍を見せ、並みいる連合軍機を圧倒していたが、生産が追いつかず練習航空隊へ回すほどの余力がなく、大分空では単葉の九六式艦上戦闘機が最新機種だった。このとき、大分空では、海軍兵学校出身の飛行学生、甲種飛行予科練習生出身の飛行練習生は九六戦で訓練を行い、乙種、丙種予科練習生出身の飛行練習生には九〇練戦、九五戦をあてがうという、いわば差別的な区別がつけられていた。

「九〇練戦は老朽機で、空中分解で殉職（じゅんしょく）者も出ました。しかし九五戦は、旧式機とはいえそれまでの中練とはまったく別物、操縦もシビアで、まさに戦闘機でしたね。われわれの分隊長は、大正十五（一九二六）年から飛行機に乗っている操練出身の大ベテラン、小林巳代次飛行特務中尉でした。まだ三十歳代後半だったんでしょうが、当時はヨボヨボの爺さんに見えた。ところが空戦訓練になると、その爺さんにまったく歯が立たない。戦闘機の機銃は前に向けて装備されていますから、相手の後ろに回った方が勝ちなんですが、どんなに力いっぱい操縦桿(かん)を引いて旋回しても、あっという間に後ろにつかれてしまう。小林分隊長は『おい、大原、力任せに引っ張ればいいってもんじゃないんだぞ』と。大分空ではそれが印象に残っていますね」

昭和十七年七月二十五日、大分空での実用機教程を終え、それぞれに次の任地が言い渡される。全員が戦地行きを希望するなか、大原さんは第六航空隊へ転勤を命ぜられた。ここではじめて「整備兵」から「飛行兵」へ転科したこととなり、大原さんは二等飛行兵になる。

「よし、戦地だ！　と張り切りましたね。ところが部隊は千葉県の木更津基地にいるとのことで、少しがっかりしました」

「この隊長のためなら、死んでも悔いはない」と思える上官との出会い

第六航空隊（六空）は、南方油田地帯の占領、確保を目的とした「第一段作戦」に続く「第二段作戦」の一環として計画されたミッドウェー島攻略作戦に合わせ、ミッ

ドウェー島占領後は同島の基地戦闘機隊となるべく、昭和十七年四月に編成された。六月のミッドウェー、アリューシャン作戦では各母艦に零戦と搭乗員を便乗させて戦闘に参加したが、日本側空母四隻が撃沈され、作戦が失敗に終わったため、木更津基地で再編成につとめているところであった。

司令は森田千里中佐、飛行長・玉井浅一少佐。飛行隊長は小福田租（みつぎ）大尉。小福田大尉は支那事変で第一線を戦い歩き、しかも教官、飛行実験部員（テストパイロット）と一通りの経歴を積んできた古参の大尉で、海軍戦闘機隊有数の実力者だった。空中で中隊長として指揮をとる戦闘機分隊長は、開戦以来、フィリピン、東南アジアからオーストラリア本土上空、さらにアリューシャンまで、実戦経験豊富な宮野善治郎大尉と、若い川真田（かわまた）勝敏中尉である。

大原さんは、大分空での飛行練習生を同じ日に卒業した同期生十四名とともに、七月二十七日、木更津基地に着任した。ここではじめて零戦に乗ることになるが、この未来の愛機との出会いとともに、もう一つ、運命的な出来事があった。

宮野善治郎大尉の分隊に配属されたことである。

大原さんは、分隊の先任搭乗員・岡本重造一飛曹に引率されて、木更津基地の滑走路脇に張られた訓練用のテントで宮野大尉と初めて会った。

「ずいぶんスマートな分隊長だな」

と、大原さんはそのとき思ったという。長身で、遠くからでも一目でこの人が指揮官だとわかる「華」のある士官だった。宮野大尉は、新人搭乗員の着任の申告に対しても、まったく偉ぶることなく、ごく自然に接した。それは、上官が部下に接するというより、兄が弟に接するような態度であった。大原さんは、初対面で、この自分の新しい分隊長の、いわば大ファンになった。

九六戦に少し乗った後、すぐに零戦の操縦訓練に入る。

「これまで乗ってきた飛行機とは違って、馬力は強いし安定感もいい。風防があるので操縦席も静かで、すごいな、と思いましたね」

大原さんは、最初は宮野分隊の第二小隊長・久芳一人(くばかずと)中尉の三番機として搭乗割が組まれ、編隊訓練に入った。久芳中尉は大原さんと同様、実用機教程を卒業したばかりの新任士官で、人当たりのいい好青年だった。が、その間も大原さんは、飛行場で宮野大尉の姿を見かけるたび、「今日は分隊長、機嫌がよさそうだぞ」とか、「おや、今日は疲れた顔をしてるぞ、なにかあったのかな」などと、知らず知らずのうちに目で追って観察していたという。

宮野大尉としても、新人のなかでも特に元気で空中での勘がよく、地上においても目端がきいて同年兵のリーダー格、という大原さんのことは早い時期から目に留まっていたのだろう。呑み込みが早くて細心かつ大胆なところ、筋を通す性格、いい意味での要領のよさ、そして視力・体力など、大原さんには、戦闘機乗りとして、さらに言うなら指揮官の列機として必要な資質がすべて備わっていた。

九月も後半にさしかかった頃、宮野大尉は大原さんに、

「今日からお前は俺の三番機だ」

と告げる。分隊長（空中では中隊長）の三番機は、九機編隊の指揮官機を守る重要な役目である。大抜擢と言っていい。そのときの気持ちを大原さんは、

「ほんとうに嬉しかった。この隊長になら、どこまでもついて行ける。それで死んでも悔いはない、とさえ思いました……」

と回想する。

六空では、飛行機の補充が進むにしたがい、訓練の激しさも増していった。七月三十一日、六空をふくむ第二十六航空戦隊（二十六航戦）麾下の各航空隊（六空、木更津空、三沢空）に、ソロモン諸島のガダルカナル島基地進出が発令される。ガダルカナルでは、日本海軍設営隊による突貫作業がようやく実を結んで、八月上旬には飛行

場の使用が可能になる見込みであった。

木更津基地では、ラバウル進出に備えて新型の零戦、二号戦（三二型）を受領したり、幕僚たちが会議をもったり、急ピッチで準備が進められていた。八月五日にはガダルカナル島の設営隊より、長さ八百メートル、幅六十メートルの滑走路が概成し、零戦の進出が可能になったと報告してきた。しかし――。

八月七日、機動部隊に護衛されたアメリカ海兵師団が、突如として、ガダルカナル島北側対岸で横浜海軍航空隊が水上機基地を置いていたツラギ島、次いでガダルカナル島に上陸を開始した。

この日、暗くなるまでに約一万名の米海兵隊がガ島に上陸し、八日午後、せっかく日本軍がつくったばかりの飛行場は米軍に占領された。ツラギの日本軍守備隊も激しく戦ったが、ついに全滅した。ガダルカナル島をめぐる日米の攻防戦は一気に激しさを増し、ラバウルから片道五百六十浬（カイリ）（約千四百キロ）もの長距離進攻を余儀なくされる海軍航空隊は苦しい戦いを強いられることとなった。

陸軍も、精鋭といわれた一木（いちき）支隊約二千四百名をガ島に急送し、同島の奪回、占領を企てたが、八月十八日、ガ島に上陸した一木支隊先遣隊の約九百名は、二十一日、予想外に頑強な敵の反撃の前に、八百名近くが戦死して敗退した。

米軍は占領した日本軍飛行場をヘンダーソン飛行場と命名し、八月十九日に完成させる。そして早くも、二十日には米海兵隊のグラマンF4Fワイルドキャット戦闘機十九機とダグラスSBDドーントレス艦爆十二機が進出してきた。さらに二十二日、二十七日の両日で陸軍航空部隊のP－400戦闘機十四機が進出、以後も着々と航空兵力を増強してゆく。

米軍がヘンダーソン飛行場を完成させる二日前、木更津基地からは、小福田大尉率いる零戦十八機が、木更津海軍航空隊の一式陸攻三機に誘導され、六空の先陣を切ってラバウルに向け発進した。空母や輸送船によらず、空輸だけで島伝いに進出しようという試みである。これは、単座戦闘機としては前例を見ない長距離移動だった。このときの零戦は、全機が新鋭の二号戦（三二型）だった。

先遣隊として進出する搭乗員は二十名。零戦が十八機なので、二名は誘導機の陸攻で移動する。宮野大尉の分隊は、大原さんもふくめ居残りになり、錬成を進めて別途進出することになった。

この日、指揮所の幕舎でブリーフィングの後、出発前に撮影された二十名の搭乗員の記念写真が残っている（４５０ページ）。

「戦地に赴く者たちの面構えを見てやってください。いざ、やらんかな、戦わんかなの意気がみなぎっているでしょう」

……と、大原さんは目を細める。「心ならずも戦地に赴く」者など、ここには一人もいなかった。

先遣隊は離陸時の事故で一機が欠けたが、残る十七機はその日のうちに硫黄島に飛び、十九日に十二機、二十日に五機が次の中継地、サイパンに向けて発進する。硫黄島でも狭い飛行場からの離陸のさい、一機が事故で飛行機を壊し、残り十六機の零戦は、二十二日、トラックに進出、さらに二十三日、ニューアイルランド島カビエン基地に到着。三十一日にはラバウルに進出し、第二航空隊司令・山本栄中佐の指揮下に入った。木更津基地を出てから半月近い道のりであった。

先遣隊がラバウルで作戦行動を始めた頃、内地では、六空本隊の進出準備が、着々と進められていた。九月も後半になると、宮野大尉は大原さんを固有の列機として、仕上げの訓練飛行に励んでいた。

「訓練を終えて木更津基地に戻るとき、宮野大尉は東京湾の、ボートの帆柱すれすれの超低空で派手な分列をして、びっくりしたことがありました。言葉で言うよりも行動で示すというか、俺について来い、そんな感じでしたね」

六空の主力機種として配備されていた二号零戦（A6M3、零戦三二型）は、緒戦で活躍した従来の一号戦二型（A6M2a、二一型）の翼端折り畳み機構部分をカットして、両翼を各五十センチ短くして角形に整形したのが、外観上もっとも目立った変更だが、発動機も一号戦の「栄」一二型（離昇出力九百四十馬力）から、過給器を二速式に換装し、離昇出力を千百三十馬力にアップした「栄」二一型に換えられていた。その他、プロペラの変更、従来、片銃六十発（実際には弾丸詰まりを防ぐため五十五発）と少なかった二十ミリ機銃の弾丸を、同じドラム式弾倉ながら片銃百発を積めるようにするなど、零戦としては初の大きな改造型である。

性能面では、最高速度が、高度四千五百五十メートルで二百八十八ノット（時速約五百三十三キロ）の一号戦から高度六千メートルで二百九十四ノット（時速約五百四十四キロ）へとわずかに上がり、ロール率、急降下制限速度が向上するなどの改良が見られたが、水平面の旋回性能や航続力はやや犠牲になった。

新しい二号戦の性能は、一号戦で敵戦闘機と戦ってきた搭乗員にとって概ね歓迎できるものだった。最初は零戦得意の格闘戦を挑んできた敵戦闘機も、それで完膚なきまでに叩きのめされて懲りたのか、いまでは格闘戦を避けるようになっていた。空戦で単機同士の一騎討ちという場面はもはや起こりにくく、搭乗員が必要としていたのはスピードと高空性能、突っ込みの速さ、そして携行弾数だったのである。二号戦は、それら搭乗員の要望する要素を、ある程度満たしていた。

ただ、二号戦の航続力では、ラバウルからガダルカナル島まで片道五百六十浬（約千四十キロ）、零戦で三時間半の距離を飛んで、さらに空戦して帰ってくることはできない。長大な航続力を誇る一号戦でさえ、ラバウルからの直航だと、ガダルカナル島上空で空戦ができるのはせいぜい十五分程度、しかも帰りの燃料を積んだ重い状態で戦わざるを得なかった。そこで海軍は、ラバウルからガダルカナル島へ百六十浬（約三百キロ）近いところに位置するブカ島に前進基地を急造、さらにより近いブーゲンビル島ブインに基地の設営を始めた。

戦争の雌雄を決するガタルカナル島奪回のため、激戦つづくラバウルへ進出

宮野大尉以下、木更津に残っていた六空戦闘機隊主力が、空母「瑞鳳（ずいほう）」に便乗して横須賀を出港したのは、九月三十日のことである。大原さんもこの進出に参加した。搭乗員は二十七名。空母着艦の経験者がほとんどいないので、飛行機はクレーンで搭載された。「瑞鳳」に搭載された六空の戦闘機は、予備機もふくめて一号戦十三機、

二号戦十九機、計三十二機で、二十七機が発艦してラバウルに向かい、残った五機はトラック島に陸揚げされ、別途ラバウルに空輸されることになっていた。

十月七日。「瑞鳳」は、トラック島とラバウルの中間の海域に達した。ここでいよいよ発艦する。二十七名の搭乗員のうち、母艦の発着艦の経験があるのは、宮野大尉以下五名のみ、実戦経験があるのも、この五名だけである。発着艦訓練の経験がなければ、発艦はできても着艦することはむずかしい。もし途中で機体が故障したり悪天候に阻まれたりした場合、ふたたび母艦に戻ってくることは事実上不可能だった。

「飛行甲板に、零戦がずらりと並べられました。宮野大尉機が先頭で、私はその三番機ですから、かなり前の方です。飛行甲板の前端まで数十メートル、三点姿勢の操縦席に座ると、目の前には海しか見えません。大丈夫かな、と思いながらエンジンをいっぱいに吹かして発艦すると、艦を離れた瞬間、飛行機はグッと沈み込みましたが、なんとか無事に浮かび上がりました」

六空の新たな拠点となるラバウル東飛行場は、煙を吐く活火山、通称「花吹山」と擂鉢（すりばち）をかぶせたような休火山、通称「西吹山」が向かい合う湾の、少し花吹山近くに奥まったところの海べりにあった。そこから湾のいちばん奥にかけては市街地が広がり、街には中国人や現地人も暮らしていて活気があった。西吹山を越えた山の上に、ブナカナウ飛行場、通称「西飛行場」があって、こちらはおもに陸攻隊が使用している。湾は天然の良港になっていて、多くの軍艦や輸送船がひしめいていた。

ガダルカナル島をめぐる攻防戦は、日米両軍の本格的な決戦の様相を呈してきていた。駆逐艦による増援輸送は続けられていたが、明るいうちにガ島に着くと敵機の格好の目標になるので、日が暮れてから着くようにしないといけない。上空直衛の戦闘機は、日が暮れるまでこれを護衛しなければならなかった。十一日には水上機母艦「日進」「千歳」まで投入しての大規模な輸送作戦が計画されていたが、そこで、六空主力はラバウルよりガ島に近いブカ島に進出することになった。

大原さんの初めての出撃は十月十二日のこと。この日、六空は、輸送任務を終えて避退する「日進」「千歳」の上空直衛をのべ十五機で行っている。

「出発前、この日の私の小隊長・平井三馬飛曹長は、『いいか、大原。上空哨戒というのは、ただふらふら飛んでるだけじゃないんだぞ。見張りを怠ってはいけないが、上空ではキョロキョロするな。探照灯のごとくゆっくりと視線を動かせ』と注意を与えてくれました。このときはなにごとも起こらずに帰ってきましたが、翌十月十三日、私がブカ基地で朝食の食卓番を終えて、烹炊所で洗い物をして幕舎に帰る途中、突然ボーイングB－17爆撃機六機、続いてもう五機の空襲を受けたんです。目についた防空壕に飛び込もうとしたら満員で入れず、二つめの防空壕にもぐりこんだ瞬間、ダダダーン、と来ました。実戦経験のある人が誰か、『出るな！　時限爆弾だぞ』と言うのを聞いて身を縮めていたら、間もなく轟音とともに爆弾が爆発して、助けてくれ！　という声が聞こえてきた。外に出てみると、いままでいた防空壕の裏手に十メートルほどの大穴が開いて、近くの壕の一つが崩れていました」

さっそく救出作業が始まったが、昨日の大原さんの小隊長・平井飛曹長と、六空通信長・佐々木大尉は崩れた防空壕の土砂に埋もれてすでに絶命し、他に二人の搭乗員が下半身が生き埋めとなって人事不省になっていた。飛行場にもたくさんの穴が開き、零戦が数機、破壊されていた。その傍らには、零戦を発進させるべくエンジンを始動しようとして避難の遅れた整備科分隊士・白方整曹長が、右大腿部を吹き飛ばされて戦死していた。

「この日、空襲の余韻のさめやらぬブカ基地から、田上健之進中尉以下十五機の零戦が、できたばかりのブイン基地に進出しました。私は、もう一機とともに、他機に先がけてブインに飛んだ記憶があります。ところが飛行場は連日の雨ですっかりぬかるんでいて、着陸のとき、滑走路に敷かれた材木を尾輪で引っかけてしまい、ガラガラとすごい音がしてビックリしました」

ブイン基地が使えるようになったことで、ガダルカナル島までの進出距離が三百二十浬（約六百キロ）と、ラバウルからより二百四十浬（約四百四十キロ）も近くなり、二号戦でも余裕をもってガ島攻撃に参加できるようになる。二号戦の航続距離不足の問題は約二ヵ月で、現地で実質的に解決された。

ブイン基地は、ブカ基地と同様、ラバウルのような病院や慰安所はもちろん、きちんとした建物の宿舎さえない、文字通りの最前線基地であった。飛行場から一キロ半ほど離れた海岸の椰子（やし）並木沿いに数十張りの幕舎が張られ、そこが隊員たちの宿舎やその他の施設にあてられていた。殺風景なことこの上なく、しかも基地の防備態勢も完備しておらず、敵機の来襲に対しては見張員の目視に頼るほかはなかった。

十月十九日、六空零戦隊は、二直に分かれてガ島の敵飛行場上空制圧のため出撃する。一直は宮野大尉以下九機、二直は川真田勝敏中尉以下九機。この日、大原さんは、実戦では初めて宮野大尉の三番機をつとめることになった。出撃前のブイン基地で、宮野大尉は大原さんに注意を与えた。

「今日は必ず会敵（かいてき）する。空戦になるから絶対に俺から離れるな。俺が宙返りしたらその通りにやれ、お前は照準器は見なくていいから、俺が撃ったら編隊のまま撃て」

午前六時に発進した宮野隊は、八時十五分、ガ島上空に到着、一時間二十分にわたって上空を制圧した。ブイン基地ができて、二号戦でもこれだけ長い時間、敵地上空に滞空することができるようになったのである。八時五十五分、グラマンF4Fワイルドキャット戦闘機五機が空戦を挑んできた。

「雲の下からグラマンが、ちょうどよく前に出てきました。私は初めて星のマークを見て驚いちゃって、あっと思いましたよ。宮野大尉は、『いいか、離れるなよ』とでも言うようにチラッとこちらを振り返り、グラマンに向かっていきました。宮野機の二十ミリ機銃が火を噴いたと見るや、私も夢中で引き金を握りましたが、気がつくと、この宮野機の一撃で一機は火だるま、もう一機も黒煙を吐いて墜ちていきました。いやあ、二号戦はすごいと思いましたね。宮野大尉も、帰ってから、二号銃（銃身が長い）の威力は大したもんだ、と感心していました」

水際立った宮野大尉機の攻撃に、不利な戦いと見たか、残る敵機は、蜘蛛の子を散らすように逃げていった。

目の前で簡単に敵機が墜ちてゆくのを見た大原さんは、こんどはどうしても自分で撃墜してみたい衝動に駆られた。十月二十三日、こんどは小福田大尉の三番機（参加機数十二機）としてガダルカナル島上空制圧作戦に参加。これは、陸軍のガ島飛行場総攻撃を空から支援するものだった。

「この頃は、正々堂々来るなら来い、と敵地上空をぐるぐる旋回しながら、敵機が上がってくるのを待つ、という戦い方でした。この日は、ほとんど同高度でグラマン十数機と会敵しました。小福田大尉が攻撃するのを見て、『俺もやりたい、やりたい』と思いながらふと見ると、すぐに墜とせそうなところにグラマンが一機いる。私は隊長に無断で編隊を離れてそいつを追いかけましたが、どういうわけかスピードが出ません。『しまった！　増槽を落とすのを忘れてた！』、空戦のときは、空気抵抗を減らすために燃料コックを主翼のメインタンクに切り換えて、増槽を落とすのが鉄則ですが、あがっていてそれを忘れていたんです。増槽を落としてやっと敵機に追いつき、苦心惨憺（さんたん）してそいつを撃墜しましたが、気がつけば四、五機の敵機に囲まれていました。そこへ皆が助けに来てくれて大混戦になってしまった。私はG（重力加速度）で目から火花が散るほど操縦桿を引いて、敵機の攻撃から逃れましたが、零戦が一機、煙を噴いて墜ちてゆくのが視界の端に見えました」

この日は大原さんの一機をふくめ、合計四機のグラマンF４Fを撃墜したが、思わぬ乱戦で、我が方も金光武久満中尉以下四機の犠牲を出し、大原さんにとっては苦い初撃墜となった。基地に帰ると大原さんは、小福田大尉から、無断で編隊を離れたことに対して大目玉を食った。

十一月一日付で、海軍の制度上、かなり大きな改定が加えられた。

まず、下士官兵の階級呼称の変更。従来、下から四等兵、三等兵、二等兵、一等兵、三等兵曹、二等兵曹、一等兵曹であったのが、この日から二等兵、一等兵、上等兵、兵長、二等兵曹、一等兵曹、上等兵曹と呼ばれることになった。

次に、航空隊名の変更。従来、国会審議を経て予算の通った常設航空隊は、編成地の地名に「海軍」がつき、たとえば台南海軍航空隊、鹿屋（かのや）海軍航空隊などと呼ばれ、戦時に臨時に編成された特設航空隊は第三航空隊、第六航空隊などと呼ばれていた。それでは移動の激しい現状にそぐわず、航空隊の任務もわかりづらいため、外戦部隊については、「数字・海軍・航空隊」の呼称で呼ばれることになったのである。

六空は、第二〇四（ふたまるよん）海軍航空隊（略称二〇四空）と改称された。ラバウル方面にいた他の航空隊も同様に、台南空は二五一空、二空は五八二空、鹿屋空戦闘機隊は二五三空などと部隊名が改められた。

部隊の識別標識もいくつかの部隊で変更になり、六空のUは二〇四空のT2に変わった。作戦の都合上、全機いっぺんに塗り替えることはできないので、順次改変される。零戦の機体そのものの色も、六空のラバウル進出時には緒戦期と同様のライトグレーであったが、それでは海上で上空から見た場合など目立ちすぎるため、逐次、機体上面に濃緑色の迷彩が施されるようになっていた。部隊記号と機番号は、白い文字で入れられた。迷彩塗装はラバウルの航空廠や現地に派遣された工員たちの手によって行われたが、スプレーの吹き付け方が、メーカーでやるようにきれいにはできず、表面もザラザラであった。

「これでは空気抵抗が大きくなるんじゃないかと、われわれ搭乗員も整備員と一緒になって暑い中、油のついたウエスで表面を一生懸命磨いたものです。それでもなんとなくザラザラしたままでしたが」

十月三十一日、定期の進級があり、大原さんは一等飛行兵に進級、さらに十一月一日付の制度変更で階級呼称が変わって飛行兵長（飛長）となった。時期を同じくして、二〇四空司令・森田中佐が大佐、飛行長・玉井少佐が中佐、飛行隊長・小福田大尉が少佐に、それぞれ進級している。

連日の出撃と空襲による睡眠不足、それに追い打ちをかける風土病

ガ島に対する増援輸送は間断なく続けられていた。零戦隊は連日のように船団護衛に駆り出されていたが、ちょうどこの時期、ソロモン諸島一帯は雨季に入っていた。

有視界飛行しか事実上できない当時の戦闘機にとって、悪天候は、ときに敵機以上の強敵であった。この時期の戦闘機搭乗員の戦死者の多くは、敵機との空戦で撃墜されたものではなく、悪天候によるものである。

十一月二日、小福田少佐以下九機が増援輸送部隊の上空警戒に向かうが、悪天候に阻まれて帰ってきている。翌三日は、川真田中尉以下九機がやはり輸送部隊の上空警戒に出撃したが、悪天候のため、川真田中尉と竹田彌飛長が未帰還となった。

十一月十二日の深夜、戦艦「比叡（ひえい）」「霧島（きりしま）」を主力とする挺身攻撃部隊は、ガ島飛行場を砲撃するため、ルンガ泊地沖に突入、敵艦隊と激突し、軽巡二隻、駆逐艦四隻を撃沈、重巡二隻、軽巡一隻、駆逐艦三隻に損傷を与えたが、「比叡」が大破、駆逐艦三隻を失い、他に軽巡一隻、駆逐艦六隻が損傷を受けている。

十三日、航空部隊各隊は、舵（かじ）が故障して行動の自由がきかずにサボ島のまわりを回っている「比叡」の上空直衛に交代で出かけた。

「私が見たときはうすい煙がまっすぐに立ち上り、『比叡』は三十度ぐらい傾いて、駆逐艦へ人員の移乗を始めていました」

と大原さんは言う。「比叡」はその夜、注水弁を開いて自沈し、大東亜戦争（太平洋戦争）における日本戦艦初の喪失となった。

明けて十一月十四日にも、大原さんは宮野大尉の三番機として輸送船団の上空直衛に参加している。

「この日の帰途、低空を飛ぶ敵SBD艦爆二機と遭遇しました。艦爆は後方に旋回銃があって、後上方からだとそれにやられるケースが多いので、前下方からの攻撃がよいとされていました。それで、われわれはみんな、前下方に回り込もうとするんだけど、敵機は海面スレスレを逃げるので、入るに入れない。攻めあぐねていると、業を煮やした宮野大尉機がサッと上にあがって、後上方からダダダーッと一撃で一機、墜としちゃったんです。あとで宮野大尉から、あんなにモタモタしてたら駄目だ、臨機応変にやれ、と言われましたよ」

ソロモン諸島だけでなくニューギニア方面でも、米軍は新たな飛行場を建設し、ラバウルやブインをはじめとする日本側拠点への攻撃の手を強めていった。なかでも零戦隊が苦手としたのが、米陸軍の四発重爆撃機、ボーイングB－17である。

「B－17は装甲が厚くて、攻撃しても、こちらの機銃弾が命中しているのが見えるのに、それがパンパンッと表面で炸裂するばかりで、なかなか致命傷には至らない。そこで、宮野大尉の発案で、B－17攻撃訓練をやりました。まずはB－17の大きさが問題で、われわれは大型機といっても双発機の九六陸攻や一式陸攻しか見ていないので、射撃するときの距離感がつかめない。それで、零戦二機が標的役となって、翼端と翼端の間が敵機の大きさになるように編隊を組み、それに別の二機が前下方から模擬襲撃をかけるんです。敵機の翼の付け根にある燃料タンクが弱点だとのことで、これを狙って照準器に入れるという想定です。とにかく、敵機の大きさに惑わされて遠くから撃って避退しがちなところ、ぎりぎりまで近寄って攻撃、敵の腹の下をくぐって後ろへ出ると。私はその訓練の一回めに上がりました」

十二月一日のことである。大原さんたちが訓練を終えて着陸すると、入れ替わりに、神田佐治飛長、杉田庄一飛長らのグループが飛び上がった。四機が二機、二機に分かれてある距離まで離れたところで反転、接敵訓練をすることになっていたが、神田機と杉田機が反転するとき、杉田飛長は遥かかなたに一機のB-17を発見した。本物の敵機である。二機はこのB-17に突進すると、訓練の想定通り前下方より攻撃を加えた。相対速度が相当あるので、みるみるうちに敵機が眼前にかぶさってくる。

まず神田機が一撃、続いて入った杉田機は、事前の注意に忠実に、敵機にぎりぎりまで接近すると、主翼付け根を狙って全銃火を開いた。攻撃時間はそれぞれほんの数秒。ここで一瞬、杉田機の避退動作が遅れた。機体を左下方にひねって敵機の腹の下にもぐろうとしたところで、杉田機の右主翼の翼端と垂直尾翼とが、敵機の右主翼にぶつかったのである。敵機は、右翼を切断されて墜落していった。杉田機は、かろうじて機体の安定を取り戻すと、ブイン基地にすべり込んできた。

「杉田機が着陸したのを見ると、方向舵がほとんど潰れていました。杉田は、エンジンを切るなり、『やった、やった』と操縦席から飛び降りてきました」

杉田飛長は新潟県の生まれ、大原さんと同じく昭和十五（一九四〇）年の志願兵だったが、大原さんより三年半も若い大正十三（一九二四）年七月生まれで、当時まだ十八歳の少年だった。

激戦のうちに昭和十七（一九四二）年は暮れ、新しい年がはじまった。熱帯のブイン基地では正月らしい正月は望むべくもないが、二〇四空では松の木に椰子の葉を飾った門松を本部前に立てて新年を祝った。

ブイン基地の搭乗員宿舎は、幕舎に仮設ベッドを置いただけの粗末なものであった。ジャングルのなかなので湿気がひどく、隊員たちはよく体を壊した。安静にしないといけない場合でも無理して飛ぶので、なかなか完治しない。マラリアやデング熱などの風土病を媒介する蚊は、日中でもお構いなく人を刺し、刺された後は我慢ならないほどに痛痒く、そこがすぐ化膿して疱瘡のようになった。蠅もおびただしく、食事のときに真黒にたかった蠅を追い払うのも一苦労である。

そんな劣悪な生活環境に加えて、敵は神経戦を狙い、夜間一機ずつ交代で、ほとんど一晩中頭上を飛び回っていた。それも、ときどき思い出したように爆弾を落とすので、おちおち熟睡することもできない。夜間戦闘機はまだないので、邀撃（ようげき）することもできない。たまに敵の矛先が対岸のバラレ基地に向かうと、「お隣は今晩お客様らしいね」とゆっくりすることもできたが、連日の出撃と睡眠不足、風土病に、隊員たちの疲労は蓄積していくばかりであった。それでも、

「毎日、戦争するのがわれわれの仕事ですから、いつになったら帰してくれるんだ、などとは思わなかった。戦後の本で、ソロモンは『搭乗員の墓場』だとか、『ラバウルの搭乗員は死ななきゃ内地に帰れない』なんてことさらに書いてあるけど、そんな悲壮な気持ちではありませんでしたよ。戦闘機乗りのモットーは〝見敵必墜〟、これに尽きます。消極的な戦いをする者は一人もいませんでした」

と大原さんは回想する。

二〇四空の士気の高さは、小福田少佐と宮野大尉、二人の指揮官の人柄と、率先垂範の姿勢によるものも大きかった。

ふつう、少佐の飛行隊長ともなると、大きな作戦には出撃しても上空哨戒や邀撃戦に上がることはあまりなかったが、小福田少佐はどんなときでも率先して飛び上がっ

ていく。酷暑の島でも、指揮所で飛行服に身を包み、白いマフラーをきりっと結んで待機する小福田少佐の姿は侍大将の風格があった。

ブイン基地では、士官室と搭乗員室は四、五十メートルほどしか離れておらず、目と鼻の先にあった。宮野大尉は、従兵にビールをかつがせて搭乗員室に始終やってきては、下士官兵搭乗員の輪の中に進んで入った。これは、なにかにつけ士官と下士官兵を区別する海軍ではめずらしいことだった。

「戦闘で、今日はやられたというときは、『なにをお前らしょぼしょぼしている。元気出せ！　明日は仇をとろうぜ、な！』、それからみんな車座になって、宮野大尉という人はそうやって飲みながら、あれはこうだぞ、とか、お前、あれはまずいぞ、ということをビシッと言ってくれるんですよ。『お前、あんなことするなよ』『隊長、わかってます、わかってます』『わかればいいんだ。まあ飲め』みたいに。作戦上のことで叱られることはあっても、感情的に馬鹿呼ばわりされたり、怒られたりしたことは一度もないですね。ときには搭乗員が、『隊長、しょぼしょぼするな、俺たち頑張るからさあ』なんて逆にハッパをかけたりして。戦果が挙がったら挙がったで、『おう、今日はやったな』って、やっぱり来るわけですよ」

若い搭乗員、なかでも大原さんの同年兵で威勢のいい渡辺清三郎飛長など、酔っ払ってここぞとばかりに、「おい隊長、近頃少し威張りすぎるぞ」などとくだを巻くこともあったが、宮野大尉は泰然として、「よし、その元気でな、でも死なないようにしろよ」と、やさしく言葉をかけた。部下思いで、かと言って決して猫かわいがりをするのではなく、締めるべきところはピシッと締めた。

「他の士官なら、日常生活や戦いのなかで、必ず一度はわれわれ下士官兵搭乗員に対し、階級の差を感じさせるような嫌な面を見せるものですが、宮野大尉にはそれが全くなかった。嫌なところが一つもないんです。部下の心を捉えて離さない人だった。人の心をつかもうとしているんじゃなくて、自然に引きつけられるというか……」

宮野大尉は、搭乗員たちのまさによき兄貴であった。いっぽう、小福田少佐となると、なにしろ宮野大尉より海軍兵学校が六年も古く、若い搭乗員たちよりひと回りほども年長だったこともあり、宮野大尉にはない貫禄があった。飛行隊長と分隊長、いい意味での役割分担がこの二人の指揮官の間にはできていた。

圧倒的に不利な消耗戦のなか、敵の大型爆撃機相手に大車輪の活躍

この頃、航空部隊の必死の戦いもむなしく、ガダルカナル島をめぐる戦況は不利に

なるいっぽうだった。昭和十七年十二月三十一日の御前会議でガ島撤退の方針が決定され、昭和十八（一九四三）年一月四日、ついに天皇の大命が下された。

撤退の方針が定まっても、現時点で島にいる部隊への補給は続けなければならない。ガ島への増援輸送を行う輸送船団の上空哨戒に、二〇四空零戦隊はなおもしばしば出撃している。

一月四日夜、ガダルカナル島にもっとも近い日本軍の前進基地であったニュージョージア島ムンダ基地が敵巡洋艦艦隊の艦砲射撃を受けた。それを受けて一月五日、二〇四空零戦隊と五八二空の九九艦爆隊に、敵艦隊に対する攻撃命令がくだった。

敵艦に向かって急降下、低空で爆弾を投下する艦爆隊は、敵の防禦砲火による被害を受けやすい上に、鈍足で敵戦闘機の格好の餌食（えじき）にもなり、出撃のたびに大きな損害を被（こうむ）っていた。零戦隊の士気の高さに反し、生還率の低い艦爆隊の士気は、ともすれば沈滞しがちであった。

そこでこの日の攻撃では、小福田少佐、宮野大尉らが研究した新たな艦爆隊護衛戦法が採用されることになった。零戦隊を「直掩（ちょくえん）隊」と「遊撃隊」に分け、まず艦爆隊が急降下に入る前に遊撃隊が敵機を排除し、直掩隊の一個小隊は艦爆と一緒に降下し、爆弾投下後、海面すれすれに避退する艦爆隊の上空五百メートル付近で待機する一個小隊と合流して、傘のように艦爆隊を守って帰投させる、というものである。

宮野大尉率いる零戦十四機は、午前四時三十分、艦爆四機とともにブイン基地を離陸した。艦爆の腹には、それぞれ黒光りする二百五十キロ爆弾一発ずつが抱かれていた。午前七時、敵艦隊発見。上空には、グラマンF4F戦闘機十機、水上機二機が警戒にあたっていた。ここで、かねてからの打ち合わせ通り、零戦隊は直掩隊と遊撃隊とに分かれ、九機が遊撃隊として先行する。直掩隊はさらに二手に分かれ、三機は艦爆隊とともに行動し、宮野大尉機と大原機の二機は、艦爆隊の避退コース上の露払いに向かった。

艦爆隊が敵艦に向けて急降下を開始する。その針路を邪魔する敵水上偵察機一機、飛行艇一機を零戦が撃墜する。宮野機と大原機が高度を下げて、爆撃を終えた艦爆が避退してくるのを待っていると、やがて一機の艦爆が、グラマンF4Fに追われているのが目に入った。

「位置はわれわれのやや左上。宮野大尉が手信号で『行け！』と命じました。私はすぐさま艦爆を狙っているグラマンを追い、撃墜。そこで敵艦隊の方向を振り返ると、宮野機が別のグラマンの後ろにピッタリとついているのが見えました。私は、もう一機のグラマンを後下方からの攻撃で撃墜、さらに前方をガダルカナル島の方向に逃げてゆくもう一機に喰らいつきました。猛然と闘争本能が燃え上がり、逸り(はや)に逸っていたと思います。敵機は、上空哨戒の交代時期で燃料に余裕がないのか、逃げるばかりで反撃してこない。単機で自由に敵機を追えるチャンスなどめったにないから、私はすっかり調子づいて、深追いしてしまいました。

そのうちガダルカナル島上空に着いてしまい、眼前に二千メートル級の山がそびえている。グラマンは、反撃する様子を見せないままに上昇を始めた。周囲を警戒しながら間合いを詰め、ちょっと遠いけど七ミリ七で威嚇(いかく)射撃。これに驚いたグラマンが左へ旋回したので距離がだいぶ詰まりました。もっと近寄ったところで二十ミリをぶっ放そうと、敵機の頭を押さえるように七ミリ七をまた撃つと、今度は右に切り返し、おかげでこちらがスピードが出すぎてグラマンの上でつんのめる形になって、一瞬、敵機を見失ってしまったんです。翼を左に傾けて行方を探してみたけど見当たらず、おかしいなあと思っていたら、とうとう山を越えて敵の飛行場が見えるところにまで来てしまった。こん畜生、銃撃してやろうと思いながらよく見たら、飛行場には濛々(もうもう)と砂塵(さじん)が上がって数機が離陸を始めるところでした。それで、これは大変、長居は無用と、急いで反転して帰途につきました」

この攻撃で、艦爆隊は敵艦二隻に直撃弾、一隻に至近弾を与えたと報告したが、戦闘機隊による新直掩法も功を奏せず、一機が自爆、一機が行方不明となり、四名が戦死、残る二機にも被弾があった。零戦隊の戦果は撃墜六機（うち不確実一機）。大原さんの追った三機めの敵機は、撃墜不確実とされたが、尾関行治上飛曹が山に墜ちたのを見届けていて、概ね確実だった。

この日、一月五日の激戦からブイン基地に帰った二〇四空零戦隊には、息つく暇もなく、ポートモレスビー攻撃の陸攻隊を直掩するため、至急ラバウルに移動せよとの命令がくだった。ブインからガダルカナルまで攻撃に飛んだその日にラバウルに移動し、翌日の明け方、こんどはニューギニアの敵の要衝ポートモレスビーへ攻撃に行くという強行軍である。攻撃隊の直掩をする零戦が、ラバウル基地にも不足していたのだ。その日のうちに、宮野大尉以下十二機がラバウルに飛んだ。

一月六日午前六時、進藤三郎大尉が率いる五八二空の零戦十八機と、宮野大尉の率いる二〇四空の零戦十二機がラバウル東飛行場を発進、ラバウル西飛行場を発進した約二十機の一式陸攻と合流し、一路ポートモレスビー方面へと向かった。

「ところが、スタンレー山脈の手前は雲に覆われ、高度を上げても越えられない。宮野大尉は何度もバンクしながら、ゆっくり右旋回を始めました。引き返す合図です」

五十機もの編隊が回れ右して、ラバウルへ引き返す途中、大型の四発機が下方をすれ違っていくのが見えた。大原さんが「偵察に行く味方の九七式大艇（大型飛行艇）かな」と思い、宮野大尉に手信号で報告すると、宮野大尉も「了解」と右手を挙げた。が、その飛行機が陸攻隊の真下に来たとき、突然、ババーッと閃光が走った。

「赤い曳痕弾が陸攻隊に吸い込まれていくのでよく見たら、そいつは敵のコンソリデーテッドB－24でした。向こうもとんでもないところに入ってしまって慌てたんでしょう。撃ってこなければわれわれも見過ごすところでしたが……」

二〇四空の十二機と、五八二空の九機がいっせいに攻撃に入った。敵機はぐんぐん高度を下げて逃げようとする。宮野中隊はその前下方に回りこみ、反航攻撃に入った。宮野機が猛然と敵機に突っ込み、翼の付け根に機銃弾を叩き込む。続いて入った大原機が、正面から撃ち合ってかわしたときに、別の零戦が一機、敵機に気を取られすぎて高度の判定を誤ったのか、プロペラで海面を叩き、パッと水しぶきが上がるのが見えた。あ、これは駄目かな、と思いながら注視していると、その零戦は幸い、海に突っ込まずに上昇してきた。

「とにかくこのときは、みんなでコテンパンにやっつけたんです。B－24はエンジンと燃料タンクから白煙を引き、高速のまま海面にぶつかりました。二、三度バウンドして翼は飛び、エンジンも方向舵もバラバラになって大きな水しぶきを上げました」

ガダルカナル島からの撤収作戦「『ケ』号作戦」は、二月一日、四日、七日の三次にわたり、駆逐艦を大動員して夜間、行われた。空襲と魚雷艇による攻撃は受けたが、損害は予想以上に少なく、撤収作戦そのものは大成功を収めた。収容した人員は、防衛庁防衛研修所戦史室編纂の『戦史叢書』によると一万二千八百五名におよんだ。米軍は、二月八日朝になって、ガ島エスペランス岬付近に放置された日本軍の舟艇や補給品を発見して、初めて撤収を知ったという。

その間の二月一日、二〇四空は、ブイン基地に来襲したB-17四機を森崎武予備中尉以下の零戦十二機で邀撃、その全機を撃墜するという快挙を成しとげた。

「このときは天候がよかった。爆撃を終えたB-17はイサベル島の方に逃げていきました。行く先に雲がかかっていたんですが、敵機がこの雲に入ったら出鼻を押さえてやろうと先回りしました。それで、思った通りにB-17が目の前に現れたので、前方から突き上げて、ぶら下がるような形で二十ミリを撃ち込んだんです。敵機は、胴体と翼の付け根から火を噴いて墜ちていった。残る敵機も、ガ島の方向に逃げるのを、全機撃墜するまで追いかけました」

零戦隊の損失はなく、苦手のB－17に対してようやく、胸のすくようなワンサイド勝ちを収めることができた。

だが、ガダルカナル島撤退を境に、日本軍はそれ以上の進攻を諦めざるを得なくなり、中部ソロモン、および東部ニューギニアの戦略的位置づけも、「進攻拠点」から「防衛拠点」に変わった。南太平洋での戦況の潮目が大きく変わった瞬間だった。

二月のブインの気候は内地の初秋のようだった。夜半に激しいスコールが降るが、天候が悪いと敵機の夜間定期便も来ないので、蚊帳の中で雨音を聞きながら郷愁に浸ることもできた。身近な誰彼が次々と戦死してゆく。朝、笑いあった戦友が夕方にはもうこの世にいないような毎日を過ごしていても、

「生きて帰れるとは思っていない。でも、自分がやられるなんて思ってもみない」

というのが、隊員たちに共通した思いであった。

年頃の健康な青年ばかり、しかもその多くが独身者である航空隊では、女性の話、結婚の問題は、自分たちの人生観にもかかわる外せない話題だった。大原さんは宮野大尉に、「おい大原、お前が嫁さんもらう時は俺が世話してやるからな」と言われて照れ笑いしたことを記憶している。それが希望的観測に過ぎないとしても、生きて帰

って平和な所帯を持つことは彼らの夢だった。

二月十三日、ブイン基地は、米軍の四発大型爆撃機コンソリデーテッドB－24六機とそれを護衛するロッキードP－38四機、カーチスP－40七機、合わせて十七機による空襲を受けた。二〇四空は零戦九機でこれを邀撃。

「B－24がいかに墜ちにくいかを見せつけられました。B－24には相当、弾丸が当っているのにこたえなかった。小型機を攻撃すると大型機が撃ってくる、大型機を攻撃しに行くと小型機が来る。その連携が敵ながら見事で、見習わなければと思いました」

戦果はB－24三機、P－40二機、P－38四機をそれぞれ撃墜、我が方の損害は、山本一二三飛長が戦死、被弾三機。

二月十四日にはB－24九機を、この日が零戦との初対決となる新鋭機のボートシコルスキーF4Uコルセア十二機、P－38数機が護衛してブイン基地に来襲している。二〇四空は零戦十三機が邀撃に発進。一時間以上におよぶ空戦で、B－24二機、F4U二機、P－38四機を撃墜、全機が無事帰還した。新鋭機を投入しながら惨敗した米軍は、この空戦を「セント・バレンタインデーの虐殺」と呼んだ。

「この日の空戦で撃墜されたP－38の搭乗員が一人、捕らえられてブイン基地に運ばれてきました。前日、同年兵の山本一二三飛長をP-38に撃墜されて気が立っていたこともあり、私は、アゴでも一発喰らわせてやろうと、仲間とともに捕虜のいるところへ行ってみました。ところが、本部前の木につながれているのは、実にかわいい少年なんですな。森崎中尉は英語ができたのでなにか話していましたが、見ていたらかわいそうになって、殴る気がしなくなりましたよ」

ミシガン大学を卒業後、飛行学校を出て応召した二十二歳の陸軍少尉とのことで、紅顔の美青年であったが、こちらの訊問（じんもん）には一切答えず、そのうち輸送機でラバウルに後送された。彼がその後どうなったか、大原さんは知らない。

この頃、二〇四空には一号戦（二一型）と二号戦（三二型）、二種類の零戦が混在していたが、二号戦の方が邀撃戦には有利で、搭乗員たちには人気があった。若い搭乗員の目には、優美な一号戦の長い主翼より、二号戦の短く角形に切り落とした翼端の方が、いかにも力強く俊敏に見えてたのもしかった。

空戦の勝負は「初動」で決まる。一号戦の方が縦の格闘戦でやや小回りが利く美点はあったが、それよりも、馬力が強くて突っ込みがよく、しかも高速時の横操作の軽快な二号戦の方が、多くの場合、有利に敵と戦うことができた。大原さんは、

「二号戦は、エルロン（補助翼）はやや重いものの不自由なし。スピードは一号戦よ

りやや速いぐらいですが、全速にしたときのパワーが感覚的にはすごくて、一号戦の二倍になったぐらいに感じたものでした」

と回想している。

この頃、めだって増えてきた敵の四発爆撃機B－24は、垂直尾翼が二枚あってB－17とは印象の異なる機体であったが、B－17と同様に高速、重武装、重装甲で、零戦にとっては厄介な相手であった。双発双胴のP－38戦闘機は、旋回性能こそ零戦に劣るものの、高高度性能にすぐれ、スピードも速く、零戦に劣らない航続力を持っていた。はじめのうちは、零戦との格闘戦に巻き込まれて次々と撃墜され、「ペロ八」というあだ名がつけられたが、そのうち、高高度から高速で降下してきて一撃離脱、急上昇する戦法をとるようになって、しだいに手ごわい相手となっていた。独特の逆ガル型（正面から見るとW形に見える）主翼を持つF4Uは、機体は大きく見えたが零戦よりもはるかに優速で、高高度性能も高かった。しかし大原さんは、

「高速で逃げられたら追いつかないが、ダッシュが悪くて、空戦になると比較的捕捉しやすい。こちらが初動を誤らなければそれほど怖い相手ではありませんでした」

と言う。現に大原さんは、その後も数機のF4Uを撃墜している。

航空兵力を結集し決戦を挑んだ「い」号作戦の失敗と山本司令長官の戦死

二月二十六日、ブインに進出していた二〇四空零戦隊は、ラバウルにいた五八二空零戦隊と交代し、四ヵ月ぶりにラバウル基地に転進した。

殺風景なブイン基地から帰ってみれば、ラバウルは気候温和、風光明媚な自然公園のように見え、まるで内地に帰ったかのような錯覚を抱かせるほどであった。幕舎に簡易ベッドというブインの搭乗員宿舎とちがい、ラバウルでは、占領前に白人が使っていた洋館住宅を接収し、搭乗員宿舎にあてている。航空廠や海軍病院といった軍の施設はもちろん、業者が経営する慰安所の施設も完備しており、久しぶりに見る女性の姿は、隊員たちにはまばゆいばかりに美しく感ぜられた。

官邸山と呼ばれる山の上のほう、ラバウル第八海軍病院のそばに、クラブと称する士官慰安所があった。山の中腹には下士官兵用の慰安所がある。基地周辺の広場では、毎晩のようにどこかの部隊が映画上映をやっていて、大原さんのように慰安所の空気が好きでない者は、そちらに行くことが多かった。ただ、野外映画会は、空襲警報のサイレンが鳴ると中断されてしまうのが難点だった。

宿舎に残っている者は残っている者で、連夜の酒盛りが繰り広げられている。宮野大尉はこちらの方へも、相変わらず、従兵にビールをかつがせ顔を出していた。ただ、和気藹々(わきあいあい)としたなかにも、搭乗員の手綱を引き締めることは忘れない。

「戦闘機隊によってはそれぞれの機体に撃墜マークが描(か)かれていることもあったようですが、二〇四空ではそんなことはやらなかった。搭乗員は皆、隙(すき)あらばすっ飛んでいって墜としたいという気持ちを持っている。しかし、そのために苦戦することもある。宮野隊長は、搭乗員室で酒を飲みながら、『うちは部隊で何百機も協同撃墜しているんだから、一機、二機の単独戦果で自慢するな』とよく言っていました。部下が撃墜を逸(はや)って深追いすることに、隊長は釘を刺したんだと思います。私は、自分のことを言われているような気がしていました」

三月は、海軍の定期の人事異動の時期である。二〇四空では、司令・森田大佐、飛行隊長・小福田少佐が内地に転勤となり、新司令には杉本丑衛(うしえ)大佐が着任した。小福田少佐の後任の飛行隊長はしばらく空席となったが、内地転勤の内示を辞退した宮野大尉が、三月十五日付で内部昇格の形で就任した。

小福田少佐の転出と入れ替わりに、内地から、川原茂人中尉が、他六名の搭乗員とともに着任してきた。川原中尉は、はち切れんばかりに元気のみなぎる青年士官であった。大原さんは、川原中尉に強烈な思い出がある。大原さんが大分空で飛行練習生として戦闘機の操縦訓練を受けていた頃、川原中尉も飛行学生として一緒に訓練を受けていた。あるとき、体育の剣道訓練で、教官がいないのを幸い、大原さんたち練習生が適当に手を抜いてやっていると、それが気に食わなかったのか、剣道着を着た川原中尉が、「お前たち気合が入ってない！　総員整列！」と一喝した。

「われわれは四、五十人、四列に並ばせられました。前から順番に殴られるから、私はいちばん最後に並びました。川原さんは背の大きくない人で、ときには背伸びをしながら、一人一人に往復ビンタをしていった。ふつう、十人も殴れば手が痛くなって力も弱くなるんですが、十人やっても衰えない。それどころか、二十人、三十人殴ってもかえってビンタは強くなってくる。この分だと最後はひどい目に遭いそうだと思っていたら案の定、私の前で『お前はいちばん最後におってから！』と、最後の力をふりしぼって殴られました。痛いよりも、これは大した馬力のある士官だな、と感心しましたね」

ニューギニア東海岸・ブナ付近のオロ湾は、敵の重要な補給路の拠点となっていた。連合軍はここを足がかりに、ラバウルのあるニューブリテン島を窺っている。三月二十八日、オロ湾に集結する敵艦船攻撃の命令が下され、二五三空の零戦二十七機、二〇四空の零戦十二機が、五八二空の艦爆十八機を護衛して出撃することになった。二〇四空の指揮官は川原中尉で、大原さんはその三番機についた。出撃前のラバウル基地で、川原中尉は大原さんに、「大原、俺は戦場がよくわからないから、カバーしてくれな」と声をかけた。

「敵艦隊からはものすごい対空砲火を撃ってきて、火の玉がぐんぐん迫ってくるように見えた。それをかいくぐるように川原中尉が突っ込んでいくのを見て、勇ましい人だなあと思いましたよ。艦爆が降下するのに合わせて高度を下げていくと、爆撃を終えた艦爆を狙って、敵戦闘機が待ち構えていました。だからこのときは、高度数百メートルでの空戦です。私はP－40二機を撃墜しましたが、風もなく海は凪いでいたので、水面に飛行機が映って見えました。火を噴いてもんどり打って墜ちた敵機の水しぶきを浴びたほど、低く降りていました」

四月一日、二〇四空の零戦十二機は、五八二空の零戦二十機と合同して、こんどはルッセル島上空の航空撃滅戦に参加する。この日の空戦で、二〇四空零戦隊はグラマンF4F十一機を撃墜したが、初めて敵の一機を撃墜した川原中尉と、杉山英一二飛曹が未帰還になった。初陣から約半月、敵戦闘機と二度めの空戦での川原中尉の戦死は、なんとも惜しまれた。

「川原さんは、勇ましすぎてやられたのかも知れないな……」

と、大原さんは述懐する。

ガダルカナル戦以降、米軍に有利に推移している流れを変えることはできていない。そこで、空母搭載機をラバウルに進出させ、基地航空部隊とともに、ソロモンとニューギニア、両方面の敵兵力を撃滅しようと、「い」号作戦が実施された。聯合艦隊司令長官・山本五十六大将は、自らラバウルに将旗を進め、陣頭指揮をとった。「い」号作戦は、四月七日から十四日まで、延べ零戦四百九十一機、艦爆百十一機、陸攻八十一機、計六百八十三機が出撃して行われた。報告された戦果は大きなものだったが、米側資料によると、実際の戦果は日本側の認識よりはるかに少なかった。

大原さんはこの間、マラリアで高熱を発して出撃を休んでおり、「い」号作戦の詳細についての記憶はない。

作戦を終えて、山本長官は、幕僚を引き連れ、一式陸攻二機に分乗してブイン方面へ激励、視察に赴くことになった。

長官一行の護衛を命ぜられたのは、二〇四空であった。聯合艦隊司令部から指定された機数は零戦六機。これは万一の敵襲に備えるとすればいかにも少ない。二〇四空の元隊員たちに伝わる話によると、宮野大尉は可動機全力、二十機での護衛を司令に進言し、司令から南東方面艦隊司令部を通じて聯合艦隊司令部に上申したものの、山本長官が「大切な飛行機をたかが護衛のために二十機も割くのは心苦しい」とのことで却下されたという。

六機の護衛戦闘機の搭乗割が伝達されたのは、十七日夜のことであった。中隊長兼第一小隊長・森崎武予備中尉、二番機・辻野上豊光一飛曹、三番機・杉田庄一飛長。第二小隊長・日高義巳上飛曹、二番機・岡崎靖二飛曹、三番機・柳谷謙治飛長。

四月十八日午前五時四十分、零戦六機がラバウル東飛行場を発進、それに続いて六時五分、山本長官一行を乗せた一式陸攻二機が離陸する。最初の目的地、ブーゲンビル島ブイン基地にほど近いバラレに到着する予定時刻は七時四十五分とされていた。計画は極秘裏に進められ、巡視先でも上層部以外には知らされていなかったが、米軍は日本側の暗号を解読、山本長官機を討ちとるべく、ガダルカナル島ヘンダーソン飛行場からロッキードP-38戦闘機十六機を発進させていた。

十六機の敵戦闘機に対し、零戦六機で守りきれるものではない。長官機はブイン基地近くの森林上空で撃墜され、山本長官以下、同乗者は総員が戦死、聯合艦隊参謀長・宇垣纏少将の乗った二番機も海上に墜落、宇垣参謀長と艦隊主計長・北村元治少将、操縦員の林浩二飛曹の三名だけが奇跡的に助かった。

六機の護衛戦闘機は、全機が帰還した。森崎予備中尉以下の搭乗員には、その場で厳重な緘口令(かんこうれい)が言い渡されたという。六人のただならぬ気配に、搭乗員のなかには、なにごとかを感じ取った者もいたし、最後まで気がつかなかった者もいた。

大原さんは、十八日夜、杉田飛長の告白でそのことを知った。

「私たちの宿舎は、占領前に白人が住んでいた洋館で、私と杉田庄一、中村佳雄、八木隆次、坂野隆雄、渡辺清三郎の、同年兵ばかり六人が同部屋で寝起きしていました。夜は暑いので建物の前の涼み台で涼んでから部屋に入る習慣になっていたんですが、部屋に入る前に、杉田が思いつめたような表情で話しかけてきました。

『大原……』『なんだ?』『お前、黙ってろよ。実はな、今日長官機を護衛して行ったんだが、長官機がやられた。ブインに着くちょっと前、あと五、六分のところで、P−38の攻撃を食らったんだ』

やっぱり、と思いましたね。帰ってきてから様子がおかしいので、うすうす気づいてはいましたが。杉田は、なおも続けて言いました。

『いや、驚いた。こちらがなにがなんだかわからないうちに攻撃されてしまった。ブインでは、長官が来られるというので、全機列線に並べて長官の到着を待っていた。だから上空哨戒も出していなかった。三々五々着陸して報告したら、すぐに捜索機が飛び立った。それで一機がジャングルで煙を出していて、もう一機は海岸の方で不時着水していると確認されたんだ。全員集められて、着剣した衛兵の見守る中、絶対に口外するなと言い渡された』

部屋のなかではなにも言いませんが、杉田は黙っている重みに耐え切れなかったんでしょう。ここで私にだけ、ことの次第を打ち明けてくれたんです。話し終わると、いくらか気が晴れたか、杉田はいつもの不敵な面構えに戻っていました」

そして数日後――。

「四月二十二日だったと思います、ラバウル東飛行場で一式陸攻が着陸するのを見ていたら、杉本司令に、『おい、大原、この椅子を早く片付けろ』と言われました。急いで散らばっている椅子を並べ終わったら、『よし、お前はもういいからあっちにいってろ』。私は待機所に戻りましたが、よほど偉い人が来たのかと気になって様子を見ていました。すると、乗用車が何台も陸攻のほうへ走って行き、しばらくして陸攻から小さな白い箱が出てくるのが見えたときにハッとした。『長官がお戻りになったのだ！』と。車は飛行場の指揮所には寄らずに、司令部の方向に走り去りました」

山本長官戦死の責任問題はどう扱われたか。結論から言うと、南東方面艦隊、二十六航戦司令部など、責任の中枢にいる者で処分を受けたものはいない。現場の二〇四空司令はもちろん、森崎予備中尉以下六名の搭乗員が査問に付されることも、懲罰を言い渡されることも、軍法会議にかけられることもなかった。

その後も続く激戦で、被弾して右手を失った柳谷飛長をのぞく五名全員が戦死する運命が待っているが、これは懲罰的に出撃を強いられたものでは決してなかった。この六名の出撃回数が他の搭乗員と比べて特別に多いということもない。あえて言うなら、二〇四空全体の出撃そのものが過重であったのだ。しかし、

「このときに、もう生きては帰れないと、森崎中尉の肚は決まったと思います。そして宮野大尉は、そんな森崎中尉に対して非常に責任を感じておられたようです。海兵出身と違って、慰めてくれる先輩、後輩のいない予備士官の森崎さんに、なんとか自重させようと苦心されてたんではないかと思いますね」

と、大原さんは言う。事実、これから先、ことあるごとに森崎予備中尉をかばう宮野大尉の気持ちは、二〇四空の隊員の誰もが強く感じ取っている。

三十八発も被弾しながら二機撃墜し、無事帰還。特別善行章を授与される

病気で休んでいた大原さんは、四月二十三日から戦場に復帰、五月一日付で、下士官である二等飛行兵曹に進級した。進級しても宮野大尉の三番機であることには変わりなく、つねに宮野機の右後方の定位置を守っている。出撃の前にはいつも、大原さんが宮野大尉に航空弁当を届けた。経木（きょうぎ）に包まれた弁当は、巻き寿司のことが多かったが、稲荷（いなり）寿司や玉子焼きが入っていることもあった。

「戦闘を終えて、敵機の哨戒範囲外まで引き返したあたりで、宮野大尉がごそごそと弁当を取り出し、操縦席の前にある照準器の脇に広げるのが見える。それを確認してから、列機も編隊を開いて操縦桿を足にはさんで弁当を広げます。長距離進攻のときなど、ずっと同じ姿勢で操縦席に座っていると腰が痛くなる。帰り途（みち）、立ち上がって体を伸ばしたいのは山々ですが、風防で頭がつかえるので、腰だけ上げて前かがみで、爪先立ちのような恰好（かっこう）で操縦している者もいました」

　出撃のときには必ずサイダーも支給された。空戦でカラカラに渇いた喉にサイダーを流し込み、炭酸でゲップが出るとようやく人心地ついた気分になる。雨季の明けたソロモン群島は、ガダル街道の島々が連なって見えて、戦争をしていることを忘れるほど美しかった。ホッとするひとときだが、食べながらも常に見張りは怠れなかった。その頃のことで、大原さんには忘れ得ぬ思い出がいくつかある。

「日時までは憶えていませんが、出撃の復路にバラレ基地で翼を休めていると、遥か沖合に飛行機が一機、飛んでいるのが見えました。私は真っ先に発進、見るとダグラスSBD艦爆が一機、低空を飛んでいく。よし、一発で墜としてやる、と全速で追いかけると、簡単に追いついた。

敵機の後方機銃に注意しながら、さて、どうやって墜とそうかな、と近づいてみると、向こうのパイロットが風防を開けました。そこで、飛行機ごと捕虜にしてやろうと思い立ち、左三十メートルぐらいの位置についてチャート（航空図）を見せ、戻れ、と合図しました。もちろん、反撃してきたら叩き墜とす準備はしています。するど、青紫色のマフラーをしたパイロットが、こっちを見ながらしきりに目のあたりを拭っていました。それを見て、『こいつ、泣いてやがるな』と思うと、なんだか墜とせなくなりましてね。

しばらく、ただまっすぐ飛んでいましたが、そのうち続いて上がってきた味方機がバーッと前へ出て反転、突っ込んでくると、高度がなかったもんだから、敵機はそのまま、ものすごい飛沫を上げて海面に突っ込んでしまいました。パイロットは出てきませんでした。全速に近かったから、とても助からなかったでしょうなあ」

また、五月三日、ムンダ方面の敵機邀撃に出撃したときのこと。

「帰ってくると、スコールの後だったのか、地面が濡れていました。『着陸待テ』の赤旗を振っているのが見えましたが、宮野大尉機はかまわず着陸した。ところが、飛行場が上空から見た以上にぬかるんでいて、脚をとられてひっくり返ったんです。次に着陸した中村二飛曹機も転覆、私は二機が滑走路で水しぶきを上げてひっくり返るのを見て、鉄板の敷いてある部分に注意深く着陸して無事に降りられました。その晩、搭乗員室に宮野大尉が、例によって従兵にビールをかつがせてきた。そこで宮野大尉に、『大原、お前、俺たちがひっくり返ったのに自分はうまく降りられたもんだから、ゴキ（ご機嫌）よくしてるんだろう』と冷やかされましたよ」

五月十三日、増強いちじるしいルッセル島の敵航空兵力を叩くため、ひさびさに大規模な航空作戦が行われることになった。宮野大尉以下、二〇四空の零戦二十四機はブインに進出、そこで五八二空の零戦十八機と合流し、出撃した。

指揮官・宮野大尉機の右後方、三番機にはいつものように大原さんがついている。高度をとって針路を定めると、おのおのがＯＰＬ照準器のスイッチを入れる。眼前の四角いガラスに、オレンジ色の照準環の光像が浮かび上がる。照準器の光枠は、ランプの光路上に置かれたフィルターで、白とオレンジ色に切り換えることができた。計器板上端の左右にむき出しになっている七ミリ七機銃のレバーを操作し、弾丸を全装塡、二十ミリ機銃のスイッチを入れる。スロットル先端の切り換えレバーで七ミリ七だけが発射するようにしておいて、指揮官機に従って試射をする。

零戦隊は高度八千メートルで戦闘態勢を整えながら、十時四十分、ルッセル島上空に突入した。間もなく敵機発見、宮野大尉は編隊の誘導をはじめた。その途中、大原さんは、五分先行した五八二空の零戦一機が、F4Uコルセアに追尾され煙を吐いているのを発見した。

「急いで宮野大尉の横に出てそれを知らせると、隊長は『お前、行け』と手信号の合図を送ってきました。びっくりして『一人でか?』と聞くと、『そうだ。一人で行け』なんて冷たい隊長だと思いましたが、編隊を誘導しなければならない宮野大尉とすれば、一緒に来るわけにもいかないし、悲痛な命令であったと思います。

右旋回で七千メートルまで降下し、零戦を追うのに夢中になっているF4Uを捕捉、これを撃墜しましたが、そのとき、死角になっている左の腹の下からいきなりダダーッと撃たれたんです。右翼から座席の後ろにかけて被弾、右翼燃料タンクから火が噴きました。ところが、穴が大きすぎてかえってガソリンがすぐに燃え尽きてしまい、火は間もなく消えました。

右に逃げると追随されるので左に切り返しましたが、そのままぐるぐる四千メートルまで墜落状態で墜ちていきました。墜ちながら、真下にルッセル島の敵飛行場が見えたときには、一瞬、もう駄目かと思いましたよ。しかし、おふくろさんの顔も、誰の顔も、浮かんではこなかった。『まだまだ、まだまだ。やられてたまるか』そう思いながら、なんとか姿勢を回復しました。

するると今度は、飛行機が強い力で左上昇旋回しようとする。操縦桿を右に倒していないと水平飛行ができません。これは被弾で、昇降舵の連動桿がよじれてしまっていたためだったんですが、それをだましだまし、帰投方向へ機首を向けた。

しばらく飛んだ頃、ふと後ろを見ると、コルセアが右に二機、左に一機、ピタッとついていました。送り狼です。これは左に逃げるしかない、初弾が命中したら仕方がない、と肚を決め、気づかないふりをしてフットバーを踏んで機体を滑らせながら、敵機が撃ちだしたとき、目もくらむばかりの垂直旋回をうちました。一回、二回、回っていると、左にいた一機がスッと目の前に出てきた。そいつに一撃をかけ、撃墜して後ろをふり返ると、もう一機のコルセアがパアッと火を噴くのが見えました」

五八二空の零戦が一機、救援に駆けつけてくれたのである。一対三があっという間に二対一になり、残りの一機は、形勢不利とみたか急降下で逃げてしまった。

コロンバンガラ島に不時着、燃料補給したが、被弾は三十八発にもおよんでいた。

右翼の燃料タンクは下が見えるほど大きな穴が開いていて、バラバラになっている。ただでさえ左に傾くのに、左翼の燃料タンクをいっぱいにしたので、離陸した瞬間、グラリと左に傾いた。操縦桿を右に倒して姿勢を取り戻し、さらに操縦桿を左手に持ち換えて、右手で脚上げの操作をする。必死の操縦であった。

やっとの思いでラバウル基地にたどり着くと、宮野大尉が心配顔で待っていた。

「最初の一機を墜とすところまでは見ていた。よくそんなので帰ってこれたなあ」

玉井副長も、

「大原、これは名誉なもんだ。この零戦を、司令に言って靖国神社に飾ってもらおう。まるごと持っていくのは大変だから、尾部だけでも内地に送るようにしよう」

と、感心しきりであった。

五月十三日の空戦における大原さんの奮闘に対し、のちに杉本司令より特別善行章一線が付与された。「善行章」は、下士官兵の制服右腕の階級章の上に付される「へ」の字形のマークで、海軍の下士官兵が無難に勤めていれば三年に一線、付与される。いわば海軍でのメシの数を示すものだが、「へ」の字形の頂点に士官の襟章と同じ金属製の桜がついた「特別善行章」、略して「特善」は、人に抜きんでた働きをしたとか、部隊の危機を未然に防いだ、人命を救助したなど、よほどのことがなければ付与されなかった。数多い零戦の下士官兵搭乗員のなかでも、この「特善」を持っているのはごく一握りの人だけである。

ただ、大原さんによると、「特善」の付与にあたって式典などはなく、また、半袖半ズボンの防暑服か飛行服で用の足りる南方では、善行章をつけるような軍服を着る機会もなく、のちに内地に帰ってはじめて、横須賀海軍航空隊の分隊士に「特善」付与のことが記された携帯履歴を見せて、隊の補給課で現物を受け取ったという。


ガダルカナル島を手中におさめた連合軍は、中部ソロモンの島々に軍を進めてじりじりとラバウルに迫ってきた。さらに東部ニューギニアでの動きも活発化している。ニューギニア本島のラエの南、少し内陸に位置するワウに、敵の秘密飛行場ができたらしいとの情報が入り、昭和十八年五月十九日、宮野大尉が率いる十二機の零戦が、索敵攻撃（敵を探しながら飛行し、発見したら攻撃をかける）に出撃した。宮野大尉の二番機は橋本久英二飛曹、三番機が大原さん。第二中隊長・森崎武予備中尉。六機ずつの二個中隊編成である。大原さんの回想――。

「高原の中腹に緑の平野地が広がり、そこがワウの秘密飛行場でした。二千八百メートルの山をかろうじて越せるほどの高度で敵飛行場上空を飛ぶと、地上には双発機一機と小型機数機が駐機してあるのが見えましたが、隊長は攻撃することなく上空を通過しました。それから進路を南に向け、高度を上げて海岸に出たところ、フォン湾に小型船舶がいっぱいいて、さかんに陸揚げをしているのが見えてきました。

隊長は、高速で一気に高度を下げると、顔の前で掌（てのひら）を縦に前後に振って『単縦陣となせ』の合図をしました。私は銃撃に入ると直感、機銃の発射準備を整えつつ、隊長機、橋本機に続いて単縦陣の三番めに入りました。そして港から山の方へ高度百メートルで一航過、宮野大尉、二番機の攻撃状況は確認できませんが、私は、いちばん大きな油槽船を狙って撃つと、バーッと煙が出ました」

大原機の一撃を合図にしたかのように、続いて入る零戦は、次々と船を撃った。油槽船には機銃が装備されているようだったが、反撃はなかった。宮野機は、反転して二航過めに荷揚げ中の船舶に銃撃を加える。船から逃げた乗組員が桟橋に向かって泳ぎだすのも見えたが、零戦隊は彼らにも容赦なく銃撃を加えた。これが戦争なのだ。

三航過で宮野機は銃撃を切り上げ、海側に旋回、左右にバンクをしながら高度を上げる。列機はすかさず、編隊の所定の位置に戻る。小型油槽船一隻炎上、内火艇二隻、帆船一隻撃破の戦果を挙げて、零戦隊は意気揚々とラバウルへ帰ってきた。が、大原さんが着陸すると、宮野大尉が怖い顔で待っていた。

「大原！　お前は一航過めから銃撃したな。一航過めは敵、味方の確認だ。味方だったらどうする！」

「ブナ港に上陸したという事前情報がありましたので……」

「指揮官に従え！」

「ハイ」

……こんなときの宮野大尉には、凛とした厳しさがあった。しかし夜になれば、森崎予備中尉や軍医長などの士官と連れ立って、搭乗員宿舎に酒を持ってきてまた一緒に飲むのである。

ここへ来て、敵は航空兵力をさらに増強し、昼夜を問わず、ソロモンからニューギニアにかけての日本軍拠点に空襲を繰り返した。それは波状攻撃とも呼べるぐらいの激しさで、その数は米側資料によれば、五月中に、ムンダにのべ五百十六機、コロンバンガラにのべ三百六十七機、レカタに二百六十三機、ブイン、バラレ、ショートランドにのべ合計百八十一機、ラエに二百六十四機、サラモアに四百四十四機、フィンシュハーフェンに四十三機、ラバウルに七十九機、といった具合であった。

そこで、劣勢となった航空戦力を挽回するために、ふたたび「い」号作戦のような大規模作戦（六〇三作戦）が企図された。この作戦は、戦闘機だけでガ島西方のルッセル島方面に進撃し、敵機を誘い出して撃滅する事前航空撃滅戦（「ソ」作戦）、およびその後、時機を見て実施する戦爆（戦闘機、爆撃機）連合によるガ島方面艦船攻撃の航空撃滅戦（「セ」作戦）からなるものであった。

六〇三作戦の実施を控え、二〇四空では、五月二十八日から、宮野大尉の発案による一個小隊四機の新しい編成による訓練を始めている。

このところ、米軍戦闘機は四機編成をとり、二機ごとのエレメントが巧みにカバーし合って付け入るスキを見せなかった。敵は一機の零戦に対して、二機が連携して戦いを挑んできた。編隊空戦の訓練が十分でない若い零戦搭乗員は、そのために敵に喰われることが多くなり、練達の搭乗員も一瞬の見張り不足で盲点をつかれ、撃墜されることがめだって増えていた。

宮野大尉の一個小隊四機編成のアイデアはこれに対応したもので、一・三番機、二・四番機が最低限一組になって、二機、二機で相互に支援することで、敵の編隊空戦の脅威を除いて空戦を有利に進め、損失を減らす狙いがあった。

「宮野大尉は、こういうとき、意思を徹底させるために必ず自分で、全搭乗員を集めて説明するんです。『はじめからうまくいくことはないだろう。しかし、それに徹してくれ』、黒眼鏡をかけて指揮所の前で木箱の上に立ち、四機編成の意図するところを懇々と説いていました」

この一個小隊四機編成は、六月二日の輸送機直掩から実際に使われるようになり、六月四日からは五八二空、二五一空でも上空哨戒などを兼ねて訓練が始められた。

六月六日、「ソ」作戦に向けて、二〇四空の零戦三十二機がブイン基地に、二五一空の零戦四十機がブカ基地に進出した。五八二空零戦隊二十四機は、すでにブイン基地で作戦中である。

戦闘機だけで空襲をかけても敵戦闘機は邀撃に上がってこないので、宮野大尉の発案で零戦の一部に爆弾を搭載（六十キロ爆弾二発）し、艦上爆撃機を装って敵戦闘機を誘い出すことになった。戦闘機に爆装することは、鈍重になる上に、爆弾を投下した後も爆弾架が空気抵抗となって全性能が発揮できないので、非常に危険な任務である。しかし宮野大尉は、自ら進んでこの役目を引き受けることになった。

宮野大尉直率の二個小隊八機が爆装し、そこへおびき寄せられた敵機を、残る零戦が叩きつぶすという算段である。

「誰が爆装隊をやるのかということになったときに、『俺がやる。俺の小隊だ』と宮野大尉が言うので、私は、これは空戦どころじゃないな、とがっかりしました。要はルッセル島付近に爆弾を落として艦爆が来たと思わせればよいということで、高度八千メートルあたりから緩降下、六千メートルあたりで島をめがけて急降下、隊長機にあわせて爆弾を投下することになりました」

六月七日午前七時十五分、ブイン基地を発進。総指揮官・進藤三郎少佐以下、五八二空の二十一機、二五一空・向井一郎大尉以下三十六機、二〇四空・宮野大尉以下二十四機、あわせて八十一機の零戦の大編隊は、空を圧して進んだ。この日は二〇四空のみが一個小隊四機編成をとり、五八二空、二五一空は三機編成のままである。

「ルッセル島に向かって南から北へ、爆撃のために緩降下を開始したとき、左からグラマンF4Fが二機、こちらへ向かってくるのが見えました。私は三番機で隊長機の右後ろについているので、左側はよく見えています。逆に四番機の柳谷謙治二飛曹は、右側を見ているから敵機は見えてない。隊長、早く爆弾落としてくれないかな、早く、早く……と思いながら、やっと投弾したそのとき、グラマンがダーッと頭上を通り過ぎ、見ると柳谷機が、グラッと傾いて墜ちていきました」

この日の空戦で、二〇四空はあわせて十四機（うち不確実二）を撃墜したと報告したが、日高義巳上飛曹と山根亀治二飛曹が未帰還となり、岡崎靖一飛曹がF4Uとの空戦で戦死した。柳谷二飛曹は右手を失う重傷を負い、内地に送還される。これで、山本長官機護衛の六機のうち三名（日高、岡崎、柳谷）が、一挙に欠けることとなった。

翌六月八日、ラバウルの司令部で、「ソ」作戦ののちに予定されている「セ」作戦について、艦爆隊と戦闘機隊の協同作戦研究の打ち合わせがなされた。ここで、宮野大尉の提案で、従来あまりとられていなかった艦爆掩護法が採用されている。

敵戦闘機は、かつては日本の艦爆隊が攻撃に入る前に襲ってくることが多かったが、このところ、爆弾を投下して機体を引き起こし、避退に入るところを待ち伏せし、上空から降ってくるケースが増えていた。急降下直後で、過速のため操縦が思うに任せない上に、戦果に気をとられて見張りがおろそかになりがちな艦爆は、敵戦闘機にとって格好の餌食だった。いざ出撃すると、九九艦爆の消耗は、艦爆搭乗員自ら「九九棺桶」と自嘲的に呼ぶほど激しいものであった。

研究会の席上、宮野大尉は、

「敵戦闘機の邀撃を排除して、無事、攻撃目標の上空に達することができたならば、掩護戦闘機隊は三隊に分かれ、その一隊（直掩隊）は、艦爆の上にかぶさりながら、直接の掩護のためにともに急降下していき、他の一隊（制空隊）は上空にある敵戦闘機と戦闘を交え、状況によっては優位より下方の戦闘に参加するという任務を持って上空に残る。ここまでは在来の方法であるが、いま一隊（収容隊）は、艦爆隊の到達直前に先行し、目標付近に群がる敵戦闘機中に突入してかき廻し、その間に味方艦爆の爆撃を容易たらしめ、避退の間隙を与える」

　と意見を述べた。

〈艦爆の指揮官として、私はこの宮野大尉の至れり尽くせりの所見は、それを聞くだけでも心強く感じた〉と、五八二空艦爆隊飛行隊長・江間保大尉は手記に書き残している。

　艦爆隊が帰還することはおろか、任務を果たすことすら難しい戦局の中で、宮野大尉の所見は、艦爆の攻撃成果を最大限に発揮させ、しかもそれを無事に帰投させようとするものだった。数の上で劣勢の戦闘機をもって優勢な敵戦闘機に殴りこみをかけるこの戦法は、とくに収容隊においては、自らの優位を捨て、求めて不利な戦闘に突入するもので、己を犠牲にするいわば囮（おとり）と言っても過言ではなかった。

〈反対の意見を述べた人もあったが、結局、宮野大尉の所見は採用された。

『この隊の指揮は私がとります』

　宮野大尉はさらに細かい要領を説明し、最後に、
と、実に淡々と事務的に言った。

一座はしばしシーンとなった。しばし言葉を発するものはなかった。

『いや、それは俺にやらせてもらいたい』

誰かそういう者があるかも知れないと思ったが、それはなかった〉（江間大尉手記）

ルンガ泊地沖の決戦。飛行隊長・宮野善治郎大尉の戦死

六月七日の戦訓を受けて、戦闘機による航空撃滅戦、第二次「ソ」作戦が実施されたのは、六月十二日のことである。

十二日午前六時五十五分、宮野大尉の率いる二〇四空の零戦二十四機は、五八二空・鈴木宇三郎中尉以下の零戦二十一機とともにブイン基地を発進、ブカ基地より飛んできた大野竹好中尉以下零戦三十二機（うち二機は途中不時着）と合同し、一路ルッセル島へと向かった。この日の総指揮官は宮野大尉。宮野大尉の二番機は辻野上豊光上飛曹、三番機に大原さん、四番機・中村佳雄二飛曹である。

進撃高度八千メートル。八時二十五分、敵編隊発見。宮野大尉は七十五機の零戦隊をリードして、有利な状況で空戦に入るべく接敵行動に入る。敵は、七日のときと同じように、高度四千メートル、五千メートル、七千メートルと、三段構えで十数機ず

つがガッチリと編隊を組んでいた。たちまち大空戦がはじまる。このとき、宮野大尉の小隊がF4F二機、F4U四機と遭遇、めずらしい縦の巴戦に入っている。大原さんの回想。

「帰りぎわ、後上方から敵の一機が宮野機に突っ込んできて、その後ろに中村機がついて、その後ろにF4Uがついて、そのまた後ろに私がついて、向こうの六機とこちらの三機が縦にグルグルと、高度千五百メートルに下がるぐらいまで回り続けた。結局、どちらも一機も墜とせずに離れていきました」

二次にわたる「ソ」作戦が一定の成果を挙げたと判断されたことから、戦爆連合の「セ」作戦が、いよいよ六月十六日に実施されることになった。参加兵力は、五八二空・進藤三郎少佐を総指揮官に、零戦七十機、艦爆二十四機。ガダルカナル島北西部のルンガ泊地に集結する敵の艦船を叩き、さらに敵航空兵力に打撃を与えて、ムンダへの敵の上陸を未然に防ぐのが、この作戦の目的である。

作戦要領は、先日の研究会で宮野大尉が提案した通り、戦闘機隊は制空隊、直掩隊、収容隊の三隊に分かれて艦爆による攻撃を最後まで掩護することになっていた。

作戦前日の十五日、内地から輸送船が入り、生鮮食料品が入荷したので、手空きの若い搭乗員はせっせとさつま芋の皮むきをやっていた。これに大原さんも駆り出されていたが、手が滑って、ナイフで左手人差し指をかなり深く切ってしまう。

昭和十八（一九四三）年六月十六日、午前五時。ラバウル東飛行場の列線には、出撃に備えて、二〇四空の零戦二十四機が翼をつらねていた。宮野大尉の指揮する二〇四空零戦隊は、ラバウルから前進基地のブインに進出、そこで二五一空の零戦八機、五八一空の零戦十六機、九九艦爆二十四機と合流する。ブイン離陸後は、さらにブカ基地から飛来する二五一空零戦隊二十二機と空中で合流することになっている。

茶色の飛行服に白いマフラーも凜々しい二十四名の搭乗員を前に、二〇四空司令・杉本丑衛大佐が激励の訓示を述べ、「成功を祈る」と締めくくった。続いて、宮野大尉が作戦要領を説明し、終わって、「各中隊かかれ！」と号令をかける。それを受け、第二中隊長・森崎武予備中尉、第三中隊長・日高初男飛曹長が、各中隊の搭乗員の方に向き返ると、「かかれ！」と復唱する。搭乗員たちが敬礼して、踵を返しておのおの乗機に向けて歩き出す。

いざ、出撃。搭乗員の士気がいやが上にも高まる瞬間である。だがこのとき、宮野大尉は、大原さんが前日の怪我で手に巻いた包帯に目をとめた。包帯は、飛行手袋をつけられるようにと薄く巻いていたので、少し血がにじんでいる。

「なんだ大原、その手は」

「ちょっと切り傷しましたが、大丈夫です」

逸る気持ちでその場を取り繕おうとした大原さんに、宮野大尉はすぐさま、

「だめだ、降りろ」

と命じた。

「いや、大丈夫です」

「大丈夫と言ったたって、これで七千も八千（メートル）も上がったら血を噴くぞ。今日はだめだ。お前は残れ」

なおも食い下がろうとする大原さんを制して、宮野大尉は、「交代員用意！」と、指揮所に向かって怒鳴った。交代要員として待機していた橋本久英二飛曹が、機敏な動作で落下傘バンドを身につけると、駆け寄ってきて宮野大尉に敬礼をした。

こうして、この日の宮野大尉の三番機は、大原さんから橋本二飛曹に代わることになった。いつも列機として宮野大尉の後ろの位置についてきた大原さんは、一抹の不安を抱きながら編隊を見送った。

――この日、激戦の末、宮野大尉は還って来なかった。

「宮野大尉が還って来ないと知ったとき、どうして無理にでもついて行かなかったの

かと、自分が恥ずかしかった。あんなに苦しい思いをしたことはありません。隊長がやられるほどの激戦ですから、出撃していたら、まず八割方は私もやられていたかと思います。しかし、それまでもそうであったように、隊長機を守り通せたかも知れない。最後の出撃について行かれなかったことが、いまでも悔やまれます。あのとき出ていたらどうだったかな、隊長を守ることができたら、その後、どんな人生を歩まれたのかな……。隊長が、今日は残れ、と言われたのは、お前は生きてろ、と将来の暗示を与えられたのかな、と、いまでも毎日、隊長の遺影に問いかけていますよ」

大原さんに代わって宮野大尉の三番機についた橋本二飛曹は、空戦中、隊長機をカバーできずはぐれてしまったことに深い自責を感じているようで、しょげ切っていた。

「隊長を見殺しにしてしまって、死んだ方がよかった」

と苦吟する橋本二飛曹の姿を、大原さんは記憶している。大原さんは大原さんで、どうして無理をしてでもついて行かなかったのかと自分を責めた。自分がついていれば隊長を死なせはしなかった！　……いや、自分も一緒にやられたかも知れない。堂々めぐりの苦しい自問自答が続いた。不注意でつけた自分の左手の切り傷が恨めしかった。しばらくして抜糸をしたら、そこから傷が膿んできて、治るのに思いのほか長い時間がかかった。

宮野大尉の最期の状況については判然としない。直接の目撃証言としては、被弾した中村二飛曹に不時着を指示し、さらに空戦中、八木隆次二飛曹が、胴体に宮野大尉の乗機を示す黄帯二本の指揮官標識をつけた零戦三二型を二度見た、というのが最後である。同じく未帰還となった森崎予備中尉機の最期を見た者もいなかった。

宮野大尉と森崎予備中尉、二〇四空で二人だけの士官搭乗員が二人とも還らなかったのは、隊員たちにとって大きな痛手であった。これまでずっと率先垂範、自らがムードメーカーとなって部隊をリードしてきた宮野大尉の未帰還は、搭乗員たちに精神的支柱を失わしめるほどの衝撃を与えたし、森崎予備中尉の、山本長官戦死以降の孤独な戦いも、彼を知る者たちの胸に重い痛みを感じさせた。

この日を境に、零戦隊が編隊を組んでガダルカナル島へ空襲に出撃することはなくなった。ルンガ沖航空戦を境に、それからのソロモン航空戦は、攻勢に出る敵を必死で食い止めようとする、防戦一方の凄惨（せいさん）な戦いとなる。

勢いに乗る米軍は、一大攻勢に転じてきた。

まずはニュージョージア島ムンダの日本側基地を第一の攻略目標に、六月三十日、その対岸のレンドバ島、ニューギニア東方のウッドラーク、トロブリアン両島、ラエ南方のナッソウ湾に同時上陸、続いてニュージョージア島のビル港、バングヌ島にも上陸を開始した。それを迎え撃つべく、六月三十日、七月一日、二日とレンドバ島への攻撃が、日本海軍航空隊の全力を挙げ、のべ七回にわたって行われた。七月一日の空戦では、山本長官機護衛の一機・辻野上豊光上飛曹が戦死している。

日本側基地に対する敵の空襲も間断なく続き、七月十六日、ブイン基地上空の邀撃戦で、中澤政一二飛曹が戦死。親族がなく天涯孤独の中澤さんが死の直前までつけていた未完の日記は、大原さんが預かることになった。

八月に入ると、米軍の猛攻に、ついにムンダ基地は放棄される。八月十五日には、米軍はコロンバンガラ島を飛び越えてベララベラ島に上陸。取り残された形のコロンバンガラ島守備隊は無力化し、ここからも撤退を余儀なくされる。ムンダ、ベララベラを敵に取られたことで、日本側の防衛態勢は音を立てて崩れ始めた。

二〇四空零戦隊はなおも奮闘を続けるが、搭乗員は次々と戦いに斃(たお)れていった。八月二十六日には、山本長官機護衛戦闘機のうち、右手を失った柳谷謙治二飛曹をのぞく最後の一人となっていた杉田庄一二飛曹が空戦中に被弾、乗機が火災を起こして落下傘降下、大火傷を負い、内地に送還されている。

九月以降も、橋本久英二飛曹が九月四日の空戦で戦死したのをはじめ、搭乗員の戦死者は増加の一途をたどった。なかには、九月二十五日に戦死した榎本政一一飛曹のように、低空飛行中、味方陸軍の対空砲火で誤って撃墜された不運な例もあった。

宮野大尉を喪（うしな）った後も、大原さんは、自ら撃墜を重ねながら、歴代の指揮官の列機をつとめた。敵発見の目の早さ、カバーの的確さが評価されてのことである。この頃の大原さんの印象を、二〇四空で一緒に戦った羽切松雄（はきりまつお）さん（当時・飛曹長）は、

「大原君は開戦後に前線に出た若いクラスだが、私がラバウルに行った昭和十八年夏頃にはもう、実戦に鍛えられ、すっかり強くなっていた」

と回想している。

ラバウルに進出した搭乗員の約七十五パーセントが数ヵ月以内に戦死

十月二十一日、大正谷宗市一飛曹、坂野隆雄二飛曹、大原さんの三名が、杉本大佐から交代した司令・柴田武雄中佐に呼ばれた。三名は、前年、二〇四空の前身である六空がラバウルに進出して以来の生き残りで、そのときにはもう、六空時代のオリジナルメンバーはこの三人しか残っていない。もう一人、中村佳雄二飛曹が生存していたが、中村さんは十月二十日、ニューギニア・クレチン岬沖で敵機と交戦中に被弾、

落下傘降下し、そのとき海を漂流中である。中村さんは、三十時間の漂流ののち、ニューギニアの海岸に流れ着き、放浪すること八日間、陸軍部隊に拾われて行軍すること十日間以上、フィンシュハーフェンで潜水艦に便乗し、結局ひと月がかりでラバウルに帰ってくる。

「整列したわれわれ三名に、柴田司令は、『お前たち、もう一年以上もいるんだなあ』と声をかけた。なにを言い出すんだ、と思っていると、続いて出たのは、『内地に転勤させてやる』と思いがけない言葉でした。そして数日後、私たち三名に横須賀海軍航空隊（横空）への転勤が言い渡されたんです。転勤が決まったあとも、『（転勤）お祝い攻撃』と称して魚雷艇攻撃に駆り出されたりしましたが、十一月一日、二〇四空から二五二空に転勤を命ぜられた福田澄夫中尉らとともに二機の一式陸攻に分乗、ラバウルを後にしました。中継基地のトラックまで来たとき、やっとホッとしましたね。

福田中尉は、『おい、大原。中尉でここに来て中尉で還るのは俺がはじめてだぞ』と言ってました。ラバウルに来た新任中尉はたいていすぐに戦死して、戦死後の進級で大尉になるからです。私も、自分がやられるとはこれっぽっちも思わなかったけど、生きて帰れることには感慨がありましたね」

ラバウルに進出した六空―二〇四空の搭乗員のうち、約七十五パーセントがほかへ転勤することなく、数ヵ月のうちに戦死している。生きてラバウルを出た二十五パーセントも、その過半数が終戦までに戦死、あるいは殉職し、終戦時の生存者は十二パーセントにすぎない。一年以上にわたり、それぞれ百数十回もの出撃を重ねて生き残った大原さんたち三名は、たぐいまれな存在だった。

インタビュー中、大原さんに、

「そんな激戦を生き抜かれた理由というか、秘訣をどのようにお考えですか。運がよかったんでしょうか」

と訊いてみたことがある。大原さんは、

「いや、運だけじゃないね」

と言い、自分の右腕を左手でポン、ポンと叩いてニヤリとした。「ここ（腕）だよ」というのである。その通りであろう。

「やられそうになっても掩護してくれる人がいたおかげで生き残ったということはある。戦場に出たら『技倆』と『チームワーク』が全てで、そこに『運』の要素はないんです。ただ、宮野大尉の列機になれたというのはラッキーだったし、戦場以前に編成面での運、不運があることは否定しません。私が生きてる陰には、犠牲になった大勢の戦友がいて、そのことは忘れちゃいけないと思っています」

飛行練習生を終えたばかりの二等飛行兵としてラバウルに進出した大原さんは、内地に帰還したときには三階級進級して一等飛行兵曹になっていた。ラバウル上空の邀撃戦で、花吹山のふもとに撃墜した敵機F４Uの無線ポールを引きちぎって記念に持ち帰ったが、横空の隊門で咎(とが)められ、没収されたのが残念だったという。

横空は、海軍航空隊の総本山で、各機種混成の実戦部隊であると同時に、飛行実験や戦訓研究、各航空隊への教育派遣など、多様な任務を負っている。搭乗員も、選りすぐりの優秀な者が揃っていた。大原さんの手元に残る昭和十九（一九四四）年はじめに撮影された横空戦闘機隊の集合写真には、真珠湾攻撃に参加、その後も空母部隊で活躍した山本旭飛曹長、中国・成都(せいと)の敵飛行場に強行着陸、指揮所に放火するなど数々の武勇伝で知られた大石英男飛曹長、支那事変以来の猛者(もさ)で、ソロモン航空戦でも活躍した武藤金義飛曹長と、錚々(そうそう)たる顔ぶれが写っている。

横空で大原さんが飛行実験を手がけた戦闘機は、零戦各型はもとより、局地戦闘機「雷電(らいでん)」「紫電(しでん)」「紫電改(しでんかい)」、双発戦闘機「天雷(てんらい)」など多岐におよぶ。

「紫電」は、川西航空機が水上戦闘機「強風(きょうふう)」をベースに陸上機にしたもので、中翼式（主翼が胴体の下面ではなく中ほどに取りつけられている）のため主脚が長く、その主脚が油圧で伸縮するようになっていたため、故障が多かった。

川西航空機の工場は兵庫県の鳴尾（なるお）（現・西宮市）にあり、その隣に阪神競馬場（現在の阪神競馬場とは場所が異なる）とその周辺の土地を海軍が接収して造成した、鳴尾飛行場があって、川西で生産された飛行機のテストはここで行われていた。千二百メートルの滑走路二本がX形に配され、滑走路の脇には阪神競馬場のメインスタンドがそのまま管制塔として使われている。

「あるとき、川西に『紫電』を領収に行き、試飛行を終えて鳴尾飛行場に着陸しようとしたら片方の脚が伸びない。それで、そのことを地上に知らせた上で、なんとか脚を出そうと飛行場上空でスタントの限りを尽くしてG（重力加速度）をかけてみたものの、やはり脚は伸びてくれない。仕方がないので、万一の転覆事故に備え、燃料を使いきるまで飛んで着陸することにしましたが、見ると、競馬場のスタンドに人がぞろぞろ出てきて、空を見上げてるんです。天下の横空の搭乗員がどうやって降りてくるか、見ものだったんでしょう。私も、よし、これは横空の名誉にかけても飛行機を壊さずに降りなきゃいかんと思い、二点着陸（水平状態で前輪だけを最初に接地する。海軍機は通常、空母に着艦することを想定して、前輪、尾輪を同時に接地させる三点着陸が基本だった）の姿勢で先に伸びてるほうの脚を接地させ、行き足（スピード）が落ちたところでもう片方の脚を地面につけた。当然、飛行機はガクッと傾きましたが、そのままの姿勢で無事に停止できました。そしたら、スタンドのギャラリーからは拍手喝采ですよ。『紫電』の脚故障で飛行機を壊さず着陸したのははじめてだ、と、その晩は川西の偉い人たちに料亭に招かれて大ご馳走をいただきました」

昭和十九（一九四四）年に入ると、米軍は、トラック、パラオをはじめ、中部太平洋の日本軍拠点を虱潰しに殲滅、六月に入るとマリアナ諸島の島々への攻撃を始め、十五日にはサイパン島に上陸を開始した。

マリアナが敵手に落ちれば、日本本土の大部分が米陸軍の新型爆撃機ボーイングB－29の爆撃可能圏内に入ってしまう。海軍は、サイパン、テニアンを死守しようと、機動部隊と基地航空部隊の総力を挙げた「あ」号作戦を発動したが、六月十九日から二十日にかけ日米機動部隊が激突した「マリアナ沖海戦」で完敗。マリアナを支援すべく、横空を中心として編成され、硫黄島に進出した「八幡空襲部隊」も、六月二十四日、七月三日、四日と三次にわたる米機動部隊艦上機の大空襲に壊滅した。精鋭・横空戦闘機隊も、搭乗員の多くを失い、満身創痍で撤退してきた。

「私も最初に一度、硫黄島に向かい出発しましたが、梅雨時の悪天候に阻まれて引き返した。それから羽切松雄少尉、山崎卓上飛曹と私の三人で、海兵七十一期、七十二期の新人搭乗員を錬成するため居残りを命ぜられ、錬成が終わり次第、本隊を追って硫黄島に進出することになりました。ところが、本隊があっという間に壊滅し、生き残りの搭乗員が輸送機で帰ってきた。坂井三郎飛曹長が、飛行機を降りるなり手を×に組んで、『ダメだ。数の差だ。コテンパンにやられた』と。そして、残っていたわれわれに、『お前たち、内地でなにをボヤボヤしてたんだ！』と苛立ちをあらわにしていたのを憶えています。ラバウルで一緒に戦った坂野隆雄、明慶幡五郎、関谷喜芳、分隊長の山口定夫大尉……硫黄島では大勢戦死しましたよ」

　硫黄島で壊滅した横空戦闘機隊は再編を進めたが、昭和十九（一九四四）年八月中旬には「生還不能の新兵器」の搭乗員希望者の募集が行われている。これはこの頃、開発が決まった体当たり攻撃専用機「桜花」のテスト飛行と部隊編成のためだった。

「こっちは戦闘機乗りで、敵機をやっつけて生きて還るのが仕事ですから。のちに『桜花』の試作機を見せられたときも、爆弾に翼と操縦席をつけたようなちゃちな飛行機で、『見せる相手が違うんじゃないの？』と思いましたよ。当時、横空審査部（旧・空技廠飛行実験部）の隊長は、ラバウル時代の隊長・小福田租少佐でした。

横空では特攻の志願募集が昭和二十（一九四五）年の一月にもあって、志願する者は隊長室を一晩開けておくから、名前を書いた紙を置いておけ、ということだったんですが、誰も志願しなかったらしく、数日後にもう一度、話がありました。でも、二度めの話が終わったその晩、廊下で小福田少佐とすれ違ったとき、『大原、出したか』ときかれて『出しません』と答えたら、小声だけど強い調子で『出すなよ』と言われた。結局、私は志願しませんでした。搭乗員室では誰もそんな話はしないからわかりませんが、のちに横空からよその部隊に転勤して特攻で戦死した若い搭乗員もいて、あいつ、志願してたのか、と思ったこともありましたね」

マリアナを手中におさめた米軍が、次にくるのはおそらくフィリピンであると予想された。昭和十九年十月上旬、聯合艦隊司令長官・豊田副武（とよだそえむ）大将が前線視察のため、参謀副長・高田利種大佐、航空乙参謀・多田篤次少佐らを帯同してマニラに赴くことになり、長官一行が搭乗する二機の一式陸攻の護衛戦闘機として、横空の柳澤八郎大尉を指揮官に、ラバウル帰りの歴戦のつわものを揃えた零戦九機がついた。大原さんも、そのなかの一機に選ばれた。

「十月七日、マニラに着いたら、ラバウルで一緒だった戦闘三〇一飛行隊長の鈴木宇三郎大尉が、『おお、大原、来たのか』と迎えてくれました。その何日か前に空襲を受け、敵機動部隊の攻撃にも行ったらしい。『こんどの敵戦闘機（グラマンF6F）は、ラバウルで戦ったF4Fとは全然ちがう。大変な相手だぞ』と言っていました」

戦況を反映して、フィリピンでは日本軍の軍票（占領地通貨）の価値が暴落している。ひどいインフレで、現地では、一箱七銭の日本の煙草「誉（ほまれ）」に十円の値がつくと聞き、大原さんは「誉」の十箱入りを二カートン買って内地から持参した。

「長官一行がマニラにいる間、上陸（外出）していいというので、隊のトラックで街に出たことがありました。すると、子供たちが『タバコ、タバコ！』と言って寄ってくるんですよ。七本の指を立てて『七円！』というのを、こちらは『十円！』と両手を広げて譲らない。子供たちはその煙草をさらに売って利益を出すんでしょう。結局、それを売って二百円になりましたが、軍票は内地に持って帰っても使えない。そこで司令部の経理に、『聯合艦隊司令長官護衛戦闘機です』と言って、現金に換えてもらいました。海軍少尉の俸給が月七十円ですから、大きな金額です。砂糖も統制がかかっていて、持ち帰れるのは一人一斤（約六百グラム）と決められていましたが、これも『聯合艦隊司令長官護衛戦闘機』と言えば六斤買うことができました」

豊田大将一行がマニラを発（た）ち、台湾に向かったのは十月九日のこと。

「豊田長官の乗る輸送機には、帰りに、南西方面艦隊司令長官・三川軍一中将から内地の各方面に宛てた荷物の包みを二十四個、積み込みました。ところが、横空で荷物を降ろすと二十三個しかない。幕僚たちが探し回って、私も心当たりがないか聞かれましたが、そんな心当たりはない。あとで格納庫に行ってみたら、なんとその包みは、整備員が『ギンバイ』（海軍隠語で物品を抜き取ること）してたんです。中身は高級石鹸（せっけん）がぎっしり詰まっていて、みんなで分けました」

米軍がフィリピン・レイテ島のレイテ湾口にあるスルアン島に上陸を開始したのは十月十七日、最初の特攻隊が編成されたのが十月二十日。そして二十三日から二十五日にかけ、日米艦隊が激突した「比島沖海戦」で、日本海軍は大敗北を喫し、壊滅に等しい打撃を受けた。もはや、戦争の帰趨は誰の目にも明らかだった。

空襲に飛来したB－29を、立川で捕捉し鹿島灘まで追尾攻撃して撃墜

ガダルカナル戦以降の予想以上の航空消耗戦を受け、海軍は、より多くの搭乗員を養成しようとしていた。たとえば、予科練の各コースをあわせた採用者数は、昭和十七（一九四二）年の八千三百三十五名から昭和十八（一九四三）年には四万三千二百

三十六名へと五倍以上に膨らんでいる。

だが、これだけの人数を養成するには、飛行機の生産力が決定的に足りない。一例を挙げると、昭和十九（一九四四）年の一年間に生産された零戦は約三千八百機。人員は確保しても、それを訓練するための飛行機が不足していたのだ。

そこで、海軍航空隊全般を指導する立場でもある横空が、昭和十九年末頃に考え出した訓練法が「自転車空戦」だった。発案者は、分隊長・塚本祐造大尉とされる。

これは、飛行場に高度を想定した線を引き、自転車を戦闘機にみたて、三台ずつ、「右部隊」と「左部隊」に分かれて戦わせ、編隊空戦や格闘戦の概念を覚えさせようとするものである。横空では、格納庫前の広いエプロンでこれを実験、研究した。小福田少佐が腕組みをして見守るなか、武藤金義飛曹長や大原さんら、歴戦の搭乗員がこれに駆り出された。

「エプロンに数十メートルおきに白いチョークで平行した直線を引く。線と線の間は高度差千メートルという想定です。ところどころに『雲』と称する天幕を張り、敵に追われればそこに退避することができた。自転車のハンドルには、飛行機の廃材を利用して横空の工作科が作ったチョークの発射装置がついていて、『敵機』の後ろに回り、発射レバーを押せば、鉄パイプに挿したチョークがバネ仕掛けで飛び出す。撃たれそうになるとつい、尻を上げて必死で漕ごうとするから、立ち漕ぎは禁止にするなど、真剣にやってましたよ。塚本大尉がこれを日本各地の練習航空隊に講習してまわったんですが、上昇と降下の速度差がつけられないなど、三次元の空戦を二次元で疑似体験するのは無理がありましたね」

すでに、米陸軍の超大型爆撃機ボーイングB-29による日本本土空襲は始まっている。昭和十九年十一月二十四日、サイパンからはじめて東京に飛来したB-29を邀撃した山本旭少尉は、千葉県八街上空で後上方から攻撃をかけたが、敵防禦砲火に被弾、落下傘降下したものの敵弾を体に受けていて、戦死している。

「私は田中寅吉少尉と機上作業練習機『白菊』に同乗し、八街の陸軍飛行場に遺体収容に飛びましたが、山本さんの片脚は飛行靴ごと焼けてしまっていました」

B-29は、これまで日本の戦闘機が苦戦を強いられたB-17やB-24と比べても、異次元ともいえる高性能と重武装を備えた爆撃機で、零戦や「紫電」では追いつくことさえままならない。大型爆撃機の迎撃機として開発された局地戦闘機「雷電」でさえ、まともに戦うのは困難な相手だった。

「昭和二十年のはじめ、そんなB-29を撃墜したことがありました。横空の飛行場が手狭なので、われわれ戦闘機隊は『横空厚木派遣隊』として厚木基地にいました。このときは『雷電』に乗って出撃、『敵編隊伊豆半島北上中、高度五千』との地上からの無線で、高度を八千メートルまで上げ、立川あたりの上空で機首を西に向けると、ちょうどその季節は強いジェット気流が吹いていて、二百ノット（時速約三百七十キロ）の巡航だと、地上から見てほとんど凧のように浮かんでいる状態になります。無線電話で『我立川上空高度八千』と報告したら、十分経っても同じ『我立川上空高度八千』。それで、敵編隊が富士山を目標に東に変針し、東京方面に向かってくるのが見えたら切り返して急降下、直上方から攻撃をかけるんです。狙いを定めて一撃、いったん敵機の下に出てもう一度高度をとり、二撃めは東京上空で後上方攻撃、撃った敵機が煙を吐いて遅れだしたので、さらに態勢を立て直して後上方から三撃めをかけると、搭乗員が次々と落下傘で脱出するのが見えた。それを六人まで見届けたところで、B－29は大きな螺旋を描くように降下して、鹿島灘の海岸近くの松林に墜落しました。三回攻撃する間に、立川、東京、鹿島灘と、百数十キロ移動したわけです。敵機の墜落地点を確かめて、まだ燃料はあったけど『いまやったのは俺だ』と得意な気持ちで、ちょうど近くに見えた神ノ池飛行場（茨城県）に着陸しました。そこは『桜花』の特攻部隊・神雷部隊（第七二一海軍航空隊）の訓練基地で、ラバウルで一緒だった仲道渉上飛曹と遭った記憶があります」

　米軍の記録と照合すると、昭和二十年一月二十七日、茨城県鹿島郡神栖村居切浜（現・茨城県神栖市居切）に撃墜され墜落したB－29がこれに該当すると思われる。同機は十三機もの日本軍戦闘機の反復攻撃を受け墜落。十一名の搭乗員のうち五名が戦死、脱出した六名は捕虜になったという。「十三機」の日本軍戦闘機のうち、大原機の攻撃が「三機」とカウントされている可能性が高いが、大原さんもほかの戦闘機の攻撃については確認しておらず、ほかに有効弾を与えた戦闘機があったのか、誰が攻撃したのか、いまとなっては定かではない。

　昭和二十（一九四五）年二月十六日、十七日、二十五日には、米機動部隊の艦上機のべ約二千六百機が、関東一帯から静岡県にかけて来襲した。これは、米軍の硫黄島上陸作戦に呼応し、日本本土から硫黄島への救援を封じるためのものだった。横空、二一〇空、二五二空、六〇一空、三〇二空、谷田部空、筑波空などの零戦、「紫電」「紫電改」「雷電」など、三日間でのべ約五百機の戦闘機がこれを迎え撃ったが、日本側は四十数機を失った。米側の損失は五十八機だった。

　大原さんは、二月十七日早朝、「敵艦上機館山を空襲中」との報に「紫電」に乗って出撃している。この日、横空戦闘機隊は零戦、「紫電」「紫電改」「雷電」など十数機をもって邀撃に上がった。

「私は少し遅れて単機で離陸しましたが、横須賀沖でF4Uコルセア、TBFアベンジャーの編隊を発見、そのまま突っ込んでアベンジャー一機を撃墜しました。このとき、『敵戦闘機大編隊厚木上空』の無線電話が入り、そちらに急行しようとしたら、途中、横浜の本牧上空で味方の対空砲火に狙い撃ちにされた。ずんぐりした『紫電』をグラマンF6Fと間違えたんですな。幸い命中しなかったので、そのまま厚木上空に向かい、敵機の一部が相模湾に逃れようとするのを追いかけたら、葉山上空で、戸口勇三郎飛曹長機ともう一機が低空でF4Uに追われているのを発見、戸口機を追尾していた一機を撃墜しました」

この日の横空戦闘機隊の未帰還機は一機。しかしその一機、横空の先任搭乗員（下士官搭乗員のリーダー）だった山崎卓上飛曹の最期は悲劇的なものだった。横浜市の杉田に落下傘降下をした山崎上飛曹は、樹に引っかかってぐったりしているところを、敵と思い込んだ地元住民たちに撲殺されたのだ。このとき以降、日本軍の搭乗員は飛行服、飛行帽などに、日の丸または軍艦旗のマークをつけることになる。

「このときはみんな憤慨しましてね。武藤飛曹長なんか『杉田を銃撃してきてやろうか』なんて息巻いたり。悲しい出来事でした……」

山崎上飛曹の不慮の死を受け、新たな横空戦闘機隊先任搭乗員には、前年五月に上飛曹に進級していた大原さんが指名された。

B－29は、昭和二十年三月十日から東京をはじめ全国主要都市に対する夜間焼夷弾攻撃を開始した。さらに硫黄島が敵手に落ちたことで、米陸軍の新型戦闘機ノースアメリカンP－51ムスタングがB－29の護衛につくようになった。P－51は、最高速力は時速七百キロ超と、零戦より約百五十キロも速く、さらに運動性能、航続力などあらゆる点で従来の戦闘機をしのぐ優秀な性能を誇っていた。

P－51が、はじめて日本本土空襲に参加したのは、四月七日のことである。この日の午前、「B－29大編隊伊豆半島北上中」の情報で、横空からは飛行隊長・指宿正信（いぶすきまさのぶ）少佐率いる「紫電改」六機が、新兵器の二十七号爆弾を両翼下に一発ずつ搭載して邀撃に上がった。

二十七号爆弾は、従来の三号爆弾にロケット推進装置をつけたもので、三号爆弾がただ投下するだけだったのに対し、ミサイルのように発射する。発射後、一定秒時で炸裂し、空中に黄燐（おうりん）弾を撒（ま）いて敵機に火をつけるようになっていた。

「私はこの日、第二小隊三番機の位置についていましたが、この頃、原因不明の高熱に悩まされていて、高高度飛行ができない状態でした。それで、七千メートルの高度をとったほかの五機からは離れて高度五千メートル付近を飛んでいたんですが、まもなく『B－29編隊小田原上空高度五千』との情報が飛び込んできた。頭痛に耐えながら照準器、ロケット発射装置、機銃のスイッチをオンにし、戦闘準備をととのえていると、はるか水平線上にB－29の編隊が見えてきた。さらによく見ると、そのなかに小型機の群れが見えます。液冷エンジン、胴体の下のふくらみ。……陸軍の『飛燕』だ、陸軍さんやるね、と思いながら反航してきた飛行機の星のマークを見てびっくり、『飛燕』だと思っていたのは米軍のP－51だったんです」

P－51は左急旋回で大原機の後ろに回りこんでくる。大原さんはちょっと迷ったが、接近してくるB－29の攻撃を優先することに決めた。戦闘機に対しては、それから反撃しても十分に間に合うと判断したのだ。

同高度の正面からB－29が接近する。ロケットの発射ボタンを押そうとしたまさにそのとき、後方からダダダーッと機銃弾を浴びせられた。反射的に操縦桿を左に倒し、右側にチラッと目をやると、大原機を撃ったP－51がものすごいスピードで上昇してゆく。想像以上の高速性能だった。大原さんは二撃めを回避するため、こんどは右に切り返してP－51の真下に入った。P－51は、なおも攻撃の機会を窺っているようだったが、やがて諦めたのか、B－29の編隊を追って飛び去った。

「エンジンと右燃料タンクに被弾、そのうち、自動消火装置の液化炭酸ガスが燃料に混入したため、エンジンが止まってしまいました。電気系統もやられて、ロケット弾を処分しようにも発射できず、主脚も出ない。落下傘降下か？　いやだめだ、高度が下がりすぎている。『紫電改』は低翼ですが、主翼に上反角があるから、機体を左右に傾けずに胴体着陸すれば爆発はしない、と判断して、ロケット弾を積んだまま、間近に見えた陸軍相模飛行場の草原にいちかばちかの不時着を試みました。

　接地すると、空転していた四翅のプロペラがドドドッと地面を叩いて『く』の字に折れ曲がり、半分出ていた主脚が吹っ飛んだ。エンジン下部が地面をえぐり、ゴトゴト土ぼこりを飛ばしながら突っ走る。ロケット弾が爆発しないうちに止まれ、止まれ、と口走るうち、ガクッとショックを感じて停止。急いで肩バンドをはずし、背負い式の落下傘を背負ったまま飛行機から飛び降り、一目散に後方へ駆け出しました。すると、機体の尾部の少し先のところで、なにかに引っ張られて仰向けに地面に叩きつけられ、その瞬間、轟音とともに顔がボッと熱くなるのを感じた。轟音が遠ざかる様子だったのでおそるおそる頭、顔、体に手を触れ、異常のないことを確かめて、『助かった！』と思ったら、上空で大爆発が起こった。ロケット弾が打ち上げ花火のように飛んで炸裂したんです。『紫電改』を見ると、左翼下のロケットは残っていて、右のロケットが不時着のはずみで発射されたのがわかりました。ホッとして急に力が抜けるのを感じ、そのまま草原に倒れ込むと、自分の体から落下傘の曳索がピーンと操縦席まで延びているのに気づいて、思わず苦笑しました。これは、脱出時に自動的に落下傘が開くよう、座席内にフックで留めてあるものでしたが、慌てていてそれをはずさず飛び降りてしまったので、転倒したんです」

その日の午後、迎えに来た九三式中間練習機に乗って横空へ帰った大原さんは、さらに高熱を発し、軍医の診察を受ける。診断の結果はまさかの「腸チフス」だった。

「翌朝、宿舎で寝ていると、分隊長の塚本祐造大尉が、『なにをサボってる』と。仕方なく飛行場に出たら軍医長が飛んできて、『重症患者になにをさせるんだ!』と塚本大尉を叱りつけ、私はそのまま長浜海軍病院に入院することになりました」

大原さんは幾度か生死の境をさまよいながら、六月三十日に退院するまでの約八十日間、入院生活を余儀なくされる。

退院直後の七月七日、横須賀基地で行われた日本初のロケット戦闘機「秋水」の初飛行の一部始終を大原さんは見ていた。「秋水」は、ドイツのメッサーシュミットMe163をもとに開発され、高度一万メートルまで三分半で上昇する性能をもつ。離陸後は車輪を切り離し、敵爆撃機を攻撃したのちは滑空で基地に戻り、着陸には橇を使う。敵の大型爆撃機を邀撃する切り札として期待された新鋭機だった。

「私はちょうど『秋水』を左後ろから見る位置に陣取った。滑走路の脇には大勢の人がいて、陸海共同開発だから陸軍の人も並んでいました。

いよいよ離陸、というときは、ロケット噴射をするからみんな機体の後ろからよけました。するとノズルから、ホヤホヤホヤッと白煙が出て、間もなく轟音を上げて離陸滑走を始めた。滑走路の半分ほどのところで離陸、車輪を落とすと見る間にグゥーンと背中を見せて急上昇、すごい角度だと思いましたね。見守る関係者がいっせいに拍手しました。

ところが、高度四、五百メートルに達したと思われたときに、バババッバババッという音がしてロケットが停止、『秋水』はすぐ右に急反転したんです。急反転してしばらく飛んで、それから旋回して飛行場に戻ろうとしたんでしょう。垂直旋回に入るとずっと同じ調子で（操縦桿を）引っ張ってきたんですよ。貝山の手前、格納庫群の上を飛んだように思います。

しかし、飛行機を低速で、垂直旋回で引っ張りすぎるとステップターンストールといって、失速してストーンとひっくり返っちゃう。だから私はそれを見ながら、あ、これはだめだ、だめだ、近すぎると思いました。いまで言うダウンウインド、風下のほうへ行くコースね、当時はこれを第三コースと言ったんですが、それがあまりにも滑走路から近かった。スピードのわりにね。

　そして飛行場の端まできたときに、ついに失速してバーンと、横になったまま飛行場の外堀に墜落、ものすごい飛沫が上がりました。

　飛行場に戻らずにそのまままっすぐ飛んでいれば助かったでしょう。その先は東京湾で、障害物はなにもないんですから。予期しない事態が起きて、慌ててしまったんでしょうかね。テストパイロットの犬塚豊彦大尉は重傷で救出されましたが、その日の夕方、入湯上陸（外出）の整列時に、当直将校が、『輸血の急を要する。O型の者は残れ』と。私はB型なのでそのまま外出しましたが……」

　犬塚大尉は瀕死の状態で助け出されたが、翌八日午前二時に息を引き取った。


　やがて終戦。横空では、八月十五日、戦争終結が告げられてもなお、機銃弾全弾装備の戦闘機が列線に並べられ、搭乗員はやる気まんまんで指揮所に待機していた。玉音放送は停戦命令ではなく、この時点でまだ「自衛のための戦闘は可」とされていたからである。八月十七日、日本本土を偵察のため飛来した米陸軍の四発新型爆撃機コンソリデーテッドB－32ドミネーター四機を厚木基地の第三〇二海軍航空隊の零戦十二機が邀撃。翌十八日には同じくB－32二機を横空の零戦、「紫電改」「雷電」、計十数機が邀撃した。

「『敵大型機、千葉上空を南下中』との情報に、みんなそれっと上がったんです。私は零戦五二型に飛び乗って単機で離陸、相模湾上空で敵機を発見し、そいつを追いかけてとりあえず浅い後上方から一撃をかけた。機を引き起こすとき、あれ、これはいままでの敵機とは違うぞ、と思いました。敵機の動きを注視しながら高度をとり、こんどは伊豆大島上空で直上方攻撃。敵機は逃げるばかりで、三撃めは『もういいや』と、遠くから撃って引き返しました」

横須賀基地に帰投してはじめて、先ほどの敵機が初見参のB－32であったことを知る。この日の邀撃が、海軍戦闘機隊最後の空戦となった。

昭和二十八年、海上自衛隊に入隊し、航空隊で教官を教える教官となる

八月二十二日、大原さんは飛行兵曹長に進級した。本来ならば次回の定期進級日である十一月一日付で進級予定だったのが、終戦で繰り上げられたのだ。十一月予定を繰り上げての進級は「ポツダム進級」とよばれる。当初、米軍が二十四日に進駐する

との情報が伝えられたので、搭乗員は二十三日には隊を出されることになった。
たった二日の准士官だったが、大原さんは航空隊の軍需部で飛行兵曹長の軍装一式を揃えている。短剣は、分隊長・岩下邦雄大尉が、戦死した実兄の形見の短剣を贈ってくれた。草色の地に青線二本と金筋一本が入った第三種軍装用の襟章は、坂井三郎中尉から譲られたものという。

「最後に、書類を全部焼却せよ、との命令が出て、全搭乗員の飛行経歴を記した航空記録も処分してしまうことになりました。飛行場の一角で焚火のように書類を燃やすんですが、私は自分の航空記録がどうしても惜しくて、あわよくば持ち出そうと、火からちょっとはずれたところに置いたんです。ところが、塚本祐造少佐（六月進級）が見回りにやってきて、まだ焼けていない私の航空記録を見つけると、『なんだ、これは』と、足で蹴って火のなかにくべてしまった。『この野郎！』と思ったけど、そこは軍隊ですから……あれは、いまも思い出すと腸が煮えくり返りますね」

ときに大原さんは二十四歳。飛行練習生時代から終戦までの飛行時間は約千八百時間に達していた。作戦出撃回数は百数十回におよぶが、航空記録が焼かれてしまったため、全てを正確に追うことには限界がある。

兵曹長の退職金二千四百円を現金と証券で半分ずつ受け取り、思い出深い横空をあとにした大原さんは、その足で、中島飛行機の工場へ飛行機の領収に行ったさいに出会い、交際中だった奥さんを群馬県太田へ迎えに行き、宮城県の郷里に復員した。

「終戦で日本は一切の航空活動を禁じられ、この先どうなるか見通しはつきませんでしたが、このままアメリカに潰されてしまうことはないだろうと思っていましたね。そして、いつか必ずまた飛行機に乗れるようになると信じていました」

郷里に帰った大原さんは、兄に「五年経ったら飛行機に乗るから、それまで遊ばせてくれ」と頼み、米軍キャンプで働いたりしながらその機会を窺った。

「昭和二十五（一九五〇）年頃、日本航空が設立されるというのを新聞で見て（昭和二十五年六月、日本の航空会社による運航禁止期間が解除される）、そらきた、と、翌年仙台にできた日航の事務所に行ってみましたが、『戦闘機の人はちょっと』とあっさり断られました。これは中央に出ないといかんな、と思って昭和二十七（一九五二）年、横須賀に出て、民間機のライセンスをとるため有り金をはたいて藤沢の飛行連盟に通いました。そしたらある日、藤沢飛行場で、横空戦闘機隊飛行隊長だった指宿正信さんに声をかけられたんです」

指宿さんは、

「昔の海軍戦闘機隊がまたできるぞ。俺は海上警備隊に入っているんだ。いま、飛行機を領収に来たところだ。手続きをしてやるからお前も入れ」

と大原さんを誘い、飛行機にも乗せてくれた。

こうして大原さんは、昭和二十八（一九五三）年、海上警備隊（現・海上自衛隊）に入隊、一年間の艦船勤務を経て、昭和二十九（一九五四）年、鹿屋基地で第一回操縦講習員（海曹）として三ヵ月の訓練を受け、卒業すると同時に教官になった。

当時、大原さんの指導を受けたなかには、より搭乗歴の古いパイロットをふくめ、多くの元海軍搭乗員がいたが、そのうちの一人、小野清紀（きよみち）元中尉は、

「SNJ（アメリカ製練習機ノースアメリカンT－6テキサンの海軍型）で同乗させてもらいましたが、飛行機の動きが全然違うのに驚きました。完全に飛行機が体の一部になっている。この人は天才だと思いました」

と回想している。昭和六十（一九八五）年八月十二日、群馬県上野村の御巣鷹（おすたか）の尾根に墜落した日航ジャンボ機の高濱雅己機長も、海上自衛隊在籍中に大原さんの指導を受けた一人である。

大原さんは、教官をさらに教育する役目の、海上自衛隊で四名しかいないスタンダード（基準）パイロットの一人とされていた。昭和三十（一九五五）年、航空自衛隊

の発足にあたっては、浜松第一操縦学校に教官として派遣されている。

航空自衛隊からは「大原さんは根っからのファイターだから、ぜひ戦闘機に」と誘われ、現に小福田租元少佐、指宿正信元少佐など、多くの元戦闘機搭乗員が、ジェット戦闘機のパイロットになるべく航空自衛隊に移籍していったが、大原さんは、海上自衛隊鹿屋航空隊の初代司令であった相生高秀一等海佐（元中佐・のち自衛艦隊司令官）に、「お前は行くな、残れ」と止められて残ったという。

「ジェット戦闘機の夢は消えたけど、戦闘機の大先輩である相生さんにそこまで言われたのは嬉しかったですよ」

大原さんは昭和三十四（一九五九）年から海上幕僚監部の本庁勤務になり、昭和四十六（一九七一）年、三等海佐で退官するまで自衛艦隊司令部作戦部運用班長や羽田連絡所長などを歴任した。

その後は運輸省の外郭団体である航空振興財団に勤務、民間パイロットの地上訓練を指導する傍ら（かたわ）、航空教室などを通じて、一般への航空知識の普及につとめた。

航空振興財団では、各航空会社の委託を受け、パイロットの採用試験も担当している。昭和四十年代後半から五十年代にかけて入社した民間航空会社のパイロットのほとんどが、大原さんとなんらかの接点があり、いまも大原さんを師と仰ぐ人は多い。

「私は死ぬまで、戦争の記憶を引きずっていきますよ」

平成二（一九九〇）年、大原さんは六十九歳で航空振興財団を退職。ところが退職の辞令を受け取ったその日に心筋梗塞で倒れた。

「胸にドンと衝撃を感じたと思ったら、目の前にラバウルの情景が浮かんだ。それで戦死した戦友たちが迎えに来たのかと思って、野郎ども、俺はまだそっちには行かんぞ、と思ったのは憶えています。それ以来、ニトロが手放せなくなりました」

自衛隊を退官してからは軍航空隊関係の多くの戦友会に出るようになり、丙種予科練出身者で組織する「丙飛会」会長、全予科練出身者が集う「（財）海原会」顧問、元戦闘機搭乗員で結成された「零戦搭乗員会」事務局次長などをつとめ、運営の実務を取り仕切った。

「戦後しばらくは目の前の仕事に精一杯で、戦友や遺族のことまで頭がまわりませんでした。しかしある時期から、戦死した戦友たちに思いを馳せ、けっして自分一人で戦ってきたわけじゃない、と思えるようになりました。昔のことは忘れたい、という人もいますが、なんで忘れられるんだろう、と腹立たしく感じます。私は死ぬまで引きずっていきますよ」

大原さんはまた、米海軍に知人、友人が多く、米軍厚木基地や横須賀基地でパーティーやセレモニー、イベントなどがあるたびに出かけていって親交を深めていた。「ゼロファイター・オオハラ」の人気は日本人にはかえって想像もつかないほどのもので、大原さんの周囲にはいつも米軍パイロットたちが集まり、憧憬のまなざしで見上げていた。

零戦の元搭乗員で組織する「零戦搭乗員会」が、会員の高齢化で解散することが議題にのぼったのが平成十（一九九八）年。大原さんははじめから、「解散反対」の意思を強く表明している。

「若くして死んだ連中のことを思えば、年とったから解散なんてとんでもない。もしどうしても解散するというなら、私一人で戦友の慰霊顕彰を続けていく」

結果として、「零戦搭乗員会」は平成十四（二〇〇二）年をもって解散、同時に、戦後世代が事務局を引き継いで活動を続ける「零戦の会」（現・NPO法人零戦の会）として再スタートを切るが、大原さんは「零戦の会」副会長に就任し、会長・岩下邦雄さん（元大尉）と終戦時の横空戦闘機隊分隊長・先任搭乗員のコンビで、若い世代の役員と交わっていくことになった。大原さんは、息子や孫のような世代の若い人にも、かつての戦友たちに対するのと同じように分け隔てなく接した。

平成十四（二〇〇二）年、私は、当時八十一歳の大原さんと、愛知県の三菱重工業名古屋航空宇宙システム研究所小牧南工場の史料室に展示されている零戦を見学したことがある。工場に着いてタクシーを降りたとたん、大原さんが、

「B－29発見！」

と叫んで彼方の空を指さした。

「え？　なんですか？　なにが起こったんですか？」

「ホラホラ、あそこ！」

教えられてもなにも見えない。目を凝らしていると、しばらくして旅客機が、ポツッと針の先ほどの大きさに見えてきた。

「あ、見えました。あの旅客機ですね」

「なんだ、いままで見つけられないようじゃダメだなあ。あれが本物の爆撃機ならイチコロでやられてるよ」

大原さんの視力と目配りに驚いたことは言うまでもない。

史料館では、館長の岡野允俊さんが迎えてくれた。岡野さんも甲種予科練出身の元特攻隊員である。史料室には、復元されたばかりのロケット戦闘機「秋水」ととも

に、零戦五二型が「自社製品」として展示されている。岡野さんの厚意で、零戦の操縦席に座れることになり、大原さんは五十七年ぶりの零戦に乗り込んだ。

機体の左側から前後の風防に手をかける。と見るや、そのまま両手を支えに体を浮かし、スッと操縦席におさまった。とても八十歳代とは思えない、身軽な身のこなしだった。

「大原さん、大丈夫ですか?」

「俺はずっとこうやって零戦に乗ってきたから。これ以外の乗り方は知らないよ」

そして、コックピット右下のレバーで照準器が目の高さにくるよう座席の高さを調整し、右眼でスッと照準器をのぞいた。背筋がピンと伸びて、まさに身についた本物の動きだった。

民間航空会社のフライトシミュレーターにもしばしば同乗した。あるとき、教官として同乗した機長が、大原さんがどんな経歴の人であるかを知らされないまま操縦をまのあたりにし、

「すごい。お上手なんてもんじゃない。この方はいったい何者ですか?」

と、目を丸くして訊いてきたこともあった。

大原さんの自室の神棚には、大原さんが敬愛してやまない宮野善治郎大尉が祀られている。毎年六月十六日、宮野大尉の命日には、航空弁当の定番だった巻きずしを供えるのがつねだったが、宮野大尉の母校の後輩である私のインタビューに応えるようになってからは、一緒に靖国神社で昇殿参拝をするようになった。命日の参拝は、宮野大尉歿後七十年となる平成二十五（二〇一三）年まで続く。

私が宮野大尉の長編伝記を書き始めた平成十六（二〇〇四）年になると、大原さん方を訪ねる回数もさらに増え、さらにほとんど毎日、長い電話で往時を語ってもらった。宮野大尉やラバウルのこととなると、大原さんの口調も俄然、熱を帯びる。空戦の話の最中、ときどきガチャンと大原さんが受話器を取り落とす気配がする。電話の向こうで、身振り手振りを交えて語ってくれていたのだ。

私と一緒に大阪の宮野大尉の墓参をし、宮野大尉の姉・宮崎そのさんを訪ねたこともある。

「隊長、私もこんなに歳をとりました……」

遺骨なき宮野大尉の墓に、大原さんはしみじみと語りかけた。

平成二十五年、私がＮＨＫ番組の取材でラバウル、ブカ島を訪ねたさい、あらかじめ大原さんのサジェスチョンを得て臨んだことは、本稿のはじめに触れた。零戦隊のいたラバウル東飛行場は、平成六（一九九四）年、花吹山の大噴火で火山灰の下に埋もれてしまったが、そこから見る風景は当時の写真と大きくは変わっていない。飛行場跡の周辺もふくめあちこちに旧日本軍の面影が残り、飛行機や兵器の残骸が転がっている。町並みは変わっても、道路の道筋は当時とさほど変わっていないらしく、大原さんに書いてもらった地図をもとに歩いてみると、宿舎や病院、司令部などさまざまな施設の跡地を探し当てることができた。

――建物はなくなっているが、この場所に大原さんたちが搭乗員宿舎として使った洋館があり、その前で夕涼みをしながら同室の杉田庄一飛長から山本長官の戦死を明かされたのだ。飛行場へ向かう途中のこのあたりに陸軍の幕舎があって、そこで蓄音機から流れてきたラヴェルの「ボレロ」の調べに大原さんが足をとめて聴き入ったのだな……。往時に思いを馳せながら、これまでに見たこと、聞いたこと、調べたことを再確認してゆくのは、七十年の時空を一気に飛び越えたかのような不思議な体験だった。熱帯の日差しの強さやスコール、湿り気をふくんだ空気感、茜（あかね）色に輝く夕雲、日が暮れて、椰子の葉陰に輝く南十字星。美しい自然はその頃と変わらない。だが、かつてこの地を踏み、この空を飛んだ若者たちの多くは、二度と懐かしい日本に還ることはなかった。

帰国して撮ってきた写真を大原さんに見せると、大原さんはたいていの場所をピタリと言い当て、

「いまも目を瞑れば当時のことが浮かんできますよ。一緒に行きたかったですなあ」

とつぶやいた。

平成二十九（二〇一七）年、九十六歳になった大原さんは、来客を断り、孫、曾孫たちに囲まれて静かに暮らしている。私が零戦搭乗員の取材を始めた二十二年前、生存搭乗員の若手筆頭のような立場だった大原さんも、軍歴の長い人のほとんどが鬼籍に入ったいま、五本の指に入る古参搭乗員となった。

「戦争中は飛行機のことしか知らなかったし、『死』はべつに怖いとは感じなかった。自分がやられるとは思ってもいなかったですけどね……。しかしこんなに長生きするとは思わなかった。ほんとうに飛行機が好きでパイロットになって、最後まで航空界に恵まれた人生でした。辛いこと、悲しいこともあったけど、悔いなし、と思っていますよ」

「わが人生ソロモンにあり、宮野大尉にあり」と、大原さんは何度も繰り返した。い

まも大原さんの居室には亡き戦友たちの写真が飾られ、大原さんは物言わぬ彼らの若い笑顔を見つめながら、言葉に尽くせないさまざまな思いを語りかけている。

大原亮治（おおはら　りょうじ）
大正十（一九二一）年、宮城県生まれ。昭和十五（一九四〇）年、海軍を志願し横須賀海兵団に入団。丙種予科練四期生を経て第二十一期飛行練習生として飛行機の操縦訓練を受け、昭和十七（一九四二）年、戦闘機搭乗員となる。同年七月、第六航空隊（のち第二〇四海軍航空隊と改称）に配属され、十月、ニューブリテン島ラバウル、次いでブーゲンビル島ブイン基地に進出。以後、一年一ヵ月にわたり、おもに宮野善治郎大尉をはじめとする指揮官機の列機として戦い抜いた。昭和十八（一九四三）年十一月、横須賀海軍航空隊（横空）に転勤し内地に帰還、各種新型機のテスト飛行に任じながら本土防空戦に参加。名門・横空の最後の先任搭乗員として終戦を迎えた。昭和二十（一九四五）年八月十八日、関東上空に飛来した米爆撃機を邀撃した日本海軍最後の空戦にも参加。戦後は昭和二十八（一九五三）年、海上警備隊（のち、海上自衛隊となる）に入り、第一期操縦講習員を経て教官配置に就く。昭和四十六（一九七一）年、三等海佐で退官後は運輸省の外郭団体である航空振興財団に勤務、多くの民間パイロットを育てた。

昭和17年、大分空で戦闘機の操縦訓練を受ける。九六戦の前で

昭和17年7月、飛行練習生卒業。二等飛行兵

昭和17年8月19日、木更津基地を発進直前の六空先遣隊搭乗員たち。左端が飛行隊長・小福田租大尉

昭和 18 年 4 月、「い」号作戦の頃、ラバウル東飛行場に並んだ二〇四空の零戦。二一型と三二型が混在している

昭和18年5月、二等飛行兵曹に進級。ラバウル東飛行場で花吹山をバックに

六空分隊長・宮野善治郎大尉

昭和 18 年５月頃、ラバウルで。前列左から大原さん、大正谷宗市二飛曹、中村佳雄二飛曹。後列左より橋本久英二飛曹、杉田庄一二飛曹、坂野隆雄二飛曹

昭和19年5月、横須賀基地にて。零戦二一型をバックに

昭和20年はじめ頃、山崎卓上飛曹（左）と。山崎上飛曹は2月17日の邀撃戦で被弾、落下傘降下したところを、敵兵と誤認した民間人に撲殺された

民間人による山崎上飛曹撲殺事件のあと、搭乗員は日の丸を身につけるようになった。左が大原さん

昭和 29 年頃、海上自衛隊鹿屋航空基地での訓練風景。ほとんど旧海軍航空隊と同一の情景である

昭和 30 年代、航空自衛隊浜松基地で。バックは空自が試験的に購入したイギリス製戦闘機バンパイア

平成 14 年、三菱重工業名古屋航空宇宙システム製作所史料室で、57 年ぶりに零戦に搭乗した大原さん

第七章

土方敏夫(ひじかたとしお)

ペンを操縦桿(かん)に持ち替えて戦った「学鷲(がくしゅう)」に刻み込まれた海軍魂

愛機・零戦の操縦席で

暗雲漂う戦局の中、熱烈かつ衝動的に戦闘機乗りを目指した教員の卵

「誰が言ったか、われわれ第十三期飛行専修予備学生の戒名は『衝動院感激居士』という。うまい表現であると思います」

初対面の私に、土方敏夫さんは言った。平成十七(二〇〇五)年一月、東京・杉並の土方さんの自宅。冬の日差しの射す二階の和室でのことである。土方さんは、大戦後期、大学、専門学校卒業者のなかから海軍に大量採用され、「学鷲」と呼ばれた飛行専修予備学生十三期生の一人で、沖縄戦や九州上空の邀撃戦を戦い抜いた。戦後は教職に就き、成蹊学園中・高校の教頭、外務省子女教育相談室長などを歴任している。土方さんはその前年、光人社(現・潮書房光人社)から『海軍予備学生零戦空戦記』と題する本を出版したばかりだったが、たまたま私が同社から上梓していた零戦搭乗員の証言集『零戦 最後の証言』を読み、この著者にぜひ会いたいと、共通の担当編集者である坂梨誠司氏を通じてコンタクトをとってくれたのだ。

「私の人生は、海軍での二年間に集約される。それほど重要で密度の濃い期間でした。それから後は、お釣りの人生だと思うんですよ」

昭和初期、大口径の砲を搭載する戦艦同士の決戦こそが戦争の勝敗を決めるという「大艦巨砲主義」に立っていた日本海軍は、航空部隊を指揮する士官搭乗員を、一年に数名ずつしか養成してこなかった。だが、昭和十二（一九三七）年、中国大陸で支那事変（日中戦争）が勃発、さらに昭和十六（一九四一）年、アメリカ、イギリスなどの連合国との戦争が始まると、戦争は航空兵力中心に推移し、ただでさえ人数の少ない日本の士官搭乗員は、たちまち深刻な不足をきたすようになった。

海軍は、昭和九（一九三四）年、一般の大学、高専卒業生を対象に、有事に動員できる予備兵力としての予備士官を養成する「海軍航空予備学生」（のち「海軍予備学生」と改称）制度を発足させていたが、こちらも、昭和九年入隊の第一期生から昭和十六年入隊の第八期生までの採用人数は合計で百八十名に満たない。

昭和十六年、翌年三月卒業予定の大学生の修業年限が三ヵ月短縮されることになると、大学を繰り上げ卒業した学生のなかから昭和十七（一九四二）年一月に採用され、入隊した第九期生三十八名に加え、このとき発足した兵科予備学生一期生のなかから航空志望者を募り百名を第十期生として採用。さらに同年、第十一期生百二名と、兵科予備学生二期生のなかから転科した第十二期生七十名が採用され、飛行機搭乗員としての訓練を受けた。

しかし、戦争はいよいよ消耗戦の様相を深め、海軍はさらに大量の予備士官を養成することを決める。昭和十八（一九四三）年五月二十九日、「海軍予備学生募集告示」（海軍省告示第十三号）と題する、第十三期飛行専修予備学生の募集要項が嶋田繁太郎海軍大臣名で発表され、七月に入ると、新聞紙上でも〈決戦場は大空だ。翼に競う学徒の闘魂！ 海鷲志願既に一万〉などの文字が躍るようになった。

学校でとりまとめた志願募集は七月五日で締め切られたが、大学別の志願者数は、早稲田大学千九百九十八名、日本大学千九十七名など、軒並み卒業見込者の半数を超える過熱ぶりであった。海軍省に直接、願書を持参する者、郵送する者も後を絶たず、血書による志願も少なくなかったという。最終的な志願者数は、全国で十万名近くにのぼり、うち五千百九十九名が、二十倍近い難関を突破して採用された。これは、一期生から十二期生までの合計人数の十倍を超える、空前の規模だった。人数が多いため、彼らは茨城県の土浦海軍航空隊（土空）と三重県の三重海軍航空隊（三重空）に分かれて入隊し、訓練を受けることになったが、土方さんはこのとき、土空に入隊した約二千七百名のうちの一人である。

土方敏夫さんは大正十一（一九二二）年三月二十六日、大阪市南区難波芦原町（現・大阪市浪速区芦原）にある大阪高野鉄道（現・南海電鉄高野線）芦原町駅の官舎で生まれた。ただし、学齢を考慮して、役所には四月三日生まれとして届けられたので、戸籍上の誕生日はそのようになっている。土方家は東京・淀橋で大きな酒屋を営み、「淀橋から新宿駅まで、他人の土地を踏まずに歩ける」といわれるほど栄えていたが、父・彦七さんは家を出て鉄道員となり、当時、芦原町駅の駅長を務めていた。彦七さんは大正十二（一九二三）年八月、幼い敏夫さんら家族をつれて東京に転居するが、同年九月一日に起きた関東大震災で、土方家は大きな被害を被ってしまう。のちに彦七さんは独立して、四谷で小さな酒屋を営んだが、それも数年でたたみ、杉並区に転居した。

「満四歳だった大正十五（一九二六）年の夏、一家揃って神奈川県・江ノ島へ海水浴に行ったことがあります。これが私の記憶のはじまりですから、意識のなかでは私の歴史は昭和から始まると言っていいと思います。

小学生の頃、私たちの憧れは飛行機でした。飛んでくる飛行機を見て、『あれは中島の九〇式戦闘機』などと、即座にその名前をみんなに教えられるのが、ガキ大将の資格の一つでした。広い原っぱで空を見上げ、どこまでも飛行機の後を追いかけたものです。子供たちが後を追いかけられるほど、当時の飛行機はのんびりと空を飛んでいました。小学校高学年になってからは、もっぱら模型飛行機作りに熱中しました。竹ひごを蠟燭（ろうそく）の火であぶりながら、図面の翼の曲線通りに曲げていくのも、根気と技術がものをいいました。模型飛行機の大会で三等賞を貰ったときは、天にも昇るような気持ちになったものです。

杉並には中島の飛行機製作所があり、その近くへ行ったとき、凄（すご）い戦闘機をここで作っているのだと教えられ、胸がときめきましたが、まさか自分がのちに戦闘機乗りになるなどとは思いもよりませんでした」

昭和十七（一九四二）年三月、豊島（としま）師範学校を卒業、中野区の東京市谷戸（やと）国民学校（小学校）に教員として奉職。土方さんの学年までは師範学校の修業年限は中学卒業後の二年間で、学歴としては中学校卒業の資格しかなかったが、翌年度から就業年数三年の新制度の師範学校となり、専門学校卒業の資格が与えられるようになった。そのため、旧制度の卒業生にも昭和十八年四月からの五ヵ月間、現職のまま師範学校研究科で学べば専門学校卒業の資格が得られる救済策がとられ、土方さんは第三師範学校研究科に通うことになる。と同時に、勉強するにはよいチャンスだと、東京物理学校（現・東京理科大学）二部（夜間部）にも入学。昼は師範学校、夜は物理学校に通学する日々を送った。

「昭和十八（一九四三）年の夏のはじめ頃、同級生から海軍十三期予備学生募集の話を聞かされ、一緒に志願しないかと誘われました。これは、全国の大学、高等専門学校の卒業生を対象にしていて、私たちも八月末に研究科を卒業すれば応募資格が与えられると。従来の師範学校卒業の学歴だけだと、徴兵されて一兵卒から始めなければならないことを思えば、まったく運がよかった。でも、ここで自分が志願したら我が家はどうなるか、物理学校を途中でやめていいのかと、しばらく逡巡はありましたね」

だが、兵役は当時の国民の義務である。志願しなくても、一年以内に徴兵で軍隊へ行くことになるのは確実であった。新聞やラジオでは、ガダルカナル島撤退、山本五十六聯合艦隊司令長官戦死、アッツ島玉砕などが続けざまに報じられ、戦局の悪化がひしひしと伝わってくる。

「いま、私たち若者が立たなくては」

との悲壮な焦燥感もあり、結局、土方さんは両親にも相談せずに願書を書き、投函した。

「十三期はみな、われわれが征かなくて誰が征く、そして、いずれは征く道ならばと、自分から進んで志願して海軍に入りました。『衝動院感激居士』たるゆえんですね。同じ予備学生でも、続いて入った『学徒出陣』組の十四期は徴兵で二等水兵として入隊し、その後試験を受けて予備学生になっています。同じ学徒出身の予備学生でも、十三期と十四期とでは気風が違う、というのが定評になっていますが、善し悪しの問題ではなく、こんないきさつが大きかったのだと思います」

昭和十八年九月十三日、土浦海軍航空隊に入隊。

「入隊の日、同じ町内から入隊する明治大学の宮田勝世君と私の二人の壮行会を、町内の在郷軍人会や愛国婦人会の人たちが催してくれ、中央線の阿佐ヶ谷駅まで見送ってくれました。家を出るとき、母は『送って行かないから……』と。私が『では、行ってまいります』と言うと、じっとうつむいたままでした。いまにして、母のその気持ちが痛いほどわかります」

上野駅は、打ち振られる日の丸の旗、校歌や応援歌の合唱の喧噪で賑わっていた。常磐線に乗り土浦駅に着くと、駅から航空隊まで六キロの道のりは、学生服姿の入隊者であふれた。隊門には多くの家族、親族が集まり、名残を惜しんでいた。ただし、この時点ではまだ正式に採用が決まったわけではなく、入隊翌日から連日、搭乗員としての適性検査や知能検査、身体検査が続く。

「手相と骨相まで見られたのには驚きました。実際にこの手相・人相の結果は搭乗員の適否にはよく当たるという話でしたが、中年の人が五、六人ぐらい列んでいる部屋で、じろじろ見られるのは、あまりいい気持ちではありませんでした。合理的が売り物のような海軍にも、こんなことがあったのは不思議ですね」

九月二十五日に合格発表があり、土空、三重空あわせて五千百九十九名が飛行専修予備学生に採用された。不合格になった者は、陸戦隊や飛行要務士などとして別部隊にまわされることになり、名残惜しそうに退隊していった。

十月四日の入隊式を前に、軍服、軍帽、短剣などの官給品が支給された。上等の生地ではなかったが、一人前の海軍士官と同じ紺の第一種軍装で、靴やワイシャツ、カフスボタン、さらには下着、靴下、文房具、洗面用品まで、まさに至れり尽くせりだった。

「これで形だけは士官らしきものができたのですが、はじめて制服を着、短剣を吊ったときは感激しました。簡素なネイビーブルーがいい。このときの印象が強かったせいか、戦後もスーツを作るときは紺無地を好んで選んだものです」

土空では、入隊した予備学生が、約二百名ずつの十三個分隊の編成に分けられた。

基礎教育期間は四ヵ月とされていたが、理数系の学生は、海軍に必要な数学や物理の知識をすでに身につけているからという理由で、文科系の学生よりも教育期間を二ヵ月短縮し、その分、早く飛行訓練に回されることになった。

「十三期前期」と呼ばれた理数系学生は、第十分隊から第十三分隊に集められ、土方さんは第十一分隊となる。残りの文科系学生は「十三期後期」となった。

「前期になった者は、他の者より早く飛行機に乗れる、と喜びましたが、前期組は、昭和十九（一九四四）年末のフィリピン戦に間に合ったためにいち早く戦地に投入され、戦死率が非常に高かった。この二ヵ月が運命の分かれ目となりました」

入隊式の日、約二千五百名の予備学生を前に、教育主任・江村日雄少佐が訓示をした。

「入隊おめでとう。海軍は諸君の命をもらった。好きな女性のいる者は、今日限りきっぱりと諦め（あきら）よ」

英語可、読書可、カメラ携帯可。意外に自由だった海軍の教育

土浦では、短期間に徹底的に「海軍魂」なるものを叩き込まれた。それと同時に、

教官（准士官以上）、教員（下士官）からは、「娑婆ッ気を抜け！」という言葉が合い言葉のように浴びせられた。海軍では一般社会のことを「娑婆」と言う。学生生活で自由な空気を存分に吸い込んできた予備学生たちを短期間で軍人に仕立てるためには、まずそんな、身についた「娑婆ッ気」を徹底的に排除する必要があったのだ。

言葉遣いからはじまって、階段は二段飛びで駆け足、吊床（ハンモック）のくくり方、カッター（短艇）、陸戦、手旗信号、モールス信号、さらに海軍体操、棒倒しまで。数学、気象、兵器などの座学もあり、しかも海軍は教えたことは何でも試験をして、順位をつける。

「海軍に入ってすぐ、同期生同士では『俺』と『貴様』を使うように言われましたが、『僕』『君』で過ごしてきた私たちには、なかなかピンと来なかった。上官を呼ぶとき、どんなに偉い人に対しても絶対に『殿』をつけてはいけないというのも、慣れるまではまごつきましたね。○○大尉とか○○分隊長と呼べばよい、といわれてもなんだか申し訳ないような気がして。慣れれば、陸軍式に○○中尉殿、などと呼ぶ方がおかしな気がしてきましたが」

なお、海軍では一人称に「自分」を用いず、上官に対しては「私」と言う。部下を呼ぶときは「お前たち」と言う。言葉遣いにとどまらず、海軍と陸軍とでは何か大きな風土の違いがあった、と土方さんは回想する。

「海軍に入って嬉しかったのは、『軍人勅諭』を暗記させられなかったことです。『海軍では、もっと大切な勉強をすることがある』と。学生時代には、無精をしてとう暗記しないままで、軍隊に入れば暗記させられるのかと気が重かったから、これは助かりました。学生の頃は、学校で『教練』という時間があり、配属将校のもとで軍隊教育を受けていましたが、すべて陸軍式でした。海軍に入ってからは、号令がちょっと違っていて、海軍の号令の方がなじみやすかった。特に気に入った号令は『かかれ！』です。要するに『はじめ』の意味ですが、『かかれ』の号令には、海軍独特の雰囲気があったと思います。出撃命令を受け、愛機に向かって走っていくようなとき、その雰囲気にピッタリくるような号令でした。

『敵性語』なんて野暮なことも、海軍では言わなかった。『敵性語』、つまり英語を排斥しようという動きが、学校教育や陸軍を中心にあり、野球の『ストライク』が『ヨシ』、『ボール』が『ダメ』なんてのは、よく笑い話の種にされますが、『ガラス』を『透明板』とは、じゃあ曇りガラスはどうしてくれる、と言いたくなったものです。

その点、海軍は英語を平気で使っていた。日常の生活から、用具の名前にいたるまで、英語そのものでした。ガンルーム（士官次室）などの名称をはじめとして、エス

（芸者・Singer のＳ）などの隠語、テーブルのエンドのような日本語的な使い方……軍艦・飛行機などを扱うには、この方が合理的で、理にかなっていました」

よほど海軍の水が合っていたのであろう。土方さんの海軍への愛着は、郷愁の域を超えていたようである。もっともこれは、学窓から海軍を志願した多くの予備学生に共通する心情だった。

「陸軍式の教練を受けてきた私たちが、海軍に入ってまず修正されたのが敬礼でした。右の肘を横に張らないで、右手を斜め前から挙げる挙手の礼です。これも慣れれば、陸軍式の敬礼を見ると、なぜか吹き出すようなおかしさを感じるようになりました。敬礼そのものが、海軍と陸軍をそれぞれ象徴しているように思われるほどです。いまでも、海軍の挙手の礼はスマートでよいなと思っています」

予備学生は「兵曹長の上、少尉候補生の下」という、士官に準ずる階級が与えられたが、土浦での生活は、下士官兵並みの待遇であった。私室などない。十数名が一班となり、何ごとも一緒に行動する。食事の時間には、交代で食卓番になる。食卓番は、烹炊所から班員の食事をバケツのような容器で運んできて支度をするが、食べたい盛りの若者だから、つねに腹ぺこである。自分の食器には、ぎゅう詰めに飯を盛る。ところが、これから食事というときに、下士官の班長が突然、「座席を一つずつ右にずらせ」などと言う。年季の入った下士官には、全てがお見通しなのであった。

一日の日課が終わると、「巡検終わり、煙草盆出せ」という号令がかかる。このときは、予備学生も下士官兵も、おおっぴらに煙草盆（大きな箱型の灰皿）の周りに集まってリラックスできた。兵舎の外に大きな灰皿があって、土方さんたち予備学生はよく集まって雑談をした。学生らしい娑婆ッ気たっぷりの話をするこのひとときが、もっとも人間らしい気分が味わえる時間であった。

「海軍で身についた習慣や躾教育で、いまも生きていることは多いですね。『五分前の精神』などその最たるものです。何ごとも五分前には準備を完了して、時刻通りに始められるようにという。余裕を持つ、ということでもあると思いますが。

細かいところでは、靴磨きなんかもそうです。海軍では靴が汚れていると叱られました。目立たぬところまでしっかり気を配れ、ということのようですね。『祝日の式に出るときには、式場に入る前にちり紙を出して、人目につかぬようにサッと靴を拭え』と教えてくれた教官もいました。身だしなみの神髄を教えてくれたように思い、いまでもこの習慣は続いています」

昭和十八（一九四三）年十一月三十日、土方さんら十三期前期組は基礎教程を終了し、土空と三重空から合わせて八十名が、東京飛行場（現・羽田空港）に置かれた霞(かすみ)ケ浦(がうら)海軍航空隊東京分遣隊に着任した。成績が抜きんでてよかった土方さんは、学生を代表し、束ねる立場の「学生長」を命ぜられた。羽田の飛行場は当時、八百メートルの滑走路二本の小さな飛行場で、海軍と民間が共同で使用していた。ここで飛行訓練が始まる。

「十二月二日、初めての慣熟飛行で三十分、空を飛びました。飛行機は九三式陸上中間練習機、二枚羽根の通称『赤とんぼ』で、教官は、予備学生の先輩（八期）・福富正喜中尉。地上滑走でまず驚きました。操縦桿(かん)は座席の端から端まで動き回り、エンジンをぶんぶん吹かして。地上を滑走することは大変なことだと思いましたね。

　滑走路につき、『では離陸するか』と教官の声が、伝声管を通じて聞こえたと思ったら、いきなりエンジンの音が高鳴り、するすると飛行機が滑り出します。あっと思うまもなく、機体が水平になり、それまでエンジンで前がよく見えなかったのが、はっきり目標が見えるようになります。どんどん機のスピードが上がる。大変だ！　飛行場のエンドだと思い、思わず目をつぶってしまいましたが、飛行機はいつの間にか海の上を飛んでいました。

　空を飛ぶというのは、すごく速く感じるものだと思っていましたが、じっさいには

『空中に浮かんでいる』というのが実感で、速さを感じたのは離陸の瞬間だけでした。慣熟飛行では直進飛行、左旋回、右旋回ぐらいでしたが、へえ、飛ぶというのはこのようなものか、これは気持ちが良いと思いました。

その翌日、十二月三日から、前席に学生、後席に教官が同乗しての離着陸訓練が始まります。福冨中尉の指導はきびしく、ちょっと操作でまごまごしていると、後席から棍棒(こんぼう)が降ってくる。こちらも対策を考えて、飛行帽の中に手拭いを忍ばせたりするんですが、それでも瘤(こぶ)だらけになることがしばしばでした。

私の航空記録には、最初の慣熟飛行が十二月二日（木）、単独飛行が一月十日（月）、それまでの飛行回数二十九回、飛行時間九時間二十分と記録されています。後席に教官と同じ重さのバラストを積んでの、はじめての単独飛行は緊張しましたが、とにかく一人で飛んでいるという気持ちよさが何とも言えません。後ろの教官席からの叱正(しっせい)の言葉が今日はない。棍棒も飛んでこない。解放感からか、思わず大声で歌を歌っていました。後で聞くと、みんな歌っていたようです」

羽田での予備学生たちの分隊長は、予備学生出身（五期）の須賀芳郎大尉だった。海軍兵学校出身のいわゆる本職の士官ではなく、十三期と同じように娑婆の学生生活を経ているせいか、学生の気持ちのわかる、さばけたジェントルマンだったという。

飛行作業（訓練）が順調に進み、隊に慣れてきた頃、須賀大尉は十三期を集め、

「お前たちは学生であることを忘れるな。読みたい本があれば自由に隊に持ち込み、読んでよろしい。パイロットには写真の技術も必要である。お前たちのなかで、写真機を持っている者は隊内での使用を許可する」

と達した。

「土浦以来、私物の本など厳禁でしたし、写真を撮るどころではなかったので、須賀大尉のこの話を聞いたときは、一同、夢ではないかと喜びました。さっそく、東京出身者は日曜日に自宅に帰って、愛用のカメラを持ってきたんですが、そのカメラの種類の豊富なこと。ライカ、コンタックスをはじめ、ローライフレックス、エキザクタ、レチナなどドイツ製の名機がずらりと揃いました。私が使っていたのは国産のセミミノルタで、これは師範学校を出て小学校の教員になってはじめてのボーナスをはたいて購入した、思い出のカメラでした」

離着陸訓練と並行して、編隊飛行の訓練も進められていた。これは、編隊で飛ぶことを原則としている軍用機の搭乗員として必須の訓練だった。糸で結んだようにぴったり編隊を組むのは至難の業のように思えたが、だんだんコツがつかめてくる。やがて特殊飛行（スタント）の訓練もはじまった。

「飛行科目も進み、特殊飛行になると、学生たちも二派に分かれてきます。非常に興味を示す者とそうでない者。『垂直旋回』『宙返り』『失速反転』『錐もみ』など、私などは嬉しくて仕方なく、特に『錐もみ』は楽しかった。

九三式陸上中間練習機というのは非常によくできた練習機で、スポーツとして飛ぶならこんなよい飛行機はないと、いまでも思っています。スタントは何でもできるし、特に二枚翼で羽布張りの機体は手作り感があり、上半身が空中にさらされているのも、飛んでいるという実感がありました」

指揮所の傍らでは、予備学生の望遠鏡当番が着陸してくる飛行機の尾翼の番号を読み、「○○号着陸します」と大声で報告する。すかさず搭乗割（飛ぶ順序。実戦部隊では編成のこと）係の学生が搭乗割の表を見て「○○号、△△学生です」と報告する。

飛行作業にも次第に慣れてきたある日、望遠鏡を覗いていた学生が、「おおッ！すごいぞ！　長谷川一夫だ。後から李香蘭も降りてくるぞ」と叫んだ。見ると、民間旅客機のダグラスＤＣ－３が着陸し、乗客がタラップを降りてくるところであった。

「物見高い予備学生のこと、俺も俺もと交代で望遠鏡にしがみつくやつが出てきた。長谷川一夫と李香蘭といったら当時の大スターですからね。このときばかりは、いつも話のわかる温厚な分隊長も、『貴様らはいつになったら娑婆ッ気が抜けるのか』と怒り、全員が並ばされて修正を受けました。『修正』とは、要はぶん殴ることですね。そのときの分隊士（分隊長の補佐）は、柔道三段という中井義隆中尉で、われわれ全員、顔が腫れ上がるくらいの修正を食らいました」

官民共用の羽田飛行場では、宿舎から飛行場までの間は民間の道路である。道路の脇の電柱の陰や建物の横などに、予備学生の父母や恋人が立っているなどということは日常のことだった。そのうちに、あれは誰のお母さんであるとか、誰の恋人であるとか、みんな覚えてしまい、目で挨拶をしながら通り過ぎるようになった。

「教官、教員のなかには厳しい人も、優しい人もいました。私も飛行作業ではずいぶん殴られましたが、恨みに思ったことはありません。『今日やったお前の操作は下手をすれば命取りになりかねない。だから忘れないようにぶん殴ってやる、しっかり憶えておけ！』といって殴られるのは、ありがたいと思ったものです。ただ、日常の生活で、『貴様は生意気だ』とか、『態度が良くない』などと、よくわからない理由で殴られたときは、ほんとうに『こん畜生！』と思いましたね」

羽田で訓練を受けている東京分遣隊には、東京出身者が多い。できれば自分の家の上を飛んでみたいと思うのは人情だったが、これは固く禁じられていた。

「教官・福富中尉が実施部隊に転勤され、私たちのペア（同じ教官、教員の受け持ち学生）は、下士官の重久教員に指導を受けることになりました。飛行作業にもすっかり馴れて、計器飛行の練習の頃のことです。教員が『土方学生の家はどこですか』という。『杉並です』と答えると、『では、今日は杉並に行ってみましょうか』。

本当に行くのかと思いましたが、羽田から飛び立つと、すぐに明治神宮の森が見え、あっという間にわが家の上空まできてしまいました。いま住んでいるこの家です。低空飛行なのでわが家の様子がよく見えます。近所の人たちが家から出てきて、日の丸の旗を振っているのも見えました。

たまたま、その日は私の弟が杉並の府立十三中（現・都立豊多摩高校）を受験する日でした。教員が『ここで一丁やりますか』というので、府立十三中の上で宙返りを三回やって引き揚げましたが、それから後がこわかった。手紙は必ず検閲があったから、家の者から当日の様子などを書いた手紙が来たら大変だと、毎日びくびくしていましたが、これということもなく無事にすんだのは、まったく幸いでした」

約四ヵ月におよぶ羽田での九三中練の訓練も修了に近づいた昭和十九年三月のはじめ、将来の希望機種についての調査があり、おのおのが希望を書いて提出した。第三希望まで書く欄があったが、土方さんは第一希望から第三希望までのすべてに「戦闘機」と書いた。

海軍兵学校出の士官と予備士官との間にあった決定的な確執

三月下旬、実用機教程の訓練を受ける次の任地が、一人一人に伝えられる。土方さんは、希望がかなって戦闘機専修と決まった。行く先は、大村海軍航空隊元山(げんざん)分遣隊。基地は大分だという。

「いまの北朝鮮にある元山基地の整備が終わっていなかったため、はなはだややこしい、変則的な扱いになりました。私たちは任官前でしたが、海軍は一人十五円の転勤旅費を出してくれ、士官待遇の二等車（現在のグリーン車）に乗って赴任しました。集まったのは東京分遣隊のほか、谷田部、筑波の練習航空隊から総勢七十四名です。

大分基地に着任したときは桜が満開でした。同じ大分基地の、大分海軍航空隊に赴任した者はすぐに零戦で飛行訓練に入りましたが、われわれは大村空元山分遣隊のそのまた派遣隊、いわば間借りしている居候です。飛行機はおろか飛行服も揃わないのをいいことに、最初の日曜日は隊内で花見をしながらのんびり過ごすことができました。このときから、軍帽のなかの針金を曲げて先をとがらせたり、艦隊勤務もしないのに軍帽の徽章に塩をこすりつけて、潮風にさらされたような緑青(ろくしょう)を吹かせたりと、恰好(かっこう)をつけるようにもなりました。

私たちの分隊長は、兵から累進した特務士官の山河登大尉で、海軍では、特務士官を「スペさん」(特務の『特』＝SPECIALから)と差別的に呼んでいましたが――もっとも、われわれ予備士官も正規将校からは『スペア』と蔑称されてたんですが――技倆(ぎりょう)はもちろん、人格も立派な、申し分のない人でした」

土方さんたちの、戦闘機による飛行訓練が始まったのは、四月五日のことだった。使用機は、使い古しの九六式艦上戦闘機。支那事変当時の海軍の主力戦闘機で、昭和十七年半ばまでは実戦部隊でも使われたが、主脚は固定式だし、風防も閉まらない。大分空の十三期が訓練に使っていた零戦と比べると、いささか見劣りした。

「私たちが最初に乗ったのは、九六戦を複座に作り直した練習用の九六戦で、二式練習戦闘機と呼ばれていました。いざ乗ってみると、エンジンが大きく、カウリングが邪魔で前方がよく見えない。離陸のとき、目標に向かってまっすぐ進むことが難しい。脚と脚の間が狭いので、着陸も非常に難しい。接地して行き足が止まる頃になると、くるりと回されてしまい、脚が折れてしまいます。中練と比べるとスピードが速いので、飛行場へのパス(進入)も難しい。大変だ、というのが実感でしたが、ここではじめて、飛行服に待望の白いマフラーを着用することを許されたのは嬉しかったですね」

大分の飛行場は別府湾に臨み、風光明媚で美しいところであった。日曜日には対岸の別府に遊びに行くのが、土方さんたちの楽しみだった。

はじめの頃こそ、九六戦での訓練に引け目を感じていた土方さんたちだったが、九六戦のよさがわかるようになると、そんな不平はピタリとやんだという。

「ひとたび大空に上がれば、自由自在に飛び回ることができる、乗れば乗るほど愛着の湧く飛行機が九六戦でした。敏捷で、楕円形の翼の形も美しい。離着陸での難しさはありましたが、それでかえって慎重に操作するクセがついた。九六戦に乗る機会があってほんとうによかったと思います。

ある日、周防元成少佐が私たちの訓練状況を見に来られて、どういう風の吹き回しか、私の飛行機に同乗してくれることになりました。有名な指揮官でしたから緊張しましたが、離陸してからも『おう、なかなかうまいぞ、そうそう』と言うだけで、細かいことは何も言わない。必要なときだけやさしく、ちょっとだけ注意する。やはり普通の人とは違うな、と思いました。このことは、自分が教官になってから非常に参考になりましたし、戦後、教職に戻って生徒と接するときにもためになりました」

五月も下旬になると、空戦訓練が始まった。まずは追蹤攻撃。山河分隊長が自由自在に飛び回るのにピッタリついていく訓練である。

「急旋回、急上昇、急降下、垂直旋回、必死になりながらも、後方五十メートルの位置を保ってうまくついていけそうなので、嬉しくなりました。そのうち照準器に分隊長機を入れて、『ダダダダダーッ』と口で機銃を発射したつもりになる。興奮して、これぞ戦闘機と思いました。実はこのとき、分隊長は相当手加減をしてくれていたというのを後になって知るんですが、とにかく毎日の訓練がおもしろくてたまらない、そんな時期でした」

日本海軍戦闘機隊で、空戦の秘技とされる「ひねり込み」の訓練も行った。戦闘機の機銃は前方に向けて装着されているので、相手の後ろについた方が勝ちである。旋回半径を少しでも小さくして相手の後ろにつくためには、教科書通りの宙返りではなく、イレギュラーな操作が必要だった。

「下士官の教員に追蹤攻撃の訓練を受けているとき、いつものように後ろについて左斜め宙返りに入ると、頂点付近で教員の飛行機がフッと消えてしまう。振り向くといつの間にか教員機が私の後ろにピッタリとついている。振り放そうといくら急な操作をしても駄目でした。どうやらこれが『ひねり込み』らしいと予備学生同士でも話題になり、だんだんわかってきたのは、斜め宙返りの頂点で機体を最大限に滑らせる操作をすることで最小限の円を描くことができると。機体を滑らせる、というのは、操縦桿（補助翼）とフットバー（方向舵）を逆に操作することで、機体の向きと飛ぶ方向を一致させない飛び方ですが、これを宙返りの途中でやるのは習得に時間がかかります。それらしき操作ができるようになったのは、卒業間際のことでした」

昭和十九（一九四四）年五月三十一日、十三期予備学生は揃って海軍少尉に任官した。この日から、軍服の階級章の金筋一本に、桜が一輪つく。肩書は「海軍練習航空隊特修科飛行学生」に変わった。予備士官だから、辞令上は、任官と同時に海軍に充員召集された形になる。

このとき、任官した十三期は「海軍辞令公報」によると四千七百五十三名。入隊したのが五千百九十九名だったので、この時点ですでに四百四十六名がふるいにかけられたことになる。辞令公報には成績順に氏名が載るが、土方さんの席次は全十三期のなかで二十番だった。

話が脇道にそれるが、揃って少尉に任官した十三期の、その後の進級は一様ではない。昭和十九年十二月一日付で、土方さんをふくめ全体の十二パーセントにあたる五百八十三名が中尉に進級、昭和二十（一九四五）年三月一日には十パーセントにあたる四百九十五名、六月一日には五十七パーセントにあたる二千七百十名が中尉になっている。全体の六パーセントにあたる三百二十二名が終戦後の九月五日付で大尉に進級したが、少尉のまま終戦を迎えた者も二十パーセント、九百六十五名にのぼった。戦死者は千六百十六名（三十四パーセント）である。

「これは後の話ですが、十九年十二月に中尉になった者と、二十年三月に中尉になった者との間に、海兵七十三期が中尉になっています。海軍は先任、後任のけじめがはっきりしていますから、七十三期の中尉に殴られた十三期の少尉が、同じ十三期の中尉たちに不満を言うと、中尉の十三期が七十三期の中尉を殴りつけ、その仕返しに兵学校七十二期の中尉が十三期の中尉を殴る、という変な関係が生じたりしました」

任官式のあと、周防少佐から訓示があり、続いて軍医長が講話を始めた。なぜ軍医長が、と一同いぶかしく思ったが、少尉に任官して一人前の士官になると、待望の外泊ができる。それに備えての性病の話と予防法の伝授であった。その晩は、別府の海軍料亭「海龍荘」で、芸者総揚げの任官祝いの宴（うたげ）が催された。

任官後ほどなく、大分派遣隊は原隊である朝鮮の元山基地に移ることが達せられる。六月下旬には、マリアナ沖海戦（六月十九日〜二十日）の大敗の噂が伝わってきた。土方さんたち十三期の少尉が元山に移動を完了したのは七月十日頃のことだった。

「元山は夏は暑くて冬は寒く、大変なところでしたが、ここで私たちが喜んだのは、ようやく零戦に乗れたことでした。九六戦と比べて安定がよく、みんな感激してましたね。ここでは、複座の零式練習戦闘機（零練戦）での離着陸同乗からはじまって、追躡攻撃、特殊飛行と、大分空と同じような訓練でした」

飛行学生としての訓練も終盤に差しかかった昭和十九年八月半ば、周防少佐が「話がある」と、十三期の少尉全員、約七十名を飛行場の一隅に集めた。

「今日は雑談だよ。固くなるなよ」

と前置きして、周防少佐は静かに語り始めた。要点は二つ。

「マリアナ沖の海戦が、こんどの戦争の関ヶ原であった。つまり勝負はついたのだ」

ということと、

「敵の新型戦闘機グラマンF6Fのエンジン出力は零戦の約二倍、空戦性能にすぐれ、突っ込み加速がよい。しかも、十二・七ミリ機銃六挺（ちょう）を持ち、投網のように射撃してくるので命中率もよい」

ということだった。土方さんは驚いた。

「戦は負けだよ、とはっきり言ってるわけですからね。それで、じゃあどうしたらよいか、ということには触れない。私たちはただ、そうですか、と言うよりほかはありませんでした。しかし、大和魂とか撃ちてし止まんとか、抽象的な話をする人はいても、事態を冷静に判断し、分析するような話はそれまで聞いたことがなかっただけに、これをはっきりと口に出すのはすごい度胸の人だと思いました」

周防少佐は昭和十七（一九四二）年十二月から約一年にわたって最前線部隊である第二五二海軍航空隊飛行隊長をつとめた。その間、昭和十八（一九四三）年十月にはマーシャル諸島でグラマンF6Fとはじめて対戦、歴戦の搭乗員を揃えて戦いながらも大敗を喫し、部隊は壊滅している。そんな経験があってこその話ともいえた。

「飛行長の話をどう思うかと、同期生が集まっては酒など飲みながら議論しましたが、先行きの希望のないこと、私たち初級士官には、ただ黙々と与えられた任務を尽くす、それしかないことはわかります。議論の結論は、『喜んで死ねばいいんでしょう』、そして、『とにかく飲みましょうよ』でした」

卒業を前に、将来の希望についての調査が行われた。土方さんは、第一希望から第三希望までのすべてを「艦隊勤務」と書いて提出した。八月二十日、各々に新たな任地が言い渡される。土方さんは、希望に反して、大村空元山分遣隊が独立した航空隊となった元山海軍航空隊の教官を命ぜられ、引き続き元山で勤務することになった。辞令上は「教官」だが、分隊長を補佐する分隊士の役目も同時に与えられた。

「がっかりしましたね。元山空に残っても、ほかの教官、教員には相変わらず頭が上がらない。みんなは転勤旅費をもらってはしゃいでるのに、とんだ貧乏くじを引かされたと思いました」

同期生のなかには、戦地行きを命ぜられ、勇んでフィリピンに赴任した者もいたが、彼らは二ヵ月後、米軍のレイテ島侵攻を迎え、「特攻」の現実に直面する。

「教官になって嬉しかったのが、これまでの大部屋とちがって二人で一室を与えられ、従兵がつくようになり、そして何より、私室で自由に煙草が吸えることでした。同室は、羽田以来仲のよかった同期の吉原晋少尉。彼は、自由に酒が飲めると大喜びでした。飛行作業のときは私室で飛行服に着替えて飛行場に出ていく。食堂のテーブルには同期の者の名札が先任順（成績順）に置かれていて、着席すると従兵が飯を盛ってくれる。日用品の買い物は、従兵に頼んでおけば買っておいてくれ、支払いは伝票にサインするだけです。地獄から天国に来たような気がしました」

九月に入ると、特別乙種予科練習生の三期生七十一名が、戦闘機の操縦訓練のため着任してきた。特別乙種というのは、通常の乙種予科練（高等小学校卒業以上）に合格した者のうち、比較的年長の者を別枠にして、速成教育を施すための新制度である。

「七つ釦（ボタン）の制服を着た、十七歳前後の元気のよい少年たちでした。年の差は四歳ほどですが、可愛い弟のように感じたものです。ゆくゆくは彼らを率いてともに戦うことになるのだと思うと、自然に訓練にも力が入りました。

飛行機は、規定の時間飛行すると、エンジンのオーバーホールやいろんな分解整備が必要ですが、教官になると、整備が完了したときの試飛行もすることになった。不具合の箇所を的確に見極めるのはなかなか大変でしたが、思う存分空が飛べるのは楽しかったですね」

ただ、予備士官と海兵出身士官との軋轢（あつれき）はひどかったという。

「突き詰めれば人間性の問題で、ウマの合う人も何人かいましたが、若い七十一期の大尉や七十二期の中尉のなかには、予備学生出身者を目の仇（かたき）にして、ことあるごとにイチャモンをつけてくるのがいました。

海兵出から見れば、大学高専を出たからといって、娑婆ッ気のプンプンした十三期のようなのが、海軍のこともわからないのに士官の待遇を与えられ、指揮官になることに納得のいかない思いがあったんでしょうし、われわれ予備学生には、学業半ばで国に命を捧げるつもりで海軍に入隊したという自負がある。予備学生も兵学校出も同じ人間、文句があるなら腕で来い、というのが、大方の予備学生の気概でした。

予備学生は、戦争が終われば社会人として海軍を去る建て前ですが、なかでも成績のよかった者には上官から現役志願の勧めがありました。私にも何度か話がありましたが、応じなかった。予備士官として誇りを持って死にたかったからです」

「まっすぐ飛んだら、やられる」。実戦を経験した下士官搭乗員たちの貴重な助言

元山空には、ラバウル帰りの歴戦の下士官搭乗員が何人もいた。土方さんは実戦の話を聞こうと、下士官兵の搭乗員室にしばしば足を運んだが、彼らの口は一様に重く、華やかな手柄話や空戦談をする者はいなかった。それでも押して訊ねると、

「分隊士、戦場では優等生では戦えません。旋回計の球を真ん中に置いて飛んでいたらイチコロでやられますよ」

と、ある下士官が言った。どんな操作をしても、操縦席の目の前にある旋回計の球を真ん中から外れないように飛ぶ、というのが操縦の基本である。旋回計の球が左右にずれるということは、操縦桿やフットバーの操作のバランスが悪く、飛行機が滑っ

ている状態である。機首の向いている方向とじっさいに進んでいる方向がずれているということで、これでは機銃を撃っても命中しない。だが、空戦中は猛烈に横滑りをさせ、射撃の一瞬だけ、滑らせるのを止める、これが空戦で生き残るための鉄則であるというのが、実戦をくぐり抜けた下士官搭乗員の教えだった。

「訓練中は優等生的な操縦がよしとされ、滑らせるなんてことは教えてくれませんでしたが、なるほど、それでは、というので、試飛行のときに機体を急激に滑らせる練習をしてみました。操縦桿を右に倒すのと同時に左足のフットバーを蹴る、あるいは操縦桿を左に倒すと同時に右足のフットバーを蹴るんですが、最初にやったときは、遠心力で体が操縦席の片側に吹っ飛ばされ、身動きが取れなくなる感じで、驚きました。それからは、宙返りでもスローロールでも、やたらに滑らせながらの操縦を練習したんです。これが後になって、空戦で役に立ったと思います」

飛行学生から教官になって変わったことの一つに、服装がある。

「教官になった時点から、服装についてはがらっと変わり、やっと士官として一人前の扱いになりました。隊内での生活は、秋冬は紺の第一種軍装、春夏は白い第二種軍装、どちらも詰襟の制服ですが、隊内では短剣は着用しません。短剣着用は儀式とか外出のときだけです。飛行服はこの軍服の上から着ました。夏場は暑いので、上着を脱いで飛行服を着たこともありましたが、ほんとうはこれは反則です。昭和十九年の後半から、飛行服はそれまでのつなぎから上下セパレート式に替わっていきました。第一種軍装や第二種軍装は、士官は自費で購入しますが、飛行服は貸与品で、所属の航空隊から借用していたので、自由に選ぶことはできません。戦闘機搭乗員は、機内で動きやすいように、冬でも飛行服は夏物というのが原則でした」

戦況はいよいよ悪化してゆく。昭和十九（一九四四）年十月になると、米軍の大部隊がフィリピンに侵攻してきたのを機に、爆弾を搭載した飛行機もろとも敵艦に体当たり攻撃をかける特別攻撃（特攻）隊が編成され、はじめて実戦に投入される。元山空でも、特攻志願の募集が行われた。

「司令・藤原喜代間大佐から戦局についての話があり、続いて飛行長から、『明日より三日間、司令の部屋を空けておく。各自よく考えて、志願する者は志願書を書き、封筒に入れ、封筒の裏には自分の名前を書かずに司令の机に置いておけ』との話がありました。私はずいぶん苦しい思いをして悩んだ末に、とにかく志願書を司令の机の上に置いてホッとした覚えがあります」

昭和十九年十一月下旬頃から、元山空の教官、教員のなかで特攻隊に指名された者が、次々とフィリピンに向け発っていった。元山空から二〇一空への転勤者で編成された特攻隊は、元山近郊の景勝地・金剛山の名前をとって「金剛隊」と名づけられた。

「フィリピンへの出発前夜には必ず壮行会が行われましたが、なかには泥酔して『死ぬのは嫌だ！』と叫ぶ者もいて、居残りの私たちは胸の詰まるような思いでした」

土方さんは、翌昭和二十（一九四五）年二月までの間に特攻志願書を三度提出したが、最後まで特攻隊への指名はなかった。

元山空に、厳しい冬がやってきた。

「元山の冬は寒かった。雪はあまり降りませんが、気温はマイナス二十度ぐらいになります。元山湾は凍りつき、対岸にある日本人町まで海上を歩いていけるぐらいでした。もっとも海は、波の形のままで凍っていて歩きにくく、一度で懲りましたが。

飛行場にはテントを張った指揮所がありますが、その裏側にドラム缶を利用したストーブが一つあるだけです。地上でマイナス二十度ですと、高度二千メートルではマイナス三十二度ぐらいになります。二人乗りの零式練習戦闘機の前席は風防が閉まりませんが、それでもエンジンからの熱風のためか、後席よりは暖かいのです。その後席に乗り続けて練習生を三人か四人教えると、体中が冷え込んで、腰から下の感覚がなくなります。そのため、翼から飛び降りたとき大腿骨骨折をした教官がいて、冬場は零戦の翼から飛び降りることは禁止になりました。

飛行作業は夜明けと同時に始まります。最初の練習生と飛び上がるときは、まさに夜明けです。山の谷間には白い靄（もや）が流れ、明け方の空が茜（あかね）色に染まって、墨絵で描いたような美しさです。数名の練習を終えると朝食です。指揮所でドラム缶のストーブで温めたみそ汁とご飯をいただきますが、冷たいご飯に熱いみそ汁をかけて食べていると、『分隊士、願います！』と声がかかる。口をもぐもぐさせながら、『では行くか』と練戦に乗り込みます。エンジンがうなり、風を切って離陸するときだけは寒さを忘れました。飛ぶ喜びと緊張感で、他のことは気にならないんですね」

すでに米軍の新型爆撃機ボーイングB－29による日本本土空襲は始まっている。このため、元山空では実戦用に新型の零戦五二型丙（へい）を七、八機揃えていた。五二型丙は、従来の零戦の武装が七ミリ七（七・七ミリ）機銃二挺と二十ミリ機銃二挺、あるいは十三ミリ機銃一挺と二十ミリ機銃二挺（五二型乙）だったのに対し、十三ミリ機銃三挺、二十ミリ機銃二挺と強化され、操縦席後方に防禦（ぼうぎょ）鋼鈑、操縦席後方にゴム内張式防弾燃料タンクを装備、「グラマンＦ６Ｆに対抗できる」との触れ込みだったが、エンジン出力が据え置かれたまま重量が増えたので、飛行性能はかえって低下していた。
「昭和二十年二月十四日、訓練飛行の待機で指揮所にいたときのことです。青く澄んだ空に一条の白線を引いて飛ぶB－29が見え、ただちに新型零戦に飛び乗って邀撃に発進しました。B－29は悠々と北に向かって飛んでいますが、まったくもって追いつかない。一時間ほど追尾しましたが、距離が詰まらず諦めました」

ちょうどその頃のこと。土方さんに一通の手紙が届いた。差出人は松本兼子（かねこ）さん。東京・杉並の新泉（しんせん）国民学校（現在は杉並和泉（いずみ）学園に統合）で教職に就いている。東京・高円寺駅前でお茶を商う商店の娘で、保護者会の会長を務めるなど地元で顔役だった父親が、成績優秀なのに家庭の都合で上級学校への進学を諦めかけていた高等小学校二年の土方さんを、店で働きながら師範学校に通えるよう援助したことがきっかけとなって出会った。二歳違いで、はじめは兄妹のような感覚だったが、土方さんが勉強を教えたりするうちに恋愛感情が芽生え、やがて互いに結婚を意識するようになった。兼子さんによると、ある雨の日、日比谷公会堂で行われたハーモニカ合奏会に一緒に行った帰り、相合傘ではじめて愛を打ち明けられたという。双方の両親にも公認の仲で、土浦海軍航空隊時代には、軍服姿の土方さんと東京宝塚劇場で観劇をしたり、土方さんの母と兼子さんが一緒に面会に行ったりもしている。

手紙には、内地で土方さんの写真と結婚式を挙げ、元山に行く、仲人は土方さんの小学校時代の恩師に頼んだ、という意味のことが書いてあった。

「これには驚きました。嬉しかった、というのが本音でした。しかし、私はもうすぐ戦地に行くことになるし、特攻の志願書も出している。断るしかありません。それでも悩んで、分隊長に相談しました。分隊長は、奥さんと二人の子供と暮らしておられましたが、話を聞いて、しばらく目を瞑って、『よした方がいいだろう』と。その言葉で決心がつき、断りの手紙を出しました……」

この頃から、フィリピン戦での「金剛隊」とは別に、「七生隊」と名づけられた特攻隊が元山空で編成され、九州に進出していくようになった。次は俺の番か、と覚悟を決めては指名がかからず、肩透かしにあうような日々であった。いっぽうで、練習生が世話になった下宿の、年上の女性とのほのかなロマンスもあった。

「杉野節子さんという、三十歳ぐらいの日本舞踊の名取で、美しい人でした。その家には女性ばかり四人が住んでいて、彼女自身は夫と離婚して独り身でした。練習生がお世話になったお礼を言いにお邪魔したとき、お茶とお菓子で迎えてもらって。豪華な応接間には立派な蓄音機が置いてあり、大きなレコード棚がありました。ついレコードに見入っていると、彼女がハイフェッツが演奏するチャイコフスキーのヴァイオリン協奏曲をかけてくれたんです。これには感激しました。海軍に入隊以来、望んでも得られなかった、まさに飢えていたものでしたから。それからは日曜日になると、杉野さんの家で朝から夕方までを過ごしました。二人で音楽を聴いたりしているうちに、だんだん心惹かれて……。しかし、海軍には『素人の女性には手を出してはいけない』という不文律がある。これ以上、好きになってはいけない。いつも帰りには、高ぶる感情と自己嫌悪の板挟みにあって、それを振りほどこうと航空隊までの道のりを夢中で歩きました」

戦争は、そんな個人の思いを呑み込んでしまう。フィリピンを制圧した米軍は、こんどは小笠原諸島の硫黄島に上陸、さらに沖縄を窺っていた。元山空の搭乗員たちも訓練と邀撃待機で、外出や外泊どころではなくなってきた。そんなある日、土方さんに杉野さんから手紙が届く。

〈きっと出撃も近いことと思います。出撃前にお目にかかりたいと思います。ご一緒に音楽をお聴き致したく思います。手料理の一品を召し上がっていただければ有り難いのです。一目だけで結構です。お待ち申し上げています〉

不覚にも涙がこぼれた。最後に一目逢いたいと思った。だが、とった行動は気持ちに反するものだった。土方さんは公用外出の機会を同期生に譲り、手紙を細かく引き裂いて屑箱(くずばこ)に投じた。杉野さんと聴いたチャイコフスキーのヴァイオリン協奏曲の第二楽章が、耳の底で悲しく響いていた。数日後、杉野さんから小包が届いた。手紙はなく、ピンク色の絹のマフラーだけが入っていた。このマフラーは、こののち土方さんが沖縄上空での空戦の際、愛用することになる。

無我夢中の初陣。一機撃墜するも二度も撃たれたことに気づかず

昭和二十年三月二十三日、南西諸島が敵機動部隊の空襲を受け、二十六日には米軍の一部が慶良間(けらま)諸島に上陸。そして四月一日、猛烈な艦砲射撃ののち、米軍は沖縄本島南西部の嘉手納(かでな)付近に上陸を開始した。米軍はその日のうちに沖縄の二ヵ所の飛行場を占領し、早くも四月三日には小型機の離着陸を始めている。

この米軍の動きに一矢を報いようと、九州に展開した陸海軍航空部隊は、総力をもって敵機動部隊、上陸部隊に攻撃をかけた。四月六日、その第一回として海軍機三百九十一機、陸軍機百三十三機の合計五百二十四機が出撃した。うち特攻機は、海軍二百十五機、陸軍八十二機の計二百九十七機。海軍特攻機の未帰還は百六十二機。米側

記録によると、この攻撃で駆逐艦三隻と上陸用舟艇一隻が沈没、戦艦一隻、軽空母一隻、巡洋艦一隻、駆逐艦十五隻など計三十四隻が損傷したという。この沖縄への第一次航空総攻撃を「菊水一号作戦」と呼ぶ。

日本側は反復攻撃をかけるべく、さらに各地に展開していた実戦部隊を九州の各航空基地に集結させる。土方さんたち元山空零戦隊にも、四月六日、鹿児島県の笠之原基地に進出が命ぜられた。

「指揮官は、飛行学生のときの教官で、元山空の分隊長でもある山河大尉。私はその小隊長として一緒に出撃することになりました。ところが、いざ出発、というときに、山河分隊長が私のところに来て、『俺の機のエンジンの調子が悪い。お前の機に乗って行くから、お前はあとから残りの飛行機をつれて笠之原に来い』と言う。そりゃないでしょう、と思いましたが、やむなく飛行機を山河大尉に譲って見送りました。離陸前、主翼の上に乗って分隊長に、『あとで必ず行きますからね！』と、エンジンの轟音のなかで叫んだのを憶えています。分隊長は大きく頷いてくれました」

土方さんが、残る零戦十二機を率いて元山空を離陸したのは、四月八日のことである。元山上空で編隊をととのえ、朝鮮半島の海岸線に沿って南下していくと、基地の電信室から、「電話をテストします。本日は大詔奉戴日なり。土方隊の武運を祈る」

との声が、飛行帽の両耳につけたレシーバーを通じて聴こえてきた。

「このときの持ち物は、零戦に積めるだけのもの、すなわち通称『落下傘バッグ』一個だけ。洗面用具、新しい下着、野点用茶道具一式、数学の本一冊ぐらいです。四時間半飛行して、狭い笠之原飛行場に着陸、指揮所に報告に行くと、進藤三郎少佐、赤松貞明少尉ら、有名な戦闘機乗りが綺羅星のごとくに並んでいて驚きました。しかしこのあと、元山空からひと足先に進出した隊員から、山河分隊長の戦死を知らされたんです。愕然としました。分隊長は私たちが到着する前日、特攻隊の直掩で出撃し、空戦を終えて帰投途中、エンジンオイルが漏れて海上に不時着水、零戦に積んでいたゴムボートの上で軍艦旗を振っていたがその後の消息はわからないとのこと。

空戦の神様のようなベテランの分隊長が、まさかオイル漏れで戦死してしまうとは。それにその飛行機は、もともと私が乗るはずだった飛行機です。運命というか、人の命の儚さを思い知らされたような気持ちで、涙がとめどもなく溢れました」

土方さんは翌四月九日の邀撃戦を皮切りに、沖縄をめぐる激戦に明け暮れる。

「四月十一日、士官宿舎で夕食のデザートにあんみつが出た。すると、近くにいた士官たちが、『またあんみつが出たな。明日はきっと激戦だぞ』と言う。ここ笠之原では、大きな作戦の前の晩には必ずあんみつが出るんだそうです。そうか、これが最後の好物なんだ、と思い、味わって食べました」

明くる四月十二日、「菊水二号作戦」と称して、ふたたび沖縄の米軍に対する総攻撃が開始された。九州各基地の零戦隊は大集合して、敵戦闘機を引きつけて攻撃隊の前路をひらくことになり、横須賀海軍航空隊分隊長・満二十四歳の岩下邦雄大尉がその総指揮官として、零戦九十六機の先頭に立った。ところが、土方さんはこの日の出撃時、乗機のエンジンがなかなかからず離陸が遅れ、本隊を追ったが空戦に参加できずに引き返した。

四月十四日、土方さんは、第二〇三海軍航空隊司令で笠之原基地指揮官の山中龍太郎大佐より、「元山空零戦隊は乗ってきた零戦ともども、鹿児島の鴨池基地で作戦中の二〇三空戦闘第三〇三飛行隊に編入する」との指令を受けた。戦闘三〇三飛行隊長は、真珠湾攻撃以来歴戦の岡嶋清熊少佐、隊員には、「零戦虎徹」を自称する岩本徹三少尉や、谷水竹雄上飛曹などのベテラン搭乗員が揃っている。

「元山から乗ってきた零戦は、われわれは六三型と呼んでいましたが、重武装、重装甲ではあるものの鈍重で、このままでは敵戦闘機との空戦には向かないからと、操縦席後ろの防弾板と主翼の十三ミリ機銃二挺をおろし、二十ミリ機銃二挺と十三ミリ機銃一挺という、五二型乙と同じ仕様に変更しました。

先に転勤していた同期生から戦闘三〇三のことをいろいろ教えてもらいました。岡嶋少佐は隊員みんなから尊敬されていて、出張で東京に行ったときにはハーモニカや太鼓などを買って帰り、それを隊員たちに配って、景気よく騒げ！というようなさばけた面もある代わり、間違ったことをするといきなり拳銃をぶっ放すから用心しろ、と言う。岩本徹三少尉は、ライフジャケットの背中に『天下の浪人虎徹』と書いてあるからすぐにわかる。見かけは田舎の爺さんみたいだが、いったん空に上がれば向かうところ敵なしの撃墜王であると。先任搭乗員の谷水竹雄上飛曹は、ラバウル帰りの猛者（もさ）だが、台南（たいなん）空で予備学生十三期の教員をしていたこともあって、聞けば何でも教えてくれる。……元山空から一緒に転勤してきた山口浜茂上飛曹、西兼淳夫上飛曹らも歴戦のつわもので人柄もよく、教わることが多かったですね」

四月二十二日、戦闘三〇三飛行隊は「ＫＤＢ」すなわち敵機動部隊（ＫＤＢ）索敵攻撃（敵艦隊を探しながら飛行し、発見すれば攻撃する）を命ぜられ、土方さんは、分隊長・蔵田脩（おさむ）大尉の三番機（四機で一個小隊）として搭乗割が組まれた。出撃前、蔵田大尉は土方さんを呼んで、

「今日はどんなことがあっても私にしっかりついて来い。敵機を墜とすなどとは考えるな。戦闘機乗りは初陣で戦死する率が多い。戦場慣れすれば撃墜の機会はいくらでもあるから、とにかくついて来い」

と厳しい口調で注意を与えた。土方さんは、身の引き締まる思いでそれを聞いた。

「喜界島を過ぎたあたりでOPL（光像式照準器）を点灯し、機銃の試射を行い、筒温計の温度が百八十度を保つようカウルフラップを調節します。沖縄の少し手前を東寄りに飛ぶと、突然、分隊長機が増槽を捨てた。これにならって全機、増槽を切り離します。

いよいよか、と思っていると、蔵田大尉が左下方を指さした。もう空戦は始まっています。しばらく左旋回で様子を見ながら飛んでいた分隊長機がいきなり急降下を始めたので、待ってましたとそれに続きました。

そのとき、一機のグラマンF6Fが、私たちの針路を右から左に横切るように上昇してきて、黒のような濃紺の機体に、白い星のマークがはっきり見えた。これはチャンス！　と思ったら、分隊長機は左へ急上昇してゆく。もったいない、と思いました。私には目の前のグラマンのことしか見えてない。私は分隊長機から離れ、どんどんグラマンに近づいていきました。敵機がものすごく大きく見え、ここぞというところで、二十ミリと十三ミリを同時に発射。距離はわかりませんが、たぶん五十メートルから百メートルだったと思います。操縦席の後ろあたりに、私の撃った弾丸が命中するのが見え、敵機から白い煙が出ました。やった！　と思う間もなく、白煙は黒煙に変わり、黒い尾を引きながらグラマンは墜ちていきました」

　土方さんははぐれた分隊長機を追い、ようやく追いつくことができたが、そこからが大変だった。一瞬でも水平直線飛行をすればたちどころに敵機の餌食になるから、空戦中はつねに機体を滑らせながらのスローロールの連続である。分隊長機について飛ぶのに精いっぱい。遠くに敵機動部隊の艦影が見える。海面には、大きな円状の紋がいくつも広がっていた。飛行機が墜ちた場所を示すガソリンの痕である。

「空戦が終わり、編隊を組もうと分隊長機に近づいたら、その風防に大きな穴が開いていて、驚きました。いつ隊長機が撃たれたのか、私には全然わからなかったからです。着陸して、指揮所で『グラマンＦ６Ｆ一機撃墜！』と意気揚々と報告したら、蔵田分隊長に『この大馬鹿者！　あれほど言ったのになんで離れたんだ。今日はまったく運が良かったから還ってこられたが、普通なら戦死である』と大目玉を喰いました。岡嶋隊長は、傍らでニヤニヤ笑って見ている。

叱られて意気消沈していると、二番機と四番機の下士官搭乗員が、『分隊士、撃墜するまでに他のグラマンから二度も撃たれてたんですよ。私たちが掩護していたので良かったですが』と言う。それでますます頭が上がらなくなってしまいました。自分が狙われてるとは、気づいてもいなかったですからね。

この日、私が見た敵機は、撃墜したF6F一機だけでしたが、ほかの搭乗員に聞くと、ものすごい乱戦だったと。海上に咲いたガソリンの紋の多さからもそれは明らかなんですが。無我夢中とは、まさにこのこと。いまもこのときのことを思い出すと、顔が火照る思いがするんです」

特攻命令を拒否し続けた隊長の下、終戦直前まで米軍機邀撃戦に従事

戦闘三〇三飛行隊は、沖縄方面の敵機掃討、九州に来襲する敵機の邀撃と、連日のように出撃を重ねた。

四月二十八日、鴨池基地に、同じ二〇三空に属する戦闘第三一二飛行隊が移動してきた。翌二十九日、戦闘三〇三と戦闘三一二は合同して沖縄攻撃に出撃するという。

戦闘三一二飛行隊長は、昭和十九年三月のトラック島防空戦以来、実戦経験の豊富な城ノ下盛二大尉。三〇三分隊長の蔵田大尉とは海兵のクラスメート（七十期）であ

る。

二十九日、戦闘三〇三飛行隊と戦闘三一二飛行隊の零戦は、砂塵をあげ鴨池基地を発進していった。この日、土方さんは搭乗割に漏れ、邀撃待機の居残り組となっていた。

「滑走路の横で帽を振って見送っていると、最初に飛び立った城ノ下飛行隊長機が、離陸直後にエンジン不調となり、まだ十分高度がとれていない状態で、飛行場近くの川に不時着した。ソレッとばかり、私たち居残り組は不時着現場に駆けつけました。川はそんなに深くなく、水面を通して零戦の形ははっきり見えています。数人が川に飛び込んで、操縦席から隊長を引き上げたんですが、人工呼吸や手当ての甲斐なく、城ノ下大尉は戦死されました。直接の死因は溺死で、飛行帽から電信機に繋がっているコードが外せず、操縦席から脱出できなかったことが原因でした。これが戦訓になり、以後、飛行帽から電信機までのコードの途中にコネクターをつけて、手で引っぱれば簡単に外れるよう改良されました」

本土とはいえ、九州は沖縄戦の前線基地である。隊員たちの服装も、元山空の頃とは違い、草色の第三種軍装になっていた。飛行服はその上から着るが、暑いときは飛行服の上着も、第三種軍装の上着も脱いで、カーキ色のワイシャツにネクタイを締めた姿で待機する士官もいた。ちなみに、士官のワイシャツの袖はダブルカフスで、カフスボタン着用。下士官兵はネクタイを締めず、シャツの袖もバレルカフ（普通の釦留め）である。

「私は暑さには強い方だったので、指揮所で待機するときも飛行服を着けていました。沖縄攻撃のない日でも、敵機がくれば邀撃戦です。B－29を迎え撃つのに、三号爆弾（空中爆弾）を搭載して出撃したことも二度ありました。

ある日、朝から邀撃に上がり、燃料、弾薬の補給に着陸、プロペラを回したまま機上で弾丸の補充を待っていると、若い二飛曹が主翼に駆け上ってきて、『分隊士、交代します！』と元気のいい声で叫びました。『大丈夫、まだ疲れていないから、俺が飛ぶよ』と言っても彼は引き下がらず、私の肩バンドを外しにくる。ついに根負けして交代し、彼はニッコリ笑って鹿児島湾の方へ離陸していったんですが、ちょうどそのとき、グラマンの編隊が上空から突っ込んできて……彼の機は一瞬で火だるまになって鹿児島湾に墜落しました。私は呆然としてそれを見ていました。一寸先は闇、その闇は神のみぞ知る世界なのだろう、というようなことを考えました」

五月十一日、菊水六号作戦が実施され、桜花特別攻撃隊、第五筑波隊などの特攻隊と、特攻隊の突入を成功させるため、敵機を掃討する任務の制空隊が出撃した。

「この日、戦闘三〇三飛行隊は、可動機数全機、三十二機で参加しました。指揮所には高々とＺ旗が掲揚されます。やはりこの旗が掲揚されると、気持ちが高揚して、今日こそ我が命日、そんな気持ちに自然になります。指揮所付近には、基地の人々が並び、『帽振れ』で見送ってくれます。それに手を振って応えながら、編隊で離陸していく気持ちは、何とも言えません。戦闘機乗りになって良かったなあ！　というのが偽らざる気持ちでした。三十二機の編隊ともなると自分の周りは零戦だらけで、とても心強い感じがしたものです。

空戦は、沖永良部（おきのえらぶ）島を過ぎたあたりで始まりました。上から降ってきたのはグラマンＦ６Ｆの編隊です。アッという間に混戦状態になりました。味方機が散り散りになり、私の列機も付近には見あたりません。とにかく、大きくスローロールをうちながら、半分以上は後ろを見ての操縦でした。

敵機の主翼前縁いっぱいに十二・七ミリ機銃六挺の閃光（せんこう）が走ったかと思うと、翼の下から機銃弾の薬莢（やっきょう）が、まるですだれのようにザーッと落ちるのが見える。体をひねり、首をいっぱいに回して後ろを見ながら、敵機の機銃が火を噴くと同時にフットバーを蹴飛ばし、フットバーとは逆方向に操縦桿を倒し、機体を急激に滑らせて敵弾をかわす。横滑りのＧで、体が操縦席の片側に叩きつけられますが、そうしないと命がない。空戦は、命を賭けた殴り合いの喧嘩だと思いました。

なにしろ敵機の数が多すぎ、上から降ってくる敵機をかわすのが精一杯で、高度を上げようとしても次第に下がる一方です。私よりもさらに下方で空戦が行われていますが、誰がやっているのかはわかりません。とにかく助けに行こうと、機体を滑らせながら突っ込んでいきますが、いきなり上方から射弾の雨が降ってくる。これをまたかわしながら、必死になって立て直そうとするんですが、右に、左に滑らせるのがやっとで、かわし切ったときには、下方での乱戦は見えなくなっていました。

空戦が終わり、味方機が見当たらないので一人で還る決心をしましたが、来たときはよい天気だったのに、いつの間に出たのか、不連続線の雲がべったりと垂れこめて海面が見えません。仕方なく雲の下に出たら、強い雨脚で海面は真っ白く湧き立ったように見えました」

高度五十メートルの低空を、波頭を眼下に見ながら飛んでいると、電話の声がとぎれとぎれに聴こえてきた。

「コチラ山口、我機位ヲ失ウ」

山口浜茂上飛曹のようだった。部隊きってのベテラン搭乗員だが、雲のなかで機位を見失ってしまったらしい。土方さんは、

「我機位ヲ失ウモ方位二十三度ニテ『スコール』ノナカ直進中、コチラ土方」

と応じたが、山口上飛曹はそれっきり音信を断った。

「やっとの思いで着陸して報告、指揮所のなかで休んでいたら、遅れて長田延義(ながたのぶよし)飛曹長機が還ってきました。長田飛曹長は、『やあ、今日はひどい戦いでした。左翼に弾を喰らって火を噴き、もう駄目かと思いましたが、自動消火装置のおかげで、命拾いをしました。私もはじめてでしたが、うまく作動したので助かりました』と言う。零戦に自動消火装置がついていることは聞いていましたが、実際に役に立つとは思っていなかったので、驚きました。さっそくみんなで長田飛曹長の乗機を見に行きました。弾痕(だんこん)がしっかり残っていて、炎で塗装が焼けたところは真っ白になっています。

このときは零戦もまんざらではないな、といい気持ちになりましたが、整備員の話では、自動消火装置がついているのもあれば、ついていないのもあるということで、ちょっとがっかりした記憶があります」

自動消火装置で命拾いをした長田飛曹長は、そのわずか三日後の五月十四日、沖縄上空の空戦で戦死した。乱戦で、海軍屈指のベテラン搭乗員・岩本徹三少尉でさえ、乗機を敵弾で穴だらけにして帰投することもあった。人間爆弾「桜花」の直掩で出撃したこともある。「桜花」が母機の一式陸攻から切り離され、一直線に敵艦に向かっていく姿を、土方さんは涙とともに見送った。

同期生や、元山空から一緒だった戦友たちも次々と大空に散ってゆく。

六月七日には、米陸軍の新型戦闘機リパブリックP－47サンダーボルト戦闘機との空戦で、西兼淳夫上飛曹が戦死。西兼上飛曹は、先に戦死した山口上飛曹とともに、元山空以来、土方さんが操縦の師と仰ぎ、頼りにしていたベテランだった。

「戦闘機の戦いは、映画で観る陸軍の戦いのように、血だらけになった相手の顔を見ることはありません。青い空、白い雲、そびえ立つ雲の塔が舞台で、そのなかで自分の技倆で精一杯の操作で飛び回るのが空戦です。狂女が髪の毛を振り乱して乱舞するような姿で黒煙を吐きながら、撃墜された飛行機が青空に大きな弧を描いて墜ちていきます。海面には、撃墜された飛行機の油が円形になって浮かんでいます。

いつかは、俺もあのように終焉（しゅうえん）を迎えることになるな、とは思っていましたが、それは、実感として迫ったものではありませんでした。飛び立つときは、必ず還ってくると思っていました。しかし、戦いの日々が重なると、夜半に目が醒（さ）めると汗がびっしょりで、雑念が浮かんでなかなか眠れないこともありました。

どんな撃墜のされ方がよいかと、いろいろ考えたこともあります。どうせ背中の防弾板を降ろしたのだから、後ろからしっかり射抜いて欲しいとか、飛行機がやられ、火を噴いた座席のなかは熱いだろうな、とか。練習をしたことがないのに、落下傘でうまく降下できるだろうか。もしできても、海を漂流し、鱶の餌食になるのはいやだ。……など、考えればきりがありません。死に方は自分で選択できるものではなく、これこそ運命なのだ、と割り切るまでには時間がかかりました。結局、実行したのは、邀撃戦で味方上空で戦うときには、落下傘バンドに落下傘を固着して飛ぶ。沖縄への空襲や、洋上、敵地上空での戦闘では落下傘は固着しない、ということでした」

激戦のなかでも、ホッとするひとときもあった。

「虹は半円形のものと思っている人がほとんどではないでしょうか。あるいは、旅客機に搭乗し、窓から丸い虹を見た人もいるかと思います。

私が丸い虹を見たのは、沖縄戦で鹿児島基地を飛び立ち、屋久島の上を過ぎ、そろそろ奄美大島が左手に見える頃でした。下の方は真っ白な雲の絨毯で、所々に雲の峰がそびえ立ち、美しい光景に見とれているときでした。飛んでいる下方に円形の虹が見えました。へぇ、虹は上から見ると丸いものなのだ、ということをそのときはじめて知りました。自分の眼が円錐の頂点にあって、そこから底面を見ている具合ですから、虹が丸く見えるのが本来の姿なのですね。地上にいる私たちは、円錐形の底面の半分を、地平線もしくは水平線によって区切られますから、半円の虹しか見られないわけです。この丸い虹を見たときは、これから行く先は地獄の三丁目とは知りつつも、戦闘機乗りになってほんとうによかったと思いました」

六月十七日、鹿児島市がB－29の空襲に遭い、市街のほとんどが焼失した。戦闘三〇三の搭乗員たちも、城山に掘られた横穴式の防空壕で寝泊まりすることになった。

「ある日、綿のように疲れて、同期の杉林泰作中尉と二人、ライフジャケットを肩にかついであぜ道を防空壕に向かっていると、向こうから鍬を肩にかついだお婆さんと幼稚園児ぐらいの女の子が手をつないで歩いてきました。思わず『ご苦労さま』と声をかけると、二人はお辞儀をして、『兵隊さんも大変ですね』と言ってすれ違っていきました。そのとき、何か胸にこみ上げてくるものがあって、思わず杉林に、

『おい、俺はいま、あのお婆さんと女の子のためなら死んでも悔いはないと思ったよ』

と声をかけると、彼も、

『貴様もそう思ったか。俺もいま、全く同じことを思っていたよ』

と。この緑豊かな国土、か弱いお婆さんやかわいい子供たちを守るのは、俺たちを

おいて他に誰がいるのか、というのが、当時の若者に共通した思いだったんです」

杉林中尉は、七月二十五日、大分県宇佐上空の邀撃戦で戦死した。

敗色濃厚な激戦のなか、戦闘三〇三飛行隊の士気と結束が高い次元で保たれていたのは、隊長・岡嶋清熊少佐の人望によるところが大きい。

岡嶋少佐は、特攻作戦がはじまったときから、「特攻反対」の意思を明確にしていた。戦闘三〇三飛行隊に、特攻要員を抽出するよう要請がくるたび、「我が隊から特攻は出さない」と突っぱね続けたという。

「空戦で死ぬのは、自分の技倆が敵より劣っていたためだから仕方がない。でも特攻は、志願書は出したものの、私は率直に言って嫌でした。戦闘機乗りは最後の瞬間まで戦い続けるのが本来の使命だと思っていたからです。だから岡嶋隊長をみんな尊敬していたし、この隊長のもとで戦うことを誇りに思っていました」

六月二十三日、沖縄全土が敵に占領されたことで沖縄への出撃は事実上その意味を失い、大規模な航空作戦も六月二十二日の菊水十号作戦をもって終結した。

約三ヵ月間、空戦に明け暮れた土方さんだったが、若い肉体にもそろそろ限界が近づいていた。七月上旬になると微熱が続き、体重も激減した。目ばかりぎょろぎょろ光って人相が変わったと、同期生たちからも言われるようになった。軍医に診せたら、肺浸潤ですぐに入院せよという。

「冗談じゃない。どうせ畳の上では死ねないのだから、入院などまっぴらです」

と、毎日指揮所で頑張っていたが、やがて岡嶋少佐に説得され、別府の海軍病院に入院。戦闘三〇三飛行隊も、立て直しのため大分県の宇佐基地に後退した。

「入院してまる二日間は眠り通しで、三日めに軍医の診察を受けたら、病名は航空疲労症ということでした。短期間に飛び過ぎたということのようです」

結局、入院したまま、八月十五日を迎えた。

「玉音放送の内容まではよく聞き取れませんでしたが、戦争が終わることはわかった。それで軍医に、隊へ帰りたいと申し出たところ、すぐに軍服を出してくれ、『くれぐれも体を大事に』と送り出してくれました。

ところが、隊に帰っても、みんな『どうなるのか、俺たちにもさっぱりわからん、とにかくブリッジでもやろうや』という感じで、緊迫感がない。しかし、私が入院していた二十日間ほどの間にも、同期の三名をはじめ、十数名の戦死者を出したということでした。親友の杉林中尉の戦死は胸に応えましたね」

八月十六日は何ごともなく過ぎた。十七日には南九州で邀撃戦があり、二名が戦死している。十九日、戦闘三〇三の飛行隊長を岡嶋少佐から引き継いだ蔵田脩大尉が、大分基地で開かれた第五航空艦隊司令部の会議から帰ってきて、

「零戦の燃料、弾薬をおろし、プロペラをはずす」

との命令を、隊員たちに伝えた。

「このときはみんな、蔵田大尉に食ってかかりましたね、そんなことは承服できないと。そして各自が一機ずつの零戦の操縦席に乗り込み、拳銃を構えて整備員を近づけないようにしました。実際、何発かぶっ放した憶えがあります。そこへ蔵田大尉が駆けつけてきて、涙ながらに『お前たちの気持ちは、わかりすぎるぐらいわかっている。ここで軽挙妄動することは日本の将来のためにならぬ。どうしても、というのなら俺を殺してからやれ』と言われた。ここではじめて、戦争に負けたんだということを実感して、私たちは子供のように声を上げて泣きました。零戦の座席に潜り込んで動かない者もいれば、いつまでも翼をさすっているのもいました」

八月二十四日、搭乗員たちに、二十四時間以内に隊を去ることが命ぜられた。ただし、連合軍の出方が不明なため、搭乗員であることがわからぬようにして、しばらく地下に潜れ、との指示も同時に出されている。部隊の重要書類や各人の航空記録はまとめて焼却されたが、土方さんは、自分の航空記録とチャート（航空図）、航空時計

をひそかに持ち出した。四月二十二日、グラマンF6Fを撃墜した記録だけは、ヤスリをかけて抹消した。終戦までの飛行回数六百三十五回、飛行時間四百三十五時間。これは、予備学生十三期の戦闘機搭乗員として異例の多さである。

特攻隊員が出撃前に書き残した〈ジャズ恋し　はやく平和が来ればよい〉

いっぽう、土方さんの婚約者だった兼子さんは、高円寺の家を空襲で失い、学童疎開の訓導として、長野県小諸の寮にいた。

「明日をも知れぬ戦闘機乗り、彼がいつ戦死するか、悲しみでうろたえないように覚悟せねばと、机上に黒枠の彼の写真を飾り、野花を添えて毎日祈っていました。

戦争が終わってしばらく経ったある日、面会人だというので玄関に出てみると、そこには帽子を目深にかぶり、長い雨衣を着て、頬のこけた男が立っていました。亡霊みたいに生気が失せ、一瞬、誰だかわからないほど人相が変わっていましたが、それが土方でした。翌日、寮の裏山で将来のことを話されたんですが、私は夢見心地で、嬉しすぎて自分の耳を疑いました。戦争に負けて、そんなにうまくいくのか、将来のことなどわからない、そんな不安も拭い去ることはできませんでしたね」

と、兼子さんは振り返る。

土方さんは、信州で知人の家を転々としたのち、十月末、帰隊命令を受け宇佐基地に戻り、そこで復員手続きを行って正式に復員することになった。土方さんは九月五日付で大尉に進級していた。ふたたび、兼子さんの回想——。

「私が疎開学童をつれて、杉並の代田橋に着いたのは十一月。駅頭に、飛行服姿の彼が出迎えてくれたときは夢のように思えました。十二月十五日、高円寺の氷川神社で結婚式を挙げ、戦災を受けなかった阿佐ヶ谷の写真館で記念写真を撮って……。引出物は、当時は貴重だった籠(かご)入りのミカン、料理は魚屋の仕出しを頼み、花嫁衣裳は叔母に借り、花婿の衣裳は軍服を背広に仕立て直し、皆さんの手を借りて、思い出深い式になりました。日光に新婚旅行にも行ったんですよ。切符もなかなか買えない時代で、満員の客車に窓から乗り込んで……」

土方さんは谷戸小学校に教員として復職し、昭和二十一（一九四六）年、成蹊小学校に転職（二十四年、成蹊学園中・高校に移籍）、物理学校にも改めて入学、夜学に通い始めた。昭和二十四（一九四九）年からは、双葉書店の小学校検定教科書執筆陣に加わり、昭和三十六（一九六一）年から四十（一九六五）年にかけては中学校の数学の教科書を執筆している。

その後、土方さんは四十三歳で成蹊学園中・高校の教頭に就任するが、その間の教え子に安倍晋三総理大臣がいた。昭和六十（一九八五）年、定年退職とともに外務省大臣官房人事課子女教育相談室副室長となり、六十二（一九八七）年には同室長に就任、平成十二（二〇〇〇）年、七十八歳で顧問となり、同十五（二〇〇三）年、八十一歳で退職するまで、帰国子女教育に尽くした。平成十二年までは、自らウルトラライトプレーンの操縦桿を握るなど、空を飛ぶことへの情熱も保ち続けた。

土方さんが私の著書『零戦　最後の証言』を読み、会いたいと連絡をくれたのは、外務省を退職して二年後のことである。土方さんは多趣味で、なかでも好きなカメラや車、オーディオ、読書などの話もふくめて話題は尽きず、以後、毎月のように会い、インタビューかたがたの雑談に花を咲かせることになる。

土方さんはそれまで、予備学生十三期や戦闘三〇三飛行隊の戦友会に出席することはあっても、零戦搭乗員の全国組織である「零戦搭乗員会」には出てこなかった。戦中の一部海兵出身者との軋轢が忘れられず、気が進まなかったからだ。だが、私と会うようになったのちは、その後身で、若い世代が事務局を引き継ぐ「零戦の会」の集いに欠かさず顔を出すようになった。

土方さんは、長年、学校の先生を務めていただけあって、若い人と話すのが好きだ

った。「零戦の会」の若者たちも、土方さんのことを「分隊士」と呼び、慕ってい
た。土方さんはパソコンを駆使し、「零戦の会」Ｗｅｂサイトの掲示板に体験談を投
稿したり、質問に答えたりもしていた。平成十九（二〇〇七）年九月、靖国神社で挙
行された「零戦の会」慰霊祭に参列したときは、次のような一文を寄せている。
〈今回の会は、体調不調のため、参加できるかどうか自信がありませんでしたが、何
とか皆さんとご一緒に昇殿参拝することが出来たのは、誠に有り難いことでした。奥
殿の御神鏡を前にして、ジッと見つめていると、戦死した戦友の顔が次々に浮かびあ
がってきます。今年も会うことが出来たね。相変わらず若い顔をしているな。俺たち
はシワクチャの爺になってしまったが、羨ましい限りだ。など、何を云っても、彼ら
はにこやかな笑みをもって応えてくれる。零戦の会の慰霊祭がずっと続けられるの
は、若手の人たちが、かつての「零戦搭乗員会」のあとを継いで、基礎をしっかり固
めてくれているおかげだと思います。私たち搭乗員はそのおかげで、息のある限り
は、会いに来ます。来年も再来年もです〉
　土方さんがいれば、そこには自然に話の輪ができた。土方さんの話は、いつも平明
で、かつおもしろかった。海軍時代に愛用していた拳銃の後日談もその一つである。
「搭乗員は、万一のときの自決用に、拳銃を各自持っていました。終戦後、地下に潜

るにあたっても、拳銃は持って出ました。復員してからも、昭和二十一（一九四六）年の春頃までは、女房と新宿の闇市あたりを歩くとき、護身用にその拳銃をつねに腰に差していました。女房が嫌がりますので、外出時の持ち歩きはしなくなりましたが、机の引き出しに鍵をかけ、しまい込んでいました。しかし、手入れをしなくてはいけないので、夜中になると、分解掃除はつねにしていました。

世の中も落ち着いて、昭和三十八（一九六三）年頃でしたか、長男が高校生の頃です。例によって十二時過ぎに分解掃除をしているところに長男が書斎に入ってきて、おやじ、何やってるんだと。それで、これはまずいと思い、仕方なく杉並警察署へ行きました。カウンターで『拳銃を持ってきました』と申し出ると、係の警官が『この拳銃は、寄付していただけますか』と言う。『もし、イヤだと言ったら？』『逮捕する』と言うわけで、泣く泣く拳銃を杉並警察署に寄付してしまいました。このとき、『実弾五十発と予備の弾倉もあります。ちょっと腕のほどをお見せしますから、裏の広場で撃たせていただけませんか』と言いましたら、『とんでもない』と断られました。

拳銃に刻印されたシリアルナンバーをいまでも覚えていますが、№６２１８８の十四年式拳銃はどうしているかなあ、と思うことがあります」

土方さんは、戦中を題材にしたテレビドラマや映画の演技指導にも快く出かけ、若い俳優やスタッフからも人気があった。かつて土方さんたち予備学生十三期生が入隊した土浦海軍航空隊の跡地にある陸上自衛隊武器学校で、初級幹部を前に講演も行う。知り合ってからは、そんな機会には必ず私を伴い、愛車である白い九〇年型日産スカイラインのステアリングを自ら握って現地に向かった。

土方さんの運転は速かった。常磐高速の追い越し車線でアクセルを踏み、またたく間に前の車に接近すると、五十メートルの車間を保ちながら、

「この距離で二十ミリ（機銃）を撃てば必ず当たるんだよ」

などと言う。

「いつもそんなこと考えながら運転なさってるんですか？　怖いなあ。でも、スピード違反で捕まったらマズいでしょう？」

私が訊くと、

「いや、戦闘機乗りは『見張り』が命。覆面パトカーに捕まるようならとっくにグラマン（Ｆ６Ｆ）に墜とされてるよ」

と、当然のように答えた。兼子さんによると、土方さんは昭和三十年代のはじめにルノーを買って以来、必ず自分で運転して、夫婦でドライブしたり、釣り、ゴルフな

どに出かけたりしていたという。

「でも主人は、目的地にもきれいな風景にも興味がなく、ずっとエンジンの音ばかり気にしてるんです。運転そのものが好きだったんですね」

ただ、土方さんは、若い頃から多年にわたる喫煙習慣のせいか、私と会った頃にはすでに肺気腫に冒されていた。階段を上ったり、急いで歩いたりするとすぐに息切れがする。その症状が日ごとに悪化していくのが目に見えるようだった。やがて酸素吸入が欠かせない状態になったが、それでも、

「こうやって酸素マスクをつけていると、零戦の高高度飛行みたいで懐かしい」

と強がりを言いながら、酸素吸入の合間に煙草をふかしていた。

平成二十二（二〇一〇）年五月二十三日、東京・原宿の水交会（旧海軍、海上自衛隊関係者の親睦施設）で、NPO法人「零戦の会」が主催した「土方敏夫さんを囲む会」で、「零戦vs.グラマンF6F」と題し、三十五名を前に話をしたのが、土方さんが公の場に姿を見せた最後の機会になった。その年、ついに車の運転にドクターストップがかかった。

平成二十四年（二〇一二）十一月二十八日、死去。享年九十。法名は覚寿院翔誉敏教居士。

高円寺の斎場で営まれた通夜、告別式は、両日とも、式場に人が入りきれないほどの盛会だった。告別式では、予備学生十三期の同期生・蒲生忠敏さんが、「悔いなき人生、大往生が羨ましい。俺も近々行くから、同期を集めて迎えてくれ」と弔辞を読んだ。棺の蓋（ふた）を閉めるとき、小柄な兼子さんが、背伸びをするように土方さんに口づけをした。

土方さんが、私の取材ノートに残した言葉より――。

「振り返ってみると、大正、昭和、平成と三つの年号のもとに生きた私たちの世代は、非常におもしろかったといって良いような気がします。特に昭和二十年を境にして、表と裏をひっくり返したような時代を見ることができたというのは、大きな時代の流れのなかでは、稀（まれ）に見る幸運でもありました。

戦後、戦没学生の遺稿集として『きけ　わだつみのこえ』が出版され、評判になりました。しかしこの遺稿集は、ある政治団体が、偏向した意図のもとに編集したもので、私たちは大いに憤慨しました。そして『ありのままを』との意図で遺稿を集めて出版したのが、『雲ながるる果てに』（河出書房新社）です。ぜひお目通しいただければと思います。

戦闘三〇三飛行隊が、鹿児島基地で沖縄戦に出撃したり、邀撃戦に明け暮れていた頃のことです。搭乗員は、鹿児島市内の涙橋近くの民家に分宿していました。私たち予備学生は一軒の家にまとまって寝泊まりし、夜になるとブリッジをしたり、お酒を飲んで、たわいもない話に興じたりしていました。

明日をも知れぬ命と知りつつも、それを顔に出すことはなく、明るく振る舞うことによって、自分自身を抑制していたのかも知れません。これまでに、習った戦術にしても戦略にしても、戦争に勝つという結論は出てきません。それで議論にはならぬことはしませんでした。国家の捨て石になればそれで本望、あるいは講和の条件が少しでも良くなるのなら、喜んで死のう。そんな気持ちだったと思います。

ある晩のことです。誰かが、『おい、神様がもしも二十四時間フリーな時間をくれたら、貴様たちは何がしたいか』と言いました。いろいろな意見が出ました。

恋人に会いたい、母親に会いたい、甘いものを腹いっぱい食いたい、などなど。そのなかでいちばん、みんなが賛同したのは、『書斎で、コーヒーを飲みながら、ゆっくり本が読みたい』でした。

鹿屋(かのや)基地では、特攻隊員の宿舎は小学校でした。その教室の黒板に、特攻隊員が出撃のときに書いた川柳が残っていました。『雲ながるる果てに』に、これが掲載されています。そのなかで、同期生の次の句を読むたびに、私はいつも目頭が熱くなります。

〈ジャズ恋し　はやく平和が来ればよい〉

いまもよく空を見上げます。そして、零戦で飛行機雲を曳きながら飛んだ日のことを思い出します。大空に舞う零戦は、美しいの一言で足ります。美しいものは、すぐれたものです。その美しい零戦とともに全力で戦った日々は、何ものにも代えられない私たちの青春そのものでした。抜けるような青空に一筋の飛行機雲を曳きながら飛んでいる飛行機を見ると、何となく自分の一生を見ているような気がするのです」

戦闘機乗りは、海軍兵学校や叩き上げの下士官兵だけではない。こんな、ペンを操縦桿に持ち替えて、誇り高く戦った学徒出身の若者たちがいたのだ。そして彼らのうち、戦争を生き抜いた者の多くは、それぞれに学んだ学問を生かして、あらゆる分野で戦後日本の礎となった。

――戦争と戦後日本を振り返る上で、このことはけっして忘れたくないものである。

土方敏夫（ひじかた　としお）

大正十一（一九二二）年、大阪府生まれ。幼少期に東京に転居し、豊島師範学校を卒業。東京物理学校（現・東京理科大学）在学中の昭和十八（一九四三）年十月、第十三期飛行専修予備学生として土浦海軍航空隊に入隊。昭和十九（一九四四）年八月、飛行学生教程を卒業、元山海軍航空隊教官となる。昭和二十（一九四五）年四月、米軍の沖縄侵攻により鹿児島県の笠之原基地（現・鹿屋市笠之原町）に進出を命ぜられ、そのまま第二〇三海軍航空隊戦闘第三〇三飛行隊に編入される。以後、沖縄戦で特攻隊直掩、敵機動部隊索敵攻撃、九州上空の邀撃戦などに参加。大分県の宇佐基地で終戦を迎える。海軍大尉。戦後は教職に就き、私立成蹊学園中学校・高等学校数学科教諭、さらに教頭をのべ三十九年間務め、退職後は外務省人事課子女教育相談室長を十八年間務めた。平成二十四（二〇一二）年十一月二十八日歿、享年九十。

豊島師範学校在学中。前列左から２人めが土方さん

昭和19年5月頃。九六戦に乗って

昭和18年11月、土浦に面会に来た母・ヤスさん(右)、婚約者・松本兼子さん(左)、弟・浩二さん(下)と

昭和 20 年 4 月 6 日、零戦 16 機を率いて元山空を発進する山河登大尉。山河大尉はこの翌日、戦死した

昭和 20 年 4 月 8 日、元山空を出発直前の土方隊。左端の軍服姿は司令・青木大佐。整列する搭乗員の左端が土方さん

鹿児島基地、戦闘三〇三飛行隊指揮所にて

昭和20年12月、兼子さんと結婚

昭和 24 年、成蹊学園中・高校に移籍する

ウルトラライトプレーンで離陸する、
78歳の土方さん

あとがき

私が元零戦搭乗員の取材を始めて三年が経った平成十（一九九八）年のこと。元搭乗員の全国組織であった「零戦搭乗員会」の総会で、解散の動議が出された。事務局を預かっていた小町定・元飛曹長（前著『証言 零戦』に収載）の体調不良がもっとも切実な問題だったが、この年、「零戦の操縦経験のある元搭乗員が一人残らず七十歳を超える」という、会員の年齢の問題も大きく取り上げられた。もっとも若い零戦搭乗員は、甲種予科練十三期出身の昭和三（一九二八）年生まれである。ちなみに平成十年の日本人男性の平均寿命は七十七・一六歳（平成二十七年には八十・七九歳になる）で、「このままでは遠からず続けられなくなる」という当事者たちの焦りは、故ないことではなかった。ましてや、「人生五十年、軍人半額」と言われた時代（日本人男性の平均寿命が初めて五十歳を超えたのは戦後、一九四七年のこと）を体験してきた世代とすれば、幕引きを考えるのも無理からぬことだった。

結果的に、この動議は採択され、平成十四（二〇〇二）年をもって「零戦搭乗員会」は解散することになるが、解散が近づいても、健在な人は存外元気である。「このまま終わってしまうのは惜しい」との声も大きく、いきがかり上私が中心となって、戦後世代が事務局を担って会を実質的に存続させる「零戦の会（現・NPO法人零戦の会）」を発足させた。平成十四年現在、全国になお八百名の元搭乗員が健在で、同年九月十三日、靖国神社で挙行された零戦搭乗員会解散・零戦の会発足の慰霊昇殿参拝には、百九十名もの元搭乗員が集った。このとき、

「搭乗員がこれだけいるのか。まだまだこれからじゃないか」

という声があちこちで上がったものだ。じっさい、歴戦の元搭乗員のほとんどは戦後、自らの戦争体験について多くを語らず、ようやく若い人との交流が始まり、重い口を開き始めたのがその頃だった。

それから十五年——。いまやもっとも若い元零戦搭乗員でも八十九歳となり、八百名いた元搭乗員も百五十名を切るばかりになった。海軍が消滅して後輩が入ってこない、若いクラスの元搭乗員のなかには、

「八十歳を過ぎてもいちばん下っ端の食卓番だったが、先輩たちがみんないなくなって、ようやく俺たちの時代がきた」

と、気勢を上げる人もいたが、そんな人たちも次々と鬼籍に入ってゆく。

「死ぬときは一緒、と誓い合ったのに、約束が違うじゃないか」

と、戦友の告別式で目を真っ赤に腫らした人が、次の年にはもうこの世にいない、そんな状況が続いている。私としても身を裂かれるような思いで、高齢で友人たちが皆、先に旅立った人への弔辞を読む機会も増えた。

実戦を経験した人は一人残らず九十歳を超え、インタビューができても短時間で切り上げざるを得ず、自宅ではなく施設で会うことが多くなった。零戦搭乗員をはじめとする戦争体験者の取材を長く続けることは、高齢化の問題を早回しで間近に見ることでもある。もっとも私自身、取材を始めた頃は三十歳代はじめの、昔で言えば分隊長か飛行隊長の年齢だったのが、今年は「特攻の生みの親」とされる大西瀧治郎中将が自決したのと同じ年齢なのだから、時間の流れは無情なものである。その間、原稿は手書きからパソコンになり、写真はフィルムからデジタルになり、インタビューテープはＩＣレコーダーにとってかわられた。

いま、復元された零戦が空を飛ぶことが話題になっている。零戦の機体そのものに関する研究も、驚くほど進んでいる。それはとてもよいことだと思う。だが、「モノ」が残っても「心」が残らなければ、歴史への理解も偏ったものになってしまう。

「零戦が戦ったんじゃない、搭乗員が戦ったんだ。そのことを忘れないでくださいよ」

　と、本書にも登場する大原亮治さんは私に言った。これは、多くの零戦搭乗員に共通する思いだろう。

　私は、これからも存命の元搭乗員への取材を続けるとともに、これまでインタビューを重ねてきた人も合わせ、一人でも多くの生きた証を本にして残していきたいと思っている。

　最後に、本書の取材にご協力くださったすべての皆様、一冊めの『証言　零戦　生存率二割の戦場を生き抜いた男たち』から引き続き、出版の労をとってくださった講談社の今井秀美氏に、心より御礼申し上げます。大空に散った敵味方の戦士たちのみたま安かれと祈りつつ。

　　平成二十九年七月

神立尚紀

零戦関連年表

【昭和12年】（1937）

■5月、海軍が十二試艦上戦闘機（のちの零戦）の計画要求書案を三菱、中島の両社に提示。のちに中島は試作を辞退。

■7月、北支事変勃発。8月、第二次上海事変勃発。支那事変（日中戦争）始まる。

【昭和14年】（1939）

■4月1日、十二試艦戦初飛行。

■航空本部、空母部隊、大村海軍航空隊が横須賀海軍航空隊に集結し、実施された昭和14年度の「航空戦技」で、戦闘機の空戦は編隊協同空戦を基本とし、単独戦果を認めないこと、日本海軍では「エース」等の称号を用いないことが決まる。

【昭和15年】（1940）

■3月11日、十二試艦戦二号機空中分解、奥山益美工手殉職。

■7月上旬、漢口の十二空分隊長進藤三郎大尉、新型戦闘機受領のため横空に出張。

■7月、横空の横山保大尉以下十二試艦戦6機、漢口に進出、十二空に編入。24日、十二試艦戦は零式艦上戦闘機（零戦）として制式採用される。

■9月13日、進藤大尉率いる十二空零戦隊13機、中国空軍戦闘機33機と空戦、一方的戦果でデビュー戦を飾る。日本側記録、撃墜27機。中国側記録、被撃墜13機、被弾損傷11機。

■10月4日、成都空襲で、零戦4機が敵飛行場に強行着陸。

【昭和16年】（1941）

■2月21日、昆明空襲で十四空の蝶野仁郎空曹長戦死、零戦の損失第一号になる。

■4月17日、フラッター試験飛行中の零戦135号機空中分解、下川万兵衛大尉殉職。

■9月15日、十二空、十四空は解隊され、対米戦準備のため中国大陸の零戦は全機内地に引き揚げ。ここまで1年間の中国大陸における零戦隊の戦果は撃墜103機、撃破163機、損失は地上砲火によるもの3機のみ。台湾で三空、台南空の戦闘機航空隊が相次いで開隊。

■12月8日、対米英開戦。真珠湾攻撃。台湾を発進した零戦隊、フィリピンの米軍基地を攻撃。大東亜戦争（太平洋戦争）始まる。

■12月10日、マレー沖海戦、中攻隊、英東洋艦隊主力艦2隻撃沈。

【昭和17年】（1942）

■1月、機動部隊ラバウル攻略。

■4月5日、機動部隊、セイロン島コロンボ空襲。英軍戦闘機を殲滅。

■4月18日、日本本土初空襲。

■5月7日〜8日、珊瑚海海戦。日米機動部隊が激突。世界史上初、空母対空母の戦い。

■6月5日、ミッドウェー海戦、日本海軍第一機動部隊の空母「赤城」「加賀」「蒼龍」「飛龍」の4隻が撃沈される。

■6月5日、第二機動部隊、アラスカ州のダッチハーバー空襲。被弾、不時着したほぼ無傷の零戦が敵の手に渡り、以後、神秘のベールが剝がされてゆく。

■8月7日、米軍がソロモン諸島のガダルカナル島に上陸。日本軍はラバウルを拠点にこれを迎え撃つ。以後のソロモン・ニューギニア方面航空戦は、つねに陸上部隊の作戦に呼応して行われる。

■8月24日、第二次ソロモン海戦、空母対空母の海戦。

■10月26日、南太平洋海戦。米空母「ホーネット」撃沈。結果的に、日米機動部隊が互角に渡り合った最後の海戦になった。

■11月1日、海軍の制度改定。航空隊の名称、階級呼称などが大きく変わる。

【昭和18年】（1943）

■2月1日、ガダルカナル島撤退作戦開始。

■3月3日、ニューギニアに増援する部隊を載せた輸送船団、敵機の襲撃を受け全滅、3600名余りが戦死。零戦隊これを守れず。

■4月7日〜14日、「い」号作戦。ガダルカナル島（X作戦）、ポートモレスビー（Y作戦）、ラビ（Y1作戦）航空総攻撃。山本五十六聯合艦隊司令長官陣頭指揮。

■4月18日、山本五十六聯合艦隊司令長官戦死。

■6月7日、12日、ガダルカナル島へ戦闘機隊全力をもって空襲（「ソ」作戦）。

■6月16日、ルンガ沖航空戦（「セ」作戦）、戦爆連合約100機でガダルカナル沖敵艦船を攻撃、激しい空中戦で被害甚大。二〇四空飛行隊長宮野善治郎大尉戦死。以後、零戦隊がガダルカナル上空まで進撃することはなかった。

■10月6日、ウェーク島に米機動部隊のグラマンF6F初登場。二五二空の所在零戦隊は6機の撃墜と引き換えに空中で16機、地上で残る全機を失い、「零戦神話」に終止符が打たれる。

【昭和19年】（1944）

■2月17日、トラック島聯合艦隊泊地が敵機動部隊の急襲を受け、所在艦船、航空部隊壊滅。ラバウルの戦闘機隊は一部残留隊員をのぞきトラック島に後退。以後、ラバウルでは組織的な航空戦は行われず。

■6月15日、米軍がサイパン島に上陸を開始。

■6月16日、中国大陸より飛来したB－29、九州の八幡製鉄所を爆撃。

■6月19日〜20日、マリアナ沖海戦。機動部隊飛行機隊壊滅。

■6月24日〜7月4日、硫黄島上空で大空中戦。

■7月8日、サイパン島陥落。8月3日、テニアン島陥落。8月11日、グアム島陥落。

■8月中旬、必死必中の新型兵器（「桜花」「回天」など）の搭乗員募集。各航空部隊で志願者が募られる（この時点で、特攻は既定路線であった）。

■10月12日〜16日、台湾沖航空戦で、内地からフィリピン決戦に向け増派された第二航空艦隊の戦力も壊滅的消耗。

■10月20日、神風特別攻撃隊命名式。

■10月21日、特攻隊初出撃。

■10月24日〜25日、比島沖海戦で日本聯合艦隊壊滅。

■10月25日、特攻隊初戦果。特攻作戦の恒常化。
■11月24日、B－29東京初空襲。

【昭和20年】（1945）

■1月7日、フィリピン残存搭乗員、台湾に引き揚げが決まる。
■2月16日～17日、関東上空に敵艦上機飛来、関東の航空部隊がこれを邀撃。敵に一矢を報いるも、横空の山崎卓上飛曹、落下傘降下時に敵兵と誤認され、民間人に撲殺される（以後、搭乗員の飛行服などに日の丸のマークをつけるようになる）。
■3月19日、米艦上機呉軍港空襲。三四三空の紫電改、紫電がこれを邀撃。
■3月21日、七二一空（神雷部隊）桜花隊、敵機動部隊攻撃に向かうも敵戦闘機の邀撃を受け全滅。
■4月1日、沖縄本島に敵上陸。
■4月6日、菊水一号作戦、特攻を主とした大規模航空攻撃が始まる。
■4月7日、B－29の空襲時、硫黄島飛行場よりP－51戦闘機が随伴するようになり、以後、防空戦闘機の動きが著しく制約される。
■6月22日、菊水十号作戦、沖縄方面への大規模航空攻撃が終わる。
■8月6日、広島に、9日、長崎に原爆投下。
■8月14日、在台湾全航空部隊に、翌15日、沖縄沖の連合軍艦船に対する特攻命令（魁作戦）発令される。
■8月15日、午前、敵機動部隊艦上機250機、関東を空襲。二五二空、三〇二空戦闘機隊がこれを邀撃。正午、終戦を告げる玉音放送。夜、三三二空零戦隊四国沖敵艦船攻撃に出撃。
■8月16日、厚木三〇二空が徹底抗戦を叫び叛乱。抗戦呼びかけの使者を各部隊に派遣する。
■8月18日、関東上空に飛来した米軍B－32爆撃機を横空戦闘機隊が邀撃。1機撃破、米軍下士官機銃手1名戦死。
■8月19日、三四三空を中心に皇統護持秘密作戦が動き出す。
■11月30日、陸海軍解体。

本文中の表記・用語について

①戦争、事変等の呼称は、取材した元搭乗員たちが使用する当時の呼び方を使用した。（例：支那事変など）

②飛行機の型式名等については旧海軍の表記にしたがった。（例：ソ連製戦闘機E15など）

③階級については、それぞれの時点における階級を記した。

写真撮影、及び提供　神立尚紀
地図製作　白砂昭義（ジェイ・マップ）
本文デザイン　門田耕侍

本書は、iOS向けのアプリ「小説マガジンエイジ」（編集・講談社、配信・株式会社エブリスタ）で2015年10月から2017年5月まで連載したものに加筆・修正しました。

神立尚紀－1963年、大阪府生まれ。日本大学藝術学部写真学科卒業。1986年より講談社「FRIDAY」専属カメラマンを務め、主に事件、政治、経済、スポーツ等の取材に従事する。1997年からフリーランスに。1995年、日本の大空を零戦が飛ぶというイベントの取材をきっかけに、零戦搭乗員150人以上、家族等関係者500人以上の貴重な証言を記録している。著書に『証言 零戦 生存率二割の戦場を生き抜いた男たち』（講談社＋α文庫）、『零戦 搭乗員たちが見つめた太平洋戦争』（講談社文庫・共著）、『祖父たちの零戦』（講談社文庫）、『零戦の20世紀』（スコラ）、『零戦 最後の証言Ⅰ／Ⅱ』『撮るライカⅠ／Ⅱ』『零戦隊長 二〇四空飛行隊長宮野善治郎の生涯』（いずれも潮書房光人社）、『戦士の肖像』『特攻の真意 大西瀧治郎はなぜ「特攻」を命じたのか』（共に文春文庫）などがある。NPO法人「零戦の会」会長。

講談社＋α文庫 証言（しょうげん） 零戦（ぜろせん） 大空（おおぞら）で戦（たたか）った最後（さいご）のサムライたち

神立尚紀（こうだちなおき）

2017年7月20日第1刷発行

発行者――――鈴木 哲
発行所――――株式会社 講談社
東京都文京区音羽2-12-21 〒112-8001
電話 編集(03)5395-3522
販売(03)5395-4415
業務(03)5395-3615

デザイン――――鈴木成一デザイン室
カバー印刷――――凸版印刷株式会社
印刷――――豊国印刷株式会社
製本――――株式会社国宝社
本文データ制作――――講談社デジタル製作

落丁本・乱丁本は購入書店名を明記のうえ、小社業務あてにお送りください。
送料は小社負担にてお取り替えします。
なお、この本の内容についてのお問い合わせは
第一事業局企画部「＋α文庫」あてにお願いいたします。
Printed in Japan ISBN978-4-06-281723-3
定価はカバーに表示してあります。

講談社+α文庫 Ⓖビジネス・ノンフィクション

僕たちのヒーローはみんな在日だった 朴一 なぜ出自を隠さざるを得ないのか? コリアンパワーたちの生き様を論客が語り切った! 600円 G 262-1

*在日マネー戦争 朴一 「在日コリアンのための金融機関を!」民族の悲願のために立ち上がった男たちの記録 630円 G 262-2

モチベーション3・0 持続する「やる気!(ドライブ!)」をいかに引き出すか ダニエル・ピンク 大前研一 訳 人生を高める新発想は、自発的な動機づけ! 組織を、人を動かす新感覚ビジネス理論 820円 G 263-1

人を動かす、新たな3原則 売らないセールスで、誰もが成功する! ダニエル・ピンク 神田昌典 訳 『モチベーション3・0』の著者による、21世紀版「人を動かす」! 売らない売り込みとは!? 820円 G 263-2

ネットと愛国 安田浩一 現代が生んだレイシスト集団の実態に迫る。反ヘイト運動が隆盛する契機となった名作 900円 G 264-1

モンスター 尼崎連続殺人事件の真実 一橋文哉 自殺した主犯・角田美代子が遺したノートに綴られた衝撃の真実が明かす「事件の全貌」 720円 G 265-1

アメリカは日本経済の復活を知っている 浜田宏一 ノーベル賞に最も近い経済学の巨人が辿り着いた真理! 20万部のベストセラーが文庫に 720円 G 267-1

警視庁捜査二課 萩生田勝 権力のあるところ利権あり——。その利権に群がるカネを追った男の「勇気の捜査人生」! 700円 G 268-1

角栄の「遺言」 「田中軍団」最後の秘書 朝賀昭 中澤雄大 「お庭番の仕事は墓場まで持っていくべし」と信じてきた男が初めて、その禁を破る 880円 G 269-1

やくざと芸能界 なべおさみ 「こりゃあすごい本だ!」——ビートたけし驚嘆! 戦後日本「表裏の主役たち」の真説! 680円 G 270-1

*印は書き下ろし・オリジナル作品

表示価格はすべて本体価格(税別)です。本体価格は変更することがあります

講談社+α文庫 Ⓖビジネス・ノンフィクション

サ道 心と体が「ととのう」サウナの心得	タナカカツキ	サウナは水風呂だ！ 鬼才マンガ家が実体験から教える、熱と冷水が織りなす恍惚への道	750円	G 289-1
新宿ゴールデン街物語	渡辺英綱	多くの文化人が愛した新宿歌舞伎町一丁目にあるその街を「ナベサン」の主人が綴った名作	860円	G 290-1
マイルス・デイヴィスの真実	小川隆夫	マイルス本人と関係者100人以上の証言によって綴られた「決定版マイルス・デイヴィス物語」	1200円	G 291-1
アラビア太郎	杉森久英	日の丸油田を掘った男・山下太郎、その不屈の生涯を『天皇の料理番』著者が活写する！	800円	G 292-1
男はつらいらしい	奥田祥子	女性活躍はいいけれど、男だってキツイんだ。その秘めたる痛みに果敢に切り込んだ話題作	640円	G 293-1
永続敗戦論 戦後日本の核心	白井聡	「平和と繁栄」の物語の裏側で続いてきた戦後日本体制のグロテスクな姿を解き明かす	780円	G 294-1
＊毟り合い 六億円強奪事件	永瀬隼介	日本犯罪史上、最高被害額の強奪事件に着想を得たクライムノベル。闇世界のワルが群がる！	800円	G 295-1
証言 零戦 生存率二割の戦場を生き抜いた男たち	神立尚紀	無謀な開戦から過酷な最前線で戦い続け、生き延びた零戦搭乗員たちが語る魂の言葉	860円	G 296-1
証言 零戦 大空で戦った最後のサムライたち	神立尚紀	零戦誕生から終戦まで大空の最前線で戦い続けた若者たちのもう二度と聞けない証言！	920円	G 296-2
＊紀州のドン・ファン 美女4000人に30億円を貢いだ男	野崎幸助	50歳下の愛人に大金を持ち逃げされた大富豪。戦後、裸一貫から成り上がった人生を綴る	780円	G 297-1

＊印は書き下ろし・オリジナル作品

表示価格はすべて本体価格（税別）です。本体価格は変更することがあります